첫 만남

최윤 소설집
첫 만남

초판 발행_2005년 6월 24일
2쇄 발행_2005년 7월 22일

지은이_최윤
펴낸이_채호기
펴낸곳_(주)**문학과지성사**
등록번호_제10-918호(1993. 12. 16)

주소_서울 마포구 서교동 395-2호 (121-840)
편집_338)7224~5 FAX 323)4180
영업_338)7222~3 FAX 338)7221
홈페이지_www.moonji.com

ⓒ (주)문학과지성사, 2005. Printed in Seoul, Korea

ISBN 89-320-1608-9

* 이 책의 판권은 지은이와 (주)문학과지성사에 있습니다.
  양측의 서면 동의 없는 무단 전재 및 복제를 금합니다.

* 잘못된 책은 바꾸어드립니다.

최윤 소설집

첫 만남

문학과지성사
2005

첫

만

차례

남

그 집 앞 7
느낌 35
밀랍 호숫가로의 여행 59
굿바이 90
틈 150
시설(詩說) — 우울한 날 집어탄 막차 안에는 170
2마력 자동차의 고독 189
파편자전 — 익숙한 것과의 첫 만남 242

작품 해설 떠도는 자들의 언어_김치수 263
작가의 말 280

그 집 앞

그래, 이렇게 이야기를 시작해보자. 이것은 하나의 실험이다, 라고 말이지. 실험이라는 말을 싫어했지. 그게 어떤 건지 몰랐기 때문이야. 너는 아마도 내가 왜 이런 식으로 여전히 오래전처럼 여기 빈집에 앉아 네가 받아보지도 못할 글을 써야 하는지 잘 모를 거야. 그렇지만 쓰는 일, 그건 벌써 사건의 시작이란 걸 알고 있는 사람은 이해할 수 있겠지.

가끔 해외 토픽란에 등장하는, 믿을 수 없지만 실제로 일어난 기이한 얘기들이 우리 것이 되지 말란 법은 없는 거야. 20년 전에 보낸 구직 편지에 대해 세기가 바뀌고도 한참이 지나 거절의 답신이 도착한다거나, 죽은 지 수년이 지난 아들이 아이 적에 병에 넣어 바다에 던진 전언이 자식보다 오래 살아남은 부모에게 전달되듯이. 일곱 살짜리 소년이 휴가를 보내던 해변에서 장난으로 페트병에 써넣은 전언은 결국 대양을 한 바퀴 다시 돌아 소년의 부모에게 전달되었다. 성년이 된 이 편지의 주인이 죽은 지 수년이 지난 후였다. 거기에는 주소와 함께 서투른 글씨로 이렇게 씌어 있었다지.

"이 병 속의 편지를 발견한 사람은 연락 주세요. 그러면 우리는 친구가 되지요."

미지의 사람과의 장난스러운 소통의 욕망. 어린 소년은 10년쯤 후 자신이 예기치 않은 병으로 요절할 줄을 알지 못했지. 내가 시작한 이 편지의 의미가 뭔지 나 자신 잘 알지 못해. 또 무엇을 써야 하는지도. 그런데도 이것을 편지라 할 수 있을까. 받을 사람이 확실치 않은 이런 것도 편지라 불릴 수 있는지 잘 모르겠네. 게다가 꼭 전달해야 할 전언도 없을 때 말이지. 그렇지만 편지에서 정말 내용이 중요한 것인지 알고 싶어. 페트병 속의 쪽지에 씌어 있는 내용이 아들을 잃은 부모에게 중요했을지 그걸 물어보려고 나는 편지가 발견되었다는 세인트 피터스버그의 해변 마을에 아직도 살고 있다는 소년의 부모에게 편지를 쓸 수도 있겠지. 성년의 문턱에서 죽어버린 아들의 어릴 적 편지를 받았을 때 당신의 심정은 어땠나요? 어떤 편지는 전언보다는 누구에겐가 보내는 행위 속에서 전언이 완결되기도 하지. 그래, 모든 편지는 단지 하나의 보통 명사인 편지로만 불릴 수는 없을 거야.

그래도 한 가지 조건은 있어야 편지가 되겠지. 편지를 쓰는 사람의 존재. 발신자 없는 편지는 없어. 설령 그것이 연쇄 살인범의 협박 편지처럼 인쇄체 글자를 오려 붙인 내용에 발신자 표시 없이 도착한다 해도 말이지. "다음의 표적물은 당신. 죽음의 사자, 검은 장미로부터." 그런가 하면 이런 편지가 있었지. 다음의 주소로 아래 목록에 적힌 것들을 보낼 것. K. 몇 가지 필요한 물품의 목록과 함께 예외 없이 상당한 금액을 국제우편환으로 동봉하기를 요구한 그 편지. 그 이후로 네 이름을 달고 도착했지만, 너 아닌 사람들의 거친 필체로 갈겨씌어진 여러 편지. 모두 무언가를 너의 이름으로 요구하는 편지들. 네가 집을 떠나 체류하고 있던 나라들의 주소와 네 이름이 적힌 편지. 그것은 자주, 너, K의 글씨가 아니었기에 발신자가 있는 편지라고 할 수 없지. 아마도 너의 동거자들의 필체. 그러나 너의 명령에 복종하지 않을 수 있었던가.

발신자가 표시되지 않은 모든 편지는 결국은 살인자의 편지라 할 수 있지 않을까. 인생의 사망에 가까운 더러운 사건들에 연루되어 있는 그런 편지. 그런가 하면 되보낼 주소가 없는 모욕의 편지 또한 익명의 연쇄 살인범의 협박 편지와 사촌간쯤 되겠지. 그래, 네가 집을 떠난 후, 편지를 빼고 어찌 너를 생각할 수 있겠니? 네가 보낸 수십 통의 편지들을 빼고 무슨 사건이 일어날 수 있었겠니?

황량하게 나무들이 잘려나간, 버려진 정원에 앉아 편지를 쓰면서 나는 한 가지 사실을 가만히 확인하지 않을 수 없네. 이렇게 쓰고 있는 동안 시간은 멈춘다는 것. 바로 그것이 모든 인간 행동의 동기인지도 몰라. 시간의 마모, 시간의 파괴를 멈추는 허망하나 본질적인 몸짓. 어떻게 멈출지를 몰라 사람은 파괴하고 미워하고 떠나고 또다시 돌아오지. 그리고 쓰고 노래 부르고 때로는 통곡하거나 영원히 침묵해. 그랬던 거니? 그 어떤 흔적도 남기지 않았던 편지들. 다행스러운 일이지, 그렇지 않아? 그러나 잘 생각해봐. 무섭도록 불행한 편지들이었어.

맞아, 내가 어떻게 쓰는지를 설명해주는 것이 옳겠지. 예전에 그랬듯이. 기억해? 태풍이 막 그친 후, 거대하게 비어버린 하늘에, 먹구름떼가 무리져 서둘러 서둘러 먼 우주로 이주하는 모습이 포착되던 날 새벽의 장엄한 경관. 모두가 잠든 새벽, 몸이 부풀어 터질 것 같은 열망을 작게작게 압축한 채로, 그때도 나는 부엌의 노란 전등 밑에서 무언가를 긁적거리곤 했지.

이 집에서 보면 태풍 후의 하늘의 정경은 정말 비할 데 없이 장엄했어. 늘 태풍 후로 기억되는 멈추어버린 계절. 이 언덕 위의 집에서 나의, 우리의 모든 습관이 태어났지. 우리의 살에 새겨져 생을 지배하고, 그 설명할 수 없이 오묘한 기억의 땅을 만들어 걸어도 걸어도 우리를 가두고 마는 우주. 언제부터인가 스산해져버린 우주. 우리 생의 활동의 어떤 원형이 이곳에서 시작되어서 우리는 이따금 이곳으로 되돌아오고, 또 나도 너를 이곳에서 기다리고 있는 거지.

어느 날, 식욕을 돋우는 음식 냄새에 휩싸인 식탁 앞에서 즉흥적으로 한 곡조가 네게서 흘러나왔지. 그리고 식탁과는 무관하게 우리 모두가 자주 흥얼대는 콧노래가 됐어. 그 곡조는 제목도 가사도 없이 그렇게 굳어졌지. 단조가 섞인 짧고도 멜랑콜리한 곡조였지. 어디선가 주워들은 익숙한 화음들이 조합된 그런 것이었겠지만 우리들 중 누구도 확인해보려고 하지 않았지. 그건 이 집의 문을 여는 일종의 암호 같은 것이 아니었을까. 이 집에 들어오기 위해 대야 하는 "열려라 참깨" 같은 암호문. 그러다가…… 언제부터인가 그 곡조를 연상시키는 음 앞에서 모두가 때로는 통증을 느끼며 때로는 불편함을 느끼며 입을 다물게 된 거지. 그래 그렇게 된 거야. 이제는 현관문을 열기 전에, 까치발을 하고 문 위쪽에 나 있는 작은 유리를 통해 안을 바라보는 습관을 가진 사람을 이 집은 잊어버렸어. 그 문이 거칠게 열리고 거칠게 닫히는 소리를 들으면서도 아무도 움직이지 않았지. 그후로 우리의 귓가에는 수십 번 수백 번 아마도 수천 번 거칠고도 날카롭게 열리고 곧이어 닫히던 그 문소리가 울리게 됐던 거야. 그런 거지.

 이런, 나는 왜 이리 멀리서부터 이 집으로 다가와야 하는 건지! 잡음처럼 불쑥불쑥 시간과 공간의 질서를 무시하고 떠오르는 영상들. 그런 것들을 제거하고 처음 본 어떤 이에게 쓰듯 네게 글을 쓰려고 이 자리에 앉아 있음에도 불구하고. 그래 나는 편지가 하나의 실험이 되기를 원해. 발신자와 수신자가 분명한 어떤 실험, 말이 사건이 되는 그런 실험 말이지. 자, 멈춘 곳에서 다시 시작하는 게 낫겠다.

 그즈음, 그리고 그전에도, 특히 태풍이 닥치는 계절이 시작되면 새벽 5시에 일어나 나는 의미 없는 말들을 쓰곤 했지. 초록, 파랑, 보라 같은 위로가 되는 색깔이나 희망, 믿음, 기쁨 같은 단순하나 누리기에는 수월치 않은 단어들을 나는 꼭 받아야 할 선물의 목록처럼 반복적으로 흰 종이 가득 채우곤 했어. 가끔 그건 우리가 즐겨 들은 노래의 제목 같은 것들이기도 했어. 그건 매일 똑같은 것이어도 상관없었어. 어디서 들었는지 알 수 없는 채로 입 안에 맴도는 말들을 점선 긋듯이 띄엄띄엄 생각나는 대로 쓰기도 했지. 나 자신을 위해서. 그건 수신자가 확실한 편지는 아니었어.

 그런 연습들이 다 부질없는 장난이었다고 말할 수 있을까. 혹시 그 덕분에, 네게 전달되지 않을지도 모르는 이 편지를 쓰기 위해 내가 여기 와 있는 것은 아닐지. 그랬을 거야. 그런 식으로 편지를 쓰는 습관이 붙었던 건지도 모르지. 그러다가 나도 집을 떠나면서 한동안 그런 일과는 무관한 생활을 하게 됐어. 한동안 밤일을 많이 했던 것도 편지를 쓰지 않게 된 것과 연관이 있겠지. 한때 나를 고용한 조각가의 작업실은 예전의 이 집만큼이나 외딴곳에 있었지. 조각가가 밤늦게 초벌 일을 끝내고 떠나면, 내 일이 시작되지. 조각가가 거칠게 잘라놓은 돌이나 나무의 표면을 샌드페이퍼로 매끄럽게 닦고 또 닦는 일에 내 밤들이 지나갔어. 몇 년 동안 그러는 사이 아침 일찍 일어나는 일도, 새벽 전등을 앉은뱅이책상 위에 켜놓고 눈부시게 흰 종이에 단어들을 적는 일도 그만 멈추어버리게 됐지. 아침이 되면 나는 늘 녹초가 되어 곯아떨어지기 일수였어. 그건 내게 적합한 직업이 아니었어. 다 지난 일이야. 나는 이제 일출과 거의 같은 시간에 일어나고 일몰 시간쯤에 하루의 일과를 대충 끝내지. 이제 내 일은 빛과 직결돼 있으니까.

　네가 내 삶에, 우리의 삶에 나타났던 때에서 시작하는 게 수월할 것 같아. 그 선명한 우리 운명의 날로부터 말이지. 지금 너와 내가 단둘이 한 방에 앉아 있게 된다면 나는 그 얘기로 우리의 서먹해진 재회를 시작할 것 같아. 나는 네가 제안할 만한 재회의 장소에 대해 어렴풋이 알 것도 같아. 우리가 한 번도 같이 들른 적이 없는 어느 도시나 지방을 너는 생각해내겠지. 그런 곳의 한 여관방에 비스듬히 누워 너는 담배를 피워 물고 상황을 살피기 위해 침묵을 지키겠지. 먹이의 양과 질을 재보는 야수처럼. 그렇게 너는 연기를 천장 쪽으로 올려보내느라 들린 얼굴의 한 귀퉁이로 내 표정과 반응을 살필 거야. 세상의 뒤안길을 다 돌아다녀본 네게는 모든 것이 뻔하다는 듯, 무심하고도 초탈한 듯한 얼굴을 하고 말이야. 그렇지만 그런 제스처에 나는 이제 더 이상 겁먹지 않아. 우리의 만남이 시작된 그 저녁의 얘기를 네가 듣기 좋아하는 걸 나는 알지. 눈을 빛내면서 남의 얘기 듣듯 어색한 미소를 띠고 네가 이 얘기를 경청하던 때가 있었지. 오래전이야. 이따금 내 침묵이 길어지면 너는 "그래서?" 하고 반문했지. 조심스럽고 감미롭게. 어느 날, 너는 내게, 내가 네게 해준 네 얘기를 해주기도 했지. 내가 되어서 말이지.

옛날얘기야. 우리는 아주 어렸단다. 너는 여덟, 아홉 살 정도 됐을까. 겨울이었고 밖에는 바람이 심하게 불었는데, 어른이 없는 집안이었기에 바람 소리가 더욱 날카롭게 집을 흔들었지. 그래 아이들이 잠들어야 할 시간에 우리는 밤늦게 귀가하는 부모들의 손에 들려 있을 달콤하고 따뜻한 먹을거리를 기다리고 있었을 거야. 군고구마, 호떡 혹은 호두과자나 붕어빵 같은 것들이었겠지. 그런데 부모의 손에 이끌려 네가 문 안에 들어섰던 거야. 작고 까무잡잡한 여잔지 남잔지 알 수 없었던 한 아이. 몸에서는 냄새가 났고, 머리는 헝클어져 있을 뿐만 아니라, 더러운 것이 덕지덕지 붙어 있었지. 우리 중, 어느 누구도 네가 어디서 왔는지, 무엇 때문에 우리 부모의 손을 잡고 늦은 밤에 우리 집에 들어왔는지 아무도 몰라. 아무도 얘기해주지 않았으니까.

그때부터 우리가 다시 시작할 수 있다면. 이런 소망이 언젠가는 더 이상 나를 사로잡지 않을 수 있다면. 왜냐하면 이 시작에서 조금만 앞으로 나가면 썩은 냄새가 진동하는 늪의 입구에 도달하니 말이다. 누구나의 인생에서 만나게 되는 그렇고 그런 얼크러지고 꼬인 인생사의 늪. 그러니 지금, 여기로 다시 돌아오는 것이 좋은 것 같다. 지금 내 상황을 말해볼게. 나는 빈 종이 상자를 펴서 널브러진 벽돌 위에 덮어놓고 현관문 왼편, 창문 없는 시멘트 벽 앞에 앉아 있지. 집 뒤로 가려면 지나가는 그곳 말이야. 벽 저편, 복도에서는 쥐들이 지나다니는 소리가 이따금 들리고, 집 앞쪽에 주의를 기울이자면 아주 멀리에서부터 이따금 트럭 같은 둔중하고 거대한 차가 지나가는 소리가 들려와. 물론 나는 현관문 앞 잡초 속에 숨겨져 있는 돌 밑의 열쇠를 들어 구멍에 넣고 돌리기만 하면 안으로 들어갈 수 있지. 그곳에 기거하는 날짐승이나 벌레들이 있다면 놀라 구멍과 틈 속으로 숨어들어가고 기억 속에 익숙한 실내의 모퉁이를 생소하게 뒤덮으며 오래 쌓인 먼지들은 게으르게 들썩거리겠지. 흠 귀찮게 누가 이상 기류를 만드는군!

나는 열쇠를 꺼내지 않아. 그것을 구멍에 꽂지 않아, 구멍에 열쇠가 꽂혀 있다 해도 열쇠를 돌리지 않아. 그래, 나는 문을 열지 않아. 그럴 필요가 없지. 그 안에 아무도, 아무것도 없다는 것을 알아서가 아니야. 실재 이전에 늘 영혼이 죽어버린다는 것을 알기 때문이야. 벽돌과 시멘트에 앞서 먼저 공기가 죽어버리지. 우리 몸이 그렇듯이. 껍질은 늘 껍질일 뿐이듯이.

현관에 다다르기 위해서는 어깨까지 침범하는 잡초들을 헤치고 들어와야 했지. 그것은 마치 지뢰밭을 더듬으며 나아가는 것만큼이나 땀나는 일이었어. 파괴된 것, 잘려나간 것, 피폐해진 것, 망쳐진 것들로 이루어진 기억의 지뢰밭을 깨우지 않기 위해 나는 잡풀들을 배려하면서 살금살금 집 앞에까지 가까스로 도달했어. 그곳에 이르러서야 나는 언덕 밑의 정경들을 돌아볼 수 있었어. 논밭 외에는 아무것도 없던 그곳을 가득 채운 집들. 세상의 전반적인 공모의 손으로 머지않아 가차 없이 무너지고 파괴될 집, 사람들, 그 군단들. 머지않아 이 집을 둘러싼 나무들도 잘리고, 행복하게 나를 가려준 이 키 큰 잡초들도 뽑혀나가고 땅은 갈라지고 집은 무너지겠지. 그런 것이 이런 집의 끝이니까.

우리가 마지막으로 본 게 언제더라. 그래 사막에서였지. 상징이 아닌 사막 말이야. 그사이 3년밖에는 안 흘렀지만 네가 나를 길에서 만난다면 아마 나를 알아보지 못할지도 몰라. 아마도 너와의 마지막 재회로 인해 내 얼굴에는 때 이른 황혼이 둥지를 틀고, 대책 없는 고심은 내 몸의 곳곳에 흔적을 남겼어. 그것이 오로지 나만의 것이라 다행이라 할까. 그러나 이런 흔적은 잔잔한 수면 위에 떨어진 조약돌의 파문처럼 옆으로 옆으로 둥글게 원을 그리며 마을로, 도시로, 대륙 전체로 지구와 우주 저 너머까지 퍼져간다는 것을 아는 사람은 알지. 누구나가 하는 작은 행동이 저 대양 건너편에서 이루어내는 일을 아무도 확인할 수는 없지만 무언가는 늘 언젠가 일어나고 있는 거야.

심호흡을 하자. 깊고 길게. 그러다가 숨쉬기를 멈추고 들어봐. 아니 바라봐. 뇌수 저쪽에서 떠오르는 풍경 속으로 들어가. 거기에는 넓은 평원이 있지. 부드러운 경사로 내려가는 초원의 끝에 강이 흐르고 있어. 가만히 강안(江岸)에 앉아 그 강물을 바라봐. 그 강물의 흐름을 좇아가노라면 한 가지 사실을 알게 되지. 이상하게도 뇌리에 흐르는 그 강물은 늘 한 방향으로만 흐른다는 사실이야. 누구나 동일하게 매번 같은 시간, 같은 풍경을 불러낸다는 것도 예사롭지는 않아. 이를테면 내가 앉아 있는 곳에서, 햇살이 수면 위에 쏘아대는 금화살의 방향으로 보아 나는 남쪽을 마주하고 있고, 물 위에서 일렁이듯 반짝거리며 이동하는 햇살 가루의 온기로 느끼건대 머물러 있는 시간은 아마도 오전 10시에서 11시 사이쯤의 시간.

출산을 앞둔 여자처럼 힘겹게 앉아 규칙적으로 심호흡을 해보는 거야. 숨을 들이마실 때는 배가 나올 정도로, 숨을 내쉴 때는 뼛속의 불순물이 녹아내리듯 조금씩, 그러나 끝까지. 곧 까무러칠 것처럼 깊은 곳에서 숨을 끌어내. 그러고 나서 숨을 들이쉬어보면 숨을 쉬는 것이 이토록 어렵고도 힘드는 일임을 조금씩 알아가게 되는 거지. 어떤 이들에게, 세상의 많은 이들에게, 잊음이 무엇인지 모르는 불행한 자들에게 숨쉬기는 고난이지. 어떻게 이런 고난의 숨쉬기를 하지 않고 내가 이 자리에 앉아 있을 수 있겠니. 대체 너는 누구니. 언제부터인가 네 손길이 스치는 곳, 네 눈길이 머무는 곳, 너의 혀가 명명하는 사람은 스치는 것만으로, 잠시 머무는 것만으로 명명되자마자 그만 몸을 비틀며 재로 변해버리는데 이런 영상에서 벗어나기 위해 어찌 이 고난의 숨쉬기를 계속하지 않을 수 있겠니.

너는 말하겠지. 너의 숨쉬기도 고난이었다고. 우리의 것보다 더 큰 고난이었다고. 네 머리카락이 정돈되고 조금씩 윤기가 흐르고, 네 터진 피부에 각질이 내려앉고 마침내 상처 없이 딱지가 떨어지고, 네 몸의 냄새, 지독하다고밖에는 말할 수 없는 그 썩는 냄새가 조금씩 가시고, 네가 고집스러운 침묵 속으로 칩거했을 때, 우리는 네가 다시 떠날 거라고 생각했지. 어른들의 주머니에서 지갑 속에서 돈이 조금씩 없어졌을 때, 확인할 수 없는 교묘한 방법으로 우리 삶의 가장 단순한 질서들을 교란시킨 너의 즐거운 거짓말이 거의 위험 수준에 이르렀을 때, 우리는, 아무도 말하지 않았지만 네가 떠나는 준비를 한다고 생각했지. 그래서 네 행동이 극한으로 치닫는 거라고, 흠, 그것은 시작일 뿐이었는데.

우리는 네가 떠나기를 바랐던가. 너무 오래되어서 기억이 없네. 그리고 그것을 기억해 말해줄 사람은 이제 아무도 없지. 모두가 무덤 속으로, 타지로 뿔뿔이 흩어져버렸지. 오랫동안 너도 모르는 네 속의 무언가가 교묘하고도 단호하게 계획한 그대로. 어쩌면 그것은 떠나간 사람들의 말대로 그저 우연인가? 어느 날 아침, 마당의 나무 그루터기에 앉아 있다가 기척에 뒤를 돌아보던 네 입가의 미소를 보고 우리는 알아차렸지. 네가 우리와 같이 이 집에 남아 있기로 결정했다는 것을. 그것은 생사를 건 사람의 필사적인 미소였다고 기억해. 이 세상에 자신을 받아달라고 호소하는 사람의 구애의 미소. 우리는 그런 것을 잘 알아차릴 정도로 성숙하지가 않았지. 너도 모르는 사이에 너는 이미 우리가 되어 있었으니까. 네가 '구걸의 숨쉬기'라고 말한 그것을 우리는 아주 후에나 어렴풋이 이해할 수 있었을 뿐이야. 어떻든 그날 이후 우리 중의 어느 누구도 다시는 너의 얼굴에 그런 미소가 지펴지는 것을 볼 수 없었어.

그저 자연스러운 것처럼 그 미소에 이끌려 우리 모두는 어울려 살았지. 불안을 감춘 웃음 속에, 등하굣길의 장난질과 천렵과 물속의 곤두박질, 먼먼 도시를 머리에 그리며 숨이 멎을 정도로 몰입한 달음박질에 시간을 흘려보내면서. 너는 그때부터 여행을 시작했던 거야. 우리는 네가 우리에게 가져오는 자연의 숨겨진 전리품들을 받으면서 우리에게 가장 중요한 것들을 네게 내주기 시작했지. 우리는 이렇게 깊은 터널로의 진입을 시작했던 거야. 그것은 네 인생의 비밀스런 계획이었지. 이 집에서 흘러나가는 모든 것, 웃음, 콧노래, 향내에 배어 있던 너를 향한 우리 모두의 몰입. 혹은 우리 모두를 향한 너의 몰입. 네가 말한 구걸의 몰입, 사랑의 구걸이라는 피비린내로 끝나는 몰입 말이지. 조금씩 망각하고 조금씩 늪 속으로 들어가는 것도 모르고 흥분과 순진한 기대와 소망으로 미성숙의 괴성을 지르며 집 안을 뛰어다니게 했던 쌍방의 결코 만날 수 없는 불행한 평행선의 몰입. 그런 건가 K? 사랑의 구걸이라는 게 그런 건가?

그래 다시 이 여름의 집으로 되돌아오자. 왜냐하면 이 집에서는 여름만 존재했으니까.

이 집에도 한때는 웃음이 흘렀고, 한때는 향긋한 음식 냄새가 퍼져나왔었다는 것을 상상하게 해주는 것은 이제 아무것도 없지. 집 주변의 건조한 잡목들은 침묵 그 자체고, 집 안 저쪽 빛이 가장 많이 쏟아져 들어오는 곳에 위치한 부엌은 냉기에 싸여 스산하게 버려져 있지. 여전히 호두나무는 뒤안에서 늙어가고 있고, 두 그루의 감나무가 집 앞을 감싸고 있지. 감은 더 이상 열리지 않아. 이 집에 들어오기 위해 헤쳐야 하는 잡풀들의 크기와 거의 구별이 안 될 정도로 감나무는 그만 오그라들고 말았어. 이 집은 안온한 축에 속했는데 언제부터인가 바람으로, 그것도 기분 나쁘고 음험한 바람으로 기억이 되는 것은 바로 이 집이 너 없이는 떠오르지 않기 때문이지.

우리들 모두는 너를 예측할 수 없는 바람으로 기억하기 때문일 거야. 감미로운 미풍은 아무런 전조도 예고도 없이 역풍이나 광풍으로 변하고는 했지. 네 자신이 심었고 유난히 실과가 많이 열리는 기쁨의 원천이던 이 집의 유실수들이 네가 참지 못하는 분노의 대상물로 변하곤 했던 것, 왜 그랬는지 언젠가 말할 수 있는 건지. 너를 지배하고 있는, 아마도 네 자신이 가장 잘 모르고 있기에 격렬한 복종자가 되는 그 변덕스러운 바람을 너는 오래 숨기지 못했어. 그러나 감미로운 미풍을 알고 있기에 광풍은 참아야 하는 것 아니었을까. 우리는 가끔 자문했지. 미풍이 더 잦은가 광풍이 더 잦은가. 당황한 우리의 계산은 늘 양적인 기준을 원했지. 그러나 간단한 일이었어. 우리의 오해의 시작은 광풍의 끝이 미풍보다는 늘 더 극적이고 확실하다는 사실을 자주 잊는 데 있었지. 그리고 미풍이 광풍보다 더 강인하다는 것도.

 이 모든 건 얼마나 오래전 일인가, 네가 마침내 떠난 것은. 우리가 너의 중독적 바람에서 벗어났다고 착각한 것은. 그것은 긴 터널의 시작이었을 뿐인데. 여름이 미처 끝나기 전에 언뜻언뜻 가을이 얼굴을 드러내는 그런 때가 있지. 피곤하고 달구어진 몸이 안도의 숨을 내쉬는 그런 시간, 가을은 매년 엇비슷한 때 시작되지만 그해 가을의 시작을 나는 지금도 선명하게 한 가지 빛으로 기억하지. 너의 공허한 눈동자, 파괴와 거짓과 온갖 고통의 기억으로 절어버린 너의 피폐한 몸이 발하는 잿빛으로. 다 알다시피 얼마전부터 열대야로 들끓는 여름의 하늘은 아무도 올려다보려 하지 않았고, 우리는 탄식을 위해서가 아니라면 어떤 거짓 약속을 위해서도 빈 하늘을 바라다볼 필요가 없었어. 10년 전 어느 때, 너, 우리를 온통 집어삼킨 광폭한 경악의 회오리. 거기에 무슨 계기가 있었던가. 아무도 이해하지 못했고, 그때쯤 우리는 기진맥진한 상태였어. 너와 우리 모두에게 일어나고 있는 일, 아니면 네가 우리와 같이 살기 전에 네 속에서 이미 진행되고 있던 일을 이해하려는 노력에 우리 모두가 지쳐버렸지. 제일 먼저 지친 것은 바로 너 자신이었겠지. 그렇지 K!

 그래 10년 전 어느 날, 우리가 막연하게 감지하고는 있었지만, 다가오는 것을 막지 못할 것 같은 불안한 마음을 졸이며 기다리던 일이 마침내 일어났다는 것을 알게 됐지. 언덕 밑에 펼쳐져 있었던, 그래 알다시피, 그때는 이 집 사방이 논밭이었지, 밭이랑은 울렁거리며 눈앞에서 뒤집혔고, 뒷산이 넘어져 집을 덮을 것만 같았지. 그 일은 초저녁의 스산한 어둠 속에서 일어났어. 순식간에 일어났고, 아무런 말도 없이 너는 우리에게서 단호하게 등을 돌리고 멀어져갔어. 우리

중 어느 누구도 감히 1초에 수천 미터씩 네가 우리에게서 멀어지는 것을 막을 수 없었지. 우리 중 어느 누구도 너를 저지하기 위해 다른 누구에게, 어떤 종류의 공격적인 물건에 도움을 청할 생각을 하지 못했어. 그것은 다른 질서에서 일어난 일이기에 우리는 다만 눈앞에 벌어진 주검을 처리하기에 바빴지.

피는 검었고 육체는 난도질되어 거기 있었어. 그 옆에 유려한 곡선을 그리며 피투성이 칼이 버려져 있었지. 네가 애지중지하던 등산용 칼을 사용했더군. 그것은 아주 작은 육체였어. 너를 닮았으나 너와 다르고, 너보다 수천 일을 덜 살았으니 너보다 작고, 너를 향해 늘 무언가를 갈구하며 희미하게 웃던 육체, 너만을 기다리며 하루 종일 문지방에서 햇빛바라기를 하던 그 미운 육체를 너는 마침내 너, 그리고 우리의 삶에서 제거하고는 떠났지. 자주 그랬듯이, 네게서 친절한 손길만을 바라던 두 눈이 제일 먼저 너의 분노를 자극했겠지. 그러나 정말 전후를 정밀하게 기억할 수 있었던 일인가 그것이. 그 일은 순식간에 일어났고 단번에 처리되었지.

어머니의 죽음. 왜 우리는 모두, 식구가 떠나간 집, 혼자 남아 있던 네 무릎 위에서 눈을 감았다고 네가 증언한 어머니의 마지막 순간을 떠올렸던 것일까. 한 마리 개가 죽임을 당했을 뿐인데. 그것도 살 날이 얼마 남지 않은 것이 누구에게나 명백했던 기력이 쇠잔한 병든 개 한 마리였을 뿐인데. 우리 중 어느 누구도 어머니의 죽음을 보지 못했기에 그 공백의 자리에 부인할 수 없이 들어서고 또 들어서서 기억을 교란시키는 그 장면.

우리가 아무것도 보지 않았다는 주장을 납득할 사람은 아무도 없을 거야. 우리 어머니의 죽음, 우묵한 곳으로 모이는 수은알처럼 뿔

뿔이 흩어져 있던 사람들을 한곳으로 모으는 이별의 제의. 그날이 그런 날들 중의 하나여서였을까. 우리가 오랜만에 모두 집으로 모여들었던 그날, 해가 지기 전의 애매한 시간, 저녁 준비를 하기에는 이르고, 낮잠을 자기에는 늦은 시간. 너로 인해, 너에 대한 중독의 강도에 따라 멀어지고 갈라지고 서먹해진 우리는 팔짱을 끼고 실내를 배회하며 그 시간이 가고 밤이 확실하게 내려앉기를 기다리고 있었지. 산 밑의 이 집의 저녁은 늘 다른 곳보다 빨라, 그 속에서 우리는 도피처를 찾고 있었던 거야. 서로가 잘 안 보이는 어둠을 좋아한 것이 어머니의 죽음, 그 이후부터였던가. 그 석연치 않은 부고. 믿을 수 없는, 아마도 인정하지 않는 부고를 받은 이후부터?

그런 종류의 감정의 격랑을 숨기면서, 단 하나 남은 닻처럼 집을 지키고 있던 너의 존재가 우리 각자에게 만드는 잡음을 숨기느라 전전긍긍하고 있는 그 순간 열어놓은 문 저쪽에서 일어난 그 일. 마치 요지부동의 답변처럼 다가온 한 사건. 먼저 단말마의 비명이 있었지. 그래 냉정하게 말하면 한 마리 개의 죽음이었을 뿐인데. 하루에도 수십 수천 마리씩 죽어가는 개 죽음. 죽임의 목적이 불분명하기에 더욱 잔인해 보이던 개 죽음. 살육되어 단번에 처리되는 새로울 것 없는 개 죽음들 중의 하나가 우리 눈앞에서 일어났을 뿐.

어느 날 장거리에서 너를 따라 집까지 졸졸 따라온 꼬리가 휜 한 마리의 어린 개. 글쎄, 사람의 나이로 치면 한 서너 살 됐을까 말까 한, 그즈음에서 성장을 멈추어버린 듯한 기이한 느낌을 주는, 개라기보다는 강아지였지. 한때는 주인의 사랑을 담뿍 받았으나 이제는 때 이르게 지쳐, 가차 없이 버려져 눈가에 눈곱이 가득 낀 잡종개. 발로 차고 조약돌을 던져도, 소리를 지르고 으름장을 놓아도 멈추었다가는 다시 네 뒤를 쫓아왔다고 너는 말했지. 제대로 짖지도 않고 그렇다고 무리하게 반가워하지도 않는, 아주 인색하게만 꼬리를 흔들어 반기던 이상한 개 한 마리. 집을 뛰쳐나왔다가 길을 잃은 그 개는 이미 거세되어 있었어. 그렇다고 죽기에는 여전히 왕성한 식욕과 운동력을 보여주었던 개를 죽이는 것은 수월하지 않았으리라. 가끔 시골의 물가나 둔덕에서 우리는 개를 두들겨 패 죽이고 흥건한 잔치를 벌이는 사람들의 무리를 만나곤 하지. 그러나 그런 개들은 살집이 실하고 그악스럽게 저항을 하기 마련이야. 그런데 우리의, 너의 쫑이는 작고 말랐으며 거의 아무런 저항도 하지 않았어. 단말마의 짖는 소리는 단 한 번뿐이었지만 신음 소리는 길고 질겼던 것을 기억해.

   그것은 다행히 한 마리 개의 주검이었어. 우리가 뒤처리해야 했던 건.

   우리가 여전히 뒤처리를 하지 않았던 것은 우리가 경악 속에 빤히 쳐다볼 수밖에 없었던 너의 가느다란 팔 끝에 달린 길고 여린 손가락이 연출하는 잔인한 동작, 앙다문 이빨, 반복적인 발길질, 너의 하얗게 타들어가던 눈빛. 구체적인 대상이 있기에는 전면적이며 통째로 드러나는 부정의 눈빛. 그리고 네가 문을 닫고 나간 후에도 한동안 가늘게 들려오던 너의 그 노랫가락이 있었지. 우리의 식탁의 암호 같은 휘파람 가락. 대체 그 모든 것들이 어디에서 와서 어디로 갈 것인가, 이것은 늘 우리가 던지는 진행형의 물음이 되고 말았어. 우리가 뒤처리하지 못한 것은 바로 이런 지속되는 질문들이 되고 만 거지. K, 너는 대체 누구니. 끝도 없이 크고 작은 파괴를 통해 우리의 삶에서 삭제되기를 갈구하는 너는 누구니. 바로 그 지워짐의 욕망으로 너의 존재를 외치는 이 기이한 방식을 이해하는 일은 쉬워도 받아들이기는 얼마나 어려웠던지! 그것은 기필코 받아들여야 하는 재난인지?

 공허한 눈빛으로 인생의 모퉁이에서 우리의 걸음을 멈추게 하고, 우리의 안간힘을 모두 무의미하게 만들곤 하는, 일그러진 미소 속에서 드러나던 이빨, 그 불가사의한 의미로 요약되는 K, 너를 해독해야 하는 우리에게 부과된 숙제. 첫째도 셋째도 넷째도 모두 질려서 너를 에둘러 다녔고, 그것도 모자라 네 소식이 닿지 않을 먼 곳으로들 떠났지. 둘째는 아마도 그 때문에 죽지 않았던가. 홀린 듯, 왜 폭풍우 휘몰아치는 날에 계곡 물속으로 괴성을 지르며 뛰어 들어갔겠어. 너와의 재회를 며칠 앞두고 말이야. K, 그래서, 그런 식으로 떠나간 후 너는 여행가가 된 거니? 멀리, 되도록 우리에게서 멀어지기 위해. 그리고 더 단호히 너 자신을 증명하기 위해? 너의 이름이 달린 멀고 먼 나라의 사진이 실린 잡지를 펼칠 때마다, 우리는 당혹감에 사로잡힌다. 숨겨진 재능이 갑작스레 폭발하듯 너는 그 일에 수완과 능력을 드러냈기에 우리는 놀랐고 여행 잡지나 신문에 실린 네가 찍은 사진을 우리는 뚫어지게 보곤 했지. 그런 식으로 너는 우리에게서 멀어져서도 집요하게 되돌아왔지.

 한때, 오랫동안, 네가 부르면 우리는 달려오게 돼 있었지. 아무런 이유도 묻지 않고, 거의 끈에 매달려 끌려가는 인형처럼. 그런데도 너는 우리의 사랑을 구걸했다고 하다니. 다섯째인 네가 경영하는 집안에서 자연스럽게 소멸하거나 갑작스레 사라지는 모든 것들과 우리는 안심하고 이별할 수 있었지. 안녕 할머니, 안녕 은행나무, 안녕 어린 시절, 안녕 아버지. 여섯째인 나마저 이미 집을 떠난 후였기에 홀로 집을 돌보는 네가 하나하나 우리를 부를 때면 우리는 만사를 제쳐놓고 너를 만나러 뛰어왔지 않았니.

3년 전의 그날도 그런 관성으로 나는 네가 부른 이곳으로 뛰어왔지. 그때 너는 이미 1년에 반 정도는 여행으로 생활하는 직업적인 여행자가 되어 있지 않았던가. 네가 떠난 후 7년 만이었지. 네게서 여행 제안이 왔을 때 나는 다시 한 번 모든 것을 잊고 달려왔었지. 이 고질적인 망각, 너에 관해서 운명처럼 따라붙는 이 고질적인 망각, 모든 신산한 기억들을 잠들게 만드는 마술적인 망각. 그러나 그건 오래 지속되지 않는, 도저한 기억을 덮지 못하는 그런 망각일 뿐임을 우리는 각자, 다른 방법으로 터득하기 시작했지.

네가 데려가준 곳의 사막은 네가 인색하게 덧붙인 설명과는 비교도 할 수 없을 정도로 아름다웠어. 사진 몇 장을 내 앞으로 던지면서 너는 말했지.

네 서른 살을 기념해 잊지 못할 풍경을 선물로 주지. 내가 네게 줄 수 있는 것은 이런 것뿐이야. 그저 존재하는 것을 보여주는 것. 너는 결코 후회하지 않을 거야!

나는 그때 처음으로 사막은 무미건조한 모래 둔덕의 연속이 아니라는 것, 그곳에는 다양한 생물과 돌조각과 돌무덤들이 있고, 바람과 기온에 따라 부단히 윤곽과 색채를 바꾸는 운동성이 강한 곳이라는 것을 알았지. 모래와 돌무지와 황량하고 비어 있는 풍경 사이로 가늘게 나 있는 길을 따라 여행용 대여차는 달렸지. 달려도 달려도 아무것도 없었어. 그저 아주 드물게 그 빈 길 위로 트럭이나 수송용 버스가 지나갈 뿐이었지. 광대한 지평선이 사방으로 늘어서 있을 뿐, 먼 곳에, 상상만큼 먼 곳쯤에 희미하게 드러나는 나지막해 보이는 산맥의 어눌한 선밖에는 아무것도 없는 풍경 앞에서 우리는 침묵했지. 감격한 나는 속으로 순진하게 말했어. K, 고마워. 이렇게 놀라운 풍경을 보게 해줘서.

너는 우리를 매혹하는 여러 방법을 그토록 잘 알고 있었던 거지. 우리 각자에게 가장 적합한 방법. 우리를 가장 고통스럽게 하는 은밀한 방법을 가장 잘 터득하고 있는 것도 너야. 그런데 나는, 우리는 왜 완전한 매혹의 무장 해제 속에서 매혹이 지옥으로 변모한다는 것을 매번 새까맣게 잊는 걸까.

끝도 없이 직선으로 펼쳐져 있는 길 저쪽 끝으로 흙먼지에 가려서 흐릿해진 해가 지평선 아래로 가라앉는 시간, 그 장관 앞에서 멈추자고 너도 나도 말하지 않았어. 마음을 읽듯…… 차가 멈추었지. 떠날 때부터 다소간 어수룩해 보였던 그 차는 잠시 쿨럭이다가 그만 멈추어버린 거야. 우리는 차에서 내렸지. 너는 내려서 길게 담배 연기를 빨아들였지. 붉은 황혼 속에 드러난 가느다란 너의 손가락이 경련하는 것을 나는 보았지. 그리고 나는 관습적으로 불안해졌어. 그것은 그때까지는 아무런 사건으로도 연결되지 않은 어떤 전조였지. 나는 그럴 때의 너의 표정이 어떻게 변하는지 알지. 그건 마치, 출구 없는 굴 같은 터널로 네가 들어가버리는 것 같은 철렁한 느낌을 만들곤 했어. 네 앞에 아무것도 없는 것처럼 한순간 너는 너 자신 안에 격리되어버리지. 담배가 다 타들어가기를 기다리는 수밖에 없는 거야. 그 경련의 시간이 끝나고 네가 다시 돌아오기를. 놀라운 장관을 삭제해버리는 어떤 긴장. 경련 일던 손가락 사이의 담배가 바닥으로 떨어지고, 너는 나를 향해 돌아섰지. 그러면 그렇지. 그래 늘 그랬어. 요술처럼 몸의 각도를 바꾸면서 너는 그 불안한 전조에서 벗어나곤 했지. 너는 내게 미소를 지었고, 나는 그만 고마워서 눈물이 날 지경이었어. 너는 씩씩하게 말했지. 자, 차를 움직여보자. 너는 가는 선의 네 몸에 어울리지 않는 공구 상자를 차에서 내려 여기저기 점검하고는 다시 운전석에 올라앉았지. 그러고는 말했어. 세게 밀어, 차에 발동이 걸릴 때까지 힘껏!

나는 네가 지시한 대로 온몸을 실어 차를 밀었지. 얼마 지나지 않아 차가 푸드득거리듯 소리를 냈고, 나는 마지막 남은 힘을 모아 더욱 강하게 밀었지. 어릴 적의 우리는 이런 종류의 예상치 않은 사고를 늘 재미있게 처리했기에, 힘이 빠지면서도 그 허구적인 시간대로 되돌아가 순진하게 깔깔거리면서 나는 밀고 또 밀었지. 마침내 차는 나를 앞으로 고꾸라지게 할 듯 강하게 튕기며 앞으로 달려나갔어. 나는 차를 뒤쫓아 뛰어갔지. 그런데 차는 멈추지 않았어. 그대로, 속도를 내며 앞으로 내달리더군. 차창으로 무언가가 내던져질 때까지도 나는 네가 장난을 치는 줄 알았지. 내가 뛰어가 그 물건을 집어 들었을 때, 차는 전속력으로 황혼 속으로 멀어져가고 있었지. 그건 여권 등속의 서류와 푼돈이 들어 있는 허리에 차는 여행용 지갑이었지.

너는 되돌아오지 않았어. 예상한 대로. 그래도 나는 혹시나 하는 기대로 사방에서 물체를 식별할 수 있을 때까지 내 쪽으로 되돌아올 차를 기다렸지. 머리를 조여오는 듯한 불안, 그것은 자연에 대한 공포가 만들어낸 불안은 아니었어. 글쎄, 세상에 나올 때 태아는 무엇을 감지하는지. 태아가 우는 것은 무엇 때문일지. 세상에 버려짐의 울음, 모체와의 격렬한 격리의 울음. 울음을 배우지 못해 눈을 부릅뜨고 어둠 속으로 내달리는 포착되지 않는 네 얼굴…… 왜 이런 것들을 황혼이 점점 짙어지는 무변의 사막의 단조로운 구도 속에서 머리를 채웠는지 알지 못해. 너는 그저 세 살 위의, 내가 언니라고 부르는 한 변덕스러운 여자일 뿐인데. 당장 밀려온, 온몸을 떨게 했던 너에 대한 증오심, 그것이 대상 없는 사막 한중간에서, 구체적인 증거도 없이 폭발되고 난 후의 공허감. 뇌 조직이 바지직거리며 타들어가는 듯한 느낌이 격렬함보다는 은근하고 깊은 고통으로 바뀐 것은 한참 후의 일이었던 것으로 기억해.

 네가 되돌아오는 것을 나는 더 이상 기다리지 않았지. 네가 적선하듯 내던져준 여행용 허리띠 지갑을 차고 바닥에 주저앉아 나는 서서히 내려앉는 냉기 서린 사막의 어둠을 뚫어지게 바라보았지. 불안, 그것은 너라는 이해할 수 없는, 이해할수록 더 끌려들어가는 늪 같은 한 존재의 사각지대를 들여다본 사람의 불안이었어. 그 불안의 다가갈 수 없는 부조리와 비논리, 그날 버려진 사막의 괴기 서린 끔찍한 어둠 속에서 나는 보았지. 밤은 완연히 내려앉았고, 거의 푸르스름하다고 기억되는 초승달 빛이 아니었다면 나는 한 걸음 앞이 심연인 어둠과 냉기에 온몸이 휩싸였겠지. 나는 선택해야 했어. 길옆에 앉아서 언제 지나갈지 모르는 차량이 사막 사이로 난 길 위로 나타나기를 무작정 기다리거나, 냉기에 온몸이 마비되기 전에 그 당장에 무언가를 하든지. 그것은 여지 없는 선택이었지. 나는 일어섰어.

 사방을 둘러보아야 다가오는 혹은 멀어지는 어떤 불빛 하나 없는 광대한 사막. 네가 날 버려둔 그 자리에 나는 그때까지 꼼짝하지 않고 앉아 있었더군. 통곡하지도 발을 구르지도 않았지. 모든 생각을 마비시키는 현기증에 사로잡혀 나는 족히 1시간을 그렇게 앉아 있었을 거야. 그러다가 힘을 한 방울씩 모아 나는 일어섰어. 길 반대편의 돌무지 사막으로 걸어 들어가기 시작했지. 나는 너를, 나를, 사막과 기다림을 잊기 위해 걸었지. 서른 살을 장식하는 잊지 못할 풍경으로 사위가 가득 찬, 직선의 완만하고 단조로운 구도. 본 것을 결코 후회하지 않을 네가 선물로 준 풍경. 그저 존재하는 것을 보여준, 그저 그런 식으로 존재하는 너 자신을 폭발적으로 보여준 이 풍경. 이 풍경의 무엇이 너를 자극했을까, 나는 두고두고 생각한다. 나의, 우리의 무엇이? 아니 거두절미하고, 네 존재의 어떤 풍경이 너를 자극했던 걸까. 연결되지 않을 무의미한 추정들.

    어둠 속으로 더 깊이 한 걸음 한 걸음 옮기고 발걸음의 가벼움과 어둠의 깊이가 신비한 분위기를 띠어갈 때, 나는 발밑에 차인 녹색 빛을 어슴푸레하게 발하는 돌조각을 발견했지. 나는 몸을 굽혀 그 돌을 집어 들었고 한참을 바라봤어. 무언가를 해야 했었지. 때와 장소와 상황을 뒤섞으면서, 순간적으로 연소해버릴 너, 나, 우리에 대한 저주의 말들이 입에서 튀쳐나오지 않도록. 열기와 냉기를 교대로 받아들이느라, 그리고 혹독한 바람 속에 단련되어 단단해진 돌사막의 바닥에 내 손이 움직이는 대로 내맡겼지. 내 손은 천천히 이렇게 쓰기 시작했어. K, 너를 용서한다, 고. 그건 밤이 내려앉는 사막 한가운데서 내가 새벽까지 살아남는 유일한 방법이었어. 한 번 쓰고 나니 그다음에 손에는 속도가 붙었고, 손이 얼얼해질 정도로 쓰고 또 썼어. 밤의 깊이와 정비례하는 사막의 냉기 속에 뜨거운 입김을 내뿜으며 입을 앙다물고. K, 너를 용서해.

    얼마 동안이나 몇 번이나 나는 그 문장을 썼던가. 사막의 몇 평방미터를 그 짧은 외침의 문장으로 덮었던가. 나는 바닥을 그 동일한 글로 덮기 위해 사막 안으로 안으로 걸어들어갔지. 밤이 완전히 내려앉아, 더 이상 앞이 잘 보이지 않을 때까지. 녹색 빛을 발하는 그

돌이 어둠 속으로 녹아들어 내 손도, 손끝에 매달린 돌조각도, 바닥에 그은 글씨도 보이지 않을 때까지. 그래, 나는 그저 그런 식으로 밤과 싸우며 살아남은 거라고 생각했는데, 결국 그것도 지나놓고 보니 하나의 실험이었어. 그 짧은 글자들의 모음이 실체가 되는 실험. 물론 그날 밤 돌무지 사막의 태양과 달빛으로 단련된 단단한 바닥을 그 몇 단어들로 뒤덮으면서 그게 실험이라는 걸 체험했다는 건 아냐. 새벽이 다가와 멀리서 천천히 기어오듯 다가오는 버스를 기다렸다가 잡아 타고 온기와 잠에 온몸을 맡기는 바로 그 순간에 나는 모든 것을 잊었지.

며칠 전 네게서 전화가 왔을 때, 네 목소리에 대답하는 내 자신의 반응에 나는 사막에서의 일을 떠올리지 않을 수 없었던 거야. 녹색 빛을 내던 돌조각으로 바람과 냉온의 반복에 더께가 앉은 사막 바닥에 썼던 빈곤한 단어들의 모음이 하나의 실험이었음을. 그래서 나는 여기 와서 다시 앉아 있는 거지. 너는 불렀고 나는 또 뛰어왔어. 나 자신의 손, 심장, 두 발이 공공연히 벌이는 사업에 대해 제대로 알지도 못하면서 말이지.

갑작스럽게 불려온 나는 가지고 있는 것이 하나도 없네. 나는 늘 그렇듯이 황망히 빈손으로 달려왔지. 이제는 어디서 무엇을 하고 있는지 알 수 없는, 흩어져 사는 다른 형제들에게도 너는 내게 하듯 했는지? 오랜만에 한자리에 우리를 모아놓고 살육을 벌이고 떠난 그날 이후 네가 그들 각자와도 이런 식으로 개별적으로 연락을 하고 지내는지 나는 알지 못해. 겁에 질려 마침내 우리는 알알이 흩어졌고 아직도 다시 만날 준비가 되어 있지 않아. 그후로 네가 우리 모두를 불러 모을 이유도, 그럴 권리도 더 이상 없으니 그렇게 시간이 흘러

갔을 뿐이지.

집이 빈 지 10년이 지났으니, 이 집을 처치하는 문제가 벌써 나왔을 법도 한데 우리 중 어느 누구도 그 말을 꺼내지 않아. 마치 그 주제를 입에 담는 것 자체가 금기인 것처럼. 피치 못할 일들을 알리기 위해 전화를 할 때도 우리는 우리를 키운 그 집에 대한 언급을 멀리 에둘러 가고, 행여 조금이라도 대화가 그에 가까워지면 성급히 전화를 끊고 말지. 이 집에 관해서는 법적 권리 같은 세상의 상식적 질서가 통하지 않는 거지. 그건 성질이 전혀 다른 골칫거리. 무거운 수면에 항거하면서도 다시 수면 속으로 잠수하듯 그에 관한 어떤 결정도, 어떤 제안도 유보케 하는 질서라고나 할까. 무거운 두통과 미래에 대한 전면적 불안 속에서 그 집은 조금씩 자라나지. 주변의 칡넝쿨은 집을 휘덮고, 이름을 알 수 없는 가시덤불은 문을 막고 문설주를 공략하며, 잡초는 창문을 찌르고 집 안을 침범할 뿐 아니라 그 질긴 씨앗은 마루에, 거실에 거대한 뿌리를 내려 전대미문의 거목으로 변종을 해 자라. 어른의 팔목보다도 굵은 쑥 줄기는, 자르자마자 더 질기게 가지를 뻗치는 야생 두릅나무는 기하급수적으로 세를 불려 집 주변에 뿌리를 내리고 벽과 지붕을 뒤덮지. 그것들을 없애려면 집 언저리를 불태우는 수밖에는 없기에 이 상상은 늘 거대한 화재로 끝장이 나.

그러나 얼마나 다행인가 현실은. 얼마나 사실적인가 환상은. 이미 말한 대로 감나무와 호두나무는 예전같이 싱싱하지 않아 돌감이나 병든 호두들이 열렸다가 떨어지겠지. 집 앞을 감싸주고, 집 뒤의 언덕을 안온하고 그윽하게 해주던 나무들 대부분은 오랫동안 돌보지 않아 마을 사람들의 불경한 도둑 톱질에 잘려나갔지만 나무들은 그래도 자라고, 사람의 키를 훌쩍 넘는 잡풀들은 마당을 덮듯이 흉해진 풍경들까지 가려줘. 그뿐인가. 지금도 열쇠를 돌리면 우리를 맞을 마룻바닥과 먼지를 뒤집어써 파스텔 색조가 되었을 침구, 햇살이 흐드러지게 들어오는 부엌이 거기 그 자리에 있으리라는 것을 알고 있지.

  그래 정원의 양지 편으로 나 있는 부엌에 모여서 우리는 모두 다 보았지. 한 마리 개의 주검이 햇살 가득한 잡풀 덮인 마당에서부터 얼마나 집요하게 우리를 따라다닐지를. 우리는 그 사건에 애통하지. 어머니의 긴 죽음의 끝에 애통하듯이. 어떤 방식으로 어머니의 죽음이 진행되었는지 알지 못하는 우리는, 그 일을 보고 난 후 내면에 돋아난 몇 그루 의심의 떡잎에 물을 줘. 듬뿍 물을 뿌릴 필요도 없어. 그것이 빽빽한 밀림으로 변모하는 데는 한 올의 우연한 우울이면 충분해. 그래서 우리는 발설을 하지 않지만 단언하는 거야. 사방으로 흩어져간 우리에게 갑작스럽게 다가온 부음이 치밀하게 진행된 죽음을 향한 행진이었음을. 혼수 상태에서 지속된 어머니의 긴 투병이 끔찍한 비밀을 감추는 강요된 방법이며, 그에 대한 의지적인 분노의 표현이라는 것을. 어떤 말도 거부한 병자의 말년은 그녀의 불행한 항거라는 검증될 수 없는 단언들. 당연히 그건 너, 모두가 떠나갔기에 늘 집에 머물러 있을 수밖에 없었던, 바로 너에 대한 분노와 항거. 무슨 증거가 있었던가. 우리가 집 안으로 들어가기를 두려워하는 것은 그 증거 때문인 것을 우리는 알고 있지. 발견될지도 모르는 증거에 대한 두려움만큼이나 증거가 끝내 발견되지 않을 것에 대한 두려움.

  그러나 어머니의 죽음이 아니었다면 또 다른 것들이 우리와 너의 관계 사이에 끼어들었겠지. 나는 여기 집 앞에 앉아 생각해. 그래 일생이 걸리는 사건의 뒤처리가 있어. 그래서 나는 다시 이곳에 불려왔지. 3년 전에 네가 나를 여행에 초대했을 때처럼. 그러나 이상하지. 이렇게 집 앞에 앉아 너를 향해 한두 마디 쓸 때마다, 온 뇌수를 장악하곤 하던 10년 전 그날의 참혹한 영상들을 조금씩 덮으면서 모습을 드러내는 한 장의 풍경. 돌무지 사막의 바닥에 미친 듯이 그어대며 바람에 날려보내던 전언. 이를 악물고, 추위를 증오하며 녹색빛을 발하는 돌조각으로 나는 수없이 바닥에 썼었지, K, 너를 용서한다. 버려진 사막에 홀로 서서 마치 난도질을 하는 단 하나의 방법인 것처럼 굳어진 돌사막의 바닥에 그어대던 글자들로 인해 너는 내게 전화를 했고, 나는 여기 집 앞으로 달려온 건 아닐는지.

너는 아예 오지 않을지도 몰라. 전화선 저쪽의 네 목소리에는 잡음이 많이 끼어들어 있었고, 소란스러운 이국의 말에 섞여 나는 사실 네가 말한 도착 날짜를 정확히 듣지 못했을 것이 분명해. 어쩌면 너는 다른 말을 하기 위해 전화를 걸었던 건지도 모르지. 그렇지만 그 전화를 받고 어떻게 이곳에 오지 않을 수 있겠니. 전화가 소음 속에 끊어지자마자 나는 벌써 차 열쇠를 찾았고, 벌써 내 손은 운전대를 잡고 있었는걸. 그리고 단숨에 나는 이곳에 와서 앉아 있었던 거야.

마음의 한구석을 집 안에 담그고 두 발은 가지런히 모으고 집 밖에 앉아, 나는 게으르고 무감동하게 무언가가 한 방향으로 고이기를 기다리고 있는 거야. 그러나 고인 물은 어떤 방향으로 흐르지 않아. 시간이 흘러 밤이 되고 다시 떠나기에 너무 늦은 시간이 될 그때를 기다려, 어쩔 수 없군, 하룻밤만 자고 가는 수밖에, 라고 위선적으로 중얼거리며 더듬더듬 현관의 열쇠를 찾는 일처럼 미지근한 물. 네가 만약 이 밤에 여독으로 지친 몸을 끌고 온다면 대체 나는 어떻게 너를 맞아야 할지. 호기심의 기대와 거부의 도피 사이에서 지속되는 기이한 균형. 네가 오지 않을 것을 알고 있으면서 네가 올 것처럼 나 자신을 속이고 불분명한 전화를 핑계로 이 집 앞에 와 앉아 있는 게 으른 아이러니.

그래, 이건, 다시 한 번, 하나의 실험이다. 집 앞까지 와 있으니 나는 집 안으로 들어가야겠지. 여름이 다가오기 전에 한 발을 물에 담그고 수온을 감지하지. 다른 한 발은 강기슭을 디디고 있는데 대체 이 발은 무엇을 망설이는 건지. 여러 가능성이 있다고 믿어보지만 사실, 그다음에는 단 한 가지 행동만이 가능하다는 걸 우리는 알고 있지. 다른 발을 물속에 마저 들여놓는 일, 그리고 나서는 물속에 뛰어들어 온몸을 담그는 일. 그 실험을 해내야 할 거야. 바로 여기 옆의 돌을 들추기만 하면 돼. 그리고 열쇠를 집고 문을 열고 들어가. 가슴은 형언할 수 없이 뒤섞인 감정들로 조여오겠지. 구토와 복통이 일어날지도 몰라. 어쩌면 눈을 감고 심호흡을 하면서 평화로운 강안의 풍경을 머릿속에 불러내야 할 거야. 이 집에서는 해가 빨리 지니, 불을 켜야겠지. 눈을 감고.

어디에 앉을까. 거실의 소파, 아니면 너와 네가 오랫동안 나누어 쓰던 2층의 방이 좋을까. 아무래도 식탁이 좋겠지. 오래, 오래전 네가 요리책을 보면서 서투른 동작으로 달걀말이와 미역국을 처음으로 우리에게 만들어주었던 곳. 그러나 좀더 자주, 어떤 열기로 발설된 약속도 저주도 믿을 바가 없다는 것을 가르쳐주기도 했던 곳. 그사이 큰 변화가 없다면 식탁 바로 위의 30와트의 전등은 실내에 쌓인 빈 시간의 흔적을 무한히 약화해서 가려줄 거야. 더듬더듬 식탁까지의 먼 거리를 나는 눈을 감고 움직이리라. 어느 서랍에선가 잠들고 있던 종이와 연필을 꺼내놓고 앉기도 전에, 어쩌면 도망가고 싶어 숨은 멎고 고통으로 그 자리에서 쓰러져버릴지도 모르지. 그렇지만 그런 현상들은 준비해둔 그 단어들을 종이 위에 쓸 때 나를 사로잡을 어떤 것과는 비교가 되지 않을 정도로 약한 전조일 뿐이야. 단지 세 단어를 쓰는 일이 힘들어 나는 심장 마비로 즉사할지도 몰라.

그래, 이건 하나의 실험이고, 나는 종이 위에 써야겠지. 그것을 해내야겠지. "K, 너를 사랑한다"라는 지난한 기본 문형.

시간이 오래 걸리는, 결과를 확인하는 데 어쩌면 일생이 걸리는 실험들이 있는 거야. 그러고도 확인되지 않는 실험도 있겠지. 그러나 실험과 함께 이미 사건이 시작되었다는 것을 너는 아니?

느낌

그녀가 남자가 근무하는 사무실에 들어간 것은 오전 9시 반쯤, 출근 직후다. 그녀는 평소에 그렇듯이 지난주에 그녀가 부탁한 자료 정리를 요구한다. 늘 그렇듯이 인사도 없이 대답도 하지 않고 남자는 천천히 일어나, 그녀를 볼 때면 남자가 짓는, 미소인지 아니면 방해를 받았을 때 지을 만한 어색함의 표현인지 구분이 가지 않는 표정을 짓고 책상 위의 한 파일을 들고 그녀가 서 있는 입구 쪽으로 다가온다. 남자의 이러한 태도는 그가 말을 아끼는 사람이어서라기보다는 그가 기능적인 사람이기 때문이다. 그는 준비한 자료를 제시하는 것이 말하는 것보다 더 효과적임을 알고 있기 때문에 파일을 열어 그녀 앞에 펼쳐 보인다. 그녀 손으로 넘어온 자료를 펼칠 때, 그리고 설명을 요구하는 시선으로 남자를 바라보려고 그쪽으로 조금 몸을 돌릴 때, 그럴 때면 늘 그렇듯이 남자는 받아 든 자료를 손에 들고 어정쩡하게 서 있는 그녀 옆에 바짝 붙어 선다.

그때까지도 그녀는 이날 아침 남자의 목소리를 듣지 못한다. 그리고 그녀가 자료에 대한 설명을 듣기 위해서 종이를 펼쳐 들고 뒤적일 때, 그때서야 남자는 '여기'라고 부연 설명을 붙이면서 더 잘 보여주려고 그녀 쪽으로 간 자료를 자신 쪽으로 조금 끌어당기고, 특별히 긴 가운뎃손가락에 힘을 주어 한 곳을 가리킨다. 늘 가운뎃손가락. 남자의 손가락은 길고 가늘지만 많이 사용되어 마디가 굵다.

이런 경우 자주 그랬듯이 남자의 손이 그녀의 손을 스친다. 남자가 이 회사에 근무하기 시작한 이래 자주, 최소한 일주일에 두서너 번은 일어나는 일. 그러나 바로 그날, 바로 그때 그 이상한 느낌이 일어났다. 너무도 순간적으로 짧게 일어나 현재이자 동시에 과거가 되어버리는 그 이상한 파장의 느낌이.

일종의 예기치 않은 전류는 남자의 손이 그녀의 손에 닿은 그 순간, 아니면 남자가 그녀 옆으로 한 발짝 다가서서 여자의 어깨에 남자의 가슴이 거의 닿을 정도가 되었던 바로 그때에 순간적으로 일어났다. 당장은 정체를 알 수 없는 일종의 한 감각. 그것은 약 5초간, 놀라운 속도로 그녀의 온몸을 돌고 난 후 그녀의 몸 안에 갇혀버렸다. 광속도나 소리의 속도와 비교할 수는 없지만, 그 빠른 감각의 전달에 다른 이름을 준다면 그것은 느낌의 속도쯤 되리라.

그것은 쾌락에 가까운 강한 자극을 일으키는 단순한 감각, 더 강한, 더 깊은 감각을 예견하고 있는, 그 당장에는 미완으로 감지된 감각이었다. 오직 신체적이며 물리적인, 그보다 더 구체적일 수는 없는 감각이 만든 강렬한 전류는 순간적이지만 빠른 속도로, 속도가 감지되었다고 말할 수도 없을 정도로 동시에, 모든 다른 느낌이나 감각을 정지시키면서 날카롭게 이동했다.

그러나 그렇게 말할 수 없다. 왜냐하면 이런 것은 후에 그녀가 그 순간을 되돌아보면서 그 감각을 복원하고자 했을 때 인위적으로 조작되어 저속도로 감지된 것에 불과하므로. 그것은 단속적이고 날카로웠으며 그 여파는 경련적이며 전복적인 힘을 가진 것처럼 보였다.

그녀는 무언가를 말하기 위해 열었던 입을 다물고, 설명하는 남자의 말은 단순한 웅웅거림으로 그녀의 귀를 스쳐 지나간다. 그러나 어쩌면 남자는 그녀가 그랬던 것처럼 감지되기에는 짧은 5초 동안 말을 멈추었을 수도 있다. 그녀는 자신의 책상으로 되돌아온다. 그녀는 그 회오리의 순간이 지나간 후 무엇을 남자에게 말했고, 무슨 대답을 들었으며, 어떻게 자신의 사무실로 되돌아와 앉았는지 기억할 수 없다. 이 이상한 감각이 그녀를 미궁 속으로 끌어들인다.

칸막이로 나누어진 작은 사무실을 같이 쓰는 두 명의 다른 동료들이 다행히 외근 중이기에, 그녀는 사무실 문을 닫고, 잠금쇠를 누른다. 손님 접대용으로 사무실 벽 쪽에 놓인 소파에 몸을 던지고, 어지럼증이 지나가기를 기다릴 때 자주 그러듯이 몸을 길게 누인다. 자신의 목에 두르고 있는 사각의 실크 목도리를 풀어 얼굴을 덮는다. 사무실 천장에 켜진 형광등의 불빛이 기다랗고 흐릿한 막대 모양의 무늬를 실크 천에 만든다. 그녀는 눈을 감는다. 그 빛으로 인해 그녀의 몸속 어딘가에 숨어 있는 감각이 달아날 수 있는 통로를 차단한다.

그녀는 그런 자세로, 바로 조금 전에 그녀 안에 일어난 그 감각의 실체를 다시 한 번 들여다본다. 그녀는 아주 진부한, 습관적인, 아무리 세부의 세부까지 따라가보아야 특징적인 것이라고는 없는, 그 감각이 일어난 순간을 재생하고자 머릿속의 기억 장치를 바로 전 순간으로 되돌려본다. 그러나 그 순간의 앞뒤가 채 재생되기도 전에 그녀는 조금 전에 비해 덜 강하다고 할 수 없는 감각이 다시 일어나는 것을 느낀다. 그것은 하도 생생하고 강해서 만약 그녀가 원하기만 한다면 언제든지 그대로 소환해 복원시킬 것 같은 느낌을 그녀에게 제공하고 그 일은 실제로 그녀에게 일어난다. 그녀는 서너 번이나 연속해서 하나의 어깨가 그녀의 어깨에 다가서게 하고, 한 손이 그녀의 손을 스치게 한다. 한 몸의 굴곡이 그녀에게 다가오고 손가락이 확대되어 그녀의 손에 닿는다. 두 몸으로 표상되는 어떤 차이의 경계가 스스로 녹아버리며, 서로의 몸에서 분리되어 그 감각만이 홀로 살아 움직이는 느낌.

분명하면서도 도저하며 동시에 매번 더 강화되는 듯한 쾌감의 반복 재생을 그녀가 멈추었다면 그것은 바로 그 느낌의 진원지가 다른 사람이 아닌, 바로 그 남자라는 데에 그때서야 생각이 미쳤기 때문이다. 도대체 그 남자가 왜? 어떻게?

지금까지 거의 익명으로 되돌렸던 느낌의 재생 장치는 그 남자라는 막연한 정체와 모습이 상기되자마자 기계적으로, 저속으로, 세밀하게 되돌기 시작한다. 그렇지만 그녀가 알고 있는 남자의 모습은 사실 전체적으로, 구체적으로 되살아오지 않는다. 그녀는 이 느낌으로부터 그녀가 알고 있는 남자의 모습을 구성할 수 없다. 남자의 손, 남자의 어깨, 남자의 호흡이나 가까이서 보게 된 얼굴 피부나 그녀의 시선이 잠시 머물렀던 입술……같은 신체의 부분들이 분해되어 제각기 떠돌아다니듯 되살아올 뿐이다.

그녀는 얼굴을 덮은 실크 목도리를 잡아당기고 천장을 바라본다.

평소에 눈에 띄지 않던 천장의 얼룩, 천장과 벽이 만나는 모서리쯤에 보일 듯 말 듯 형성되기 시작한 먼지 뭉치 등을 바라보면서 한 가지 질문을 던진다.

그 남자 또한 동일한 순간, 그녀가 느낀 감각과 꼭 같지는 않다 하더라도, 그와 유사한 어떤 느낌을 받았을까. 남자도 그녀처럼 한 5초간의 기이한 진공 상태를 경험했을까. 남자도 그녀처럼 그 조용한 폭풍 같은 짧은 시간이 지난 후 어색한 태도로 잠시 머뭇거리지는 않았던가. 그 느낌 이전까지의 모든 상황의 세부가 살아오는 것과는 달리 그녀는 그 순간 이후의 어떤 것도 기억에 남아 있지 않음을 재확인한다. 그러므로 그녀의 이 궁금증은 대답되지 않은 채 그녀의 머릿속을 맴돈다.

그녀는 잠시, 다시 한 번 남자의 사무실로 가서 남자의 얼굴에서 사소한 작은 변화의 기미라도 일어나고 있는지 확인하고 싶은 유혹을 느낀다. 그렇지만 그녀는 그럴 수 없다. 알 수 없는 무언가가 그런 섣부른 행동을 삼가라고 명령한다. 그것은 윤리적인 절제나 사회적인 경험에서 우러나온 조심성은 아니다. 그보다는, 대체 이런 감각은 하도 갑작스럽고 무분별한 것이어서, 그 감각의 진원지와 아무런 상관이 없을 수도 있다는 사실을 확인할지도 모르는 미리 예견한 실망감이 만들어낸 그런 조심성이다. 그 유물적 쾌감의 특징은 바로 말과 정신과 몸이 따로 분리된 것을 확인하는 데서 비롯되는 것임을 그녀는 막연히 알아차리고 있는 것이다.

대체 그녀와 남자 사이에 들먹거릴 만한, 거추장스러울 수 있는 윤리라는 벽으로 막힌 것은 하나도 없다. 사회적 경험, 그 또한 마찬가지다. 한 회사에 근무하는 사람들끼리 일어날 수 있는 오히려 자연스럽고 진부한 일일 뿐이다. 그가 접근이 금지된 남자라 하자. 유부남이라든지 동성애자라든지 아니면 가장 가까운 친구의 애인이라든지. 그 감각의 특징은 바로 그런 상상 가능한 종류의 멜로드라마적인 금기의 선 자체가 사르르 녹아버리는 어떤 경계로 그녀를 몰고 가는 것임을, 그녀는 냉철히 바라본다. 만약 이런 느낌이, 모두가 처단하는 어떤 사건을 만들어 그녀가 혹은 그 남자가 회사에서 쫓겨나거나, 어두운 밤길에서 질투하는 한 여자가 보낸 괴한에게 테러를 당한다고 하자. 그런 것조차 아무렇지도 않을 것처럼 폭력에 가까운 원래의 감각은 강하게 다시 한 번 그녀를 사로잡는다. 극한적인 상황을 상상하면 할수록 그 감각은 더 날카로워지는 것 같은 느낌에 그녀는 놀란다.

　아무리 정신을 집중하고 시간을 거슬러 올라가보아야 그녀는 남자와 자신을 이어주는, 이런 감각에 빌미를 제공할 만한 이렇다 할 사건을 찾아내지 못한다. 그 남자에 대해 그녀가 구체적으로 기억하고 있는 것이 있다면 흰색의 상의가 그에게 잘 어울린다는 것이다. 한 번도 그녀의 눈에 띄지 않은 그가 남자로 다가온 것도 바로 어느 날 그가 입고 나타난 흰색의 상의 때문이었다.

　"P씨에게는 흰색이 잘 어울리는데요."

　가끔 남자와 부딪힐 때 이런 문장이 여러 번 그녀의 입 안을 맴돌았다는 것을 그녀는 기억한다. 그것은 그날 일어난 그 감각의 전조였던가. 복도에서 마주칠 때, 혹은 그의 사무실에 사소한 일을 부탁하러 들를 때, 앞 단추가 한두 개 열린 티셔츠나 와이셔츠의 앞자락을, 바로 앞에 친하지 않은 여자가 서 있기 때문에 습관처럼 보일 듯 말 듯 여미는 그의 모습은 그녀의 인상에 남았다. 그녀에게 미미한 유쾌함을 제공한 이런 사소한 몸짓들에서 그녀가 감지한 무언가가 어느 날 누적되어 감각으로 나타났던 걸까.

그러나 그 말은 그녀의 입 안을 한두 번 맴돌았을 뿐 그 사실조차 얼마 지나지 않아 잊어버렸다. 서너 해 전에 특별히 스카웃된, 이 회사를 돌아가게 하는 수많은 나사 중의 하나인 그녀는 매일 반복되는 바쁜 일과에 치여 그런 마음이 한두 번 들었다는 사실조차 잊어버린 것이다. 게다가 계절이 바뀌면서 남자가 흰색 상의를 입는 기회가 드물어지다가, 이윽고 그것은 재질을 알 수 없는 검정색이나 회색으로 바뀌었기에 남자는 다시 그녀의 시야에 잡히지 않았다.

그녀에게 산뜻한 감각을 제공한 흰색 상의라는 단서 아닌 단서에 그녀는 매달려본다. 그것은 마직으로 된, 자세히 보면 꼭 희다고 할 수도 없는 단순한 디자인의 상의였을 뿐이다. 얼룩과 때가 아주 없지는 않았던, 눈에 띌 것이 없었던 상의. 남자가 서류를 들어올릴 때나, 무언가를 설명하려고 손을 움직일 때 드러나는 소매의 깃 부분은 거의 회색에 가깝게 더러워진, 착용한 지 오래된 것이 분명한 그런 평범한 상의였을 뿐이다. 멀리서 보아야 전체적으로 희다고 말할 수 있는 그런 것.

그러나, 어쨌건, 그녀가 정색을 하고 남자에게 "당신한테 흰색 웃옷이 잘 어울리는군!"이라고 말했다면, 짧게 깎은 굵은 머리카락 아래 감추어져 있다시피 한 남자의 얼굴은 화가 난 것인지 아니면 수줍어서인지 모를 모호한 표정을 띠며 붉어졌을지도 모른다. 그러나 그건 남자에게 있는 성향일 뿐이다. 전체적으로 거친 느낌을 주는 얼굴의 선과는 달리 흰 얼굴 바탕은 분노나 부당함, 수줍음이나 흥분이 말로 표현되기 전에 얼굴빛이 붉게 변하는 것으로 남자의 언어를 대신했음을 그녀는 뒤늦게 상기한다. 몇 년 동안 같이 일한 다른 동료들과 같다고 할 수는 없지만, 그렇다고 그녀가 그 남자를 아주 모른다고 말할 수도 없다. 그녀는 일단 기억이 작동되자 자신이 남자에 대해 상당한 양의 정보를 가지고 있음에 놀란다.

그녀는 몇 개의 신체 부분으로 요약되는 영상에 저항해 남자의 전체적인 모습을 떠올려보려고 애쓴다. 남자는 말이 적고 단단한 신체에 크지 않은 키, 그리고 전체적으로 눈에 띄지 않는 평범한 인상을 준다. 그렇지만 그와 한두 건의 일을 처리해본 그녀는 안다. 남자의 길게 좁아져 내려가는 눈과 눈을 덮은 긴 눈썹, 자신의 의견을 표명할 때는 인색하고 또 얼버무리는 말투지만 단어와 단어 사이에 묻어나는 남자의 어법 어딘가에는 간결하면서도 날카로운 감각이 숨어 있다는 것을. 그것은 숨어 있는 것이 아니라 그녀와 일할 때 남자는 늘 당황하기 때문에 그 특성들이 더 분명히 드러난다는 것을. 때로 남자의 말투가 짧고 태도가 불친절한 것은 그의 본성에서 나온 것이라기보다는, 그녀 자신 때때로 과장적으로 오만하고 과장적으로 친절한 것처럼 인생에 대해 아직 미숙한 나이 때문이라는 것을.

그러나 남자가 당황하는 것은 그녀와 남자 사이의 거리 때문일 것이다. 그녀는 이 회사에 근무한 지 오래되었으며 남자는 겨우 몇 개월이 되었을 뿐이다. 남자의 하는 일은 그녀를 비롯한 몇 명의 사람을 돕는 것이며, 그녀는 직책상으로 늘 남자의 일에 불평하는 역할을 부여받고 있다. 남자가 수행하거나 제안하는 일이 더 나은 이익을 회사에 가져오게 하기 위해 그녀에게 배당된 일인 것이다.

그녀의 인생은 그때까지 아주 뛰어났달 수는 없지만 그럭저럭 운 좋다고 말할 만한 과정을 거쳐왔다. 저 여자의 삶은 저절로 굴러가는 것처럼 잘 짜여 있구나, 하고 그녀를 멀리서 본 사람들은 말할 수 있다. 그러나 남자의 경우는 다르다. 그녀보다 세 살 정도 많다고 기억되는 남자의 경우, 그의 이력을 채우는 사항들은 불행히도 그다지 운좋은 배합을 만들어내고 있지 못하다. 재주는 있는 것으로 보이는데, 배경이 좋지 않았다거나, 인정은 받았는데 직업과 연결되지 않았다거나 하는 유의 불협화음을 그녀는 남자의 이력에서 막연히 기억한다.

그러나 그런 것을 제외하면 그에 관한 한 도대체 상상되는 것이 없다. 적어도 그녀로서는. 그렇다고 지금까지 많은 상상을 했던 것은 아니지만, 남자가 나누어 하게 된 일을 전하려고 그녀의 사무실에 들르고 머물다가 나가면서 문을 닫는 그 짧은 시간, 혹은 복도에서 마주칠 때 잠시 그런 상상이 그녀 머리를 스치기는 했다.

회사의 전반적인 분위기와 대비되기에 분명 누구나의 눈에 띄는, 아마도 구입한 이후 한 번도 손질하지 않았을 더러워진 운동화 뒤축, 남자의 크지 않은 키를 이상하게 더 줄어 보이게 하는 늘 흙이 묻어 밑으로 쳐지는 코르덴 바짓단, 이럭저럭 사회생활을 한 지 서너 해가 지났음에도 여전히 견지하고 있는 학생에 가까운 복장과 머리 스타일은 남자의 일상에 대한 더 발전된 상상을 차단한다. 단지 남자의 이런저런 면모는 아침과 밤을 거꾸로 살아도 다음 날의 일정에 차질이 빚어지지 않는 생활을 영위하리라, 는 초보적인 판단 정도를 내릴 수 있게 한다.

5개월 전, 점점 더 넘쳐나는 업무량 때문에 만들어진, 그녀가 4년 전부터 일하고 있는 디자인 대행 회사의 임시직에 그가 지원했고, 채택되었다. 그 당시 그녀는 지방 출장 중이었기에 지원자들을 심사하는 절차에 참여할 수 없었다. 그녀의 동료들이 여러 지원자의 서류를 검토했고, 한 번도 고정직으로 일한 적이 없으며, 한곳에서 6개월 이상 일하지 않는 것을 원칙으로 하는 것처럼 일하다가 쉬다가를 반복해 점선적이라고 말할 수 있는 경력으로 채워진, 다소간 불안한 남자의 이력서를 주목했다. 그들은 누구나 알 만한 디자인 대회에서 두 번이나 수상한, 짧지만 단단한 그 남자의 경력을 선택의 주요 기준으로 삼았다. 그의 털털한 외양, 다소간 초라하기까지 한 그의 복장과는 달리, 그가 그날 보여준 자료로 보아 그의 실력은 화려하고 세련되었다고 동료들은 전한 바 있다.

어쩌다가 그녀의 눈에 들어온 남자의 신상 명세서를 그녀는 의무적으로 뒤적여본 적이 있었는데, 그 과정에서 그녀가 알게 된 것은 적지 않다. 특기할 것 없는 남자의 가족 상황, 학력과 경력과는 무관하게, 그가 회사의 간부들 앞에서 보여주는 뒷걸음질치듯 자신 없는 태도가 놀라울 정도로, 남자의 서류에 기재되어 있는, 경력상의 만만치 않은 자질들이 그녀의 기억 어딘가에 부유하고 있다. 이 점에서 그녀가 비록 남자를 다시 한 번 쳐다보게는 되었지만, 이는 그녀를 포함해 회사를 거쳐 간 이 방면의 수많은 사람들에게 공통된 것이 아니었던가…… 그랬다. 그녀가 막연히 머릿속에 입력하고 있었을지도 모르는 이런 것들 때문에, 남자가 단지 그녀 옆에 바짝 붙어 섰다는 이유로, 남자의 손이 잠시 그녀의 손을 스쳤다는 이유로 그녀의 시간을 온통 잡아먹은 것 같은 강렬한 감각이 만들어졌을 리는 없다.

물론 그 밖에도 다른 것이 있다. 비록 그녀가 엄중한 낯을 만들고 그가 제안하는 디자인, 몇 가지 기발한 기획, 정리된 자료 같은 것을 바라보기는 해도, 남자의 어딘가에서 그녀는, 괜찮다는, 믿어도 좋다는, 아니 그보다 더, 저런 속도로 발전하는 남자라면 언젠가는, 외적 상황이 구비되고 약간의 운도 따라준다면 남자는 이 분야에 일인자가 될 수 있는 자질도 가지고 있다는 생각이 들었을 정도로 적극적이며 긍정적인 판단을 그에 대해 내려본 적도 있음을 어렴풋이 기억한다.

그러나 정말 그랬는가. 지금까지 그녀가 감지하지 못한 강렬한 기쁨의 감각을, 그것도 단지 그녀 옆에 서 있다는 단순한 동작 하나로 순간적으로 만들어낼 수 있었다는 그 사실에 그녀는 너무 깊은 인상을 받아버려 판단과 기억이 왜곡을 겪고 있는 것은 아닐까, 그녀는 자문하고 다시 원초적인 그 순간을 복원시켜보려고 한다.

하루는 대상이 없는 감각적 기쁨의 여진으로 지나간다. 그녀가 가끔 뒤적이는 서류 사이, 그녀가 준비하고 있는 주방 기구 세트와 투명 재질 전화기 디자인의 완만한 곡선 사이로, 작은 지진처럼 감각은 손상 없이 재생되어 그녀를 난타하고 지나간다.

다음 날, 기이하게도 감각은 미세하게 되었고 다소간 더 강해진 것을 그녀는 느낀다. 감각은 그녀가 예상하지 않은 일들을 하게 만든다. 그녀는 남자와 마주칠 수 있는 사소한 볼일을 만들었고, 평소에는 하지 않던 일로 그 남자가 끼어 있는 동료들과의 점심 식사 자리에도 끼어 앉는다. 주로 일에 관한 사소한 에피소드가 나열되는 그 자리에서 남자는 말을 별로 하지 않았지만 여자는 자신의 머릿속을 온통 사로잡을 정도의 감각의 진원지인 남자가 입을 벌리지 않을 수 없는 주제로 화제를 이끈다. 처음 있었던 점심 식사를 통해 그녀는 남자가 호기심도 각별한 견해도 없는 매우 지루한 사람이며 할 말이 있다 해도 제대로 전달하는 말주변도 없는 사람이라는 것을 알아차린다.

남자의 무심한 태도로 보아, 감각은 그녀 자신 일방적으로 느낀 우연에 불과하거나, 혹은 그런 종류의 감각은 남자에게는 일상의 일부일지도 모른다는 이중적인 판단이 그녀의 머리를 스쳐 지나간다. 한마디로 억지로 끼어 앉은 점심 자리나, 사무실로 돌아와 같이 마신 커피의 자리도 그녀에게 불쾌감을 남긴다. 그녀는 저녁에 예정된 거래처 사람과의 면담에 남자를 대동할 수도 있었지만 그 약속을 다음으로 미루고, 평소보다 일찍 회사를 나온다.

저녁에 그녀는 자그마한 원룸 아파트의 유리문 밖, 좁다란 베란다에 펴놓은 긴 의자에 앉아 따뜻한 차를 한잔 마신다. 평소, 몰두하고 있는 디자인에 대한 상상력이 막힐 때 그녀는 그곳에 기대앉아 생각을 다듬곤 한다. 5층에 위치한 아파트의 베란다에서 볼 수 있는 풍경이라고는 끝없이 연이어 있는 비슷비슷한 모양의 아파트들뿐이다. 그러나 밤이 되면 풍경은 좀더 흥미롭게 변한다. 불 켜진 아파트들의 실내는 라이트 모티프의 작은 변주들처럼 제각기 다른 분위기를 연출하는 것이다.

그녀는 밤이 되기를 기다리면서 다시 한 번 문제의 느낌을 불러내 본다. 그것은 잘 입력된 프로그램처럼 그녀의 부름에 순순히 되살아 온다. 뿐만 아니라, 그녀의 몸은 건드리기만 하면 울리는 악기라도 되는 것처럼 그 감각의 재생을 더 극적으로 연장할 줄도 안다. 남자가 다가오고 그녀의 몸을 스치고 그녀의 귀 가까이서 숨을 쉬고……

감각은 상황을 만들어내고 사건으로 전개되고 싶어하며, 앞으로 앞으로 뻗으려는 생리를 그대로 드러낸다. 감각은 스스로의 정체를 알고 싶어 한다. 그녀는 감각을 강화하기 위해서 상상을 연장하기도 한다. 물론 그녀는 남자의 신체의 다른 부위로 상상을 펼치고자 노력하지만 마치 남자의 몸은 각 부분이 해체되어 그녀 앞에 전시된 것처럼 별개적으로 떠올라와 무분별하게 뒤섞인다. 만약에 그 순서대로, 상상된 그 모양대로 각 부분을 연결시키면 기괴한 하나의 괴물이 그려지리라. 그러나 부분들은 결코 서로 연결되지 않는다. 그녀는 자신이 가장 구체적으로 알고 있는 남자의 옆얼굴이나 숨결로 되돌아온다.

맨 처음 감각이 그녀에게 닥쳤을 때 던진 질문이 다시금 그녀를 사로잡는다. 원래의 질문이 되살아나던 모든 영상들을 지워버린다. 대체 왜, 어떤 경로를 거쳐 이런 감각이 그녀를 찾아왔던 것일까.

그녀는 갑자기 일어서서 실내로 들어간다. 책상 위에 놓인 달력을 집어 든다. 거기에서 B라는 글자를 찾는다. 그녀의 월경 주기의 표시다. 그녀는 생경스럽게 질문을 던진다. 왜 B지? 이 암호를 만든 지 너무 오래되어 지금은 왜 B라고 표기하는지 그 이유도 그녀는 잊은 것이다. 도대체 무엇의 약자였을까. 밤? 베이비? 붉은색? 불순물? 그녀는 늘 그렇게 표기해왔고 원래의 의미를 잊어버린 후 지금까지 그게 궁금해본 적이 없다. 그녀는 날짜를 세어간다. 그녀가 찾으려고 하는 것은 배란기로 추정되는 주기다. 그녀가 다소간 불안정해지며 불면증이 생기고 민감하다 못해 신경질적이 되는 경향이 있는 이 기간이 되면 그녀는 남자 친구와 격렬하게 싸우며 공격적이 되기도 한다. 남자 친구에게 '며칠간 내가 뭐라고 해도 너무 신경 쓰지

마' 하고 미리 알려놓아야 소용이 없다. 그녀의 남자 친구가 성인이 아닌 바에야 그녀의 궤변에 가까운 말싸움에 걸려들지 않을 수가 없으며 이런 비정상적인 긴장 상태에서 고도로 고안되는 싸움의 문법을 그로서는 이겨낼 도리가 없는 것이다.

그러나 전달의 B와 예정일 표시인 B 사이의 한 지점을 찾아내는 지극히 단순한 날짜 계산은 그다지 수월하게 이루어지지 않는다. 엉뚱한 잡념들이 그 짧은 시간에 번개처럼 끼어든다. 이를테면 그녀는 이런 생각을 한다. 만약 그녀를 갑작스럽게 강타한 이토록 지독한 감각의 팽창이 단지 신체 주기가 만든 예외적인 현상일 뿐이라면, 그것은 그녀가 지배할 수 없는 어떤 것, 그녀가 모르고 있는 무언가가 그녀의 몸에 살고 있어 명령을 하고 있는 것이 아닌가.

그녀는 신비 체험에 빠진 한 친구를 떠올렸다.

그 친구는 너무도 사랑하던 남동생을 사고로 잃은 후, 자신이 원하기만 하면 언제든지 죽은 동생과 영적 교류에 들어갈 수 있다고 주장하는데, 그러기 위해서 친구는 참선을 하기 시작했을 뿐 아니라, 영적 교류가 활발해지는 신성한 순간들이 주기적으로 존재한다고 주장하기도 하는 것이다. 그녀는, 그렇게라도 위로가 되면 다행이겠지, 라고 생각하면서 친구의 말을 건성으로 듣는 쪽이다. 그녀에게 일어난 일은 매달 어김없이 표시되어 십수 년의 나이를 먹은 B라고 표시된 암호와는 아무런 상관이 없다.

그녀는 날짜를 세던 것을 멈춘다. 게다가 그녀는 이미 두 번이나 달력에 표시된 또 다른 암호, P라고 씌어진 암호와 혼동을 했다. 그녀의 흘려 쓰는 글씨체는 늘 B와 P를 유사하게 만든다. P는 그녀가 가입해 있는 패러글라이더의 모임이나 지역 대회일을 표시할 때 쓰는 암호다. 그날은 자동적으로 그녀와 남자 친구의 관계가 애인 관계로 고정된 기념일이기도 하다. 왜냐하면 5년쯤 전 그녀와 남자 친구와의 만남이 결정적인 단계에 접어든 것을 기념하기 위해 그들은 같이 패러글라이더 스쿨에 가입했기 때문이다.

어떻든 그녀는 이즈음 매우 조용하며 안정적인 편이어서 그런 날짜를 계산할 필요도 없다고 단정한다. 그녀가 놀랍게도 까맣게 잊고 있었던 남자 친구와의 약속, 일이 끝나고 그녀에게 들르겠다는 전화 약속이 다소간 거추장스럽게 느껴지는 게 사실이지만 이날 남자 친구에 대한 불편한 마음은, 평소 이 주기에 드러나는 감정의 기복과는 다른 것임을 그녀는 감지한다.

그녀는 시계를 본다. 남자 친구와의 약속을 취소할 수 있는 방법을 모색한다. 그녀는 그가 있으리라고 예상되는 곳에 전화를 건다. 그러나 이미 회사 근무가 끝난 시간이며, 그가 지니고 있는 휴대폰은 미리 예고한 대로 꺼져 있다. 약 2주간의 해외 출장에서 돌아온 그는 직장의 상사와 출장 보고 겸 저녁 식사를 하고 있는 것이다. 그럴 때 사적인 전화가 오는 것은 누구에게나 그다지 달갑지 않은 일인 것이다.

그녀는 식욕도 좋지 않다. 간단히 준비한 식사를 마친 후, 저녁 뉴스의 시작을 알리는 방송사의 시그널 음악이 시작되었을 때, 그 감각이 다시 그녀를 사로잡았다. 그것은 전날 이후 그녀가 유사한 상황을 상상하면서 불러내지 않았음에도 감각이 스스로 재생되어 그녀를 사로잡은 첫번째 경우였다. 그녀는 물론 무엇이 그 감각을 재생시켰는지를 꼼꼼히 따져보려 덤빈다. 언뜻 두려움이 엄습해 그녀는 그렇게 하면서 감각이 사라지거나 약화되기를 바란 것이다. 그녀가 텔레비전 화면에 채 시선을 던지기도 전이었기 때문에 화면에 나타난 물상이나 인물, 혹은 색채나 분위기의 무언가가 그녀게게 연상작용을 일으켰다고는 도저히 생각할 수 없다. 그러나, 매일 저녁 듣는 뉴스의 시그널 뮤직이라니! 그렇다면 왜 이틀 전, 혹은 열흘 전에 동일한 음을 들을 때 그녀에게는 아무런 일도 일어나지 않았는지 그녀는 설명할 길이 없다. 비록 시간을 많이 할애하지는 못하지만 자신도 세상에 대해 비판도 분개도 할 줄 안다는 대견스런 생각을 불러일으키기에 저녁 뉴스만은 꼭 보는 것을 원칙으로 정하고 있음에도 불구하고, 화면과 화면, 사건과 사건 사이에 아무런 차이도 감지하지 못하고, 쳇바퀴 돌듯 되돌아오는 질문에 건성으로 몰두한 채 시간을 지나쳐 보낸다.

그녀는 남자 친구가 들르겠다고 한 시간보다 반 시간이나 앞서서 실내의 불을 끄기로 한다. 그녀는 전화선을 빼놓고, 휴대폰의 전원도 꺼놓는다. 문을 잠그고 그녀는 일찍 자리에 눕는다. 얼마 지나지 않아, 엘리베이터가 멈추는 기계음이 들리고 복도를 걷는 발소리가 들려온다. 이어서 그녀의 아파트에 초인종 소리가 울리고, 늦은 시간이기 때문에 목소리를 낮춰 그녀의 이름을 부르는 생소하게 다가오는 목소리를 숨을 죽이고 듣는다. 그녀는 처음으로 남자 친구의 목소리가 자신의 취향이 아니라는 것을 분명히 알아본다. 그가 자신의 이름을 제발 부르지 말고 돌아가주기를 간절히 바란다. 그러나 남자 친구는 헛되이 문의 손잡이도 돌려보고, 문을 한두 번 주먹으로 쳐보기도 한다. 그 소리들이 이제 확실히 불유쾌하게 다가온다. 그녀는 5년 이상 알아왔으며 아마도 곧 결혼하게 될 그 남자 친구가 갑자기 그녀의 아파트에 불법 침입하려는 치한처럼 생각되어 마음 같았으면 당장 나가, 하고 한마디 쏘아주고 싶은 생각이 들 정도다. 그렇지만 그녀는 그대로 꼼짝 않고 누워 있다. 초인종은 조급하게 연이어 울리다가는 멈추고 아무 소리도 더 이상은 들려오지 않는다. 그리고 발소리는 멀어진다.

그때야 그녀는 일어나 앉는다. 자신이 원하는 것이 감각이 사라지는 것인지 아니면 감각이 지속되는 것인지 알 수 없게 되어버린 멍한 머리로 그녀는 이제는 그녀의 의지와 무관하게 되살아오는 감각을 내버려두기로 한다.

그녀는 자신의 신상에 문제가 생겼을 때 전화를 하곤 하는 동창에게 전화를 걸고 싶은 마음이 굴뚝 같다. 이미 결혼을 해서 땅콩처럼 고소하고 인형처럼 앙증맞은 아가를 돌보는 엄마가 되어 있는, 그녀가 사소한 문젯거리를 건드리기만 해도 자동 기계처럼 해결책이 입에서 튀어나오는 착하고 선한 친구. 그러나 막상 동창의 얼굴이 떠오르자 그녀는 딱히 할 얘기가 없음을 알아차린다. 대체 무슨 말을 한단 말인가. 게다가 아직 신혼에 가까운 친구에게 용건 없는 전화를 하기에 시간은 너무 늦어버렸다.

대체 이 느낌이 내게 원하는 것이 뭘까, 그녀는 중얼거리며 일어나 앉는다. 무릎에 팔을 두르고 거기에 얼굴을 묻고 어둠 속에 앉아서, 그는 감각을 제공한 장본인 남자에 대해 몇 분을 할애해본다. 이튿날 아침 출근하자마자 그녀는 남자의 사무실에 들어갈 것이다. 그리고 다시 한 번 동일한 감각이 일어날 수 있는 정황을 만들어본다. 일거리를 만들어 남자를 좀더 알 수 있는 기회를 만들고, 상황이 괜찮다면 저녁 시간을 같이 보내본다. 그리고 남자와 가까운 사이가 되고…… 그러나 애당초, 상상의 미미한 초반에서부터 삐걱거리면서 저항해온다. 다소간이나마 구체적일 수 있는 남자와의 관계에 대한 모든 상상은 머릿속에서 가시화되기도 전에 그녀에게 지루하고도 귀찮은 어떤 것으로 변모해버리는 것이다. 어떤 종류의 드라마도, 어떤 종류의 희비극도 감각과 연결되지 않는다. 손이나 목, 옆구리나 어깨나 손가락만으로 따로따로 존재하는 남자의 조각과 무슨 구체적인 사건이 일어날 수 있는 것인지……그녀는 피식 웃으면서 다시 누워버린다. 그리고 일종의 주인 없는 느낌이 피로로 인해 다소간 약화되어 되살아오는 것을 느끼면서, 이 감각은 아무런 부담감도 의무도 부과하지 않을 것이기에 감미로울 것으로 기대되는 잠 속으로 빠져 들어간다.

그러나 그녀는 이제 더 이상 피식 웃을 수 없다. 감각은 예상외로 끈질겼다. 초반에는 분명한 구도와 상황 속에서 떠올라오던 그 느낌은 이제 그녀가 각별히 불러내지 않아도 그녀를 가끔, 충분히 자주 지배했다. 그녀는 이제 특별하게 고정된 장치 없이 그 감각이 재생될 수 있다는 것을 알아차린다. 일단 그 감각을 불러오기 위해 그녀가 동원하던 것, 그보다는 감각과 동시에 떠오르던 절단된 손, 오려진 어깨 같은 것이 필요 없게 된 것이다. 그리고 느낌이 스러지고 난 뒤에 그 감각을 동반한 것이 무엇인지 아무리 애써보아야 기억하지 못한다. 그녀는 여전히 사무실이나 복도에서 느낌의 진원지인 그 남자를 마주치지만 때때로 감각의 도래 이전에 그랬듯이 그를 채 보지 못하고 지나갈 때도 있다. 그 이전과 그 이후 적어도 그녀와 남자의 사이에 변한 것은 하나도 없다. 그녀는 오히려 약간의 불쾌감을 동반한 불편함을 홀로 느낄 뿐이다. 남자가 벌이는 작은 실수들, 예를 들면 주문처에 디자인 초안을 보내야 하는 날짜를 넘긴다거나, 아마도 비윤리적이어서라기보다는 게으름으로 인해 바로 이웃 나라의 시장에 이미 나와 있는 상품의 디자인과 유사한 디자인을 그려 오는 것 같은 연이은 실수를 그녀가 그대로 넘긴다면, 그것은 남자에 대한 배려라기보다는 그녀 자신도 잘 모르는 다른 곳에 그녀의 정신이 팔려 있기 때문이다. 오히려 그녀 자신이 윗사람으로부터 심한 질책을 받는다.

　이렇게 감각이 서서히, 점점 밀착해 그녀의 일상을 잠식한다. 그녀는 난제의 철학적 추론에 매달린 사람처럼 남이 불러도 모르고 거리를 걸을 때도 있으며, 신흥 종교에 빠진 사람이 자주 그러듯이 친근한 사람이면 아무나 붙잡고 자신에게 일어난 일에 대해 말하고 싶은 욕구를 느낀다. 그녀는 감각의 힘에 대한 놀라운 증언을 하고도 싶고, 그에 대해 긴 묘사를 하고도 싶다. 그녀는 오래간만에 무언가를 추구하고 있다는 착각마저 든다. 어떻든 그녀의 무언가가 변해보인다, 고 동료들은 말한다. 그건 동료에 따라서 '좋은 일'로 비치기도 하고, '걱정거리'로 비치기도 한다는 것을 주위의 반응을 통해 알아차린다.

　그녀의 남자 친구도 묻는다. 그녀의 마음이 변했는가? 그녀는 그렇지 않다고 대답한다. 더 이상 그를 사랑하지 않는가? 그녀는 사랑이 뭐지? 라고 답변한다. 그러나 실제 그들 관계는 외양에 있어서는 물론 본질적으로 변한 것이 없다. 일이 끝나면 친구들과 어울려 저녁 시간을 보내고, 주말이면 몰려서 오리고기나 멧돼지고기를 먹으로 교외의 식당에 간다. 혹은 좁디좁은 그녀의 원룸 아파트에 열 명

정도가 끼어 앉아 그녀가 시도한 인도식 요리에 고추장을 가미한 퓨전 음식을 맛보기도 한다. 식후나 밤늦게 술 한잔을 마실 때, 갑자기 예의 감각이 야릇한 나른함을 동반하고 그녀를 방문할 때면 그녀는 눈을 감고 눈앞의 다른 영상, 다른 존재들을 잠시 멀리 밀어놓으면 되는 것이다. 중요한 작업 회의 때 그런 일이 일어나기도 하지만 아직까지 심각한 결과를 초래하지는 않는다. 그러나 내용이 다를 뿐이지 그녀는 자주 그러지 않았던가. 그녀는 여전히 인정받는 디자이너다.

이제 그 감각과 연상된 상황이나 영상의 둘레는 하도 낡고 희미해져 사라져버리고, 이상한 손 하나가 어른거린다. 늘 알 수 없는 손 하나가 다가와 그녀의 손을 스치고 사라져가면서 그 감각을 불러일으킨다. 그건 그녀가 알고 있는 어떤 손도 아닌 것으로 이미 변모되어 있다. 손은 우연이다, 라고 그녀는 생각한다. 때때로 그것은 익명의 어깨이기도 하다. 그러나 대개는 한 개의 손이다. 그녀에게는 남들의 손을 유심히 살피는 이상한 습관이 붙었고 그것은 그녀의 일에도 개성적인 몇 가지 아이디어를 제공한다. 어느 누구도, 적어도 그녀의 정보에 의하면, 입에 대고 마시는 소형 음료수 병을 두 손을 모아 옹달샘의 물을 입에 부어넣는 것 같은 형태의 디자인으로 상품화한 적이 없다. 그리고 여성 속옷의 상체 부분이 감각적으로 펼쳐진 두 손의 모양으로 디자인된 것도 그녀는 아직 보지 못했다. 그러나 이 두 개의 디자인의 독창성을 알아보는 사람은 회사 안에는 아무도 없어 결국 상품화되지 못하고 서랍 속에 갇혀버리는 무수한 초안 중의 하나로 남는다. 그녀는 감각이 원하는 것이 무엇인지 여전히 모르고 있고 그 감각이 시키는 대로 자신을 맡겨둔다. 끝 간 데까지 가라고 하면 가리라, 는 마음을 먹어두고 있다.

감각이 그녀가 일에 몰두하는 것을 방해하지는 않는다. 그 반대라는 것이 그녀의 상태에 더 맞을 것이다. 그녀는 무섭게 일에 몰두하게 되었기 때문이다. 그러나 괄목할 만한 결과를 만들지는 못한다. 의사의 말에 의하면, 아마도 지나치게 일에 몰입했기 때문에 그녀는 급성 신장염에 걸린다. 그러나 그녀의 판단은 의사의 판단과는 다르다. 이유는 다른 곳에 있다고 그녀는 믿는다. 그녀에 의하면, 느낌의 초기에 우려했던 것처럼 그녀의 신체의 민감한 주기가 감각에 영향을 미친 것이 아니라, 아마도 감각의 지나치게 잦은 재생, 이제는 그녀의 의지나 욕망과 무관하게 재생되고 지워지는 이 느낌이 그녀의 신체에 영향을 미쳤다고 그녀는 생각한다.

그녀는 이틀에 한 번씩 병원에 들러 치료를 받는다. 그녀는 병원 대기실의 의자에 앉아서 잡지를 뒤적인다. 너무도 많은 화면, 너무도 많은 잡지에 인쇄돼 있는 손들, 일일이 관심을 기울이기에는 벅차게 범람하는 손, 그러나 아무 때, 아무 손이나 그녀의 그 느낌을 유발하지는 않는다. 그녀에게 손과, 손이 유발한 느낌은 거의 밀교의 제의 같은 수준에 다다른다. 그녀는 감각의 재생을 위해 어떤 손의 영상을 떠올려야 하는지를 직관적으로 제법 정확히 알고 있다. 그러나 그것을 말이건 그림으로건 그려낼 수는 없다. 그건 그저 보일 뿐이다. 막연한 느낌으로. 그저 비슷한 손이 그녀가 해낸 디자인을 통해 분산적으로 나타날 뿐이다.

그녀가 그 문제의 손을 발견한 것은 병원의 대기실에 놓여 있던 여행 잡지에 실린 한 사진에서다. 그 손은 풀숲에서 이상하게 생긴 벌레 한 마리를 잡아내고 있는 손이다. 사진의 설명에 의하면 그 손은,

자연환경이 잘 보존되고 있다는 것을 증명하기 위해, 그 지역에서만 나오는 반딧불이의 한 희귀종을 잡아내고 있는 중이다. 예기치 않게 만난 사진 속의 손에서 그녀는 몇 배나 더 강화된 감각을 경험한다. 그 때문에 그녀는 이례적인 강도로 되살아오는 감각보다 다소간 더 강한 호기심이 발동되어 잡지의 표지를 살펴본다. 『자연 너머의 산책』 6월호. 벌써 석 달이나 지난 잡지다. 그녀는 물론 잡지를 가지고 나오고 싶었지만 나이 많은 여자 간호사는 접수 창구에 앉아서 마치 죄수를 감시하는 교도관처럼, 기다리는 환자들을 빤히 쳐다보고 있다. 간호사는 마치 그녀의 의도를 읽기라도 한 것처럼 다른 사람이 아닌 바로 그녀에게서 시선을 떼지 않고 있는 것이다.

그녀는 조금 전까지도 아랫배를 압박해 그녀를 병원으로 달려오게 한 심한 고통을 잊는다. 그녀는 잡지사의 연락처를 쪽지에 적고 주위를 살펴본다. 그녀 앞으로도 여러 명의 환자가 차례를 기다리고 있다. 그녀는 참을성이 일순간 소진해 신경이 날카로워지는 것을 느낀다. 그녀는 병원을 나온다. 회사로 들어가야 하는 일정을 어기고 그녀는 병원 주위의 상점가를 배회한다. 어디서 동일한 잡지를 구한다? 벌써 석 달이나 지난, 여행 안내 잡지책을 찾기란 쉽지 않다. 게다가 온갖 잡지를 뒤적이는 그녀로서도 처음 들어보았거나 아마도 너무 진부하고 평범해서 그녀의 관심을 끌지 못했을 그런 이름의 잡지다. 그녀가 서둘러 들른 병원 가장 가까운 곳의 책방 주인은 그녀와 마찬가지로 그런 잡지의 이름은 들어본 적도 없다고 대답한다. 책대여방에도 웬만한 도서관에서도 구할 확률이 없어 보이는 이 잡지는 아마도 비뇨기과 의사가 가입해 있는 소규모 단체나 그 의사와 학연이나 지연이 있는 지기가 보내오는 비매품일 수도 있다.

그녀는 지름길을 택한다. 그는 길을 걸으면서 적어가지고 나온 잡지사의 번호로 전화를 한다. 쉰 목소리의 남자가 대답한다. 그녀의 판단이 틀리지 않았다. 그녀가 전화를 한 곳은 한 자연보호 단체이고 잡지는 그곳의 회원들을 위해 만들어지는 것이다. 그녀는 몇 년도 몇 월호 몇 면에 게재된 반딧불이 사진에 대해 문의한다. 잠시 기다리는 중 도시의 소음 저편으로 책을 넘기는 소리가 들려온다. 그녀의 목소리에 묻어 있는 관심의 깊이를 감지했는지, 남자는 생물학자냐고 묻는다. 그녀는 그렇지 않다고만 답변한다. 쉰 목소리는 불행하게도 문제의 사진을 찍은 사진작가는 장기간의 해외 여행을 떠났으므로 당분간은 자세한 정보를 줄 수 없다고 말한다. 그녀가 사진 속의 손에 대해서 묻자, 쉰 목소리는 하, 이건 또 뭔가, 하는 어조로 사진기를 든 사람이 사진작가이니, 사진 속의 손의 임자는 따로 있을 것으로 추정된다, 는 상식적인 대답을 보내온다.

결국 그녀는 아무런 사실도 알아내지 못하고 신입회원 회비를 낸다는 조건하에서 3개월이나 지난 여행 잡지를 받아 보기 위해 회사의 이름과 부서를 대준다. 14분 26초로 기록된 길 위에서의 길고 성과 없는 통화가 지속되는 동안 회사로부터 그녀를 급히 찾는 전화가 두 번이나 걸려왔음을 그녀는 확인한다. 반딧불이를 집어내는 손의 사진을 영영 보지 못하는가, 아니면 한 번도 꼼꼼하게 읽지 않을 것임에 틀림없는 잡지를 1년 내내 받아볼 것인가, 사이에서 잠시 망설이다가 그녀는 은행이 문을 닫기 직전 자연보호 단체 앞으로 신입회원 회비를 무통장 입금한다.

며칠 후, 그녀의 사무실로 도착한 우편물에서 그녀는 『자연 너머의 산책』 6월호를 발견한다. 그러나 병원의 대기실에서 본 그 사진의 면을 열었을 때, 그녀는 깊이 실망한다. 도대체 왜 이 손이 그토록 그녀를 격앙시켰던 것일까. 그것은 그녀에게 아무런 감흥은 물론, 조그만큼의 호기심도 일으키지 않는, 지극히 평범하며, 잘 들여다보면 결코 아름답다고 할 수 없는 실패한 손 디자인의 하나에 불과하다. 그녀는 뒤통수를 한 대 두드려 맞은 것 같다. 앞으로도 최소한 열두 번, 그녀에게 아무런 의미가 없는 잡지가 사무실로 도착할 것이고 그녀는 잡지를 감싼 주소가 기재된 종이를 떼지도 않은 채 파지를 모아두는 상자 속에 던져 넣을 것이다.

언제나 불러내면 재생될 것 같은 그 느낌은 영원히 계속되지는 않았다. 다가올 때처럼 갑작스럽게 계기도 없이 사라졌으며 그녀에게 지속적으로 영향을 미칠 아무런 흔적도 사건도 만들지 않았다. 한순간 연기처럼 사라져버렸기에 그녀는 정확히 얼마간이나 이 느낌이 지속되었는지도 알 수 없을 정도다. 그녀에게 준 것도 빼앗아간 것도 없는 채, 많은 시간과 정열이 거품처럼 그 느낌의 추적에 소비되었고, 그토록 강력한 지배력으로 그녀의 일상을 지배했던 감각의 정체에 대해 시간이 지났다고 더 알고 있지도 않다. 얼마간이 되었건 그 시간 동안 그녀는 일상의 드러나지 않는 한 부분이 마비되어 있어 세상에서 일어나고 있는 일들을 잊었다. 그러다가 언제부턴가 체적도 그림자도 없는 느낌이 사라지자 다시 모습을 드러낸 세상으로 그녀는 씁쓰름한 입맛을 안고 걸어 들어갔다.

밀랍 호숫가로의 여행

가을 들판이 이토록 아름답게 다가오는 것은 내가 외롭기 때문이다.

집 아래로 내려다보이는 두 갈래의 오솔길이 마주치는 곳에 마침 알맞게 고여 있는 연못에서 시선을 돌리기 어려운 이유를 나는 아직 자세히는 알지 못한다. 햇살은 따사하고 솜털을 가득 터뜨린 억새들이 저마다 조촐하게 화려하다. 이틀 내내 줄곧 동일한 풍경 앞에 앉아 있건만, 이 작은 연못, 이따금 몰려서 이리저리 하늘거리는 억새꽃 무리, 빛나는 은술을 바람에 날리며 외따로 떨어져 서 있는 한 그루 은사시나무부터 오색 단풍으로 어우러진 개암나무, 졸참나무 또 떡갈나무, 어느 나무 하나 한순간 멈춰 있지 않다. 이들이 들려주는 크고 작은 교향곡은 매 순간 다른 음조의 연주로 내 마음을 울려 댄다.

그러나 내가 꼭 풍경에 몰두해 있었다고 말하기 어렵다. 내 귀는 풍경의 연주를 간간이 들을 뿐, 다른 편으로는 저쪽 더 아래 길 위에 나타날 차 한 대, 그 차가 언덕을 오를 때 낼 만한 귀에 익은 소리에 조금 더 기울어져 있다.

하루에도 대여섯 번 유리문 앞에 놓인 의자에서 일어서 문밖을 나서본다. 그렇지만 멀리 나아가지 않고 다시 집 안으로 들어온다. 이틀 동안 사람 하나, 차 한 대, 이 집만을 위해 난 언덕길을 오르지 않았다. 왜 이럴까. 새삼스레. 겨우 이틀인데.

남편은 이 낯선 집에, 말 그대로 나를 부려놓고 설명 하나 없이 다시 떠났다. 국도를 달리고 있을 때 휴대폰이 울렸고, 차를 길섶에 세워놓고 내린 그는 전화기를 귀에 댄 채 앙상한 소나무밭 사이로 걸어 들어갔다. 운전석으로 되돌아왔을 때의 그의 상태가 안정되었다고 말할 수 없었으나 그는 아무 일도 아니라고 나를 안심시켰다. 전화를 받아 든 그의 목소리의 어조로 보아 급한 용무로 누군가가 그를 찾았던 게다.

고불거리는 길을 지나 나타난 마을에서도 한참 들어가, 정말 갑작스럽다 싶을 만큼 정돈된 아름다운 풍경 속에 한 채의 집이 나타났을 때, 나는 모든 것을 잊었다. 차에서 가방을 내려놓고 서울서 가져온 음식과 장 봐 온 물건들을 채 풀기도 전에, 아니나 다를까, 남편은 집 안을 제대로 살펴보지도 않고 곧 돌아온다며 황망히 떠났다. 하루는 집과 주변의 자연과 친하느라 금방 지나갔다. 곧 갈 수 있을 것 같다, 는 마지막 전화가 걸려온 것이 벌써 이틀 전 일이 되고 말았다.

나는 그리 겁이 많은 여자가 아니었다. 지금은 다르다. 불안하다. 아주 무섭지 않다고도 말할 수 없다. 외따로 아름답게 꾸며진 풍경 뒤에는 다소간 불안이 숨어 있다. 언덕 너머 저 뒤로 집이 두서너 채 있다고 들었지만 직접 보지도 못했고 언덕의 어느 언저리를 넘어서 가야 하는지도 모른다. 도로에서 거의 2킬로미터나 떨어진 외딴 집에서 내게 낯설지 않게 된 것은 기껏해야 이 넓고 안락한 실내와 마주 보고 있는 저 밑의 풍경뿐이다. 이렇게 구체적으로 불안과 두려움을 키우는 이유는 무엇인가. 나는 피식 나오는 웃음을 막기 어렵다. 대체 내가 무서워할 것이 무엇이 있겠는가. 인간은, 언젠가는 생에 대한 모든 원시적 두려움이 사라지겠지, 하는 기대를 가지고 살아간다. 그러나 그럴 만한 날이 되어도 또 이런 식으로 두려움거리를 지어내고 있지 않은가.

"한국에도 이런 데가 있을까 싶을 만큼 아름답다는 거야. 오붓하게 며칠 쉬다 오자구. 어때, 괜찮겠지. 당신 고향에서도 멀지 않아."

고향 근처에 있는 그토록 아름다운 곳? 믿지는 않았지만 조르는 듯한 남편의 제안에 나는 무리를 하기로 했다. 하긴 둘이서 여행을 떠나지 못한 지 오래되었다. 아니, 여행을 싫어하게 된 지가 아주 오래된 것 같다.

나는 우리가 쉬러 온 집이 누구의 집인지 알지 못한다. 친구를 통해 빌렸다는 이 집의 주인을 남편 또한 한 번도 본 적이 없다고 했다. 도착한 날까지 쳐 겨우 사흘째이고 이 집의 구석구석을 탐사한 것도 아닌데 나는 벌써 이 장소에 기이하게 익숙한 느낌을 받는다. 과장 없는 실내 장식, 안온한 가구의 배치가 사람을 끌고 받아들이는 집이다. 아닌 게 아니라 이 집을 이런 식으로 방문하고 이 집이 제공하는 풍경과 안락함을 누린 사람은 우리뿐이 아니다. 다탁에 놓인 방명록에 많은 사람들이 집주인의 관대함과 집의 편안함, 집 주변의 아름다운 자연에 대해 감사와 경탄으로 가득 찬 말들을 남겼다. 이 계절에 이르러 가히 최상의 풍경을 연출하는 산속에 이토록 안락한 집을 지어두고 사업 때문에, 게다가 여행광으로 한 해의 반 이상을 외국으로 떠돌아다닌다는 이 집의 주인은 대체 어떤 사람일까.

몇 년 전이었다면, 나는 내려앉는 저녁을 기다리며 창 앞에 앉아 있지만은 않았을 것이다. 나는 언덕을 걸어 내려가 억새 대를 꺾느라 손바닥이 불그스름해졌을 것이며, 5리 길을 마다하지 않고 아랫마을로 내려가 사람들과 말을 텄을 것이다. 반나절의 교류, 혹은 10분, 1시간의 평범하고 무책임한 공유는 아무나 누리는 것이 아님을 이제 나는 안다. 내가 삶보다 죽음에 더 가까이 있다는 것을 매일 아침 확인하면서 삶에 미소를 보낸 지가 벌써 3년이 넘어가고 있다.

지난 이틀 동안 나는 물론 여러 번 남편의 휴대폰으로 전화를 걸었다. 여러 번이라고는 하지만 나의 마음이 시킨 횟수의 10분의 1도 되지 않는다. 그러나 통화는 하지 못했고, 어찌 된 일인지 음성 녹음을 하라는 목소리도 들려오지 않은 채 끝날 것 같지 않게 벨소리만 울릴 뿐이다. 한번은 열다섯 번까지 세면서 통화를 기다렸지만 결과는 마찬가지였다.

젊어서나 지금이나 우리는 서로를 호들갑스럽게 찾을 일이 없었고, 상황이 부여한 그러한 무덤덤한 관계가 일생의 습관이 되었는데 지금이라고 달라질 리는 없다. 우리는 약사였고, 같은 약국에 고용되어 일하다가 만나서 결혼까지 하게 되었다. 물론 그는 나보다 6년이나 위였기에 기반이 나보다 탄탄했다. 우리는 결혼한 뒤 둘이서 열심히 돈을 모아 독립했고, 약국을 하나 경영할 수 있었으므로 거의 같이 붙어 있었다고 보는 것이 좋다. 물론 우리 생활의 모든 단계가 순탄치는 않았다. 특히 우리의 결혼은 내 편의 미성숙한 망설임으로 인해 지난한 과정을 겪었다. 우리가 부부가 된 것은 남편의 말마따나 그의 꾸준한 인내심 덕분이었다.

우리 부부가 젊었을 때 주변의 어른들은 '다복한 부부'라고 칭찬해 주었다. 그 당시 일찍이라고는 할 수 없어도 20대 중반을 넘기자마자 결혼해, 탈 없이 아들 하나에 딸 하나를 가졌다. 두 아이가 어른들의 마음에 드는 언동을 잘 익혀주었던 점, 집에서 멀지 않은 약국 문을 나란히 서서 열고 닫는 젊은 부부를 보고 하던 말이었으리라. 남편은 담담하고 말은 없는 편이나 일면 취미 생활에는 열정적인 면모를 보여 우리 집에는 늘 난이며 분재며 화초가 즐비했고, 지금은 멈추었지만 한때 여가 시간을 쏟아부으면서 모으던 수석들 또한 나로 하여금 이사 같은 것은 엄두도 내지 못하게 했다.

협소하고 낡은 변두리의 단독 주택에서 나의 모든 행복, 불행이 엮어졌다. 좀더 나은 환경을 갈구하면서도, 내 앞에서 감히 한 번도 이사 얘기를 꺼내지 않은 남편, 때때로 불평은 했으나 열심히 나를 위해 집수리를 하다가 장가들면서 지방으로 간 아들, 두 사람 모두에게 나는 늘 감사하는 마음을 가지고 있다. 이 또한 남편의 말년의 취미 생활로 보아주어야 할지, 친구의 꼬임으로 말려든 증권 장난의 불행한 여파로 약국을 팔 수밖에 없었어도 남편을 원망하지 않은 것도 부분적으로는 그런 고마움 때문이다. 우리는 늙어가고 있었고, 어차피 경제 한파가 우리 낙후한 약국에 닥치기 전에 약국을 처분할 수 있었던 게 다행이 아닌가, 라고 스스로를 다독거렸다. 증권 장난의 불을 끄고 남은 돈 덕분에 집을 깨끗이 수리한 것도 좋은 일 아닌가.

그러나 누구라도 우리 집이라는 것을 알아볼 수 있을 정도로 최소한만 손을 댄 집수리. 왜냐하면 바로 그 집에서 우리는 거의, 정말 거의 다 키워놓은 딸애를 잃었기에. 아니, 그렇게 말하는 것은 정확하지 않다. 막 열네 살 생일 잔치를 마치고 방학 동안 떠난 어학 연수 여행에서 아이는 사라졌다. 연수 프로그램의 일정에 포함되어 떠난 강가에서 딸애는 익사했다. 그렇게 연락을 받았다.

감히 지명을 입에 올리기도 두려운 그 장소를 나는 선명하게 세부까지 기억하고 있다. 내 딸을 태운 버스가 스쳐간 마을, 내 딸이 부재하는 강가, 내 딸을 삼킨 강, 그 강안에 때도 없이 흐드러지게 피어 있던 억새풀 더미…… 딸애의 시신은 끝내 찾지 못했다. 거대하다는 나라의 크기답게 검은 강 또한 광대하게 깊었고, 물살은 음험했다.

나는 딸애의 실종을, 죽음을 한 순간도 믿지 않았다. 나는 딸애가 돌아올 것을 믿어 의심치 않았기에, 딸애의 열네 살 생일 잔치를 했고 또 먼 여행을 위해 여행 가방을 준비해준 그 집에서 한 걸음도 다른 곳으로 옮길 수 없었다. 그사이 상황은 많이 변했지만 나는 아마도 내가 죽기 전까지는 그 집을 떠나지 않을 것이다.

다른 사람들이 더 이상 우리 부부를 바라보며 '다복한 부부'라고 부르지 않는다고 해서 마음 상할 것이 없는 나이에 다다랐다. 게다가 그런 말을 해줄 만한 어른들은 모두 죽어 사라졌고, 요즈음의 젊은이들은 더 이상 그런 말을 입에 올리지 않는다. '다복'이라니! 개성이 없고 촌스럽지 않은가. 단 한 가지의 행복이라도 붙잡을 수 있다면 그나마 횡재에 속하는 어두운 세상을 그들은 맞이하고 있으니 오히려 내가 그들을 동정해야 할 판인지도 모른다.

억새꽃 때문이다. 억새꽃이 내게 기억의 먼 우회로를 걷게 했다. 딸애가 열네 살이던 그 오래전까지의 먼 길을. 지금은 이름도 가물

가물한 그 먼 나라의 긴 이름의 강안에서는 그것마저 살지게 뭉텅이져 피어 있던 억새꽃.

이틀 내내, 때때로 내 시선을 온통 삼키듯 잡아끄는 저 연못가의 수줍은 억새꽃 사이에서 딸애는 여전히 앳된 소녀의 얼굴로 때도 없이 걸어나왔다. 그리고 장면이 예고도 없이 바뀌어, 나는 흐른 시간에 대한 조금의 고려도 없이, 오래전 그 애가 떠난 낡고 작은 우리 집 대문을 밀고 들어가는 딸애의 뒷모습을 본다. 어느 날 귀가하던 중 앞서서 고개를 숙이고 걷던 딸애의 우울해 보이던 뒷모습. 그 애는 자신의 짧은 생애를 감지했기에 어두웠던 걸까. 이미 마음대로 되지 않는 세상에서 자아에 눈뜬 사춘기의 단순한 우울이었을까. 나는 하필 딸애의 이런 뒷모습이 또렷이 되살아나는 것이 늘 못마땅했다.

3년 전, 나는 딸애가 실종된 것도, 언젠가는 되돌아올 먼 길을 떠나기 위해 사라진 것도 아니라는 것을 받아들이기로 했다. 물론 내 마음속에서 결정된 것이니 누구에게 말할 필요도 없었다.

"여보, 이제 그만 미현이 죽음을 받아들이기로 했어"라고 말이다.

이렇게 남편에게 말했다면 그는 또 얼마나 기절초풍을 했을 것인가. 그는 딸애가 사라진 후 얼마 동안 나를 강타했던 간헐적 섬망증상이 재발된 것으로 생각하고 심각하게 치료를 제안했을지도 모른다.

내 주변의 사람들은 내가 딸애의 죽음을 받아들이는 지난한 과정을 겪으면서 불치의 병에 걸려버린 것이라고 생각한다. 내 생각은 다르다. 아무도 모르는 채로 이미 병인이 나를 깊숙이 엄습했기에 나는 다가오는 나의 죽음과 함께 그 애의 죽음을 받아들인 것이리라. 누군가는 내가 영혼의 세계에서 그 애와의 재회를 꿈꾸는 것이라고 말할지도 모른다. 글쎄, 나쁜 생각은 아니지만 그게 병의 원인이 될 수는 없을 것 같다.

  나이가 들면서 배우게 되는 것 중의 하나는 자신에 대한 어떤 분명한 지식도 그다지 유효하지 않다는 것이다. 그보다는, 자신이 어떠한 사람인가에 대해 더 이상 그다지 고정된 생각을 갖지 않는다는 게 더 적절한 표현일지. 나라는 사람에 대한 지식을 조금씩 버리게 되는 거라고 한정해 말하는 것이 더 적합할지도 모르겠다.

  시야 가득 가을 숲과 들판만 들어차 있는 이곳에 버려둘 것을 남편은 왜 그토록 나를 이리로 데려오고 싶어했던 걸까. 대한민국에도 이런 곳이…… 운운하던 것은 과장이다. 아름답기는 하지만 집도 자연도 소박하게 아름다울 뿐이다. 하기는 남편은 약국을 처분한 후 더 분주해졌던 것 같다. 낚시하랴, 친구일 도우랴, 동창회일도 맡기면 맡으랴, 집을 비우는 날이 많아지는 것을 늘 미안해했지만 그렇다고 습관이 바꿔지는 않았다. 누군들, 더 이상 젊지 않은 아픈 아내와 더불어 낡은 집에 갇혀 있길 원하겠는가. 나는 그의 분주함이 두려움과 공허에서 비롯됨을 잘 알고 있다. 어느 날 남편이 시내의 다방에서 골똘한 표정으로 혼자 앉아 있기에 감히 말을 붙이지 못했다는 조카애의 전화가 아니어도 그의 상황이 내 일처럼 짚어질 정도로 우리는 오래 같이 살아온 것이다. 조카애와 통화를 마치고 나는 한참을 흐느끼며 울었다.

  집 근처 나무들 사이를 분주히 돌아다니던 다람쥐가 숨어버린 후, 덥혀지는 대기 속에 날벌레의 시간이 온 모양이다. 보는 이를 마비시키려는 것처럼 미세한 변주로 그 앞에 붙잡아두는 풍경을 등지고 나는 단호히 일어선다. 또 다른 하루를 먼산바라기로 보낼 수는 없는 것이다. 나는 정작 남편이 돌아오기를 기다리는 것인지, 아니면 딸애가 억새풀 사이로 걸어나오는 환상이 되풀이되기를 기대하는 것인지 마음의 경계가 몽롱해져, 이제 막 뺨 절벽을 지나 턱 쪽으로 하강하는 눈물방울의 대열을 저지할 엄두도 내지 못한 채로 엉거주춤 풍경을 등지고 한참을 서 있었다. 머지않아 홀로 걸어 들어가야 할 죽음의 길보다, 남편의 며칠의 부재에 더 외로움을 타는 일을 멈추지 못하는 것, 그것은 내가 아직 삶의 질서에 가깝다는 증거가 아닐런지.

전시장 안은 혼잡하지 않을 정도의 사람들이 들어왔다가는 나가곤 했다. 나는 무릎을 가지런히 모아 되도록 방해가 안 되도록 몸을 작게 하고 앉아 이미 한 바퀴 돌아본 그림들에 다시 시선을 준다.「시간과 공간의 명암전」? 제목은 내게 더 모호할 뿐이다. 검은색과 갈색이 주조인 형상도 색의 경계도 불분명한 그림을 찬찬히 훑어보아야 이런 것이 추상화라는 건가, 하는 아련한 생각만 멍하니 떠올랐다. 무릎에 펼쳐놓은 책자 속 그림 설명은 아예 머릿속에 들어오지도 않아 도움도 되지 않는다. 다만 나는 화가의 투명하면서도 화사한 사진으로 자꾸 되돌아온다. 집안 사정만 괜찮았어도 나 또한 미술 학도가 되었을지도 모르지 않는가. 한때는 그림 그리는 것을 퍽 동경했다. 또 잘 그린다는 소리도 적잖이 들었다. 그러나 조금 재주가 있다고 그 길을 고집했다면 어찌됐을까. 일찌감치 다른 길 찾기를 잘했다는 생각이 평화로운 안도의 상태로 나를 인도한다. 이런 식으로 나는 내가 맞을 미지의 세상에 대해서도 평화로운 미소를 보낸다.

"누구에게 그런 미소를 보내는 거야? 보는 사람 마음 흔들리네."

친구는 키가 훌쩍 크고 건장한 체구의 젊은 여성을 데리고 와서 인사시킨다.
"얘가 명혜다. 우리 집 첫째. 고등학교 입학할 때 본 후 처음이지? 그렇게 말렸는데도 이 어려운 화가의 길로 들어섰구나, 글쎄."
서늘한 눈매의 젊은 여성이 탐스런 머리카락이 파도칠 정도로 깊이 머리를 숙여 인사한다. 굵게 굽이치며 어깨를 덮은 파마 머리 위로 귀밑 1센티미터의 머리 길이를 유지한 단아한 단발이 겹친다. 탐스러운 젊음이 나를 향해 활짝 웃자, 나는 그때에야 왜 내가 이 생소한 장소에 예고도 없이 와 앉아 있는가를 알아차렸다.
집을 떠날 때 소일거리로 사 온 주간 시사지에서 T시에서 열리는 「강명혜 전시회」 소식을 읽고, 딸과 같이 산다고 전해 들은 고등학교 동창에게 축하 전화를 할 때만 해도 나는 친구 딸의 전시회장까지 오게 될 줄은 몰랐다. 친구가 데리러 오겠다고 했을 때, 나는 그저 오랜만에 한때는 가까웠던 동창을 만나 얘기를 나누는 것이 기다리는 무료함보다 나을 거라는 생각에 미안함을 무릅썼다.
딸애를 친언니처럼 잘 따르던 명혜, 어느 날. 딸애가 이미 없던 어느 날 저녁, 작은 가방을 양손으로 앞으로 모아 쥐고 노란색이 도는 문간 전등 밑에서 눈물 가득 고인 눈으로 나를 딱하게 쳐다보던 소녀. 딸애와 두 살 터울이 지는 명혜가 얼마나 멋진 성인이 되어 있는가를 나는 보고 싶었던 것이다. 분명히 의식에 떠오르지 않은 것은 물론, 발설되지 않은 이 숨겨진 욕망이 나를 이리로 이끈 것을 알고 나는 할 말을 잃고 말았다.
명혜는 앞자리에 앉아 생글거리며 웃는다.
"아주머니는 하나도 안 변하셨다면…… 거짓말이구, 참 보기 좋은 아주머니가 되셨네요!"

"고마운 말이구나. 너도, 아주 멋지고······"

무슨 단어를 택할까 망설이고 있는데, 젊고 유망한 화가는 엄마 친구와 한가로이 담소를 나눌 시간이 없다. 뭔가 명혜가 두고두고 기억할 말을 해주고 싶었는데, 방문객들은 곧 명혜를 불러간다.

"걱정이야, 저 나이에 독립할 생각도 하지 않고. 얘! 주변에 좋은 자리 있나 신경 좀 써줘. 네 딸이라 생각하고."

친구는 갑자기 침묵한 후, 화제를 바꾼다. 친구는 알고 있다. 나에 대한 지나치다 싶을 정도의 배려, 내 안색을 살피는 태도로 보아 친구는 이미 나의 병에 대해 자세히 들었음에 틀림없다. 잘된 일이다. 그 길고도 지루한 병의 정황과 진전에 대해 자세히 이야기하지 않아도 되니. 그사이 소원해진 우리의 관계도 다행스럽다. 만약 예전 같은 친밀함이 유지되었더라면, 친한 친구에게 어찌 생명에 관계된 일을 고백하지 않을 수 있겠는가. 우리는 건강에 대한 주제는 되도록 피했다. 그 외에도 할 얘기는 얼마든지 있다. 자식 얘기, 집안 얘기, 여전히 고향에 살고 있는 동창들 얘기.

나는 뒤늦게 목적을 깨닫고 그에 충실하려는 사람처럼 명혜를 시선에서 놓아주지 않는다. 명혜는 젊은이답지 않게 불필요한 몸짓을 하지 않겠다는 듯, 거의 부동의 자세로 한 그림 앞에 서서 상대방을 향해 말한다. 표정은 세련되었으며 편안하다. 그런 명혜가 나는 정말 마음에 든다. 작은 가방을 들고 고등학교 입학시험을 치르러 서울 엄마 친구네 집으로 올라온 명혜는 그때 나흘을 우리 집에 머물렀다. 친척집을 놔두고 명혜가 우리 집에 묵기를 원했다고 친구는 말했었다. 시험을 앞둔 어느 날 저녁, 딸애 방에 앉아 두꺼운 수건에 얼굴을 묻고 울음소리를 죽이며 울고 있는 명혜를 보았다. 나를 향해 고개를 든 명혜에게서 같이 슬픔을 나누자는 눈물의 초대를 읽었다. 왜 나는 같이 바닥에 앉아 명혜를 딸애 대신 부둥켜안고 울지 못했던가. 스스로에게 부과했던 어른의 역할이란 지금 생각해도 얼마나 보잘것이 없었던지 나는, 시험 볼 사람이 울면 눈이 아파 쓰겠냐면서 눈의 부기를 가라앉히는 약물 조치를 해준 게 다였다.

친구가 준비해준 차도 다 마셨고, 동창들 얘기도 바닥이 났으며, 젊은 화가는 전시회 주인공답게 쉴 틈이 없다. 이럴 때 실용성보다는 실내를 꾸미기 위해서 전시회장에 마련된 손님 접대용 소파를 오래 독점하는 것보다 더 미련한 일은 없다.

"우리 언제 또 만나나? 명혜 다음번 전시회 때 만나기로 하자."

나는 지키지 못할 확률이 더 많은 약속을 날리고 일어선다. 친구도 명혜도 차로 데려다주겠다며 나서지만 나는 시내에 볼일이 있는 남편과 연락을 해서 들어가기로 했다고 거짓말을 하고 전시회장을 빠져나온다. 다행히 두 사람이 맞이해야 할 귀중한 손님이 막 도착해, 아마도 마지막이 될 우리의 결별은 예식 없이 끝난다.

태어나고 자란 T시. 그러나 감흥이 없다. 방금 나온 전시장이 있는 거리의 저 끝 모퉁이에는 공교롭게도 이 도시에서 가장 큰 약국이 자리 잡고 있었다. 나의 부모는 우리 부부가 내려와 그 약국에서 일하는 것을 보는 것이 소원이었다. 그러나 부모의 소원이라는 것, 애초에 그건 자식의 소원과 배리(背離)되기 일쑤다. 고향에 내려와 사는 것은 고사하고, 약국을 경영한 그 긴 세월 동안 내가 고향에 내려온 것은 열 손가락으로 꼽을 수 있을 정도로 드물었다.

나는 잠시 걷기로 한다. 시외버스를 타고 산속 집에 가까운 면에 내려 택시를 타리라.

　조촐한 소도시였던 고향은 크기가 늘면서 모든 것이 변해버렸는데, 버스 정류장에는 코스모스가 지난 시간의 흔적처럼 미안한 기색을 띠고 피어 있다. 나는 정류장에 마련된 의자에 앉을 생각을 하지 않고 따사한 기온이 하강하는 것이 느껴지는 오후의 햇살을 받으며 가만히 엄습하는 통증과 어지럼증을 제어한다. 이렇게 서 있다가 홀연히 연기 같은 것으로 변해 허공에 흩어지는 것이 죽음이었으면. 벌써 두 대나 버스를 보내고 나는 엇비슷이 내려오는 오후의 햇살 속에 결이 드러나는 코스모스 꽃잎에 코를 박고 비릿한 생물의 냄새를 맡는다.

　옛 지방 도시의 정경을 완성하려는 듯, 거칠고도 급작스레 정류장을 지나쳐 멈춘 버스는 한 무리의 교복 입은 학생들을 왁자지껄한 소음과 함께 쏟아놓는다. 중학생들, 기껏해야 고등학교 1학년 정도의 어린 학생들. 아직 성인의 육체의 배분을 갖추지 못한 몸이기에 신선함을 주는 소년 소녀의 무리 끝에 딸려 나오듯 앳된 여교사가 내렸고, 그 뒤로 반백의 꼬장꼬장한 용모의 초로의 신사를 끝으로 내려놓고 버스는 떠난다.

　여선생이 도저히 제어될 것 같지 않은 학생들을 기적처럼 한자리에 모아놓는다. 그들 앞에 바짝 마른 초로의 신사가 선다. 저 남자는……? 나는 못할 짓이라도 저지르다 들킨 사람처럼 가슴이 뛰는 것을 느끼며 정류장에 서 있는 사람들 뒤로 몸을 숨겼다. 여교사가 학생들에게 또박또박 주의사항을 전달한다. 교감선생님을 대동한 선배 화가의 전시회 관람. 잊고 있었다. 아무리 커진 것처럼 보여도, 이 소도시에서 아는 사람을 만나는 일은 서울 같은 대도시보다 빈번하게 일어날 뿐 아니라, 또 그것이 정상이라는 것을.

내가 서 있는 곳에서도 옆얼굴이 또렷이 보이는 교감은 체구가 왜소해진 듯하고 많이도 늙었지만 잊을 수 없는 얼굴이었다. 다시 보아도 마찬가지다. 나는 대충 나이 계산을 해본다. 50대 중반이기에는 많이 늙었다. 뒤늦게, 아주 뒤늦게 결혼을 했다고 들었다. 거의 30년 전 그 밤, 얼마나 다급했으면 야밤에, 약혼녀의 사촌에 불과한 나를 찾아와 절규했을까. 사랑하는 사람을 찾아달라고. 두 달 후면 내 사촌여동생의 신랑이 될 사람이었다. 나는 그들이 열애 끝에 마침내 결혼 날짜를 잡은 줄로만 알고 있었는데, 나의 사촌여동생은 어느 날 흔적 하나 남기지 않고 어디를 보나 그에 못 미치는 한 유부남과 야반도주를 감행했던 것이다. 그가 다른 사람 아닌 바로 나를 찾아왔기에 그 소식을 식구들에게 알리는 어려운 숙제도 내게 떨어졌다. 그 당시 철없기는 마찬가지였던 내게, 사촌이 나한테만은 진실을 말했을 거라며 도망가 숨어 있는 곳을 알려달라고 막무가내로 떼를 쓰던 젊다 못해 앳된 한 남자의 딱한 행색이 생생하게 되살아난다. 세상에 태어나 그때의 그 젊은이처럼 한 번쯤 저 깊은 곳에서 기쁨으로건 절망으로건, 누군가를 사랑한다는 절규를 원 없이 터뜨려본 사람은 그것만으로도 풍요한 사람이다, 라는 생각을 하며 나는 학생아이들 뒤를 따라가는 교감을 바라본다.

뒷짐을 지고 허청거리는 걸음으로 느리게 걷는 바짝 마른 초로의 신사. 나는 그에게 다가가 나를 기억하고 있느냐고 묻고 싶다. 이제 우리는 과거의 폭풍과 같던 사건들을 담담히 떠올리고 화제로 삼을 만큼 충분히 살지 않았나요? 라고 덧붙이면서 말이다. 지방 도시 사립학교 교사로 시작해 여일한 직장에서 반평생을 보낸 그의 내면에 대해서는 알 길이 없다. 그러나 저토록 많이 노쇠한 육체는 과거의 고통의 흔적일까, 아니면 어느 사람에게는 더 빨리 진행되는 자연스런 시간의 여정 때문일까. 아마도 그의 경우는 후자일 것만 같다. 좌중에 섞여 있을 때 유난히 또렷하게 드러나던 그의 젊음이 유별났기에.

사촌여동생은 무성한 소문만 남긴 채 한 번도 집안사람 앞에 나타나지 않았다. 지금까지 사촌여동생을 본 사람은 없다. 한참 동안 집요하던 집안 사람들의 추적도 몇 년이 지나 시들해졌고, 가끔 사촌의 소식을 궁금해하는 사람들은 '무소식이 희소식'이라는 식으로 얼버무리게 되었다. 사촌에게서 버림받은 지 수년이 지난 즈음의 고향 거리에서 나는 그를 본 적이 있는데, 외양의 변화가 없었어도 한두 마디 어색하게 나누면서 바라본 눈빛의 어딘가에서 나는, 저대로 두면 큰일나겠다, 싶은 가슴이 덜컹 내려앉는 느낌을 받았다. 그러나 그는 큰일을 잘 이겨낸 듯하다. 몸은 상했지만 그의 느리고 평화로운 발걸음에는 어려움을 견뎌내고 살아남은 사람의 격조가 있다. 그래서 내 마음속에서 메아리치는 그의 젊은 시절의 절규는 더욱 깊고 짙은 것이다.

또 한 대 버스가 도착했지만 차에 오르는 대신 그제서야 정류장에 마련된 의자를 발견한 듯 나는 빈자리에 주저앉는다. 초로의 신사는 학생들과 함께 전시회장 건물 안으로 막 들어가는 중이다. 그의 모습이 완전히 안으로 사라질 때까지 나는 그쪽에서 시선을 거두지 못한다. 이제 그의 모습은 없다. 나는 마치 그가 다시 나오기를 기다릴 것처럼 의자에 주저앉았는데, 그의 모습이 시야에서 사라지자 모든 것이 순간 퇴색한다. 그가 다시 전시장에서 나오기를 기다리는 일, 그렇게 만나 허물없이 말을 건네고, 서로를 알아보고, 잊혀진 과거의 사건 속으로 헤엄쳐 거슬러 올라가는 일이 덧없는 것으로 변모한다. 나는 다시 일어선다.

그를 우연히 만나고, 사랑한다고 외치던 그의 목소리의 메아리를 다시 한 번 들은 것만 해도 얼마나 커다란 횡재인가.

나는 방금 도착한 버스에 올라탄다. 미련 없이. 외출을 '감행'하느라 두 배 분량으로 집어삼킨 진통제의 시효가 얼마 남지 않은 듯, 저 깊이에 숨어 있던 어떤 기관에서 날카로운 손톱이나 가시 같은 것이 부드러운 위벽을 찌르면서 일어나는 기색을 나는 감지한다. 어느 때부터인가 통증은 내 일상의 익숙한 반려자가 되어 있다. 통증의 세기, 지속되다 사라지는 시간의 리듬의 세밀한 변주에 온 신경을 집중하다 보면 하루가 지나가는 것이다. 나는 차창에 기대 눈을 감고 그렇게 내 몸에 온 정신을 집중한다. 그렇게 또 하루의 지는 빛 속으로 들어가고 있다.

밤이 찬찬히 내려앉는다. 사흘 전 첫날, 이곳의 밤이 갑작스레 다가온다고 느꼈다. 안개 때문이었다. 남편이 황망히 떠난 후 언덕을 가득 채우며 피어오르는 안개에 낮과 밤이 갈리는 시간의 경계가 스러져버렸다. 어느 한순간 가까이서 멀리서 한 떼의 동물들이 일제히 울음을 울어 겁이 났었다. 그때서야, 아랫마을을 지나면서 그 동네에 여러 종류의 동물을 사육하는 전직 수의사가 살고 있다고 들었다는 말이 생각났다. 남편이 왜 그 얘기를 했는지 모르겠다. 그는 어쩌면 이 집에 온 것이 처음이 아니었을지도 모르겠다. 그가 내게 자질구레하게 일어나는 모든 일을 얘기해야 할 의무는 없다. 나 또한 내 머릿속 환상이나 병의 진전이나 고통에 대한 자세한 보고의 의무가 없는 것처럼.

어릴 적 방학을 보내던 물가의 외갓집에는 안개가 잦았다. 안개가 심하거나 날씨가 흐린 날 사람의 육안으로는 구별되지 않는 일몰의 순간을 동물들은 알아차리고 울음으로 밤의 도래를 서로에게 알린다던가. 마을 동물들이 일제히 울음을 울면 할머니는 밤님이 오시네, 했고 나는 그것이 신기했다. 마모되지 않은 채 여전히 살아 있는 동물의 감각.

버스와 택시를 번갈아 타며 산속 집으로 돌아왔을 때 나는 연못가까지 내려와 서성거리던 남편의 얼굴에서 모든 상상이 동원된 극에 달한 불안을 읽었다. 그는 부산스럽게 내 안색을 살폈고, 집 안으로 들어와서는 나의 경솔한 외출을 나무랐다. 내 약상자까지 들여다보며 소란을 부리다, 그는 곧이어 침묵했다. 아무 소식 없이 사흘 만에 돌아온 것을 그는 그때서야 떠올린 듯했다. 그 정도로 그는 다른 곳에 있었다. 돌아와 있되 그가 부재함을 나는 온몸으로 느꼈다.

남편의 침묵은 깊고 안정되게 가라앉는 침묵이 아니다. 그건 불안정하고 산만한 일에 휘둘리는 사람의 옅은 침묵. 마치 누르면 배어나오는 스펀지의 물 같은 것. 사흘간의 부재, 나는 그것에 대해 묻기 위해 침묵을 깨지 않는다. 오랫동안 같은 공간과 시간을 나눈 사람만이 감지해낸 무언가가 아무것도 먼저 묻지 말라고 하기 때문이다. 그의 침묵뿐 아니라 거동도 불안정하다. 한자리에 있지 못하고 어둠 밖에는 없는 밖으로 나갔다가 들어온 그에게서 담배 냄새까지 훅 끼친다. 그가 금연을 한 것이 언제인지 생각이 나지 않을 정도로 오래됐는데.

자연을 탐해 지어진 별장식 집의 커다란 유리문은 낮에는 걸러진 풍경을 수시로 바꾸어 보여주어 사람을 꼼짝없이 붙잡아놓더니, 밤이 되니 커다란 한 개의 거울이 된다. 깊게 검은 밤의 입자를 수은 삼아 돋아난 거울 속으로 꼿꼿이 앉아 있는 한 여자와, 고개를 숙인 채 두 손을 맞잡고 앉아 있는 남자, 나이 든 두 사람의 기울어진 육체의 윤곽이 여실히 드러난다. 그와 내가 나란히 앉아 있는 두 개의 의자 사이가 멀어 보이는 것은 유리에 반사되는 실내가 큰 탓일른지. 나는 30년 이상의 시간을 같이 보낸 두 남녀를 생소한 마음으로 번갈아 바라본다.

간단한 저녁을 위해 식탁에 마주 앉아 있을 때만 해도 감지되지 않던 무언가가 거울 속에서는 오롯이 잡힌다. 저 남자의 몸짓, 저 남자의 자세와 표정…… 남편은 무언가 중요한 할 말이 있는 것이다. 그렇기에 침묵하는 것이다. 그리고 저 여자. 그 모든 것을 무심히 남의 일처럼 바라보는 거울 속 저 여자의 부동성.

나는 잠시 망설인다. 커튼을 닫아버릴까. 그렇게 화면을 단번에 지운다. 그러고는, 늘 하듯이 취침 전, 하루의 복용량 중 가장 많은, 모두 효과가 다른 아홉 개의 알약을 삼키러 나 또한 아무 말 없이 일어서 그 자리를 떠날 수 있다. 그리고 잠이 들면 그만이리라. 다소간 무책임한 사흘간의 부재에 대한 질문도 힐난도 없이. 한순간 나는 정말 그렇게 하고 싶고, 그럴 수 있을 것만 같다.

그러나 나는 그렇게 하지 않는다. 때로 죽음에 대한 간헐적이며 피할 수 없는 사색이 가상의 용기를 주기도 한다. 커튼을 잡아당기러 일어서는 대신, 별장의 실내 여러 곳에 세워져 있는 꽃잎이나 나뭇잎이 박힌 장식용 양초 중에서 네 개의 양초에 불을 붙였다. 얼굴도 모르는 이 별장의 주인이 이 정도의 실례를 용서해주기를. 어떻거나 초는 언젠가 불타기 위해 만들어진 것이니.

심지에 불을 붙이자, 여린 빛은 가는 양초의 몸속에 램프라도 밝힌 듯 심지를 투명하게 드러내 보인다. 연한 귤빛과 분홍빛을 섞은 듯한 이런 색을 명혜 같은 화가는 명명할 수 있으려나. 나는 불장난을 걸듯이 네 개의 양초 심지에 차례차례 성냥불을 그어 당긴다.

넷이라는 숫자는 언제부터인가 내게는 불문율이다. 우리 식구의 숫자. 무엇을 사면 나는 늘 네 개를 산다. 그중 한 개가 깨지면 나는 나머지를 다 버리고 다시 네 개를 구입한다. 거의 강박적이던 이 미신적인 숫자에서 해방된 것 또한, 다른 것과 마찬가지로 겨우 3년 전이다. 네 개의 촛불이 겹유리창에서 여덟 개의 불꽃이 되어 우리 둘의 모습이 불분명하게 흔들린다. 실내등을 끄자 불꽃도, 우리도 원래 모습을 되찾는다.

그리고 나는 어쩌면 해서는 안 되는 작은 동작을 기어이 하고야 말았다. 나는 검은 거울 속 잠시 흔들리는 나의 초상에서 고개를 들고 의자를 약 30도 각도 돌려 남편 쪽으로 돌아앉은 것이다. 그리고 남편이 내게 하고 싶은 무슨 말인가가 그의 입에서 흘러나오기를 기다렸다. 그것이 파국이 아닌 사소한 걱정거리이기를, 사건의 범주에 들어가는 것보다는 미열 혹은 가을비처럼 잠시 기다리면 지나가는 어떤 것이기를, 가끔 노년을 사로잡는 우울이나 소외감 같은, 길들이면 참을 만한 종기 같은 것이기를. 그리고 무엇보다 그 말을 할 때의 그의 목소리가 평화롭기를. 그 미미한 동작, 30도의 회전을 하지 않았어도 그 이후의 일이 동일하게 진전되었을지, 나는 알 수 없다.

"차혜연!"

갑자기 남편은 나의 이름 석 자를 한숨처럼 내지르고는 고개를 더 깊이 숙인다. 굵고 긴 열 개의 손가락으로 이미 많이 성기어진 머리카락을 여러 번이고 쓸어 넘길 뿐 말은 이어지지 않는다. 도대체 무엇이 그렇게 넘겨지기를 그는 바라는 것일까, 그게 무엇일까. 남편이 이렇게 나의 이름 석 자를 부를 때는 수리하기 어려운 실수에 대한 용서를 구할 때나, 감당키 어려운 비보를 전할 때다. 내게는 숨긴 증권 장난의 실패로 약국을 팔게 되었을 때, 딸애의 죽음을 내게 전할 때, 그리고 3년 전 어느 날 기습처럼 닥친 내 병에 대한 병원의 검사 결과를 알려올 때 남편은 이렇게 한숨처럼 내 이름 석 자를 불렀다. 그보다 좀 덜 충격적인 일들이 일어났을 때도 그는 그랬다. 그러나 이 세 가지만 머릿속을 맴돌고 다른 정황은 백지처럼 기억에서 사라지고 없다.

그때마다 가슴이 철렁했는데, 지금은 오히려 내 자신의 잊었던 이름을 상기하듯 속으로 되뇌어볼 뿐 아무런 감흥이 없다. 그래 내 이름이 차혜연이었지. 많은 사람들이 각기 다른 마음으로 이 이름을 불러주었지. 짧은 생애에 사람은 참으로 많은 사람들을 만난다. 나는 10년은 더 늙어 보이는 고개 숙인 남자의 정수리에 시선을 고정시킨 채, 엉뚱한 감상 쪽으로 자꾸 미끄러지는 생각의 갈피를 손을 놓고 쫓아갈 뿐이다.

남편이 갑자기 얼굴을 들어 나를 똑바로 바라본다. 용서를 구하는, 초췌한 표정의 남자, 수면 부족으로 까칠한 얼굴을 들어 그는 한없이 잦아드는 목소리로 말했다.

"아기가…… 태어났어."

그 목소리는 너무 낮고 갈라져 있어 나는, 뭐라구? 하며 묻듯이 상체를 그쪽으로 숙인다. 같은 문장이 좀더 분명히 내 귓속으로 들어왔다. 아.기.가. 태.어.났.어.

내가 맨 먼저 떠올린 것은 지방에 사는 아들 내외다. 그들은 엄마의 오랜만의 여행에 가방을 챙겨준답시고 바쁜 시간을 쪼개어 먼 길을 올라왔다. 정기 치료를 위해 입원할 때마다 그랬듯이. 며느리가 임신했다는 얘기를 들은 적 없고, 손자들은 아직 어리니 그들의 일은 아니다. 나의 연상은 아이가 태어날 수 있는 일반적인 상황에 걸맞은 몇몇 얼굴을 떠올려보지만 그런 일이라면 남편이 저런 식으로 말할 이유가 없다. 그가 만들어내는 극적인 분위기와 그의 입에서 발설된 짧은 문장 사이의 조화를 어디선가 찾으려 나는 그다지 서두르지 않고 내 머릿속의 여러 기억 상자를 가만가만히 열었다 닫기를 계속한다. 그런 나의 수고를 덜어주기 위해서인 듯 남편은 그사이 좀더 또렷해진 음성으로 덧붙인다.

"아기 엄마는…… 선자야. 그저께…… 다행히, 산모가…… 건강을 회복했어."

이름 모를 들꽃이 흐드러지게 피어 있는 국도의 길섶에 황망히 차를 세우고 그 잔잔하면서도 화사한 풍경 속으로 멀어져가며 전화를 받던, 늙어 구부정하던 예순이 넘은 남편의 뒷모습, 그리고 어느 날 대학에 있는 후배의 소개로 우리의 약국을 찾아와 일하게 된 당시에는 30대 초반의 젊은 약사 하선자의 기름한 얼굴이 번갈아서 또는 나란히 또는 겹치면서 두서없이 떠올랐다. 공교롭게도 약국을 팔기 얼마 전에 우리 약국에 들어와 인연이 짧은 것을 안타까워하면서 나도 퍽 아꼈던 야무진 신세대 약사였다. 어디에서도 찾아질 것 같지 않던, 남편의 분위기와 말의 내용의 조화가 이 두 개의 얼굴 부분에 와서 찰칵 소리를 내며 맞추어진다. 어쩌다가 선명하게 줄이 맞추어지는 카메라의 초점처럼. 아, 그랬구나.

그러니까 6년 전 일이리라. 나는 타인들의 만남과 헤어짐의 얘기를 나눌 때 가끔 하듯, 단아하면서도 강인한 인상을 내게 남긴 한 젊은 여자와 남편과의 관계의 가능한 역사를 무연히 더듬어본다. 역사랄 것도 없다. 곧 관계가 이루어졌으면 6년, 약국을 팔고 나서 시작이 되었다면 5년 남짓, 아니면 그 이하. 그 기간이다. 나로 말할 것 같으면 그즈음, 남편의 증권 장난으로 뒤집어쓴 빚 감당에 약국에서는 경황이 없었고, 주말이면 차를 집어타고 아들네로 내려가야 했던 힘든 때를 보냈다. 난데없이 이혼이네 별거네 하며 삐걱거리던 아들 내외의 위기를 넘겨주느라 나는 약국을 일주일이나 팽개쳐두고 밤길을 달려 아들네로 내려간 적도 있었다.

그때 남편은 어디 있었던가, 기억이 없다. 증권 손해의 불이 떨어진 것은 그의 발등 위였으므로 그가 매일 새벽같이 나가 밤늦게 들어올 때의 스산한 분위기만 지금도 등에 찬바람을 만들며 되살아온다. 뜬금없이, 남편이 수석 수집도 화초 재배도 일제히 끊었던 때가 그즈음이었다는 사소한 기억이 떠오른다. 그랬다, 어떻든 그즈음.

있을 수 있는 일이다! 아무런 감정 없이 이런 문장이 떠오른다. 슬픔도 서운함도 없이. 마취에서 막 깨어난 후의 거의 개운하기까지 한 야릇한 느낌으로. 시간이 흐르면서 나만이 할 수 있다고 생각한 일들을 세상 사람 누구나 할 수 있다는 것을 배웠다. 내가 해줄 수 없는 많은 것들을 젊은 약사가 해줄 수 있다고 해서 그것이 기이하고 억울할 것도 없다, 고 나는 결론 내린다. 이런 일이 10년 전에 일어났다면? 그러나 사람들이 즐겨 말하는 가정이 인생에서 요긴히 쓰일 때는 참으로 드물다는 것도 나는 알고 있다.

이런저런 생각이 그리 느리지도 빠르지도 않게 머릿속 한쪽 끝에서 다른 쪽 끝으로 왕복 운동을 하는 동안 남편은 내 얼굴에서 무언가를 읽어내려는 듯 시선을 떼지 않는다. 정신을 딴 데 두고 나 또한 시선은 그의 얼굴에 두고 있으니, 우리는 마주 바라보고 있다고 말할 수 있겠다. 누군가 유리문으로 안을 들여다보았다면, 한밤중 나이 든 부부가 촛불로 분위기를 밝혀놓고 남사스러운 사랑 고백을 눈으로 하고 있는 줄 알겠다, 는 생각이나 떠올리고 있는 나 자신을 이해할 수 없지만 정황은 희극적이지 않은가. 나는 피식 나오는 웃음을 막을 길 없다. 조소로 알았을까, 내 미소에서 용기를 얻었을까, 남편은 무너지듯 변명한다.
"여보, 나도 힘들었어. 미안해."
설명할 수도 없고, 설명할 필요도 없는 무수한 이유들이 뒤섞인 듯한 표정이 남편의 얼굴에 떠올랐다 스러진다. 목적어도 보어도 필요없는 미안함. 공허와 우울과 두려움…… 이런 것들의 뒤섞임. 그 한 원인임에 틀림없는 그의 아내인 나. 그는 나보다 소멸을 더 두려워하고 있는 것이다. 나의 소멸이라기보다는 그저 모든 생명의 단순한 소멸을.
무슨 말이든 해주어야겠다고 생각은 하면서도 나는 내 속에서 일어나기 시작하는 작은 반응에 신경을 쓰느라 입을 더 꾹 다문다. 이게 뭔가. 콕콕 가늘고 여린 가시 같은 것으로 찌르는 듯도 하고 간지럽기도 한 무엇. 나는 그 정체를 좀더 분명히 보려고, 사람들이 통상적으로 불륜이나 혼외정사라고 부르는 관계들의 상식적인 장면들을 대비적으로 떠올려보려 애쓴다. 20년을 훌쩍 넘게 나이 차가 나는 남녀의 밀회의 끈적한 분위기들을. 남편이 내심 진저리쳤을지도 모르는 우리의 낡은 주택과는 다른, 아담하고 밝으며 또 현대적인 한 모델 아파트의 실내, 그 실내를 반 이상 장식하는 편안하고 거대한 침대에 엉켜 있는 두 개의 알몸. 그 영상 속에서 남편의 몸은 20대처럼 젊고 탄탄하다. 여인의 몸 또한 만개해 있다. 비디오테이프 상자의 표지나 성인 영화에서 한두 번 본 듯한 이런 장면들을 아무리 멀리 상상해보아야 이미 내 몸속에서 일어난, 바람기의 시작 같은 작은 흥분의 미풍을 밀어내기에는 역부족이다. 나는 상상을 포기한다.

작고 신선한 이 미풍은 조금씩 온몸을 돌아 여기저기 지금까지 깊이 잠들어 있던 단순한 기쁨의 감정대를 톡톡 건드리면서 적지 않은 회오리를 만들며 위로 솟구친다. 이런 것을 어떻게 설명할 수 있을까. 모든 잡다한 영상들을 제압하면서, 쉰 듯 막힌 듯 답답한 음색으로 발설된 한마디로 되돌아오는 이 회오리를. 이번에는 흥분과 희열을 숨기지 않은 어떤 익명의 목소리로 변조된 외마디 같은 한 문장.

"아기가 태어났어."

이 문장이 전조음이 되어 머릿속에서 경쾌한 드럼의 리듬으로 반복적으로 울린다. 젊은 애들이 좋아하는 랩과 재즈의 중간 정도 되는 리듬이 되어 몸속에 탕탕 울리자, 급속도로 마모되어가는 몸 한 구석 오지의 상처에서 새순이 돋는 것 같은 쾌감이 가로지른다. 마치 애를 만든 것이 나라도 되는 것처럼 말이다.

다른 이들보다 좀더 죽음이라는 사고에 익숙해진 사람의 관대함인가. 아니면 혹시 고통을 외면하느라, 언젠가 그랬던 것처럼 내가 살짝 미쳐가는 건 아닐까? 그러나 내가 쫓아가는 것은 이런 생각조차 시들하게 만드는 신선하고 생생한 기쁨의 회오리다. 그걸 눌러두면, 그만 재채기를 참을 때처럼 간지럼증이 돋으며 깔깔거리는 웃음으로 터져나올 것만 같다.

　남편은 모호한 표정을 짓고 있는 나와 그 사이에 방어벽이라도 치듯이 기어들어가는 목소리로 말한다.

　"딸이야."

　이 말은 내 마음속 바람에만 풀무질을 한 게 아닌 듯하다. 나는 중죄라도 지은 듯 머리를 조아린 남편의 표정 저 밑에 어렵사리 숨어 있는 작은 광채를 마침내 보고야 말았다. 숨길 수 없는 광채가 있다. 희열의 광채.

　그 순간, 정말 우리가 오래된 부부인 것을 증명이라도 하듯이, 거의 동시에 그의 입과 나의 입에서 웃음소리가 튀어나왔다. 호들갑스럽지도, 크지도 않은 미소에 가까운 그런 웃음소리. 그렇게라도 웃고 났더니, 꼭 참고 있던 하품이나 한 듯 눈에서 물기가 배어나왔다. 한순간 모든 긴장과 두려움에서 해방된 듯 남편은 멍청한 웃음을 애써 자제하면서 다소간 수다스러워진다.

　예정보다 이른 출산이어서 미리 털어놓지 못했지만 언제건 말을 하려고 기회만 보았었노라고, 출산 후 산모의 건강 상태가 좋지 않아 병원을 떠날 수 없었고, 겨우 안정되는 기미가 보이자마자 내가 걱정되어 뛰어왔다고, 선자와는 그저 좋은 사이였을 뿐인데 가족이 없이 외로운 사람이라 가까워졌는데 어느새 이런 단계까지 오게 됐는지 자신도 모르겠다고, 선자가 정말 아이를 원해서 어쩔 수가 없었노라고, 무조건 미안하다고…… 남편의 말은 끊길 듯 끊길 듯하면서도 끝이 없이 계속된다.

　"여보세요, 박봉식 할아버지!"

　남편의 구차한 설명을 분지르며 나 또한 실로 오랜만에 이름으로 불러본다.

"아기 사진 있으면 좀 봐요."

태어난 지 겨우 사흘인데. 그냥 해본 말이다. 막 태어난 아기가 보고 싶은 마음을 표현해, 남들이 알면 기절초풍할 할아버지 아빠가 된 그를 조금은 편하게 해주고 싶었는지도 모르겠다. 그런데 남편은 움찔 놀라면서 내 안색을 살핀다. 그러고는 정말 상의 안주머니에 손을 넣더니, 무슨 보물이라도 꺼내듯 거의 경건한 자세로 사진을 꺼내 내게 넘겨준다. 한 장도 아닌, 대여섯 장의 폴라로이드 사진. 나는 그가 한참 사진 찍는 취미에 빠졌을 때 구입한 후 늘 자동차에 가지고 다니던 폴라로이드 사진기를 들고 아직 세상의 빛과 익숙해지지도 않았을 신생아 주변을 돌고 있는 그를 본다. 이제는 더 이상 건강하지도 확고하지도 않은 그의 발걸음과 몸짓들을.

막 태어난 아기의 사진은 대개 비슷한데도 사람들이 그 앞에서 예외 없이 경탄하는 것은 아마도 한 생명의 탄생이 어떤 우여곡절을 거쳤는지를 알기 때문이리라. 그 어둡고 작은 뱃속의 집에서 작은 줄 하나에 매달려 열 달을 살아냈는데 나머지 삶에서 무엇은 못 할까. 아직 윤곽이 잡히지 않은 빨간 얼굴, 꼭 쥔 양주먹, 쪼글거린다는 느낌을 주는 두 다리. 그리고 앙증맞은 배냇저고리 위에 놓여 더욱 커 보이는, 누구의 것인지 거의 알아볼 것도 같은 한 여인의 손. 나의 시선은 그 손의 영상에 오래 머무른다. 그리고 나는 마음속으로 말해준다. 여인의 손이여, 오래도록 강하라.

나는 사진을 가만히 탁자 위에 놓는다. 벽에 걸린 시계를 본다. 밤은 깊어 보이나 시간은 그다지 늦지 않다. 기껏해야 8시 반. 갑자기 하루의 피로가 몰려오는 시간이기도 하다. 나는 남편의 얼굴을 보지 않고 말한다.

"내 걱정 말고 더 늦기 전에 아기에게 가봐요. 설마 고향 가까이인데 뭣하면 부를 사람 없을까 봐. 여기까지 다시 내려오긴 왜 내려와요, 참."

나는 마치 당장 잠자리에 누울 사람처럼 의자에 깊숙이 등을 기대고, 기지개를 곁들인 과장된 하품을 길게 한다. 그는 마치 내 말을 못 들은 것처럼 부산하게 실내를 왔다 갔다 한다. 내 약상자를 집어 분량을 확인하고, 냉장고를 열었다 닫고, 그러더니 부엌 개수대의 수돗물을 소리나게 틀어놓고는 엉뚱하게 몇 개 있지 않은 저녁 먹은 그릇들을 오래오래 설거지한다. 그리고 다시 내 약들을 다시 한 번 들었다 놓고, 내 옆에 와 가만히 서 있는 그가 유리문의 화면 안으로 다시 되돌아온다.

"미안해, 모처럼 제안한 여행이 엉망이 됐군. 그렇지? 원하면 집으로 돌아갑시다."

나는 가만히 고개를 흔들었다.

"이렇게 좋은데 와서 왜? 마음 안정되면 그때나 데리러 오고, 빨리 가봐요."

남편은 그다지 오래 망설이지 않았다. 정말이야, 하는 듯이 나를 물끄러미 바라보았다. 내 편에서 올 무언가를 기다리듯이 한동안 그는 말없이 서 있다. 나는 그에게 미소를 지어준다. 그리고 손을 내밀어 투박하고 긴 그의 손을 잡아준다. 그제서야 그는 고개를 숙이고 문을 나섰다. 잠시 후 자동차에 시동이 걸리는 소리가 나고, 나는 언덕을 내려가는 자동차의 헤드라이트 불빛이 한밤중의 자연을 거칠게 훑는 것을 보았다. 그리고 소리도 빛도 없이 다시 밤의 화면이 복원

된다.

그의 차가 밝힌 풍경의 잔영이 시야에서 사라진 바로 그 순간 고통이 시작된다. 눈물 없는 건조한 고통. 뒤돌아서기 직전에 상대편의 시선에서 우연히 포착하게 되는 싸늘하게 식은 표정 같은 것. 나의 삶이 채 끝나기 전에 내 존재의 망각이 확인되는 순간에 새순처럼 적나라하게 돋아나는 고통. 그것은 구체적인 대상이나 사건을 조준하고 있지 않아 전면적임을 나는 통감한다. 죽음에의 사색이 어려운 것은 바로 진행되는 삶 속에서 존재가 부인되는 크고 작은 징후들을 매 순간 발견할 수밖에 없기 때문이다.

통증과 고통은 같지 않다. 진통제의 유효 시간이 끝나갈 때쯤 드러나기 시작하는 아픈 기관들의 호소에 나는 다른 사람들이 놀라는 저항력을 보여온 편이다. 통증과는 달리 고통에는 마땅한 진통제가 없다. 구체적으로 통증의 책임을 되돌릴 마땅한 기관이 없다. 심장으로 고통을 느낀다고 말하지만 어떤 고통은 지금처럼 거의 온몸으로 다가온다. 미약하게 시작되어 정상으로 치닫고 잠시 잠잠해지다가 그 곡선은 다시 시작된다. 떠나기 전에 보여준 남편의 얼굴 표정, 차가운 촉감으로 각인된 남편의 손의 감각에 의식이 다다르면 고통의 곡선은 최고조에 달한다. 나는 남편을 사랑하고 있는 것이다. 그것이 어쩔 수 없이 우리가 나눈 마지막 미소이자 마지막 접촉이 될 것을 나는 안타까워하고 있는 것이다.

신선하고 강렬한 것은 그러므로 기쁨만이 아니다. 모든 움직임이 멈춘, 소리도 빛도 없는 밤의 화면 속에서, 신선하고 강렬한 고통을 맞대면하고 앉아 있다. 그것이 좀 전에 나를 사로잡은 기쁨보다 덜 강렬하고 덜 신선하다고 나는 말할 수 없다. 지금까지 기쁨과 고통이 서로 연결되어 있는 하나의 관 속에 갇힌 물과 같은 감정이라고 생각해왔는데. 한쪽이 강하면 다른 한쪽이 약화되는, 한쪽을 기울이면 다른 쪽이 가득 차는, 일종의 작용과 반작용의 화학 작용 같은 것으로. 그런데 뒤늦게 나는 기쁨과 고통은 별개로, 그렇기에 서로 상관하지 않고 동시적으로 존재할 수 있다는 것을 체험한다. 고통과 무관하게 투명한 기쁨이 존재하며, 어떤 기쁨으로도 자제되거나 삭감되지 않는 열정과 같은 고통이 있다는 놀라운 사실을. 만약 내게 예정된 시간을 앞당겨 내가 죽는다면 나는 그것이 이 고통 때문일 것임을 안다. 아니면 고통이 그 시간을 앞당기고자 하는 죽음에의 정열을 불러일으키리라는 것을.

갑자기 전화가 울린다. 우스꽝스러운 뽕짝 곡의 청승맞은 한 소절을 경망스럽게 반복하는 남편 휴대폰의 발신음. 서둘러 떠나느라 남편은 그것마저 챙기는 것을 잊었다. 그것은 어제, 그제 내가 전화했을 때 그랬던 것처럼 열 번도 넘게 울린다. 받지 않는 전화음이 절박하게 들리는 것은 내가 정황을 알고 있기 때문이리라. 그러나 이 전화는 다시는 울리지 않을 것이다. 언덕을 내려가자마자, 이 산속의 집이 그의 의식의 수평선에서 사라지자마자, 남편은 곧 그가 휴대폰을 잊고 온 것을 알아차릴 것이고, 그를 필요로 하는 사람에게 그의 도착을 한시라도 빨리 알리기 위해 공중전화로 달려갈 것이기에.

검은 화면 속에 네 대의 촛불만 오롯이 드러난다. 그 가운데 어두운 그늘처럼 버티고 있는 나의 몸. 잠시 후에 끄려고 불을 붙인 양초였는데, 가느다란 양초는 이미 반 정도 타들어가고 있다. 허락도 없이 사용한 고급 양초에 대해 집주인에게 미안한 마음이 든다. 그러나 나는 이제 그 촛불들을 끄고 싶은 마음이 조금도 없다. 뿐만 아니라 고통이 지금의 강도에서 잦아들 마음이 없다면 나는 밤새 실내를 밝히기 위해 나머지 양초까지도 다 써버릴지 알 수 없다. 왜냐하면 나는 내가 앉아 있는 이곳 이외의 다른 곳에 나의 몸을 누이고 싶지 않기 때문에.

나는 소파에 더욱 깊숙이 몸을 기대고 다탁 위에 발을 올려놓고 벗어놓은 외투로 몸을 덮어 밤을 보낼 준비를 한다. 고통이 잠시 저공비행을 하는 동안 나는 눈을 감고 집주인의 방명록에 써넣을 말을 준비한다.

외람되게 당신의 집을 나의 마지막 여행을 위해 잠시 빌립니다. 마련해두신 네 대의 양초가 배웅해주어 나의 여행길이 따사합니다……

나는 다시 눈을 뜨지 않는다. 이미 낯설지 않은 실내에서 돌아나는 나의 외로운 초상과 유리문 위에서 마주치고 싶지 않다. 때로 고통은 몸의 통증을 잊게 할 정도다. 게다가 머지않아 고통과 통증은 하나가 되어 뒤섞이리라. 고통과 진통의 배합은 길고 날카로우리라. 그때쯤 되면 네 대의 양초는 다 타버려 불빛은 어느새 스러지고, 그 자리에는 작은 밀랍의 호수가 물결무늬를 새겨놓고 굳어져 있으리라.

아침은 어제, 그제 그랬듯이 저 밑 오솔길 옆, 연못가 주위에 파르스름한 안개를 피워올리리라. 그리고 날씨가 어제처럼 맑으면 다람쥐들이 나무들 사이에서, 하늘이 그제만큼 낮은 무채색의 아침을 마련한다면, 어디에선가 날아온 한 무리의 산새들이 떼를 지어, 가히 장관이라 할 수 있는 공중 곡예를 연못 위에서 연출하리라.
그것을 볼 수 있을지, 없을지 지금으로서는 말할 수 없다.

굿바이

사흘 전

    고속도로는 젖어 있다. 새벽 2시, 여전히 비가 내린다. 무한히 가늘어진 빗줄기.
    가까이, 멀리, 폐기된 상자처럼 빼곡히 쌓여 있는 불 꺼진 창문들. 건물들이 기울어진다. 드문드문 켜진 가로등이 달려들다가는 짚단처럼 쓰러진다. 미끄럽게 번들거리며 비어 있는 길. 시속 130, 140. 차에 요구할 수 있는 최고의 속도. 그 이상이 되면 두려움을 감지한 짐승처럼 차체가 온몸으로 바르르 떤다. 언뜻언뜻, 저 아래 시커먼 강변, 촘촘히 박힌 창살처럼 조여져 다가오는 가로수 기둥, 번들거리는 근육질의 아스팔트…… 금속성 파찰음을 내며 그런 데를 향해 무분별하게 곤두박질치다 해체되어버리는 차체, 무수한 금으로 순간적으로 분할되어 제각기 흩어질 유리 조각, 조각들, 두서너 번 경사지에 부딪혀 튕겨 오르다 마침내 자유로이 허공의 무한궤도를 헛돌 차바퀴, 제각기 열려 습기 찬 공기를 한두 번 때리다가 떨어져나갈 네 개의 문, 끝내 한 장의 가벼운 종이처럼 꾸겨져 내던져질…… 분해된 차체의 영상.

그녀는 그런 구체적인 영상의 경계를 달린다. 거의 매 순간.

그녀가 한밤중 도로를 달린 지 6개월이 되었다. 거의 매일 밤.

설령 눈을 감아버린다 해도, 미세한 길의 요철을 기억할 정도로 몸은 그에 익숙하다. 저 앞에 비어 있는 도로를 지우고 삼키면서 차가 달린다. 지운 만큼 더 빈 도로가 그녀를 부른다. 빨리, 더 빨리. 단 20여 분의 질주. 더 깊은 밤을 향해.

그 밤의 가장 깊은 곳에 방이 하나 놓여 있다. 그 방은 모양이 없다. 때로는 둥글고, 때로는 각지며, 때로는 액체이고 그러나 자주, 그 방은 그 어느 모양도 갖추지 못한 채 머릿속에서 부유한다. 그녀의 의식은 아무리 멀리 갔다가도 그 문 앞에, 늘, 잊지 않고 되돌아온다. 성실한 습관, 잘 훈련된 몸짓. 의식한다고 말하기에는 너무 깊이, 작은 씨앗으로 박혀 있다가 순식간에 자라, 머릿속의 모든 빛을 다 덮어버리는, 그녀의 어딘가에 서식하고 있는, 뇌수의 한구석에 그렇게 떠 있는 방.

차창을 내린다. 써늘한 빗방울이 속도가 만든 바람에 날려 안으로 분무해 들어오고, 마침내 그녀의 심장을 두르고 있는 한기와 외부의 기온은 비슷해진다. 아, 마침내! 그녀는 깊이 숨을 들이쉰다. 체온과 기온을 뒤섞는다. 여름이다. 아직 후끈거리지는 않는 초여름. 비가 없다면 스산하게 아름다울 수도 있었을 초여름밤이다. 비가 내리지 않았다면 어느 주택가에서부터 펴져나온 꽃향기가 이 고속도로에까지 산책 나왔을 그런 밤. 비만 아니라면.

바람이, 찬 기운이 잊혀졌던 통증을 일깨운다. 작은 알전구가 켜지듯이 머리 한쪽에서 드문드문 얼얼한 고통의 자국이 반짝인다. 우산 촉이, 그래, 그것은 겨우 우산 촉이었다. 닿은 곳은 이제는 그냥 얼얼한 정도가 아니라, 뜨끔거린다는 것이 옳다. 4시간 전의 통증이, 둔화된 신경이나 핏줄을 느리고 게으르게 지나, 그제야 그녀에게 전달되어오는 듯한 느낌. 그런 때가 있다. 한 가지 신경만 고도로 활동을 하고 나머지 신경들은 모두 쉬거나 죽어 있는 그런 때. 살아 있는 것과 죽어 있는 것이 잠시 뒤바뀌어 있는 때.

그녀는 6개월 전부터 매일 저녁 남자를 만나러 남자의 아파트로 간다. 쇠붙이가 자석에 가서 붙듯이, 의지나 욕구와는 무관한 무언가가 퇴근할 때면 그녀를 지배하고 그녀는 그의 아파트 근처를 서성거린다. 대체 어떤 길로 해서 여기까지 와 있는 거지? 하고 그녀가 질문을 던질 때, 그녀는 이미 남자의 아파트 안에 들어가 있다. 그리고 일단 그 안에 들어가면 그런 질문은 흔적도 없이 사라진다. 그 안에는 그 안에 걸맞은 질서가 있기 때문이다. 지움과 망각의 질서. 아니 그보다는, 지움과 망각이 가능한 것인가를 실험해보는 실험실의 불분명한 기대의 질서.

그녀는 오래전부터 비슷한 시간, 비슷한 길을 통과해 남자의 아파트를 찾아왔던 것 같은 착각을 하지만, 실제로는 겨우 6개월 전에 그 일이 시작되었을 뿐이다. 그러나 6개월, 2개월, 어제, 오늘이 무엇이 중요한가.

어느 날, 날짜가 기억나지 않는, 확인해보려면 확인하지 못할 것도 없는 그 어느 날, 우연이 배치한 배려로 인해 그들이 만났을 때, 그들은 서로를, 서로의 공허를 알아보았고, 그 당장에 이런 종류의 묵계가 이루어졌다고 보는 것이 옳다.

"나는 당신이 어떤 사람인지 알아."

"그래, 당신도 그렇고 그런 사람이지."

"저녁이 되면 왠지 밖으로 뛰쳐나가고 싶은 그런 사람?"

"별다른 기대 없이 말이야."

"다른 방법이 없으니까."

"그래, 그렇지."

만약 그들이 말을 했다면 이런 종류의 그저 해보는 소리들이 나왔을 것이다. 그러나 그녀도 남자도 말을 할 필요가 없었다. 그들은 연수회장의 한 테이블에 나란히 앉아 있었다. 그녀는 신입 사원이었고, 남자는 지방 도시의 지점에 근무하다가 그녀가 일하는 회사로 전근을 왔기에 그 자리에 나란히 앉게 되었다. 점심 휴식이 있은 직후의 나른한 오후 시간이었다. 오전에 그녀 옆에는 또 다른 신입 사원이 자리를 잡고 있었고, 회사에서 예약한 건물 지하의 식당에서는 엄숙한 자세로 옆자리에 시선을 주지 않는 한 중년의 간부가 있었다. 오후의 일정에 약간 늦은 그녀가 가장 쉽사리 찾을 수 있는 자리, 그 바로 옆에 남자가 앉아 있었다.

만약에 그녀가 식사를 마치고 건물의 주차장을 하릴없이 한바퀴 돌지 않았더라면, 만약에 그녀가 연수회장 입구에서 커피를 한잔 마시지 않았더라면 그녀와 남자는 나란히 앉지 않을 수도 있었으리라. 그리고 그들은 서로의 얼굴을 익히는 데 더 많은 시간이 필요했거나, 아니면 얼굴을 익혀야 할 아무런 이유가 없었을지도 모른다.

그렇지는 않았으리라. 그들이 설령 연수회장의 한 테이블에 나란히 앉지 않았다 해도 그들은 머지않아 서로를 알아봤을 것이다. 평범함으로 감쪽같이 가장한 그들의 빈 동공, 타인을 돌볼 여유가 없는 무언가에 몰두해 있기에 더욱 조심스러워진 옆자리의 타인에 대한 내용 없는 배려, 온몸으로 말하는 그들의 부재를 그들이 알아보지 않을 수 없었으리라. 알아보기 이전에 바로 그런 것들의 혼합이 필연처럼 그녀를 남자의 옆자리에 앉게 했으리라.

연수가 끝나고 모두가 모래알처럼 흩어질 때, 저녁이 되었고 그들은 아무 말 없이 한 방향으로 걸었다. 그들은 예정된 장소가 있는 것처럼 한 차에 올랐고 아무 말 없이 달려, 단지 그 시간 바닷가 도시로 가기에는 늦었기에 바닷가 대신 강이 내려다보이는 한 카페로 갔다. 그리고 마주 앉아 서로를 차갑게 과감히 바라보면서 서로의 시선에 어쩔 수 없이 배어 있는 공허를 돌이킬 수 없이 다시 한 번 알아보았다. 그 결과 질감이 다른, 그러나 깊이가 유사한 공허가 그들의 말을 삼켜버렸다.

낮에 그녀는 머리가 아프다. 이건, 아주 오래전부터. 6개월 전부터 상황이 더 나빠졌다고 그녀는 말할 수 없다. 어느 누구도 더 나쁜 상황을 위해 매일 새벽 2시의 비어 있는 고속도로를 달리지 않는다. 그러나 정말 그럴까. 그녀는 알 수 없다.

전에는 저녁에도, 밤에도 머리가 아팠다. 그러나 이제는 낮에만, 낮에만 다소간 머리 뒤쪽이 당기는 통증이, 누군가가 뒤에서 덜미를 잡는 그런 묘한 기분을 만드는 것이다. 이러한 통증의 감소는 얼마나 커다란 위로인가. 통증의 부분적인 삭제나 마취. 단 한 부위의 마취는 때로 온몸에, 아마도 의식이 있다면 죽음만이 부여할 부재의 쾌감을 만든다. 그녀는 몇 년 전 작은 수술을 받기 위해 전신 마취를 받고 2시간 만에 깨어난 적이 있다. 꿈 없는 완벽한 수면. 거의 백색에 가까운 망각. 아마도 죽음은 그처럼 황홀하게 그저 비어 있는 상태의 연속이 아닐까. 제발 그러하기를. 그녀를 위해서가 아니라, 다른 사람, 어두운 방에 누워 있는 그 아름다운 사람을 위하여.

그러나 새벽 2시에서 2시 반 사이에 잠이 들고 아침 6시면 일어나 7시에 집을 나오는 그녀의 일정으로 낮에 머리가 아프지 않을 수 없다. 낮이면 끝도 없이 그녀 앞에 쌓이는 장부의 숫자들을 대조하고, 결재를 받으며, 늘 숫자 한두 개가 잘못되어 있어 다시 대조를 시작해야 하는 반복적인 일 때문일지도 모른다. 그렇다고 해도 두통은 그녀의 업무를 완전히 방해하고 마비시킬 정도는 아니다. 아니, 그보다는, 이런 기계적인 일들은 다행히, 끊임없이, 그녀 자신을 지워주러 줄지어 나타난다고 말하는 것이 옳다. 그녀는 오히려 그녀의 편두통의 적절한 이유를 만들어주는 이런 일을 고마워하는 편이다.

무엇보다 일이 끝나고 나면 그녀의 몸과 마음은 깨어난다. 그 맑은 시간에 그녀는 남자의 아파트를 향한다고 할 수 있다. 8시, 혹은 9시부터 새벽 1, 2시까지. 회사 근무가 끝난 후 남자의 집에 도착하기까지 그녀 자신 매일 무엇을 하는지 분명하게 말할 수 없다. 이런저런 일들이 반복되리라. 다음 날의 몸을 경영하는 데 필요한 물건을 구입하고, 회사 근처의 상점들을 건성으로 기웃거리는, 잊혀져도 그만인 이런저런 소일거리들. 때로는 달리던 대로에서 빠져나와 한적한 주택가의 골목에 차를 세워두고 잠시 잠을 자기도 한다. 수면이 그녀를 덮칠 때는 언제든지. 또 어떨 때는 일찍 도착한 남자가 아파트 앞에 세워진 차 속에서 잠들어 있는 그녀를 알아보고 깨우러 올 때도 있다.

이날, 근무를 마치고 그녀는 동료들의 즐겁고 정상적인 저녁 시간에 합류하지 않았다. 그녀는 회사 건물 지하에 있는 오락실에서 기계를 바꿔가며 몇 차례 게임을 했다. 처음이었기 때문에 그녀의 모든 게임은 빨리 끝났다. 못 마시는 술을 낮부터 마셔야 하는 남자의 그날 일정을 알고 있었지만 그녀는 남자의 아파트로 갔다. 벨을 여러 번 눌러도 안에서는 대답이 없었다. 문은 잠겨 있었다. 가끔 그 문은 그렇게 잠겨 있다. 그러나 때로는 그저 닫혀 있다. 실제로 남자가 있을 때, 문이 잠긴 경우는 드물다. 대체 무엇을 위해?

한두 번, 다만 닫혀 있었을 뿐인 그 문을 그녀는 흔들고— 아마도 작게 흔들었으리라— 열리지 않아, 잠긴 것으로 알고 2시간 이상을 밖에서 기다린 적도 있다. 그녀는 이럴 때면 하얀 알약을 한 움큼 먹고 죽어 있는 남자를 상상한다. 남자가 먹는 약이 단지 간장약이라는 것을 알고 있음에도 그런 사실적인 지표가 아무런 의미를 가지지 않는다.

그러나 이날 문은 잠겨 있었다. 문이 잠겨 있다는 것이 확인되면서, 그녀는 문을 열고 안으로 들어가야만 한다는 강박적인 징후, 꼭 이 안으로 들어가야만 할 것 같은 절박감에 사로잡혔다. 그건 문 앞에 있는 누구나가 느끼는 관성일지도 모른다. 그렇지 않으면 왜 무수한 사람들이 닫힌 문 앞에 서 있겠는가.

그러나 그것은 불충분하다. 분명 안에서 남자가 고통스럽게 죽어가고 있는데 문은 잠겨 있다. 남자는 문 앞까지 기어 나올 힘도 없을 것이 분명하다. 아파트 관리실이 저만치 보인다.

"저 아파트 안에서 한 남자가 죽어가고 있어요. 문을 열어야 해요. 열쇠 수선공을 불러주세요."

그러나 그녀는 그런 일을 하지 않는다. 관리인 때문이다. 그냥 잠이 들어버려 남자의 집에 새벽까지 머무른 어느 날, 아파트 주민 장부에 등록되지 않은 그녀의 자동차 바퀴에 구멍을 뚫어 바람을 빼놓은 것이 바로 저만치 보이는 관리인이라는 것을 그녀는 알고 있다.

그녀는 회사에 늦고 말았다. 왜 이런 일을 했을까, 저 뚱뚱하고 늘 피곤한 얼굴을 하고 있는 남자는? 대체 무슨 집착이, 무슨 정열이 그런 거추장스러운 일을 관리인으로 하여금 저지르게 만들었을까. 차 번호를 확인하고, 관리실 도구함에서 송곳을 찾고, 주변에 사람이 없는 것을 확인하고, 바퀴를 골라 구멍을 뚫고…… 고집이 되어버린 의무감, 아니면 삶이 별볼일 없는 사람에게서 싹이 자라는 악의? 그녀가 관리실 남자의 빈 정열에 대해 느끼는 거의 놀라움에 가까운 감정은 여러 질문을 만든다. 그러나 그녀는 오래 그 질문 주변에 머무르지 않는다. 관리인을 쳐다보지 않는다.

오늘도 저 안으로 들어가지 않으면 안 된다는 절박함이 떠올린, 약을 먹고 죽어가는 남자의 영상은 사라지고, 단지 술에 만취해 초저녁부터 잠들어 있을 한 남자의 현실적인 모습이 떠올랐다. 절정에 이를 때면, 단지 그때에만 구체적인 얼굴의 표정이 살아나는 남자. 고통스러운 듯 온 얼굴을 찡그리며 우는 남자. 정말 한두 방울 눈물을 떨구는 남자.

그녀는 냉철한 마음으로, 여름이 되면 더욱 짙어지는 잡풀들이 가득한 아파트 뒤편으로 갔다. 남자가 커튼이 쳐진 유리문을 잠그지 않는다는 것을 그녀는 알고 있다. 아마도 잠금 장치가 망가져버렸기 때문에. 안에서 보면 그토록 낮아 보이던 유리문은 높이 달려 있었고, 그 밑으로는 거미줄과 버려진 비닐봉지 사이로 잘 들여다보지 않으면 눈에 띄지도 않을 정도로 작은 벌레들이 종횡으로 바삐 기어

다니고 있는 것이 길 쪽에 켜진 희미한 가로등 빛 속에 드러났다.

그녀가 유리문을 열고 안으로 들어갔을 때, 그 일이 일어났다. 무언가 뾰족한 것이 그녀를 스치면서 이어 막대기 같은 것이 머리를 후려쳤다. 그녀는 웃옷 솔기가 뜯겨나가는 소리를 들으면서 그녀를 향해 다시 내려오는 것을 잡아낚고는 거꾸로 공격하려고 잡고 흔들었다. 그래도 천 같은 것에 감긴 긴 막대기 같은 물건은 그녀의 손아귀를 빠져나가 한두 번 다시 그녀 위에 떨어졌고, 그녀는 온몸으로 그것을 막아냈다. 다시 물건이 그녀 옆을 스쳤을 때 그녀는 그것을 잡고 결사적으로 잡아낚으려고 온몸의 힘을 모았다. 물건 저쪽을 잡고 있는 쪽의 힘도 만만치 않게 전달되어왔다.

아주 가까이서 들려오는 씩씩거리는 숨소리. 더 가파르고 잦은 그녀 자신의 거칠어진 호흡. 서로 비틀거리며 유지하는 위태한 균형. 그 와중에 그녀와 상대편 중, 누군가의 몸이 벽의 스위치를 눌렀으리라. 갑자기 불이 들어왔다. 서로에게 따귀라도 갈기듯. 아마도 100볼트 이상의 전등이 우산대의 양쪽을 잡고 서서, 서로를 노려보고 있는 그녀와 남자의 모습을 적나라하게 발가벗겼다. 그것은 단지 우산일 뿐이었다. 초록색과 검은색이 엇갈려 장식된, 운동화나 체육용구를 구입할 때 선물로 끼워주는 긴 우산. 그녀는 자신을 내려친 막대가 외출복 차림으로 소파에서 누워 자고 있던 남자가 엉겁결에 집어든 우산대인 것을 알았고, 침입자로 그녀를 오인한 남자는 힘껏 우산대를 집어든 팔을 휘두른 것이다. 그러나 그렇게 단순했을까, 그 사건은?

날이 기울면서 하늘을 온통 뒤덮으며 하루 종일 내리는 비, 세상을 등지고 늘 쳐져 있는 두꺼운 커튼. 그러나 혹시, 잠이 깨어 일어나 어둠 속에 앉아 있던 남자는 그녀가 유리문 쪽으로 올라올 때부터 그녀를 알아보았던 것은 아닐까? 마찬가지로, 긴 막대 같은 것을 집어 온 힘을 다해 그녀를 향해 내려치는 사람이 바로 남자라는 것을 알고 그녀가 그토록 격렬하게 대항할 수 있었던 것처럼.

남자와 여자는, 서로 놀라, 거의 동시에 우산을 바닥에 집어 던졌다. 살이 한두 개 부러져 박쥐의 날개처럼 펼쳐진 우산은 바닥에 널브러졌다. 그녀는 그 당장에는 아무런 통증도 느끼지 못했다. 다만 놀란 듯이 바닥에 던져진 그 물건을 바라보았을 뿐이다. 그들은 동시에 소파에 주저앉았고, 거칠게 터져나오는 호흡을 가누느라 몇 분간 그렇게 나란히, 어색하게 앉아 있었다. 서로 놀랐을 뿐 아니라, 서로에 대해서 놀랐다. 지금까지 드러나지 않은, 숨기려고 해서가 아니라 무관심했기 때문에 나타나지 않은 상대편의 구체적인 현실에 대해서.

그녀는 고속도로를 달리는 이 순간에 이르러서야 그 놀라움의 정체를 알아차린다. 음울하게 불편한 알전구 하나가 심장에 켜지듯이, 그 빛 속에 희미하게 드러나는 두 몸의 격투를 알몸으로 바라다본다.

아무런 사건 없이 그녀는 집에 도착한다. 22분. 그녀가 남자의 아파트를 떠나 집에 도착하기까지 걸리는 시간. 늘 20여 분. 그녀는 열쇠로 문을 열고 실내로 들어선다. 그녀는 아무 소리도 내지 않고 열쇠로 문을 여는 법을 알고 있다.

어두운 실내. 그 한쪽에서 희미한 불이 새어 나온다. 늘 그렇듯이. 어두운 방에 그렇게 켜져 있는 불. 마치 잊지 말라는 당부처럼 방 안의 사람이 깊이 잠들었을 때도 연녹색으로 밝혀져 있는 어슴푸레한 불. 늘 아무 때나 들어가 맥박을 재고, 약을 따르고 또 숨이 멎었는가를 확인하기 위해 켜진 불. 그녀는 작은 신음 소리를 듣지만 그건, 늘 귓속에 남아 있는 소리, 그녀의 숨소리가 되어버린 익숙한 리듬.

얼마나 오래전의 아침이었던가? 그녀는 그 방 주인의 몸에 돋아나 하부를 온통 덮은 이상한 발열을 보았다. 뿐만 아니라, 그 이후, 그 사람의 아름답던 이마에는 이 불안한 발열에 신기한 치료 효과가 있다는 물약의 복용으로 인해서 털이 수북이 자라 있다. 이제는 그 사람의 신체와 떼어놓고 생각할 수 없는, 그럼에도 매번 생경스럽게 들여다보게 되는 신체의 이상 현상들. 그 신체가 살아 있다는 것을 알려주는, 그 신체가 배양하는 작은 식물들. 그녀는 출근하기 전, 얼굴의 솜털을 깎는 전기면도기로 그 사람의 이마를 부드럽게 밀어준다. 면도기에 가득히 밀려오던 검은 털. 그녀는 그 아름다운 사람의 이마가 순간 역진화해, 슬픈 표정을 하고 평원을 관조하는 그네들의 먼 조상 네안데르탈인의 이마로 되돌아갈 것을 저어하였다.

그 사람은 그녀의 얼굴을 근심 어린 시선으로 바라보았지만, 언젠가, 지금은 정확한 때도 잊은 그 언젠가 그녀에게 말했듯이,

"너무 늦게 다니지 마…… 무슨 일이 있을까만 세상이 늘 변덕스러우니……"

라는 말도 하지 못했다. 그러나 그 사람의 눈은 이상하게 빛났다. 열기로 빛나던 시선. 그런 시선의 비정상적인 빛남을 그녀는 언제나 피하고 싶어 했음에도 고개를 돌릴 수 없다. 그 눈빛은 얼마 전부터 저녁나절이면 밤하늘의 눈 시린 별빛처럼 돋아나곤 했다.

그녀는 이날 들릴 듯 말 듯한, 어쩌면 단지 그녀의 귀에 떠돌 뿐인 그 사람의 신음 소리를 뒤로하고 어두운 방 앞을 지나친다. 그녀는

자그마한 자신의 방으로 미끄러지듯 들어간다. 바로 그 순간 아름다운 사람의 반대편 방에서는 갑자기 코 고는 소리가 들려온다. 그리 소란스럽지도 그렇다고 작다고도 할 수 없는 평화롭기까지 한, 그러나 결코 평화로울 수 없는 수면의 외침.

그녀는 침대 머리맡에 있는 라디오에 연결된 리시버를 귀에 끼고 자리에 눕는다. 이 시간이면 자질구레한 유머를 날리며 음악을 내보내는 한 채널에 다이얼을 맞추고 눈을 감는다. 그리고 옷도 벗지 않은 채 누워 새벽까지 잠을 잔다. 자명종을 맞추어놓을 필요도 없다. 어떤 시계도 필요 없을 정도로 그녀는 새벽이 되면 눈을 뜬다.

이틀 전

아침, 그녀는 어두운 방 안으로 들어간다. 아름다운 사람은 눈을 감고 누워 있다. 세상에, 세상 이전에 스스로에게 실망해버린 사람이나 지을 법한 미약한 미소를 띠고, 미동도 없이. 그녀는 그 사람의 코 가까이 정수리를 가져간다. 그녀의 오래된 습관이다. 어릴 적 그녀의 정수리 바로 위에서 규칙적이며 평화로운 미풍을 만들면서 까다로운 수면을 위무해주던 사람의 숨소리. 오늘 정수리 위에서는 미약하고 미지근한 입김이 느껴질 듯 말 듯하다. 코에 귀를 갖다 대도 숨소리는 들리지 않는 듯하다. 아름다운 사람이 이렇게 눈을 감고 있을 때면 그 어느 전문가도 생명의 진위를 구분하지 못하리라. 그녀는 알고 있다. 아름다운 사람의 숨소리가 이처럼 무한히 작아져 있을 때, 그 사람의 몸속에서 이루어지는 무수한 유기물질의 유해한 활동이 가장 미미해져 있는 때라는 것을.

새벽의 어스름 속에서 그녀는 그 사람 이마의 검은 솜털이 밤사이 더 많이 돋아난 것을 보았다. 그러나 하복부 알레르기에 유효한 약을 멈출 수는 없으니, 솜털은 앞으로도 더 자랄 것이다. 그녀는 얼마 전부터 매일 아침 하듯이 작은 분홍색 면도기를 갖다 대지 않고 일어선다. 그녀는 드물게 편안한 그 사람의 수면을 방해하지 않기로 한다. 저녁이면 아름다운 사람이 시간을 거슬러 역진화하는 일은 그만큼 진전되어 있으리라. 벌써 오래전에 떠나기 시작한 그 사람은 그 길의 어디쯤 가고 있을까. 백만 년 전, 이백만 년 전? 기하학적인 숫자가 지금 같은 의미가 없었던 그 어디쯤에 아름다운 사람의 수면은 머물러 있는 걸까.

파출부가 만드는 소음을 듣고서야 그녀는 방에서 나온다. 눈이 큰 젊은 여자. 수술한 쌍꺼풀의 자국이 선명한 30대 초반의 파출부는 늘 굽 높은 구두를 신고 나타난다. 그녀가 취직을 하게 됨에 따라 아름다운 사람을 위해 고용하지 않을 수 없었던, 그녀 월급의 반 이상에 해당하는 금액이 매달 지급되는 이 여자의 이상하게 커 보이는 눈을 그녀는 이날 처음인 것처럼 바라본다. 일하러 온 여자는 집안의 가장으로부터 하루에 할 일을 지시받고 있는 중이다. 어두운 방의 사람에게 해주어야 할 일들, 그리고 시간이 남을 때 해야 하는 일들. 가장이 들어오기 전까지. 그러나 여자는 그 말을 건성으로 듣고 막 문을 나서려는 그녀를 돌려 세운다. 마치 가장의 말이 이해할 수 없는 먼 나라의 말인 것처럼, 얼떨떨한 표정으로 여자는 거의 매일 하는 일에 대해 매번 처음인 것처럼 묻는다. 몇 시에 약, 몇 시에 식사, 몇 시에 물약, 몇 시에 식사 준비…… 그녀는 여자가 꼭 해야 할 일만을 간단히 말해준다.

 이즈음 수입보다는 지출이 많은 가장의 전자기기 대리점은 그래도 매일 아침 문을 연다. 그녀는 매일 아침, 가장을 집에서 멀지 않은 상점에 내려다주고 나서 출근한다. 가장은 차 운전을 좋아하지 않는다. 아니 면허증은 있지만 운전을 잘할 줄 모른다. 그녀는 시계를 본다. 가장도 시계를 본다. 피곤에 전 가장의 하관은 이날 아침 더 강팔라져, 밤새 내내 코를 골며 잠을 잔 사람답지 않다. 그러나 그는 그녀가 잠든 한밤중 홀로 화다닥 깨어 일어나 곧 닥쳐올지도 모르는 파국에 대한 대처할 수 없는 불안으로 밤을 샜을 수도 있다. 언제? 어떻게? 아무도 대답할 수 없는 의미 없는 질문이 밤새 내내 그를 괴롭혔을 수도 있다.

 차 안에서 가장은 고개를 숙이고, 이제는 여러 번 극적인 어조로 반복되어 처음 들었을 때처럼 그만큼 외설적으로, 그만큼 극적으로도 들리지는 않는 그 말을 또 발설한다.

 "차라리 빨리 닥쳐오는 게 낫겠다."

 그녀는 답변하지 않는다. 그녀는 자신과 비슷한 옆얼굴을 가진 가장을 재빨리 곁눈질한다. 그는 갑자기 누추해 보인다. 그는 갑자기 늙어 보인다. 그 눈에서 어쩔 수 없는, 그녀에게는 관성으로 보이는 눈물이 맺히는 것을 그녀는 다시 한 번 바라본다. 매일 아침 이런 시간은 제의처럼 반복되고 그녀는 이 순간이 가장 당황스럽다. 아름다운 사람을 위해서보다는 자기 자신에 대한 동정으로 관성적인 눈물을 눈물샘에 저장해두는 가장을 위로하기에 그녀는 다른 일에 몰두해 있다. 자신이 꼭 있어야 하는 곳이 아닌, 모든 '다른 곳'에 놓아두는 일에. 그 일은 그다지 쉬운 일이 아니어서, 그녀는 가장을 위로할 여유가 없는 것이다. 그리고 설령 여유가 있어도 그녀는 가장을 위로하고 싶지 않다. 또한, 그것이 가장이든 누구든, 그녀 자신 위로받고 싶지도 않다. 이것을 그녀는 아무와도 나누지 않을 것이다. 그리고 사실을 말하려면 그녀가 위로받을 일도 딱히 없다.

가장은 아주 빨리 자신을 되찾는다. 한줄기 눈물을 거두고, 상처받아 과장되게 의연한 표정으로 되돌아와 고개를 빳빳이 들고 침묵한다. 그러고는 혹은 나무라는, 혹은 포기한 목소리로 말한다.

"너는 변했어. 얼마 전만 해도 우리는 많은 말을 나누었는데……"
그녀는 가장을 상점 앞에 내려준다.
"아마도 조만간 가게 문을 닫아야 하겠지."
가장은 이렇게 독백을 하고 차 문을 닫는다.
"조심해. 너무 늦게 다니지 말고."
가까스로 차창을 넘어오는 미약한 목소리의 동일한 문장, 동일한 단어가 다른 온기와, 다른 질감으로 다가온다.
그녀는 "네" 대답하고 다시 떠난다.

그녀는 동료들과 점심을 마친 후 급한 용무가 있는 것처럼 화장실로 숨어 들어갔다. 그리고 변기 뚜껑 위에 앉아서 잠시 오열했다. 그러나 눈물이 나오지는 않았다. 동료들과 식사 중에 나눈 대화에 별다른 내용은 없었다. 누군가가 며칠 전에 본 멜로드라마에 가까운 한 영화에 대해서 말했을 뿐이다. 그녀 자신은 딴생각을 하고 있었기 때문에 내용도 제대로 따라가지 못한 그런 얘기였을 뿐이다. 자신이 무슨 생각을 했었는지, 두껍고도 모호한 그녀의 상념의 층을 비집고 들어온 한두 마디가 그녀에게 불러일으킨 연상의 실체에 대해서도 그녀는 알 수 없다. 그러나 그녀는 어느 경로를 통해서도 다가갈 수 없는 황량한 고생대의 경치를 보고 있었다. 그 속을 느리게 걷고 있는 한 멸종 동물의 영상이 그녀가 오열할 때마다 머릿속에서 나타났다가는 스러진다.

그녀는 속이 떨렸지만 이런 정도의 간헐적인 경련 상태는 당연하게 앞으로도 여러 번 다가올 것임을, 치러내야 하는 것임을 잘 알고 있다. 오늘 저녁에는 집에 들어가지 않으리라. 오늘 저녁에는 아름다운 사람의 역진화의 상태를 점검하지 않으리라. 어떤 직감이 그녀에게 그렇게 하라고 시킨다. 두려움 혹은 게으름에 가까운 무언가의 지배를 받고 그녀는 그렇게 결정을 한다. 그녀는 남자의 아파트에서 밤을 보내기로 한다. 커다란 이변이 없는 한. 갑자기 남자가 지방으로 출장을 간다거나, 혹은 그녀를 만날 수 없는 갑작스런 사정이 생기지 않는 한도 내에서는.

그녀는 남자의 일정을 확인해보기 위해 사무실로 전화하지 않는다. 애초에 그녀는 남자의 사무실이나 집으로 전화를 건 적이 없다. 여덟 걸음을 걸으면 남자의 업무용 책상이 있지만, 그녀가 남자와 복도에서 마주치는 경우는 드물다. 마주쳐도 옆에 다른 사람이 있으면 그들은 모른 척하고 지나친다. 다른 사람이 없어도 그들의 서로에 대한 태도는 크게 달라지지 않는다.

업무를 끝내고 그녀는 사무실 근처의 분식집에 앉아 혼자서 저녁을 먹는다. 그녀가 주문한 부드러운 면이 액체가 될 때까지 오래오래 씹으면서 기다린다. 시간이 되기를. 남자의 집으로 향하는 시간이 되기를. 그녀는 사무실 근처의 슈퍼에서 일상에 필요한 물품, 약국에 들러 이미 작성된 목록에 적힌 약을 산다. 그것을 비닐봉지에 몰아넣고 문이 잘 열리지 않는 차 트렁크에 집어넣는다. 그러고 난 다음에야, 그녀는 집에 들어가지 않으리라는 그녀의 결심을 상기한다.

그래, 그녀는 오늘 밤 집에 들어가지 않을 것이다. 야채는 내일이면 시들 것이다. 아름다운 사람이 매일 밤 먹어야 하는 약은 어쩌면 낮부터 떨어졌는지도 모른다. 파출부는 그런 일에 신경을 쓰지 않을지도 모른다. 아름다운 사람이 먹어야 하는 약이 어디 한둘인가. 가장은 늘 그렇듯이 그의 과장된 슬픔으로 일상의 목록을 잊을는지도 모른다. 아무도 낮 동안 자라난 아름다운 사람의 이마의 솜털을 깎아주지 않으리라. 그러나 그녀는 집에 들어가지 않을 것이다.

남자의 아파트에 커튼이 걷혀 있다. 남자는 청소 중이다. 그녀는 잠시 밖에서 기다린다. 그녀는 화단 옆의 시멘트 블록 위에 앉아 남자가 청소를 끝내기를 기다린다. 누군가가 그녀를 바라보는 느낌에 눈을 든다. 관리실 바깥에 나와서 인상을 찡그리고 담배를 피우면서, 아파트 관리인이 그녀를 바라보고 있다. 그녀의 짧은 치마 밑으로 나온 긴 다리와 그녀의 긴 머리카락, 앞이 둥글게 깊이 파인 그녀의 상의를 눈에 띄게 못마땅한 시선으로 훑어본다. 네가 어떤 여잔지 다 안다, 는 표정으로 그렇게 의도를 드러내며 그 뚱뚱한 남자는 그녀에게 시선을 꼬나 박는다. 그녀도 관리인을 바라본다. 야릇한 미소를 흘리기까지 한다. 당신 같은 남자가 나를 바라보며 어떤 생각을 하는지 나도 잘 알지. 이런 전언을 그녀는 미소에 담는다.

남자가 청소를 마치고 밖으로 나온다. 그들은 남자의 아파트에서 차로 10분 정도의 거리에 있는 삼류 호텔의 나이트 클럽으로 간다.

거기에는 발가벗은 여자들이 삼류 밴드가 연주하는 소음에 가까운 음악에 맞추어 춤을 추는 밤 프로가 있다. 그녀와 남자는 의무적으로 청해야 하는 맥주와 안주를 앞에 놓고 약간 높은 곳에 마련된 단 위에서 여자들이 줄을 지어 서서 느리게 춤을 추는 것을 멍하니 고개가 아프도록 쳐들고 바라다본다. 그곳에서 그녀와 남자는 소란스런 풍경 속으로 서로 사라질 수 있어서 좋다. 아무 생각을 할 필요가 없을 정도로 음악이 크게 울리고, 무수한 사람들은 제각기 볼거리를 제공한다.

줄지어 춤추는 벌거벗은 여인들의 춤 프로가 끝나고, 악단이 느린 음악을 연주할 때, 여자와 남자는 사람들 사이에 섞여 춤을 추기도 한다. 그러나 마이크를 잡고 노래를 부르지는 않는다. 그 시간이면 그녀와 남자는 좀더 전격적으로 마신다.

그들이 테이블 가득 즐비하게 사열해 있는 맥주병들이 모두 비어 있음을 확인할 때, 더 앉아 있는 일과 일어서서 그곳을 나오는 일이 동일하게 거추장스럽게 느껴질 즈음, 새벽 1시경, 그들은 남자의 아파트로 되돌아온다. 새로 세탁한 침대 시트, 새로 간 베갯잇. 남자의 아파트가 이 정도의 쾌적함을 제공한 것은 6개월 이후 아마도 처음 있는 일이다. 그들은 나란히 누워서 취기와 함께 어느 순간 어쩔 수 없이 머리를 드는, 서로에 대한 까다로운 생소함이 사라지기를 기다린다. 그녀는 낮에 직장에서 들은 유머 한 조각을 말해주고 히스테릭하게 웃는다. 침대 바로 밑에 놓인 국산 양주 병을 가끔 들어 올리면서 남자는 얘기를 듣는 둥 마는 둥한다. 얘기가 끝나고도, 병이 반 정도 줄어들어도, 생소함은 줄어들지 않았지만, 피곤과 취기가 그 참기 힘든 느낌을 다소간 지워준다.

그녀와 남자는 매일 밤 그렇듯이, 단순하면서도 극명하게 물질적인 살의 논리 속으로 잠수한다. 그녀와 남자가 그 속으로 달려가는 이유는 다를 것이다. 그녀도 남자도 서로의 이유에 대해서 무지하다. 그러나 그래야 하는 절박함의 강도는 아마도 유사해, 그들은 거칠고도 깊게 살 속으로, 살 속으로 침수해 들어간다. 뼈가 닿아 덜그럭거리는 느낌이 구체적으로 다가올 때까지. 그 느낌을 줄이기 위해서 남자와 그녀는 때로 소리를 지르기도 한다. 쾌락의 외침과 유사한 소리. 덜그럭거리는 소리가 가장 미미해질 때까지.

한밤중, 그들은 극도의 피로 속에 누워 있다. 남자의 눈은 피곤으로 충혈되어 있으나, 시선은 무한히 부드러워져 있다. 때로 몸의 이완이 마음을 선하게 만들기에. 그녀는 처음으로 남자에게 아름다운 사람에 대해 얘기하고 싶은 욕구를 느낀다. 그러나 바로 그 순간 아름다운 사람과 그녀를 잇는 기억의 줄이 무한히 가늘어져 그녀의 시야에서 사라지는 것을 느낀다. 그녀는 눈을 감고 그 여린 점선으로 된 줄을 따라간다.

아름다운 사람은 미소가 아름다웠다. 그녀의 목소리가 높아진 기억이 그녀에게는 없다.

그러나 가끔 아름다운 사람은 우울한 뒷모습을 드러내고 어둠 속에 홀로 앉아 있곤 했다. 누군가 무얼 하느냐고 물으면 그 사람은 자신이 태어난 작은 항구 도시를 보고 있었다고 말하곤 했다.

그러나 이런 말을 하는 바로 그사이 그 사람의 아름다운 미소는 시들고, 나지막한 목소리는 힘겨운 신음 소리로 변모한다. 남자는 듣는다. 무관한 표정으로. 그를 덮치려 눈자위까지 와 있는 수면에 함몰되지 않으려고 최대한의 주의를 기울이며. 남자의 그런 태도가 그녀를 안심시킨다.

 아름다운 사람의 자그마한 손가방은 늘, 언제라도 떠날 것처럼, 그럴 때 꼭 필요한 물건들이 잘 정돈되어 들어 있었다. 깨끗한 수건 한 장, 작은 투명 비닐백에 들어 있는 앙증맞은 세면도구, 속옷 한두 벌, 카메라 한 대, 얇고 부드러운 하늘색 양모 스웨터 하나…… 이런 여행 장비로 아무도 오랫동안, 멀리 떠날 수는 없다. 그녀는 그 가방을 들고 홀로 떠나는 그 사람의 모습을 본 적이 없다. 아름다운 사람에게 그런 한적한 여유는 한 번도 생기지 않았다. 게다가 얼마 전부터 그 손가방은 그 사람에게서 잊혀진 채, 장롱의 한구석에서 잠들어 있었다……

 얼마 전부터 아름다운 사람은 100그램 이상의 육류는 더 이상 소화시키지 못했다. 보드랍고 싱싱한 야채도 그녀의 소화기관의 무서운 적 중의 하나였다. 야채를 갈아 체에 쳐서 삼킬 때, 잘못 갈린 작은 알갱이는 그녀의 위에 그대로 남아, 구토의 원인이 된다. 살기 위한 모든 몸짓, 모든 음식, 모든 약이 아름다운 사람에게는 지뢰 같은 것이 된 지 오래되었다.

 그녀는 이미 얼마 전부터 잠에 곯아떨어진 남자의 귀에 입을 가까이 대고, 아름다운 사람에 대한 무의미한 기억의 조각들을 속삭여 불어넣는다. 마치 달콤한 이야기를 들려주듯이.

 그 사람의 이마에는 검은 솜털이 매일 자라나고, 다리에는 몇 년이 지났는데도 아직까지 아무도 원인을 알아내지 못한, 어떤 약도 사라지게 하지 못한 이상한 돌기들이 생겨, 가려움증이 그녀의 미소 띤 얼굴을 고통으로 일그러지게 했고, 가끔 한밤중 그 사람의 입에서 고함이 터져나오곤 했다. 수년 전, 처음으로 그녀가 그 사람의 연약한 두 다리를 뒤덮은 발열 돌기를 보았을 때, 그것이 잊혀진 작은 손가방 때문일지도 모른다고 생각했다.

그녀는 갑자기 말하기를 멈춘다. 잠이 깊게 든 남자에게서 멀어진다. 스산함. 선잠에서 깨어난 듯한 스산함. 갑작스럽게 그녀를 침범한 이 추운 느낌을 거슬러 올라가다가 그녀는 그것이 아름다운 사람의 얘기를 모두 과거형으로 얘기했다는 것, 자기도 모르게 사건에 앞서 사건을 완결한 그 사실에서 기인하는 것임을 알아차린다.

그녀는 당장 일어나 고속도로를 달려, 어두운 방에 들어가봐야 한다는 강박감에 잠시 사로잡힌다. 그러나 그녀는 뒤돌아 누운 남자의 벗은 등에 가슴을 맞대고 그냥 누워 있다. 불가항력이 그녀의 몸을 남자의 등에 붙여버렸다. 그녀는 눈을 감고 얘기를 계속한다. 자신도 이해할 수 없는 이미 모두에게 잊혀진 무의미한 기억들을 중얼거리며 그렇게 잠이 들었다.

아름다운 사람이 좋아하는 색은 초록색이었다. 그 사람이 싫어하는 것은 완숙 달걀. 그 사람이 좋아하는 것은 여름 장마에 맨발로 마당을 거니는 것……

그녀는 꿈속에서, 화사한 햇살에 미지근해진 잔디에 앉아, 옥색 치마저고리를 입은 아름다운 사람이 고개를 젖히고, 희고 여린 목덜미를 드러내며 행복하게 웃고 있는, 아주 젊은 시절의 모습을 보았다. 동물원, 아니면 고궁의 정원. 아름다운 사람이 그렇게 한껏 웃을 때면 그렇듯이, 그 사람의 눈꼬리에는 반투명의 엷은 안개 같은 눈물이 맺혀 있었다.

하루 전

그녀는 남자와 같이 출근하지 않았다. 그녀는 남자보다 일찍 떠났다. 사무실 근처의 카페에서 아침을 먹으면서 바쁜 걸음으로 출근하는 사람들을 바라보았다. 아침의 햇살이 유리창에 반사되어 그 앞을 지나치는 그녀의 동료들은 누군가가 자신들을 안에서 바라보고 있는지 알지 못한다. 그녀는 시간을 기다린다. 출근 시간. 시간이 다 되었어도 남자는 나타나지 않는다. 남자가 꼭 그녀가 앉아 있는 길 앞으로 지나갈 이유는 없다.

그녀는 출근 시간이 조금 지나서 사무실에 도착한다. 사무실, 옆자리의 동료가 그녀에게 일찍이 걸려온 전화 내용이 적힌 메모지를 하나 건네준다.

"병원에 들러 약을 지어가지고 곧 귀가하기 바람."

하루가 또 지나간다. 그녀는 전화 전언 속의 '곧'을 지루하게, 불안하게 뒤로 뒤로 미룬다. 아침나절이 지나가고, 점심 시간이, 또 그 이후의 오후 시간이 지나간다. 간밤에 부족한 수면으로 시간은 더디게, 힘겹게 지나간다. 그녀는 두통 약을 한 알 삼킨다. 그러나 집에 전화하지 않는다. 가장은 상점 문을 닫고, 연락 없는 그녀 대신 병원에 다녀갔을지도 모르지만 그것을 확인하러 병원 의사에게 전화를 하지도 않는다. 게다가 그녀는 퇴근하자마자 집에 갈 수도 없다. 그녀가 빠져서는 안 되는 중요한 회의가 갑자기 예정되었다.

그러나 오후에 잠시 틈을 내, 그녀는 병원에 들른다. 아무도 전화하지 않았고, 약을 받으러 들르지 않았다. 그녀는 전전날 밤에 관찰한 아름다운 사람의 상태를 설명한다. 의사까지 만나볼 필요는 없다. 그녀는 간호사에게 모든 것을 부탁하고 간호사는 잘 처리해준다.

　회사로 돌아올 때, 건물의 홀에서 그녀는 남자가 동료 하나와 자판기 앞에서 커피를 마시고 있는 것을 본다. 남자가 잠시 머뭇하며, 평소와는 달리, 그녀 쪽으로 한 걸음 내딛는 것을 본다. 그녀는 그 앞을 빠르게 지나친다. 그녀는 오늘 밤, 그녀가 남자의 집에 들르지 않을 것이라는 것을 말하지 않는다.

　퇴근 후의 회의는 예상외로 길어졌고, 그녀는 시간을 잘 알고 있었음에도 관성에 의해 자주 시계를 보았다. 남자도 참석한 그 회의에서 남자는 그녀가 자주 시간을 보는 것을 불안한 눈초리로 바라보았다. 그녀 차례가 되어 준비한 보고를 마치자마자 그녀는 회사를 빠져나왔다. 여러 잔 마신 커피로 속이 부글거렸지만 의식은 점점 더 명징해졌고, 간밤, 한밤중까지 깨어 있었기 때문에 누적된 피로로 두 손이 떨렸다. 그녀는 조심스럽게 차를 몰았다.

　하루 만에 본 아름다운 사람의 얼굴은 더 이상, 이상한 빛으로나마 빛나지 않았다. 대신 열기로 두 눈이 번들거렸다. 이마에는 소복하게 검은 솜털이 나 있고, 반대로 머리카락은 간밤에 더 성기어진 느낌을 그녀는 받았다. 그녀를 보자 그 사람의 얼굴에는 고통으로 달구어져 더 따뜻해진 미소가 지어졌다.

　파출부는 이미 돌아간 늦은 시간이었고, 가장은 목욕탕에서 손수, 아름다운 사람의 손수건을 빨고 있다. 가장은 등을 둥그렇게 하고, 목욕실 문을 크게 열어놓고, 온 집안의 빨래를 하는 것처럼 거센 물줄기를 틀어놓고, 아름다운 사람의 고열이 쏟게 한 피가 묻은, 단 한 장의 손수건을 빨고 있다.

그녀가 옆에 앉자마자 아름다운 사람은 말한다.

"어젯밤, 얼마나 힘이 들었는지. 한 3시쯤인가. 너무 힘이 들어서 그길로 떠나는 줄 알았지. 너를 봐야지 생각하며 밤을 넘겼다. 아침이 되고 눈을 뜨니, 살아 있는 것이 바로 기적이야."

그녀는 바로 그 시간 남자의 아파트에서 아름다운 사람에 대해 과거로 얘기하고 있었다. 그녀는 가방 속에서 지어온 약을 꺼내 물과 함께 아름다운 사람의 입에 흘려 넣는다. 아름다운 사람은, 아마도 잠시, 고통 없는 평화의 시간을 가진다. 그녀는 그 사람의 이마에 입을 맞추고 분홍색의 앙증맞은 면도기로 검은 솜털을 부드럽게 밀어 준다.

가장의 손수건 빨래가 진행될 동안, 그녀와 아름다운 사람은 얼굴을 맞대고, 온기 없는 손을 맞잡고 대화를 주고받는다. 속살거림. 마치 그 순간이 오래 지속될 것 같은 달콤한 착각이 만드는 쌉싸름한 속삭임. 내용보다는 어조가, 어조보다는 표정이, 표정보다는 같이 있음이 중요한 속삭임.

지난밤에는 저녁에 먹은 것이, 고기 넣은 무국이었던가? 관격을 일으켜, 그 사람은 모두 토해낼 수밖에 없었다. 물론 그 사람은 건더기는 먹지 않았다. 그래도 이제는 더 이상 고기도 무도 더는 먹을 수 없을 것이다. 고통은 동일한 강도로, 오래 지속되었다. 그 바람에 아름다운 사람은 하복부를 덮고 있는 작은 돌기들의 가려움증을 잊었다. 게다가 무슨 연관작용인지는 모르겠으나 돌기들이 잦아든 듯하다.

아름다운 사람의 바짝 마른, 주름진 다리가 이불 밖으로 드러난다. 그랬다. 돌기의 수를 모두 셀 수는 없지만 이틀 사이에 확연히

굿바이 113

줄어든 듯하다. 아마도 이제는 가려움증을 줄이기 위한 약을 먹지 않아도 될 것이며, 그러다 보면 이마의 검은 솜털도 더 이상 돋아나지 않으리라. 아마도 그러하리라. 그래야 하리라. 그러고 나면 모든 일이 전처럼 순조롭고 평화롭게 지나가리라.

그러나 정말 그럴까. 돌기들은 더 발갛게 극성스럽게 돋아나 있지 않은가. 다만, 아름다운 사람의 감각이 서서히 마비되어, 둔감한 물질 단계로 진행하고 있을 뿐.

아름다운 사람은 갑자기, 느리고, 반복적인, 지난밤 그녀가 겪은 고통의 세밀 묘사를 그친다. 그리고 그녀에게, 바로 그 순간 손수건 세탁을 마치고 방에 들어선, 어찌할 바를 모르고 두 손을 드리우고 서 있는 가장을 향해서가 아니라, 바로 그녀를 향해서 말한다.

"깨끗한 냄비를 골라 물을 끓이렴. 그리고 뚜껑에 맺힌 증기를 그릇에 받아줄 수 있겠니. 여러 번 반복하다 보면 한 종지 정도는 될 거야. 그 물로 내 얼굴을 좀 씻어다오. 얼굴을 다스리지 못한 지 정말 오래됐지."

아름다운 사람은 마치 그녀가 처음 듣는 것처럼 그 기이한 증류수 만드는 방법을 상세히 설명한다. 그 방법은 아름다운 사람이 젊었을 때 때때로 하던 세면 방법이다. 드물게 그 사람이 화장을 할 일이 생겼을 때, 그렇게 그 사람이 백수라 부르는 증류수에 얼굴을 씻곤 했다. 아름다운 사람의 맏아들과 맏딸의 결혼식 때.

그녀는 일어선다. 밑이 넓고 납작한 냄비와 그에 맞는 뚜껑을 골라, 여러 번 깨끗하게 씻는다. 그리고 수돗물을 받아 불 위에 얹고 뚜껑을 덮는다. 그녀는 부엌의 의자에 앉아 물이 끓기를 기다린다. 밤은 이미 구석구석까지 깊이 다가와 있다. 물이 끓는 것을 바라보면서 그녀의 몸은 일어서 차 열쇠를 찾고 운전대에 앉으며 시동을 걸고 어딘가를 향해 달린다. 그 시간이면 어디론가 멀리 달려가는 몸을 그녀는 의자 깊이 비끄러매고 기다린다. 물이 끓기를. 그녀는 뚜껑을 열어 증기를 그릇에 흘려 넣고 다시 뚜껑을 덮는다. 증기가 고이기를 기다린다.

그녀가 증류수가 든 그릇과 가장이 막 빨아 넌 면 손수건을 걷어들고 어두운 방으로 들어갔을 때, 아름다운 사람은 눈을 감은 채 작은 목소리로 무언가를 속삭이고 있었다. 그건 친근한 사람에게 전화로 내밀한 얘기를 하거나 자꾸 기억에서 도망치는 시 한 구절을 암송하는 것 같았다.

철없는 아이처럼, 응접실에 선 채, 전화번호 수첩을 들고 눈에 들어오는 아무 번호나 눌러 아내가 겪은 위기 상태가 진정 국면에 들어섰다는 것을 알리기 위해 여기저기 전화를 하다가 멈추고 들어와 앉은 가장은, 아내의 입 가까이 얼굴을 가져다 대더니 그것이 아름다운 사람이 한때 고향을 그리며 지은 시구라고 말한다. 그는 한 구절을 외워보이기까지 한다. 그는 꼭 내기를 하는 사람처럼 비정상적으로 흥분해서 말한다. 그녀에게는 자신에게 무언가를 부탁하는 것으로, 예를 들면 멀리 있는 그녀의 형제들을 불러달라는 것으로 들렸지만 상관하지 않는다. 가장의 말에 반대하지 않는다.

그녀는 아름다운 사람이 편안한 자세가 되도록 일으켜 기대앉힌다. 그리고 손수건을 적셔, 면도 후의 창백하고 말끔해진 이마부터 턱 밑 목주름에 이르기까지 구석구석 쓰다듬듯 씻는다. 이런 얼굴에 검은 솜털이 뒤덮일 수 있는가. 이런 미소의 안온한 표정을 지을 줄 아는 사람의 하복부를, 때로 썩은 수초 냄새를 풍기는 진물을 내뱉는 발열 돌기들이 그악스럽게 뒤덮을 수 있는 것일까.

그녀가 마지막 손길을 거두었을 때, 아름다운 사람은 황홀한 듯 눈을 깜짝거리면서 말한다.

"이제 됐다. 내 요가 등에 배기네. 저 요를 깔아주렴. 저기 누울 테야. 이제는 아무것도 더 부탁하지 않을 테니 가서 자렴. 네가 옆방에 있어 안심하고 나도 잘 테니."

아름다운 사람은 접혀 있는 가장의 요를 가리킨다. 가끔, 오래되긴 했지만, 불안이 가장을 그 사람 옆에서 자게 했기에 가장의 요는 늘 거기, 어두운 방 한구석에 접혀서 놓여 있다. 그녀는 온순한 손길로 접힌 요를 펴고 아름다운 사람의 깃털처럼 가벼워진 몸을 그쪽으로 옮긴다. 그리고 오랜만에 화사해진 아름다운 사람의 미소의 잔영이 여전히 떠도는 실내의 불을 끄고, 그녀는 더 어두워진 어두운 방에서 나온다.

밤이 모든 사물을 짙게 물들여, 그녀의 방문은 아주 멀어 보였다. 그녀는 그러나 불을 켜지 않는다. 가장의 요에 아름다운 사람이 잠들어 있기에 가장은 자신의 방으로 들어간다. 자정이 훨씬 넘은 시간, 아마도 그제의 그녀가 남자의 아파트를 나와 비에 젖은 고속도로를 달리고 있었던 즈음의 시간.

그날

그리고 그날. 모두가 다소간 낙관적이 되어 깊어진 수면에 침강한 그날 밤과, 채 오지 않은 아침의 경계쯤에 그녀가 들어가본 어두운 방, 그 방에서 그녀는, 오래전부터 예견했으면서도 영원히 길들여질 수 없는, 미지의 목적을 위해 완결되었기에 진행을 멈추어버린 한 육체 앞에서, 자신의 경악의 외침이 홀로 몸 밖으로 뛰쳐나오는 소리를 들었다.

나흘 후

 소란스러움과 복잡한 절차가 모든 감정을 집어삼킨 며칠이 스산하고도 어지럽게 지나갔다.
 아무도 정확한 시간을 알지 못한다. 언제 아름다운 사람이 마지막 숨을 들이쉬었는지, 혹은 내쉬었는지. 어떻든 그 사람이, 한밤중 홀로, 이미 오래전에 떠난 길의 끝에 다다른 지 나흘이 되었다. 막 지나왔을 뿐인데 그 밤, 하룻밤 새 반이 넘게 비어버린 약병에 대해서는 말하지 않기로 모두가 약속이 되었기에 아름다운 사람이 떠난 시간에 대해 아무도 질문을 던지지 않는다. 떠나는 사람에게서 짚어볼 수 있는, 의심이 가는 어떤 다른 의지보다는, 아마도 한밤중 고독한 고통이 기울게 한 손길. 길이 갈라지는 모퉁이를 돌기 전, 떠나는 자가 흔드는 마지막 손짓.
 마지막 손님이 새벽 일찍 떠났다. 검은 정장에 모자를 쓰고 그 손님은 진심으로 애석한 표정으로 떠났다. 아름다운 사람의 젊었을 적, 아직 저 남쪽 해안 도시의 소녀였을 때의 애인, 이라고 가장은 말했다. 신사는 가장의 손을 잡고 오랫동안 흔들면서, 기억하시죠, 하고 말한다. 그 신사의 부인이 가벼운 정신질환으로 이 도시에서 치료를 받을 때, 아름다운 사람이 정성껏 보살펴주었던 것을 그녀는 기억한다.

손님이 떠나고 난 후, 그녀의 아침은 갑자기 길어진다. 그녀가 다듬어주어야 할 이마도, 확인해야 할 숨소리도, 낮에 시간을 내어 구입해야 하는 물품의 목록도 없다. 뿐만 아니라, 가장을 상점까지 데려다주지 않아도 된다. 가장은 한 열흘간 상점 문을 닫을 것이다. 가장은 요가를 시작할 것이다. 그녀는 걱정 없이 출근해도 된다, 고 가장은 가장다운 어조로 말한다. 아름다운 사람을 보살피던 바로 그 파출부가 이제는 가장의 식사와 집안일을 위해 한두 시간 들를 것이다. 어떻든 당분간. 그러나 얼마 안 있어 그 시간마저 줄여야 하리라.

그녀는 어두운 방의 문, 창문, 침구로 가득한 장롱의 문을 활짝 열어놓고 며칠 만의 출근 시간을 기다린다. 이 방바닥이 이토록 노랗게 빛나는 것을 그녀는 잊고 있었다. 방구석의 쟁반에 여전히 놓여 있는 성실한 소품들. 끝내지 못한 여러 약봉지들과 하복부의 가려움증을 잠재우되 이마에 검은 솜털을 돋게 했던, 아직도 상당량이 남아 있는 파란색 뚜껑의 피부약병, 분홍색의 앙증맞게 작은 면도기. 그 옆에는 가장이 오랫동안 빨았으며, 그녀가 마지막으로 사용했던 면 손수건이 바짝 마른 채 놓여 있다. 누군가가 시급히 치워버린, 하룻밤 새 반 이상이 비어버린 독한 치료약병 이외에는, 아무도 그동안 이 방에 주의를 기울이지 않았다.

그녀는 혼자 집을 나선다. 그녀가 안심하지 못할 것이 없다. 이제 어두운 방 안은 비어 있고, 방문은 열려 있다.

그녀는 여러 날 만에 사무실에 도착해 여러 사람이 다른 자리에서 이미 반복해서 한 위로의 말을 듣는다. 그녀는 고요하게 고개를 숙이고 그 말들을, 지금까지 관성적으로 들어온 각자의 목소리의 음색을 감미하며 듣는다. 그녀의 검은 원피스 위로는 그러나 눈물 한 방울 떨어지지 않는다. 누구는 용기를 내라고 한다. 누구는 시간이 잊게 해줄 거라고 말한다. 또 누구는 인생은 그런 것이라고 말한다. 누구는 그저 신음 소리를 내면서 그녀의 어깨를 두드리고 지나간다. 그녀는 자신도 모르게 새어 나오려 하는 웃음의 흔적을 가까스로 지운다. 때로 현명해 보이는 사람들도 멍청한 말을 남발할 때가 있다는 것을 그녀는 배운다.

오전은 그렇게 지나간다. 오후에는 사무실의 팀장을 대신해 시내에서 열리는 경제 관계 전문가들의 강연회에 참석한다. 그러나 그녀는 그곳에 오래 머무르지 않는다. 첫 강연자의 발표가 시작되자마자 발표문이 수록된 책자를 들고 밖으로 나온다.

그녀는 오후 내내 도시를 돌아다닌다. 여름 가까이 되어 더 징그러운 청록색으로 짙어지는 나뭇잎들, 기껏해야 소매나 옆구리를 스쳤을 뿐인데 상대편을 집어삼킬 듯 노려보는 사람들, 공허하게 번잡스런 지하철 층계, 사철나무 가지가 삐죽하게 넘어오는 고궁의 벤치에 어색하게 앉아 철없이 영원을 떠들어대는 교복 속에 갇힌 미성숙한 육체들, 가로수 윗가지에 붙어 음산하게 펄럭이는 찢어진 검은색의 비닐봉지, 가짜 사랑에 영원히 가짜 약속을 한 후 감쪽같은 미소를 띠고 앉아 있는 오후 카페의 무수한 남녀들…… 삶은 뻔뻔하게 계속되며, 꽃들은 부당하게 피어나고, 날씨는 잔인하게 맑은 오후. 그래도 시간이 남아 그녀는 공원의 벤치에 앉아 소리 내어 강연 내용을 읽는다. 벌레가 갉아먹는 이파리처럼, 읽으면서 내용을 잊어버린다. 그녀는 퇴근 시간에 맞추어 회사로 돌아온다.

그녀는 여덟 걸음만 걸으면 남자의 사무실이라는 것을 안다. 그러나 그 방향으로의 여덟 걸음을 그녀가 내디딘 적이 아직 없다. 그녀는 기다린다. 남자의 아파트 근처에 있는 반찬이 열다섯 가지가 나오는 식당에서 식욕 없이 저녁을 먹으면서 기다린다. 그러나 남자는 아파트에 없다.

충분히 늦은 시각이기에 그녀는 차를 타고, 손의 변덕에 핸들을 맡기고 달린다. 밤길은 비어 있다. 그녀는 빈 대로를 따라 공항, 역, 터미널 근처를 달린다. 그녀는 천천히 달린다. 속도를 낼 필요가 이제는 없다. 그녀는 다시 도시 중심으로 되돌아온다. 그녀는 남자의 아파트 방향으로 가서 단지를 한 바퀴 돈다. 남자의 불 꺼진 아파트가 멀리서 보인다. 그날 그녀는 남자를 보지 못했다. 그러나 어느 날엔가 그랬던 것처럼 베란다의 열린 유리문을 통해 남자의 아파트에 무단 침입하지 않는다.

닷새 후

그녀는 거의 새벽 가까이에 집에 돌아온다. 그날에 이르러서야 그녀는 집 안에서 시들어가는 꽃들의 역겨운 냄새가 나는 것을 알아차린다. 그렇다, 꽃들이 있었다. 이미 반 이상 시들어버린 화환과 화분들. 가장은 여러 사람의 반대를 무릅쓰고 그것들을 힘들여, 고집스럽게 집으로 옮겨왔다. 아름다운 사람의 어두운 방이 빈 이후 가장이 엉뚱한 장소에서 인색함을 드러내는 것을 그녀는 여러 번 보았다. 여실히 가벼워진 코 고는 소리가 흘러나오는 가장의 방 앞을 지나면서 그녀는 화분을 내다 버리기로 결정한다. 점점 더 맑게 깨어 일어나는 의식, 그러나 그녀는 더 이상 머리가 아프지 않다. 새벽빛이 창문으로 새어 들어오고, 비를 머금은 거대한 구름이 빠른 속도로 하늘을 달릴 때, 그녀가 할 수 있는 일은 그 일밖에는 없다.

그녀는 화분들 중에서, 남자의 이름이 적힌 작은 카드가 꽂혀 있는 방울꽃 화분을 발견한다. 그녀는 깜짝 놀라 그 앞에 멈추어 선다. 사적인 전언은 없다. 받을 사람의 이름과 꽃배달 가게에 일련번호를 붙이고 늘어서 있는 문장 중의 하나일 것이 분명한 상투적인 조문과 보낸 사람의 이름. 방울꽃도 벌써 반 이상 시들어 있다. 그녀는 조문객 중에서 남자를 본 기억이 없다. 그러나 그녀는 늘 그 자리를 지키지도 않았다.

그녀는 아무에게도 말하지 않았다. 남자에게도, 회사에도. 새벽에 일어나, 어두운 방의 문을 열고 아름다운 사람의 얼굴에 정수리를 가져다 대려고 누웠을 때…… 이미 그 사람은 시간을 거슬러 너무 멀리 가 있었으므로. 그녀의 짧은 일생에 처음 다가온, 오랫동안 준비되었음에도 여전히 갑작스러운 사라짐, 갑작스럽게 확인한 말랑했던 육체의 고체적 변질 앞에서 그녀는 다만 경황이 없었을 뿐이다. 그러나 그녀가 혹 누군가에게 알릴 생각이 났다고 해도 남자에게 전화를 하지는 않았으리라.

예고 없이 결근한 그녀를 찾는 동료의 전화에 모인 식구 중의 누군가가 호들갑스럽게 그녀에게 일어난 일에 대해서 말해주었으리라. 해외 지사 근무 중이라 뒤늦게 도착해 일찍 떠난 그녀의 남자 형제나, 가족 모두를 대동하고 지방 도시에서 올라온 그녀의 자매.

그들은 사흘 내내 그녀의 앞으로의 거취를 궁금해했다. 혹시 집 안에 혼자 남아 있는 그녀마저 가장의 옆을 떠나 어려운 숙제가 그들 것이 될 것을 그들은 두려워했다. 해외에서 근무하는 그녀의 남자 형제의 경우는 그 부인이 해외 근무지에서 공부 중이기에 가장을 맡기 어렵다. 그런가 하면 지방에서 올라온 여자 형제의 경우는 이미 여러 기회에 누차 말했기에 누구나 다 알다시피 조만간 시부모를 모시기로 약속이 되어 있다. 아무도 질문을 던지지 않았지만 그들은 스스로 묻고 스스로 대답했으며, 어떻든 두루두루 좋은 대안을 찾아볼 시간이 충분한 데다, 가장은 아직 젊은 편이니 너무 조급히 생각지 말자, 고 가장에 대해 잠정적인 결론을 짓는다.

갑자기 불려온 남자 형제의 부인과 여자 형제는 목소리를 낮추어 속삭인다. 부엌이나 밤 마당가에서 걱정스러운 듯 팔짱을 끼고 서서. 그녀가 듣지 못하게끔. 그러나 그녀 귀에 들릴 만큼 충분히 분명하게. 가장이 누군가를, 젊고 건강한 여자를 다시 만나야 한다, 고 그들은 말한다. 그러려면 그녀가 빨리 집을 떠나는 것이 나을지도 모르겠다고, 열려 있는 그녀 방문 쪽을 돌아다보며 속살거린다.

그녀에게 남자가 있는가. 두어 번 전화를 걸어온 남자가 있었는데, 그와는 결혼할 사이인가. 그녀가 다니고 있는 직장은 튼튼한가. 결혼 비용은 충분한가. 전자상품 대리점을 가장과 같이 경영해 다시 일으킬 생각은 전혀 없다는 건가.

그녀는 남자가 보내온 화분을 포함한 모든 화분을 문밖에 내놓는다. 마지막 화분을 버리고 났을 때, 여러 번의 왕복으로, 어떤 화분은 정말 무거웠다. 기진맥진해진 그녀는 거의 네발로 기다시피 해, 괴기한 자세로 문을 닫고, 집 안으로 들어온다. 그리고 들어오자마자 그녀의 방 뒤로, 세상으로 나 있는 문을 모두 닫는다. 커튼을 잡아당겨 점점 강해지는 낯빛이 새어 들어올 틈을 모두 막아버린다. 사각의 어둠 속에 그녀는 드러눕는다. 어둠은 그녀가 누워 있는 연두색 소파에 어두운 색을 칠한다. 책장 모서리의 흰색을 모두 검은색으로 덮는다. 다탁 밑에는 연자주색 유리 재떨이가 놓여 있다. 그녀는 그것을 아예 검은색 페인트 통 속에 던져버린다. 그렇게 색칠이 끝나자 그녀는 이제는 잠이 들 수 있을 것 같은 기분이다.

그녀는 눈을 감는다. 그리고 앙가슴께를 누르는 여덟 개가 넘는 바늘이 각기 다른 강도로, 번갈아, 찌르는 일을 멈추기를 기다린다. 이 가슴은 드럼이 아니니, 그만! 그러나 그 일이 멈출 리는 없다. 찌르는 강도에 따라 하나 둘…… 바늘의 수를 센다. 짧지만 만만치 않은 통증으로 보아 굵기가 짐작되는 여섯 개쯤의 바늘을 식별해내다가 그녀는 잠이 든다.

일주일 후

남자에게는 아무런 변화가 없다. 그녀가 며칠간 남자를 보지 못한 것은, 남자의 아파트에 불이 꺼져 있었던 것은, 남자가 다만 지방 여행을 다녀왔기 때문이다. 남자는 병가를 내고 지방 여행을 다녀왔다. 남자는 바닷가에 있는 호텔에 머물면서 볼링과 수영을 했다. 하루 오후, 바다 저쪽에 보이는 섬으로 배를 타고 갔다 왔을 뿐, 특기할 만한 어떤 일도 일어나지 않았다. 남자는 섬의 이름을 말하지 않았다. 남자는 그 섬에 가지 말았어야 했다, 고 말한다.

남자의 아파트에는 속옷 등속, 꾸겨진 주간 시사지나 책 한두 권을 내보이며 열려 있는 커다란 트렁크가 놓여 있다. 그 구차한 여행 사물에 비해 트렁크의 크기는 너무 크다. 두 사람이, 열흘 이상의 여행을 떠나기에 충분할 정도로 크다. 그러나 남자에게는 다른 가방이 없다. 그녀와 남자가 같이 여행을 계획한 적도, 즉흥적으로 여행을 떠난 적도 없다. 그녀는 남자와 여행을 떠날 필요가 없다, 고 그녀는 냉소적으로 정의 내린다. 곧 바뀌어버릴 이런 감정적인 정의는 그녀에게 아무런 도움도 주지 못한다.

모든 일상은 변화 없이 진행된다. 다소간 약화되긴 했지만 그녀의 편두통은 여전히 그녀를 간헐적으로 습격하며, 그녀는 아직도 수면이 필요할 때는 약의 도움을 받는다. 그렇지 않아도 짧은 그녀의 수면 시간은 더 짧아져, 그녀는 당분간 수면제 복용을 계속할 수밖에 없다. 그녀가 말로 표현할 수 없는 어떤 근본적인 외로움이, 그렇지 않아도 저항력이 약화된 민감한 신체 주기에 정착할 기회를 찾아 그녀의 수면을 멀리 쫓기 때문이다.

의식을 말짱하게 깨워놓고 잠이 달아난 그 시간에 그녀는 그 정체를 들여다본다. 그녀는 떠오르는 모든 얼굴들을 수면이 쫓겨간 빈자리에 놓아본다. 형제나 가장이나 그 남자 혹은 다른 아는 얼굴들을. 한 얼굴도 빼놓지 않으려고 애쓰면서. 미소가 지워져버린, 이제는 무표정하게 떠올라오는 아름다운 사람의 얼굴까지. 이 마지막 얼굴은 그 빈자리의 가장자리를 더 깊고 넓게 패게 했을 뿐. 어떤 얼굴도 그 빈자리를 메워주지 못한다.

그래도 그녀는 이 마지막 얼굴로 잠시 되돌아온다. 갑작스럽게 등장해 의심해보기도 전에 요지부동으로 자리를 잡는 하나의 확신이 그녀 몸속에 한줄기 차가운 바람을 일으킨다. 잘 생각해보면, 아름다운 사람이 사라지기 훨씬 이전부터, 아름다운 사람의 어두운 방이 비기 훨씬 이전부터, 그녀의 기억이 거슬러 올라갈 수 있는 한 가장 먼 그 어느 날부터 이 빈자리가 그녀 속에 들어와 자라고 있었던 것은 아니었을까. 어두운 방은 어두운 방이 되기 훨씬 오래전부터 이미 비어 있었던 것은 아니었을까.

그녀는 여전히 한밤중 1, 2시경이 되면 남자의 아파트를 나와 집으로 돌아온다. 가끔 그 시간에도 불 꺼진 마루 한 벽에서 숨을 휴우후, 휴우후 규칙적으로 크게 내쉬면서 물구나무서기를 하고 있는 가장을 만날 때가 있다. 땅바닥에서 올라오는 모든 기운에 온몸으로 저항하려는 것처럼, 방석에 정수리를 받치고 거꾸로 서 있는 가장의 빨개진 얼굴이 방에서 흘러나오는 흐린 빛 속에서 드러난다. 가장은 그녀가 그 앞을 스쳐지나갈 때도 물구나무서기를 계속하고 있다. 가장을 지나쳐 방 앞에 선 그녀는 가장이 눈을 질끈 감고 몰두해서 숫자를 세고 있는 것을 알아차린다. 스물, 스물하나, 스물둘…… 얼마 후 방 밖에서 가장의 목소리가 들려온다.

"자니?"

곧이어, 실망한 어조의 혼잣말.

"흠, 그새 잠이 들었구나."

열흘 후

그녀는 무언가 스치는 소리에 깨어 일어난다. 그녀는 전날 밤 그만 마루의 소파에서 잠이 들고 말았다. 아무도 잠든 그녀 위에 이불을 덮어주지 않았다. 더위의 시작이기는 해도 그녀는 햇볕이 조금만 드는 눅눅한 마루에서 추위를 느꼈고 그녀의 수면은 그 때문에 삐걱거렸던 것을 기억한다. 무엇이 그녀 옆을 스쳐가며 바람을 만들었을까. 그녀가 눈을 떴을 때, 한 여인이 그녀 위에 구부리고 서 있었다.

그녀는 한순간 착각한다. 그러나 아니다. 그녀를 내려다보고 있는 눈은 반달형에 눈꼬리가 긴, 그녀가 한순간 전 꿈속 비슷한 몽롱한 상태에서 보았다고 생각한, 그 그리운 시선이 아니다.

파출부로 오는 젊은 여자의 굵게 파인 인조 쌍꺼풀이 그녀를 근심스럽게, 그러나 친밀한 표정으로 내려다보고 있다. 그녀가 틀림없이 불행하리라고 단정해버린 여인은, 그녀에 대해, 어떻든 잘 모르는 여자 중의 하나에 불과한 사람에 대해, 예외적인 친밀함을 과감히 만들어 보인다. 그녀의 눈에서 한줄기 눈물이라도 떨어졌다면 당장이라도 그녀를 품안에 끌어안을 준비가 되어 있는, 그런 자세로 여인은 그녀를 굽어보며 서 있다.

그녀는 벌떡 일어나 시계를 본다. 10시! 그러나 주말이다. 그녀는 그대로 누워 있어도 된다. 그녀가 깨어 일어났을 때, 집 안에 누군가 있는 것이 습관적으로 그녀를 순간 안심시킨다. 가장은 일찍이 요가를 하러 나갔다, 고 여인은 말한다. 그녀는 뒤늦게 자신이 여인에게, 미루어둔 일을 주말에 처리하기 위해 와달라고 전화했던 것을 기억해낸다. 여인의 남편은 택시 운전을 하며 일요일에도 택시를 몰아야 하기 때문에 괜찮다고, 갈 수 있다고 여인이 대답했던 것도 기억한다.

그녀 같은 처지에 있는 사람 앞에서는 그렇게 행동하는 것이 옳다고 누군가에게서 배우기라도 한 것처럼, 그녀가 다른 곳으로 도망하지 못하도록 여인은 매 순간을 말로 촘촘히 채운다. 여인은 매일 오후 3시간씩 집에 들렀다. 위아래층의 모든 창문을 닦았고 가장의 허락을 받고 지하실에 쌓여 있던 낡은 빈 상자 더미를 버렸으며 지하실 바닥을 비눗물로 싹싹 닦았다. 그래서 누구든지 그렇게 하고 싶은 사람은 마당이나 지하실에 그냥 누울 수 있을 정도로 깨끗하다. 어떻든 지하실과 마당 쪽은 여인이 믿을 만하게 처리했다. 그렇지만…… 아직 집 안은 매일 쓸고 닦던 공간만 손댔을 뿐, 그 이외에는 만지지 않았다. 벽장도 부엌의 찬장이나 선반, 마루에 놓인 가구의 내부도. 집 안은…… 물건들이 많아 조심스럽고 또, 여인 자신이 어디까지 손을 대야 하는지 알 수 없다. 지시를 내려받기 전까지 여인은 아무 데도 손을 대지 않을 것이다. 가장의 일상은 아주 규칙적이다. 일어나는 시간, 자는 시간, 요가하는 시간을 지키려고 결사적인 노력을 한다. 그러나 다음 날부터 이 시간표는 다소간 변경되리라. 가장은 상점 문을 다시 열 것이라고 여인에게 말했다.

그녀는 몸을 일으켜 그녀 자신도 알지 못하는, 관심을 가지지 않은 지 오래된 이런 정보들을 세밀하게 나열하는 여인을 바라본다. 여인의 말투는 느리고, 여러 지방의 사투리가 조금씩 섞여 있다. 택시 운전을 하기 전에 여인은 남편을 따라 여러 지방에서 몇 년씩 장사를 했기 때문이다.

그녀는 여인과 함께 아름다운 사람의 방, 장롱 서랍에 든 것들을 밖으로 내놓는다. 그 사람의 물건은 모두 밖으로 나왔으나, 그녀가 무의식중에 찾던 것, 아름다운 사람이 귀중한 친구를 만나러 나갈 때면 꺼내 입던, 그러나 입지 못한 지 이미 오래된, 아마 실로 지은 연한 옥색의 한복 한 벌을 찾지 못한다. 신발장과 부엌, 집 안의 다른 공간을 채우던 아름다운 사람의 살과 뼈의 껍질은 물건들의 작은 동산을 만들며 시멘트 덮인 마당에 쌓인다. 쌍꺼풀 진 눈을 크게 뜨고 여인은 그녀와 물건 더미를 번갈아 바라다본다. 그녀는 여인에게 말한다.

"필요한 것 있으면 모두 가져가세요. 주변에 아는 사람에게도 주세요."

여인은 갸름한 얼굴에, 이럴 땐 어떡한담, 하는 표정을 떠올리다가는 그녀의 의도를 다 이해하겠다, 는 동작을 취한다. 조의를 표하듯 천천히, 여인은 옷가지와 구두와 가방, 장신구들을 뒤적이기 시작한다. 그녀는 커다란 비닐 가방을 여인에게 내민다. 여인은 비닐 가방을 한옆에 놓고 별 흥미 없다는 듯, 그러나 선택이 분명한 손길로, 골라놓은 물건들을 비닐 가방 위에 모아놓는다. 아름다운 사람이 오랫동안 사용하지 못한 채 그늘 속에서 잠자고 있었던 굽 높은 구두와 밝은 색상의 옷, 아름다운 사람이 병원에 갈 때, 그 사람에게 치명적일 수 있는 햇살에 노출되지 않도록 그녀가 얼마 전에 사준 모자, 벨트나 장신구 등을 비닐 가방 속에 던져 넣는다. 그녀도 이해할 수 없는 이율배반적인 감정으로, 아 저건 여인이 골라내지 말았으면 하는 물건들, 초록색 원피스와 챙 넓은 밀짚모자, 갈색과 흰색의 굽 높은 구두…… 를 여인은 골라낸다.

여인은 바로 그 옷, 초록색 원피스를 들고 화장실로 간다. 몸에 맞지 않으면 골라봐야 소용이 없으니 입어보겠다고 말한다. 기이하게도 아름다운 사람의 소지품은 이 여인에게 잘 맞는다. 그녀는 아름다운 사람의 아담한 몸매와 그리 크지 않던 키가 여인과 유사했던 것을 기억해낸다. 여인은 만족한 듯하다.

여인은 고르는 일을 계속한다. 그녀는, 여인이 이미 고른 옷과 짝을 이룰 만한, 적어도 아름다운 사람은 그렇게 짝을 지었던, 초록색이 입혀진 가죽 벨트, 여인의 손이 이미 여러 번 스쳤으나, 그때마다 강렬하게 저것만은 여인이 집어 들지 말았으면, 하고 바라던 그 벨트를 골라 드는 것을 덜커덩 놀라는 심정으로 바라본다. 그러나 그 벨트에 얽힌 어떤 추억도 그녀는 기억하고 있지 않다. 그건 그저 주인을 잃어 생생한 빛을 발하지 못하는 한갓 벨트일 뿐이다.

여인은 고른 물건을 모두 비닐 가방에 집어넣는다. 비닐 가방은 가득 찼다. 게다가 여인은 뒤적거리기를 멈춘다. 여인은 주위에 줄 만한 사람이 없다, 고 말한다. 그때서야 그녀와 여인 사이에는 다소간 어색한 기운이 감돈다. 여인은 온 김에 집안일을 하겠다고 안으로 들어간다.

그녀는 물건들의 작은 동산 위에 준비해둔 기름을 조금씩 뿌린다. 그리고 그 위에 성냥을 켜서 던진다. 때로 흙을 비옥하게 하기 위해 풀을 태우듯. 물건의 동산은 검은 연기를 만들며 타기 시작한다. 가벼운 그을음이, 마당에 서 있는 단 한 그루 나무인, 감나무 윗가지 쪽으로 날린다. 아름다운 사람이 연못을 만들기를 꿈꾸었으나 끝내 이루지 못한, 실제 연못을 만들기에는 너무도 협소한 시멘트 덮인 마당은 곧 연기로 자욱해진다.

물건들의 동산은 얼마 안 있어 검게 그은 쇠붙이 장식 등속을 드러내 보이면서 재로 변모해 바닥에 흩어진다. 그녀는 잿더미를 빗자루로 쓸어 쓰레기통에 버리고, 수도에 호스를 연결해 바닥의 검은 자국을 지워버린다.

여인이 손을 댄 집안 청소를 채 끝내기도 전에 그녀는 여인에게 말한다. 이제는 매일 올 필요가 없다고, 당분간 일주일에 두 번 화요일과 금요일 오후에만 들러달라고 말한다. 여인은 매우 놀란다. 가장은 매일 오후 3시간씩 꼭 와달라고, 여인에게 이미 부탁한 바 있기 때문이다. 그것도 바로 어제. 여인은 이럴 때 어느 쪽 말을 들어야 할지 모르겠다고 말한다. 그녀는 가장도 그녀의 견해에 동의할 것이라고 말한다. 게다가 가장은 집안일에 대해서는 아무것도 모른다. 그녀는 덧붙여 설명한다. 여인도 알다시피 그사이 여러 가지 상황이 변했다. 이제 이 작은 집에서 매일 3시간씩 할 일이 더 이상 없다. 여인은, 그건 그렇다, 는 표정을 지으며 고개를 끄덕거린다.

여인은 재빨리 하던 일을 끝낸다. 여인은 물건이 든 비닐 가방을 들고, 높은 구두굽으로 시멘트 바닥을 톡톡 두드리고 나서, 여인이 할 수 있는 가장 친절한 말을 하면서 문을 나선다. 여인은, 집안일과 가장을 잘 보살피겠노라고, 그러면 다음 화요일 오후에 들르겠다고 말한다.

열이레 후

주말. 또 한 번의 주말. 이제 그녀가 아름다운 사람과 함께 새벽의 수산 시장에 붐비는 인파의 흐름을 따라 팔을 끼고 걸으면서, 우스꽝스러운 모양을 한 해산물을 보며 뜻 없이 깔깔거리는 일은 다시 없을 것이다. 그 사람과 머리를 맞대고 대체 오늘은 무슨 맛있는 것을 해먹어볼까, 궁리하는 일은 과거에 속한 것이 되어버렸다. 그 사람만이 잘 구울 줄 아는 맛살조개의 씁싸름한 맛을 그녀는 다시 맛볼 수 없을 것이다. 산뜻한 맛의 게장과 바지락이 들어간 찌개, 생선찜과 굴전…… 그녀는 그 사람, 해변 도시에서 태어났고 그곳에서 성장한 아름다운 사람만이 낼 줄 아는 맛, 그 맛에 대한 육체적인 욕구로 새벽에 깨어 일어난다. 그녀의 혀, 그녀의 위와 복부에 각인되어 있는 맛의 기억이 이 아침, 그녀의 몸속에 황량한 회오리를 만들면서 그녀를 깨운다. 그 사람이 하나의 추상, 하나의 사상으로 결정(結晶)되기 위해서는 몇 번의 주말이 지나가야 할지, 그녀는 알 수 없다.

그녀가 방에서 나왔을 때 집 안은 고요하다. 가까이서 동네 아이들의 크고 작은 외침 이외에는 아무 소리도 들리지 않는다. 늘 현관의 한편에 가지런히 놓여 있는 가장의 구두는 지금 없다. 그녀는 가장이 집 열쇠를 가지고 외출했는지 아닌지 확인하지 않고 집을 나선다. 어디로 가야 할까. 그녀는 머릿속으로 그녀가 모르는 장소를 물색해본다. 어떤 기억도 서려 있지 않은 곳, 하루 만에 갔다 올 수 있는 멀지 않은 거리라면 아무 데고 다 좋다. 아는 장소보다는 모르는 장소가 단연 많으리라. 그러나 모르는 장소를 하나 선택하는 일, 그건 지금의 그녀에게는 가장 막연하고 어려운 일이다. 정신을 집중하자마자, 가득 들어차는 것은 그녀가 한번은 들른 일이 있는, 구체적인 상황이 떠올라오는 그런 장소들뿐. 그녀는 차에 시동을 걸고 도심의 반대 방향으로 가야 한다는 것 외에 아무런 구체적인 지표 없이 떠난다.

이건 일종의 여행이다, 라고 그녀는 생각해본다. 그녀에게는 잘 가꾸어온 구체적인 현실, 언젠가 닥칠지 모르는 파괴의 위험에서 보호해야 할 구체적인 현실이 아직은 없으며, 여행에서 돌아와 더욱 진하게 그 진가를 확인하게 되는, 그 정도로 안정된 신임할 만한 현실이 그녀 것인 적이 없다. 여행은 아직까지 그녀의 것이 아니다, 라고 그녀는 생각을 고쳐먹는다. 이건 피크닉 정도다. 그녀는 정말 피크닉을 가는 것처럼 하기 위해 길 위에 차를 세우고 편의점에 들어가, 캔 커피와 김밥과 음료수를 산다. 그녀의 낡은 차 트렁크 속에는 잊혀진 지 오래된 비닐 돗자리도 들어 있으므로, 햇살도 강하지 않은 이런 주말, 피크닉은 안성맞춤이다. 그녀는 늘 같은 음악 프로에 맞추어져 있는 라디오의 볼륨을 최대로 올리고 달리기 시작한다.

그녀는 자신이 가장 드물게 택하는 방향, 도시의 북쪽을 향해 달린다. 그녀는 한 가지 원칙을 정한다. 길이 갈라지는 지점에서는, 망설이지도, 질문을 던지지도 말자. 무조건, 비어 있는 길, 덜 붐비는 길을 택하자. 모르는 길 앞에서 순간적으로 일어나는 궁금증이나 호기심, 혹은 정체를 알 수 없는 이끌림으로 방향을 정하지 않기로 한다. 그녀는 그 원칙을 따른다. 그렇게 그녀는 도시에서 멀어진다. 그녀에게는 직진이나, 왼쪽 혹은 오른쪽 길만 있을 뿐이다. 그녀는 처음으로 빨간 불 앞에 차를 멈추고 파란 불이 될 때를 기다리는 정지의 시간이 주는 안식을 경험한다. 그녀가 가는 방향이 어딘지, 가로지르는 지역의 이름이 어딘지 그녀는 궁금해하지 않기로 하며, 실제로 그녀는 그런 것에 관심을 두지 않는다. 그녀의 시선에 무작위로 잡히는 상점의 간판에서 그녀는 지나가는 곳의 이름을 막연히 감지하기도 한다. 그것이 다다. 어떻든 그녀가 한 번도 가보지 않은 동네, 지역, 그것이 그녀가 바라던 것이다.

그녀는 오랫동안 모르는 동네, 모르는 소도시, 모르는 시골길, 모르는 산길을 달렸다. 그녀는 마침내 앞에 나 있는 길을 따라 무작정 달리는 일 외에 다른 아무것도 생각하지 않는 일종의 공백 상태에 다다른다. 그녀는 산모퉁이를 돌고 한가하고 아늑해 보이는, 바로 오롯이 아늑하기에 그녀를 밀어내는 마을들을 지난다. 그리고 다시 산모퉁이를 한 번 돌았을 때, 그녀는 인공으로 만들었음 직한 작은 크기의 호수 앞에 다다른다.

이미 달구어지기 시작한 햇살을 피해, 혹은 관습적으로 챙 있는 모자를 쓴 여러 명의 남자가 드문드문 낚싯대를 드리우고 앉아 있는 고요한 풍경 앞에서 그녀는 멈춘다. 어떤 얼굴은 그곳에 앉아서 밤을 지새운 것처럼 푸석하고 머리칼은 마구 흐트러져 있다. 정지된 무성영화의 한 장면처럼 그들은 나란히 미동 없이 침묵한 채 앉아 있다.

그녀는 그 풍경을 벗어난다. 낚시터 한옆으로 나 있는 숲 속의 오솔길에 차를 세우고 피크닉을 위해 장만한 것들과 먼지를 뒤집어쓴 트렁크 속의 비닐 돗자리를 챙겨들고 오솔길을 따라 산속으로 걸어 올라간다. 햇볕이 따갑게 그녀를 쫓아오고 가파른 경사지에서 그녀의 높고 뾰족한 구두 뒷굽이 푸석 흙 속에 빠질 때, 그녀는 잠시 현기증을 느낀다. 어느 쪽이나 비어 있는 오솔길, 그녀는 경사가 덜 가팔라 보이는 곁길을 택해 조금 더 올라가본다. 이미 무성해진 잎에 휩싸인 나뭇가지들, 낚시터도 마을도 길도 더 이상 보이지 않는다. 그녀는, 커다란 잎새를 겹치고 또 겹쳐 마침내 하늘을 가려버린 한 나무 밑에 비닐 돗자리를 편다. 그 위에, 투박하게 말린 내용이 부실한 김밥과 밋밋해 보이는 디자인의 캔 커피, 키위와 딸기를 섞은 빨대가 부착되어 있는 음료수를 늘어놓는다. 그녀는 구두를 벗고, 보이지 않는 하늘을 향해 길게 눕는다.

그녀는 누운 채 손으로 더듬어 캔 커피를 집어 한 모금 마시고, 김밥을 한 조각, 한 조각 입으로 가져간다. 더 나은 미래, 더 안락한 내일을 위해 괴로운 현재를 감내하는 비장한 마음으로, 그녀는 밥알이, 김 조각이, 뒤섞인 야채들이 액체로 변할 때까지 오래오래 저작(咀嚼)한다. 서른일곱, 서른여덟, 서른아홉…… 한 덩이의 김밥 조각이 액체로 변하는 데 걸리는 저작의 횟수를 세면서 그녀는 갑자기 울음을 터뜨린다. 마흔 마흔 서른아홉 마흔…… 그녀가 세는 숫자가 흐트러지거나 제자리걸음을 하고 그 틈을 타 그녀의 오열은 점점 커다란 통곡 소리로 변한다. 그녀는 깔깔한 밥알을 씹으면서 오래오래, 길게 소리 내어 운다. 그녀는 더 이상 저작의 횟수를 세지 않는다. 눈물, 콧물이 뺨으로 흘러내리도록 내버려두며, 그녀는 떼를 쓰는 아이처럼 두 다리를 버둥거리면서 때로는 소리를 지르고 때로는 흐느끼면서 운다. 그녀는 그 순간, 농밀하게, 온몸으로, 울음, 그 자체에 몰두한다. 그렇게 주변의 고요한 경치를 그녀의 울음으로 청승스럽게 물들인다.

그녀는 그러다가 잠이 들었다. 그녀가 깊은 수면에서 빠져나온 것은 한기를 느꼈기 때문이다. 그녀는 한참 동안, 아마도 두서너 시간은 넘게 잠을 잤다. 사방은 지는 해의 차가운 빛이 배어 어둑해져 있다. 그러나 그녀를 깨운 것은 한기뿐만은 아니다. 그녀가 얼굴을 옆으로 돌렸을 때, 자신을 내려다보고 있는 한 남자를 발견한다. 그 남자는 흙바닥을 기는 개미를 관찰하듯이 쪼그리고 앉아 그녀를 내려다보고 있다. 그녀는 움직일 엄두를 내지 못하고 남자를 바라본다. 웃고 있는 건지, 놀람을 표현하고 있는 건지 불분명하게 벌어진 남자의 입술 사이로 드러난 누렇고 고른 치아, 앞으로 드리운 두 손, 흙이 묻은 남자의 등산화⋯⋯ 등을 그녀가 식별하자마자 그녀는 단숨에 튀어 일어난다.

그와 동시에 남자도 놀라 일어나는 것을 보면서, 그녀는 마시다 만 캔 커피와 다 끝내지 못한 김밥과 열지도 않은 음료수와 흐트러진 비닐 돗자리를 그대로 두고 산길을 뛰어 내려간다. 그녀를 앞으로 앞으로 내모는 것은 흙길을 밟는 남자의 등산화가 내는 소리였지만, 어쩌면 남자는 그 자리에 선 채, 경사지를 뛰어 내려가는 그녀의 뒤를 쫓아오지 않았을 수도 있다. 그녀가 들은 소리는 구두를 손에 들고 맨발로 뛰는 그녀 자신의 발걸음 소리였을 수도 있다. 왜냐하면 그녀가 오솔길 밑에 정차해둔 차에 다다랐을 때 올려다본 길에는 남자는 물론 어떤 살아 있는 생물의 소리도 모습도 보이지 않았기 때문이다.

두려움의 정도를 얘기하자면 꿈 없는 수면 상태에서 한기 때문에 깨어난 그녀 자신보다는, 어둑한 등산길을 가로막고 있는 여자, 두 팔을 벌리고 무엇이 들어 있는지 알 수 없는 열린 음료수 옆에 버려진 듯 누워 있는 묘령의 여자 쪽으로 혹시…… 하며 다가간 바로 그 순간 여자가 살아서 튀어 일어나는 것을 본 바로 그 남자였을지도 모른다. 그녀는 차에 올라서 호흡을 가다듬고, 발에 묻은 흙을 털고, 두 손에 움켜쥔 구두를 발에 꿰고, 차에 시동을 걸고 난 바로 그때에야 그런 생각이 든다. 등산복을 입고 그녀 쪽으로 바짝 얼굴을 갖다 대고 그녀를 내려다보던 남자의 시선의 의미를 이해한다.

차를 모는 그녀의 두 손, 두 발은 후들후들 떨리고, 그녀가 전속력으로 모는 차에서는 힘겨워하는 모터 소리가 난다. 그녀의 심장의 박동은 당장 터질 것처럼, 심장이 귓속에 달린 것처럼 격렬하게 뛴다. 그녀는 여전히 그녀를 지배하는 공포 속에서 놀라운 느낌, 그녀의 육체가 생생하게 살아 있다는 부인할 수 없는, 감당하기 벅찬 사실을 확인한다.

스무하루 후

참치 캔을 뜯어놓고 한 손에는 젓가락을 들고, 다른 한 손으로는 컵라면에 김이 나는 물을 붓고 있던 가장은 부엌으로 들어서는 그녀를 보자마자 벌떡 일어서 의자를 바꾸어 앉는다. 식탁 위에는 쓰레기통이 놓여 있다. 그녀는 처음 본 것처럼 식탁 위에 놓여 있는 것을 바라본다. 쓰레기통 옆, 거침없는 하품을 하다 멈춘 것처럼 방만하게 열려 있는 참치 캔의 쇠붙이 입이나 가위 등속, 종이컵에서 벗겨져 나와 구겨진 비닐 같은 것.

그녀는 가장의 반대편 의자에 앉는다. 그녀는 그가 그녀를 보지 않을 때 그를 흘낏 보고, 그 또한 그녀가 그를 보고 있지 않을 때 표정을 살피는 것을 알고 있다. 그는 바로 그 장면을 보여주려고 그녀를 식당으로 부른 것처럼, 참담한 얼굴을 하고 앉아 있다. 가장의 말이 맞다. 그녀는 변했다. 얼마 전까지만 해도 그들은 많은 말을 나누었다.

그녀가 이렇게 가장을 바라보는 그 순간, 그녀는 내면에서 솟아나, 모든 말을 막아버리는 부당한 느낌의 무서운 정체를 알아차린다. 그녀는…… 아름다운 사람 대신 가장이 자리에 누워 있지 않았고, 검은 솜털이나 무섭게 덮치는 발열 돌기들이 가장의 이마나 하복부에 돋지 않았으며, 아름다운 사람 대신, 그, 바로 가장이 그녀 앞에 남아 참치 캔을 따고, 라면을 끓이고 있는 일련의 사실을 부당하게 생각한다. 벌써 얼마 전부터 그녀는 그렇게 생각해왔고, 현재도 그렇게 생각하고 있으며 불행히도 그녀의 의지와는 무관하게 이 느낌은 당분간 그녀를 지배하리라는 것을 감지한다. 그녀가 가진 부당한 느낌이 부당하다는 것을 인식하고 있다고 해서, 그 느낌이 약화되거나 없어지지는 않는다. 그 느낌이 부당하다는 것을 인식하는 일은 오히려 상황을 더 나쁘게 만들 뿐이다.

바로 그것이 가장을 향해 그녀에게서 나올 수 있는 모든 말을 삼켜 버렸다. 참치 캔과 라면은 정말 어울리지 않는다는 한마디, 다소간 힘들지만 이런 상태로 얼마간 지내다 보면 모든 일이, 어쩌면, 전처럼 제자리를 찾을지도 모른다는 기약 없는 약속 같은 것. 그러나 검게 넘쳐나는 밤 파도처럼, 말이 삼켜진 자리에는 울렁거리며 출구를 찾는 소란스런 불화의 침묵이 자리 잡는다. 가장이 보여주는 살아남기 위한 모든 몸짓, 육체를 유지하기 위해 단말마적으로 삼키는 모든 음식, 허구적으로나마 일상을 지배해보고자 안간힘을 쓰는 모든 규칙적인 일과는 그녀에게는 참을 수 없이 과장되어 보이고, 가장이 그녀를 편안하게 하려고 하는 모든 배려는 참을 수 없는 실수로 그녀에게 다가온다.

그는 참치를 두 개의 젓가락이 집을 수 있을 만큼 힘껏 덜어 막 물이 채워진 컵라면 속에 집어넣고 뚜껑을 덮는다. 그리고 3분을 기다리면서 말한다.

"벌써 삼칠일째다. 시간이 가는 것이 무섭다."

가장은 확실히 말주변이 좋은 사람은 아니다. 가장은 얼굴을 두 손에 묻고, 이어 그 손으로 머리를 뒤로 쓸어 넘긴다.

"나는 네게 조금도 짐이 되기 싫다. 식사나 청소 같은 거라면 오던 파출부가 계속 해주기로 해, 당분간 그렇게 해결할 생각이다."

3분이 지났다. 가장은 라면이 든 컵의 종이 뚜껑을 열고 젓갈로 한두 번 휘저은 후 깊이 생각에 잠긴, 결연한 표정이 된다. 그녀는 식탁 가에 말라붙은 밥알 하나에 열심히 시선을 고정시키고 있다. 딱딱하게 굳어 결사적으로 붙어 있다. 그런 그녀를 바라보던 가장의 얼굴이 순간적으로 불그레해진다. 가장은 빠른 어조로 말한다. 목소리조차 변해 있다.

"내가 네게 하고 싶은 말은, 네가 원한다면 너도 이제는 집을 떠나갈 나이가 됐다는 거다. 물론 네가 원한다면 말이야. 내가 원하는 일은 아니지만, 아마 그게 좋을는지도 모르겠다."

그녀는 가장의 말의 뜻보다는 이런 말을 하게 한 정황을 해독하려고 노력한다. 변화된 상황에 대한 다소간 순간적이며 변덕스러운 대응? 무언가 획기적인 일을 결정함으로써 더 커다란 파국의 감정을 상쇄시키고자 하는 의지 같은 것? 혹은 그녀가 몰래 키우고 있었듯, 가장 자신도 모르고 있는 채 누적되어 있던 그녀에 대한 부당한 감정이 가장으로 하여금, 여러 날에 걸쳐 이런 말을 준비하게 했을지도 모른다. 무언가가 그녀의 말을 삼켜버렸듯, 가장은 반대로 이런 말을 고안하지 않으면 안 되었을지도 모른다. 그러나 말을 마치고 난 후 갑자기 침묵한 가장은 그녀 자신보다 더 자신의 말에 놀란 표정을 짓고 있다.

어쩌면 가장은, 쓰레기통을 상 위에 올려놓고, 밥알이 눌어붙어 있는 식탁 위에 참치 캔을 따 컵라면 속에 집어넣고 3분을 기다리고 있는 자신을 아무에게도, 특히 그녀에게는 더더욱 보여주고 싶지 않았을지도 모른다. 다음 날, 다른 상황이라면 이런 말을 할 엄두도 내지 못했을 정도로 그 말은 갑작스럽게 그의 입에서 튀쳐나왔을지도 모른다.

그러나 어떤 것도 그녀에게 상처가 되지 않는다. 이제는 웬만한 것이 아니면 그녀를 아프게 하지 않는다. 그녀는 아무렇지도 않다. 그녀는 당분간 집을 떠날 생각이 없다. 그녀는 식탁 가의 밥알처럼 집 안에 눌어붙어 있을 것이다. 이 이상한 시간은 그들 둘, 가장과 그녀 공동의 몫이다. 그녀는 일어선다. 낡은 차의 열쇠를 집어들고 집을 나선다. 가장이 상점 문을 다시 연 지 여러 날이 되었지만 이제 상점에 가기 위해 그녀와 같이 집을 나서지 않는다. 그녀는 가장을 전자기기 상점 앞까지 데려다줄 필요가 없다. 가장은 상점까지 걷는다. 무엇보다 그의 심장이 약하다고 요가 선생이 말했기 때문에 가장은 매일 만 보를 꼭 걸어야만 한다.

스무닷새 후

오후의 사무실, 한 여자의 목소리가 그녀를 찾는다. 그녀는 전화선 속에서 변질돼 들려오는 그 목소리의 주인을 얼른 알아보지 못한다.

"집에 일하러 가는 사람인데요, 아가씨를 만나서 할 얘기가 있어요. 볼 수 있을까요?"

여자는 여전히 느리게 말하지만 목소리는 두려운 듯 들떠 있다. 그녀는 무슨 일로 전화했느냐고 묻지 않는다. 그녀는 여자의 요구에 응한다. 근무가 끝나고 난 후, 남자의 아파트에 가기 전의 빈 시간에 약속 시간을 정한다. 그녀는 사무실 근처의 다방 이름을 말해준다.

여자는 집에 일하러 올 때와는 다른 분위기를 연출하고 있다. 여자의 뺨에는 발그스름한 윤기가 돌고 있다. 뛰어왔으리라. 여자는 분홍색의 얇은 스웨터에 하복부의 가는 선이 드러나는 청바지를 입고, 주부들이 장을 보러 갈 때 들고 다니는, 은행이나 슈퍼에서 사은 선물로 나누어주는 사각의 천 손가방을 들고 있다.

"얼마 전부터 아저씨가 자꾸 우리 집에 전화를 하세요. 내가 가지 않는 날은 오전에 네 번이나 전화를 한 적도 있어요."

"……?"

"다행히 애들 아빠는 일하러 나가 그이가 받은 적은 없지만, 전화로 별의별 이상한 얘기를 다 하세요."

여자에게는 아이가 둘이 있다. 아이들은 낮에는 학교에 가 있다. 지금 택시 운전을 하는 남편과 여자는 일찍 결혼했기 때문에 아이들은 다 컸다. 다행히, 낮 동안 집에는 여자 혼자만 있었기에 아직까지 문제가 되지는 않았다.

그녀는 자신도 모르게 지쳐지는 얼굴의 긴장을 풀어보려고 노력한다. 여자는 이런 얘기를 하면서 그녀를 향해서 어색한, 그러나 다소간 흥분된 미소를 짓는다. 여자가 웃을 때, 가장이 아름다운 사람에게서 좋아하던 눈주름이 여자의 얼굴에 잡히는 것을 그녀는 바라본다. 그 눈가 주름 때문에 그녀는, 여자가 하려는 말이 무엇인지 조금씩 이해하기 시작한다. 아, 그런 일이구나. 그녀는 단번에 가장에 관한 여자의 이야기를 다 이해해버리고 만다. 그 근본적인 이해로부터, 그녀는 멀리서부터, 여자가 말하는 기이한, 예상치 않은 상황 속으로 다가서보려고 애쓴다.

"점잖은 분이 왜 이러시냐고 하면, 공자도 여자 관계에는 체면 차리지 않았다나요, 그런 말을 하면서 아저씨는 나보러…… 매일 오후 집에 와달라는 거예요. 어제는 일부러 전화를 받지 않았더니, 글쎄 우리 집 근처까지 와서 나를 보자고 했어요."

그녀는 상점 문을 닫고 나와, 만보기(萬步機)를 혁대에 달고 반백이 된 머리카락을 날리면서, 자신도 모르는 열기의 노예가 되어 여인이 사는 동네를 배회하는 가장의 모습을 본다. 여자를 향해 절망적인 약속을 곁들인 구애의 다양한 방법을 고안하는 데 손님 없는 상점에서 오후 시간을 보내고, 여자의 목소리가 들릴 때까지 집요하게 여자의 집에 전화를 거는, 여자가 전화를 받지 않으면 상점 문을 닫고 누구인지도 모르는 그 여자에게로 뛰어가는, 자신을 뛰어넘는 강한 힘에 쫓겨 마침내 여자에게서 몰두할 거리를 찾은 가장을 환하게 바라본다. 그치지 않고 말하는 여자의 말은 그녀의 귓바퀴를 스쳐 지나가고 그녀는 결론 조로 여자에게 답해준다.

"화요일과 금요일, 일주일에 두 번만 와달라고 부탁한 건 잊으세요. 그리고 시간이 나면, 매일 오후 일하러 집에 오셔도 좋아요. 전처럼요."

여자는 그녀의 답변에 어이가 없다는 듯, 여자의 답답한 심정을 이해해줄 만한 증인을 찾는 시선으로 고개를 들어 주변을 살핀다. 여자의 말은 좀더 적나라해져간다.

"그런 게 아니에요, 아저씨는 매일 날 보지 않으면 미치겠데요. 그렇지만 어떻게 그래요. 나도 생활이 있는데. 아저씨는 집을 팔려고 내놓겠대요. 그걸 팔아서 반을 날 주겠다는 거예요, 글쎄. 점잖은 분이 나 땜에 망할까 봐, 그게 난 걱정이 돼서 아가씨를 만나자고 한 거예요."

이런 말을 하면서 여자의 볼이 다시 한 번 발그레하게 되살아난다. 여자는 '당신을 매일 보지 않으면 미치겠다'고 한 가장의 말을 여러 번 반복한다. 실제로 그 문장은 그만큼 여러 번 반복되었으리라. 아마도 여자 때문에 누군가가, 점잖아 보이는 외모에, 나이 지긋한 한 남자가 미칠 수 있다는 생각은 여자를 혼란시키고, 그 혼란만큼 여자를 격앙시킨다.

그녀는 여자를 안심시킨다. 걱정하지 말라고 한다. 그러나 그녀 자신 여자에게 해줄 수 있는 일은 아무것도 없다. 여자는 자기가 하고 싶은 대로 하면 된다. 가장이 원하는 대로, 그녀가 매일 오후 두세 시간씩 집에 들를 수 있으면 그렇게 하라. 그것이 여자의 비위를 상하게 하지 않는다면. 그녀는 자그마한 시멘트 마당에, 삐죽 한 그루 감나무가 자라 있는 초라한 외양의 단층집, 햇볕이 잘 들지 않는 실내, 좀더 그럴듯한 외관을 갖추고자 조각조각 수리와 수리를 거듭했음에도 불구하고 결코 더 나아진 것도 없는, 여름에는 덥고, 겨울에는 추운 그녀가 10년 이상 기거해온 그 집을 떠올린다. 그녀는 여자에게 덧붙인다. 가장이 집을 팔겠다면 그건 가장의 자유다. 그는 그 집에서 살 만큼 살았다. 가장이 집을 판 돈의 반을 주겠다고 하거든 받아도 괜찮다. 이것도 저것도 아니라면, 가장 자신이 말했듯이, 미치게 내버려두던가. 각자가 살아남는 방법이 다르다. 가장을 살아남게 하라. 여자는 그녀의 말을 이해하지 못한다.

그녀는 셔터가 반쯤 내려지고 전자기기들이 긴 그늘을 만들며 줄지어 서 있는 어두운 상점의 내부를 들여다본다. 한때, 아름다운 사람이 상점을 지킬 때 손님이 붐비고 동네 아이들의 놀이터가 되기도 했던 햇볕 잘 들어오는 길목에 위치한 상점, 이제는 더 이상 냉장고도 세탁기도 선풍기도 사러 오는 사람이 없는, 불규칙하게 문이 닫혀 그렇지 않아도 드물어진 사람들의 발길이 아예 끊긴 상점의 내부에 홀로 앉아, 속수무책 자신의 그림자를 타인 보듯 바라보고 있는 가장의 얼굴을 오랫동안 들여다본다.

그녀는 여자에게 고맙다고 말한다. 진심으로. 그녀는 시계를 본다. 떠나야 할 시간이다. 여자는 아무것도 이해하지 못한 채 엉거주춤, 그녀를 따라 일어선다. 여자는 시간이 나는 대로 들르도록 노력은 해보겠지만, 어쩌면 다른 일자리를 구할지도 모른다, 고 말한다. 여자는 뭣이 어떻게 돌아가는 건지 차차 생각해볼 참이다. 그녀도 그게 좋겠다고 말한다.

한 달 후

남자의 우울, 남자의 침묵, 남자의 무관심, 그녀에게 위로가 되었던 남자의 그녀에 대한 무관심. 그보다는, 남자의 최소한의 관심. 여전히 수면이 부족한, 이따금 머리가 깨질 것 같은 편두통의 노예가 되는 그녀에게 이완된 팔베개를 만들어줄 줄 아는 남자의 최소한의 배려. 그녀는 남자를 만난 후 처음으로 남자의 이런 면모에 대해 궁금증을 갖는다. 그렇지만 물론 남자에게 질문을 던지지는 않는다. 그것은 그녀 아닌 누군가에게라면 때로 인색해 보일 수도, 때로는 잔인해 보일 수도 있으리라는 것을 그녀는 알아차린다.

그녀는 뒤늦게, 그 남자를 이루는 이런 분위기의 정체, 적어도 그 정체의 일단에 대해 누군가로부터 듣는다.

그녀는 직장의 여자 동료와 공휴일의 오후를 보낸다. 동료는 합창 동호회의 연주회에 그녀를 초대했다. 아마추어 합창단의 레퍼토리는 화려했고, 합창 수준은 보잘것없었다. 그녀는 답례로 동료를 이른 저녁에 초대한다. 저녁을 먹고 카페로 커피를 마시러 간다. 그때, 방금 들은 합창곡들 중의 하나가 완숙하게 연주된 협주곡으로 흘러나오는 그 카페에서 동료는 괴로운 표정을 짓고, 그녀에게 말을 털어놓을 수 있는 기회를 엿본다. 그녀는 동료가 쉽사리 말을 하도록 부추기지도, 말을 하지 못하도록 화제를 돌리지도 않는다. 그녀보다 일찍 입사해 직원들의 신상에 대해 많은 것을 알고 있는 동료는 옆 사무실에 근무하는 전근 온 지 얼마 되지 않은, 아, 그래 바로 그녀의 입사와 비슷한 때에 지점에서 전근해 온 남자 직원에 대해 길고도 자세하게 말한다.

동료가 그 직원의 침묵과 차가운 친절에 대해, 가끔 가다 엉뚱하게 던지는 농담과 동료에게 매력적으로 보이는 그 직원의 우울한 무관심에 대해 얘기했을 때, 그녀는 동료의 마음을 그토록 괴롭히는 그 문제의 직원이 바로 그 남자였다는 것을 느리게 알아차린다.

이제는 7개월이 되어 가는 그녀와 남자와의 관계에 대해서, 회사 안의 그 누구도 모르듯이 동료도 모르고 있기에 동료는 안심하고 자신의 비밀스런 감정을 고백한다. 동료는 그 남자에게 마음이 있다. 그보다 더. 동료는 남자를 짝사랑하고 있다. 그러나 남자에게 어떻게 접근할지 알 수 없다.

동료는 남자가 불쌍한 사람이라고 말한다. 그 남자는 결혼식 바로 다음 날, 신혼여행지에서, 신부를 잃어버린 불쌍한 남자다. 남자는 한 해안 도시의 지점에 근무하고 있었는데, 일이 많은 때여서 그 도시의 맞은편에 있는 섬으로 신혼여행을 떠났다. 그런데 그만 부인이 그 섬에서 익사하고 말았다. 익사해야 할 아무런 이유도 없는 피서객이 즐겨 찾는 해변이 있었을 뿐인데 한번 물에 들어간 신부는 살아 나오지 못했다. 어쩜 그럴 수 있을까. 얼마나 불쌍한가. 신부도 그렇지만 죽어버린 신부를 물에 들어가 안고 나온 남자도.

불쌍한 남자는 그래서 전근을 신청했고, 그 신청은 받아들여지게 된 것이다. 동료는, 회사 내에서 다 알려진 이 일을 그녀가 모르고 있는 것에 놀란다. 그녀는 대답한다. 얼마 전부터 늘 '다른 곳'에 있었기에, 아마도 그 얘기를 들었을지도 모르지만 잊었을 것이다. 동료의 표정은 갑자기 경건해지며, 그녀의 심경을 이해할 수 있을 것 같다고 말한다.

  동료는, 신혼여행 중 아내를 잃어버린 너무너무 불쌍한 그 남자, 불쌍한 사람이기에 더 사랑하고 싶어지는 그 남자에 대해 또 길게 말한다. 동료는, 사랑의 감정에 영원히 장례를 치른 것 같은 메말라버린 남자의 마음에 자신이 한줄기 불을 지펴보고 싶다고 말한다.

  그녀는 남자의 방 한구석에 변함없이 놓여 있는 커다란 여행 가방을 다른 식으로 바라본다. 저 가방이 남자가 신혼여행지에서 건져 가지고 온 그 가방인가. 그녀는 남자에게 질문을 던지지 않는다. 남자의 아파트에 오기 전 동료가 그녀에게 전한, 남자에게 일어난 불행한 사건에 대해 일언반구도 하지 않는다. 여덟 걸음만 가면 되는 남자의 옆 사무실의 한 여성이 그에게 다가가고 싶은 열망으로 괴로워하고 있다는 것을 남자는 알고 있는가. 그녀는 그런 질문들을 막연히 만들어보지만 머릿속에서 채 문장으로 만들어지기도 전에 미미하게 스러져버린다.

  다행히도, 남자와 그녀의 관계에서 좋은 것은 그들 사이에 아무것도, 일어날 것도, 변할 것도 없다는 것이다, 라고 그녀는 생각한다. 왜냐하면 그녀와 남자와의 사이에 아무 일도 일어나지 않았기 때문에.

  안식을 되찾은 남자의 편안한 숨소리가 귀 가까이 들리고, 그 호흡이 그녀의 흐트러진 머리카락을 흔들어 목덜미를 간질인다. 이 간

지러움은 감미롭기까지 하다. 그러나 그녀는 이날, 감미로움을 떨치고 옷을 입는다. 남자는 벌써 잠이 들어 있다. 그녀는 조용히 문을 닫는다.

그녀가 차에 시동을 걸었을 때, 잠든 밤에 낡은 차가 부르르르 떨면서 내는 소음으로, 3, 4미터 앞의 관리실에서 졸고 있던 관리인이 깨어 그녀를 바라본다. 그사이 관리인은 바뀌었다. 그녀가 관리실 앞을 지나갈 때, 새 관리인은 다시 졸 채비를 한다.

그녀는 처음으로, 집으로 돌아가는 데에 단 이십여 분이 걸릴 뿐인 고속도로를 택하지 않는다. 가는 비가 내리기 시작하고, 얼마 안 있어 빗줄기가 굵어질 것을 예고하는 검고 커다란 구름이 흐린 날 새벽에 자주 그러듯이 떼를 지어 비어 있는 하늘을 달려가는 것을 보면서, 그녀는 도시를 도는 외곽 도로를 떠나 시내 쪽 길을 택한다. 이제는 무거운 습기가 완연한 여름.

아무 시간, 아무 분위기에나 잘 어울리는 개성 없는 음악과 가벼운 말장난으로 밤잠 없는 젊은이들을 위로하는 한밤중의 음악 프로에서 비음을 섞은 한 남자 진행자의 목소리는, 내일 어쩌면 모레쯤 장마가 시작될 것이라고 말한다. 아닌 게 아니라 헤드라이트 빛다발 속으로 몰려들었다가 흩어지는 빗방울은 그사이 다소간 굵어진 것도 같다. 그녀는 네온이 꺼진, 어두운 시내의 거리를 택해 달린다. 마치 목적지를 향해 달려가는 것 같은 가벼운 흥분이 그녀로 하여금 속도를 내게 한다.

그녀가 후미진 도시 구석에 엉성하게 세워진 작은 고가 도로 앞에 이르렀을 때, 그녀의 자동차는 괴이한 파찰음을 낸다. 그러나 그녀는 그 음을 무시하고 고가 도로로 올라선다. 가파른 경사에 힘겨워하는 그녀의 자동차는 무언가 타는 냄새를 풍긴다. 변속 기어를 사용해 속도를 낮추고 액셀러레이터를 밟아도 차는 아주 느리게만 경사를 올라갈 뿐이다. 어슴푸레 가로등이 밝혀져 있는 고가 도로 경사의 한 중간에서 그녀는, 몇 방울씩 떨어지는 비 때문이라고 생각하기에는 짙은 연기가 자동차 앞 뚜껑에서 무럭무럭 지펴지는 것을 본다. 때때로 모터가 뜨겁게 달군 차 뚜껑에 물방울이 떨어질 때 그런 연기를 만들고는 했다. 그녀는 간신히 경사지의 정상에 도달한다.

올라갈 때보다 더 급한 고가 도로의 내리막 경사가 바로 앞으로 다가왔을 때, 차 뚜껑에서 미약하지만 불길 같은 것이 새어 나오는 것을 그녀는 보았다. 불길은 연기와 섞여 간헐적으로 작은 검은 기둥을 만들며 그녀의 시야를 가린다. 그녀는 급브레이크를 밟아 겨우 정상에 올라온 차를 멈추지 않을 수 없다. 불길은 이제 확실히 눈에 띄게 올라오고 순간순간 더 세지는 것이 역력하다. 고무 타는 독한 냄새가 열어놓은 창문으로 들어온다.

그녀는 한순간 망설인다. 제법 타오른다는 느낌을 주는 세진 불길과 연기가 차체를 완연히 덮어버리는 것을 차갑게 바라본다. 잠시 후, 차의 불길은 운전석까지 번질 것이다. 그리고 좀더 후, 차는 굉음을 내며 폭발할 것이다. 그녀와 차는 같이 뒤집혀 폭발 속에 흔적도 없이 사라지리라.

그녀는 그러나, 오래 바라보지 않는다. 차에서 내려 문을 닫는다. 그녀는 차를 뒤에 두고 고가의 경사를 걸어 내려간다. 내기를 하듯이, 천천히. 그녀는 뛰지 않으며 뒤를 돌아보지 않는다. 서서히 멀어지는 타는 냄새를 들이마시며, 그 시간 마치 그녀를 위해서인 것처럼 차 한 대 지나가지 않는 고가 도로를 내려온다. 어떤 굉음도 느리고 규칙적으로 고가를 걸어 내려가는 그녀의 몸을 떨게 하지 않았으며, 폭발하는 차의 부속품들이 그녀를 뒤에서 덮치지도 않았다. 그녀가 고가 도로를 다 걸어 내려오고도, 그녀가 빈 밤 차도를 딱딱 구두 굽 소리를 내며 건너 보도로 올라선 후에도, 그녀 등 뒤에서는 아무 소리도 들려오지 않는다. 아무 일도 일어나지 않는다.

그녀는 그렇게 천천히 낡은 차에서 멀어진다. 그녀는 빗방울이 좀 더 촘촘하게 떨어지는 밤길을 걷는다. 밤의 입자, 빗방울의 입자, 습기를 머금은 공기의 입자가 손에 잡힐 듯 투명한 밤길을 그녀는 자신의 구두 굽이 포도에 내는 규칙적인 소리를 들으면서 걷는다. 아름다운 사람은 밤공기 입자 속에, 도로변 강물의 입자 속에, 구름 속에 흩어져버렸다. 단단하게 굳어 있던 그 사람의 손발의 감촉, 거역할 수 없는 리듬으로 다가오던 역진화에 저항해 마지막 순간까지 그녀의 손끝에 말랑하게 다가오던, 유방과 겨드랑 밑 살의 질감에 걸맞은 미세하고 부드러운 가루로 변모해 어디론가 날아가버렸다. 그것은 아름다운 사람이 원한 것이다.

그녀는 오래 걸어 집에 돌아온다. 옆방에서는 가장의 코 고는 소리가 들린다. 그 소리는 무겁다. 소화해낼 수 없는 일, 이해할 수 없는 일 앞에서 가장의 코 고는 소리는 무거워진다. 그 무거움은 가장 이외의 그 누구도 가볍게 해줄 수 없다. 가만히 어둠 속에 턱을 괴고 앉아 그녀는 새벽이 오기를 기다린다. 새벽이 온다. 밋밋한 새벽. 충분히 날이 밝았을 때, 그녀는 처음으로 남자의 아파트에 전화를 걸기 위해 수화기를 든다. 윙 하는 소리를 귀에 대고 잠시 앉아 있다.

막 잠자리에서 빠져나온 사람의 안온하고 따뜻한 목소리가 들려올 때, 그녀는 남자에게 이렇게 말할 것이다.

어젯밤에 마침내 고물 차가 폭발했지. 고가 도로 위에서였어. 내 탓은 아냐. 물질의 자연스런 소멸 절차를 밟은 거지. 아주 낡았었잖아, 알다시피. 비가 조금씩 내렸고 나는 천천히 달렸어. 그러다가 피식 소리도 없이 타버리면서 고물차가 폭발해버린 거야. 다치지도 않았고 이렇다 할 사건도 없었지. 내가 하고 싶은 말은…… 이제는 매일 밤, 당신에게 갈 수 없다는 거야. 차가 없는데, 어떻게 갈 수 있겠어.

자, 그러니. 굿바이.

그녀는 남자에게 그동안 고마웠다고 말하는 것을 잊지 않을 것이다. 남자도 그녀에게 똑같이 답하리라. 회사의 복도에서 남자를 마주칠 때나, 여덟 걸음 걸으면 있는 남자의 사무실에 그녀가 볼일이 있어 들를 때, 이제는 어쩌면 누구나에게 하듯이 손을 가볍게 들어 인사를 할 수 있으리라. 다른 동료들과 어울려 그와 함께 점심 식사를 같이 할 수 있을 것이고, 회사 내에서 일어난 시시한 일로 깔깔 웃으면서 차를 같이 마시는 일도 일어나리라.

언젠가는. 그녀가 아직은 예정할 수 없는 어느 날. 그 언젠가는.

틈

세상의 모든 슬픔은 그 구멍에서 시작됐다. 매번 새로 시작되듯 처음도 종결도 없는 인생에 대한 슬픔은 그곳에서 시작된다. 늘 갑작스럽게, 스스로에 대해조차도 은밀하게.

질린 듯, 지루한 듯 고개를 숙이고 줄지어 서 있는 맨드라미 꽃의 보라색 대열 위에 잠복해 있는 대낮의 적막이 끝났다. 꽃잎과 꽃대, 꽃술이 구분되지 않은 채 뭉뚱그려진 모호한 몸체.

그 너머로 그, 혹은 그녀는 보았다.

일곱 혹은 여덟 살. 어느 누구도 그 나이의 한 여린 영혼의 진정한 성을 알 수 없다.

그날의 꽃밭에는 또 어떤 꽃들이 피어 있나. 과꽃, 채송화, 칸나, 열리고 닫히던 분꽃과 나팔꽃, 수세미, 멀리서 보면 수줍게, 가까이 보면 징그럽게 피어 있던 한두 가지 이름 모를 야생화들, 그 꽃들을 바라보면 구멍이 어둡게 열리기 시작하고, 구멍이 완전히 열리는 그 순간 꽃들은 일제히 시든다. 모든 화려한 색채는 규명되지 않는 단일한 어둠 속으로 낙하한다. 낮인데 밤이다. 밤인데도 대낮의 빛 속에서처럼 환하게 되돌아온다.

소비되어 없어지지 않고 매번 살아오는 그 구멍이 저만큼 보이는 흙마당에는 햇볕만 지루하게 뜨겁고 적막하다.

집안의 소란스러움이 잦아들고 하나하나 열리는 방들은 비어진다. 오랜 시간을 두고 어김없이 낡아온 지붕은 한순간 후드득 무너지며, 이어 불꽃도 없이, 불을 놓은 사람도 없이, 어느새 타버린 잿더미 위에 소녀 혹은 소년은 서 있다. 황망히, 속수무책으로.

인생은 그렇게 그 혹은 그녀에게 다가온다. 그리고 한 줌의 잿더미로 농축된 작은 무색의 우주는 어딘가로 오랫동안 잠적한다.

누구에게나 한 줌 정도는 있게 마련인 뼛가루 같은 것, 존재의 갈피 속에 흩어져 깔끄럽게 비벼대며, 늘 가벼운 수면을 휘젓는 그것. 때로는 혀 밑에서, 때로는 겨드랑이 밑에서 일어나는 스산한 바람 사이로, 갑자기 영하로 하강하는 뇌수의 차가움으로 그것은 자신의 존재를 외친다. 때로 쾌락의 한 절정을 창백하게 퇴색시켜버리면서.

누구도 그것을 잊었다고 말할 수 없다. 왜냐하면 그것은 과거에도, 기억에도 포함되는 것이 아니기 때문에. 지속되는 현재, 영원히 완결되지 않기 때문에 기억 상자 속에 조신하게 들어가 앉아 있을 수 없는 어떤 것. 아무리 닫아놓고 또 잊고 있어도 가는 먼지처럼 흔적 없이 어디론가 새어버려 온 우주로 퍼지는 것.

아마도 빈집의 적막이 무섭다기보다는 아득해, 그, 그녀는 밖으로 나간다. 밖은 소란하게 넋을 빼는 전쟁이다. 시장 거리는 때도 없이 다소간 늘 전쟁이다. 그, 그녀는 매일의 전쟁통을 가로질러 걷는 것을 좋아한다. 냄새와 목소리와 의미 없는 부딪침이 주는 위로, 외롭고 늘 목마른 여린 살을 위한 작은 축제인 삶이 성실한 동반자처럼 거기 있다. 어느 날 전쟁은 조금 더 적나라하고, 어느 날은 좀 덜 적극적일 뿐 여일하게 그곳에서 계속된다. 전쟁은 아직까지 그, 그녀에게는 하나의 배경이다.

다닥다닥 붙은 상가에서는 참기름, 들기름 냄새를 바닥에 깔고 사람들이 불안한 표정으로 부산하게 쌀가게에서 생선가게로, 정육점에서 양복점으로 여느 때와는 달리 배추벌레색 작은 지폐 뭉치를 경망스럽게, 원망스럽게 흔들어대며 삼삼오오 옮겨다니지만 그들의 불안이 줄지는 않는다. 얼마간 가게들은 텅 빈다.

늘 그렇듯이 미친 여자 하나가 시장 거리를 구걸을 하며 지나갔어도 아무도 미친 여자를 쫓지도 그렇다고 먹을 것이나 동전을 던져주지도 않는다. 미친 여자의 몸에서 드러난 모든 것, 양손, 얼굴, 목 같은 것, 미친 여자가 걸친 것, 미친 여자가 들고 나타나는 모든 것은 어떤 쪽이 더하다 할 것 없이 골고루 더러웠고, 미친 여자의 맨발 발뒤꿈치, 터지고 쭈글거리는 살주름 사이에 골골이 박힌 까만 때가 그녀만이 살고 있는 이상한 나라의 지도를 그려내고 있다. 혹은 그들 모두가 조금씩은 연루된 현실의 지도.

미친 여자의 얼굴에는 늘 평화로운 미소가 지펴져 있고 매일 계속되는 고생살이의 전쟁통에 그렇게 무연하게 웃을 수 있는 사람은 그 여자밖에 없기에 미친 것을 누구나 알아볼 수 있다.

골목 저쪽에서 지프 한 대가 소란을 가르고 지나갈 때 사람들이 한 말, 어딘지 날카로우며 음험한 기운이 서려 있는 복잡한 발음의 이해할 수 없는 한 단어가 그, 그녀로 하여금 그날에 이르러 절정에 다

다른 듯 가열된 부산한 전쟁의 심상치 않은 분위기를 감지케 한다.
 화폐 개혁.
 시장 거리 뒤의 주택가에는 고만고만한 집들이 있지만, 한 집만은 크기와 색깔로 눈에 띈다. 흰 페인트가 아무리 벗겨져도 파도 무늬의 쇠창살이 닳아 없어지지는 않는 적산가옥 해군 소장집 쇠문이 열리고 가끔 지프가 들어오거나 나간다. 그럴 때면 얌전하게 깎인 풀만 가득한 마당이 눈 가득 들어찬다. 그게 다다. 모든 문은 닫혀 있다. 그래서 소문이 나돈다. 아무도 본 적이 없기에 더욱 부풀어지는 그 집 지하실에 쌓여 있는 산더미 같은 물건들에 대해서, 그 집 금고 안에 있다는 금붙이에 대해서. 시장 거리는 지프가 지나갈 때면 장례 행렬이 지나가듯 침묵한다. 한참 뒤에야 소란이 다시 시작된다.
 그해가 다른 해와, 그 계절이 다른 계절과 구별되는 것은, 그날이 다른 날과 달리 강렬한 빛과 소리를 동반하고 드러나는 것은 그, 그녀에게는 모든 소란과 악성 소문의 원인인 화폐 개혁이라는 한 단어 밖에 없다. 그러나 환이 원으로 바뀌고, 밀가루나 비누가 품귀해지기 시작한, 한동안 매일의 고난이 좀더 농밀해지면서 지속된 혼란의 이유가 어린 영혼에게 구체적으로 다가오는 것은 그날의 시장 거리를 나오기 전, 집 안의 적막이 있었기 때문이다. 그 두 가지는 그, 그녀에게 거의 동시에 떠오르는 영상이 되어버린다.

 적막한 대기 속에서 숨막혀 시들어버리는 꽃, 꽃밭에서 집 쪽으로 몸을 돌리면 그곳에 수도와 펌프가 나란히 서 있다. 이날처럼 어지럼증이 일어날 때면 그, 그녀는 펌프에 온몸을 기대고 저 깊은 지하에 사는 물의 정령에게 간절히 비는 마음으로 펌프질을 한다. 무엇을? 늘 매우 막연하고 불가능한 소원 사항들. 그것은 늘 알록달록한 색채나 분위기였을 뿐 말로 될 수 있을 정도로 구체적인 적이 한 번도 없다. 말은 아직 그, 그녀에게는 아무것도 아니었다.

펌프의 물을 끌어올리려고 몸을 실으면, 저 밑으로 나 있을 어느 물줄기를 따라 하강하노라면, 머릿속에 처음 본 듯한 아련한 빛과 소리가 스쳐가면서 그녀가 알고 있는 얼굴들은 서서히 다른 모습으로 변모한다. 겹겹이 포개진 쌀가마 뒤에 근엄하게 일간지를 펴 들고 앉아 지나가는 사람을 안경 너머로 노려보는 정미소 주인은 갑자기 일어나 유행가를 부르면서 춤을 춘다. 우울하게 마루 끝에 앉아 아침 햇살에 맨발을 내놓고 발톱을 깎으며 눈물 한두 방울을 똑똑 떨구는 아랫방의 처녀는 갑자기 고개를 젖히고 깔깔대며 웃기 시작한다. 시든 꽃밭이 반란을 하듯 일어서며, 갑자기 호박 한 개가 공중으로 치솟는다. 맨 마지막에 떠오르는 한 얼굴은…… 그러나 좀처럼 변하지 않는다. 구멍만은 없어지지 않는다.

지하 깊은 곳, 물의 요정이 내뿜은 찝찔하고 다소간 비린 냄새가 배어 있는 길고도 검은 관을 통해 지상으로 이끌려 올라온 물을 그, 그녀는 좋아한다. 알 수 없는 깊이에서 올라온 물. 그 깊은 곳에는 어디나처럼 아마도 습기 차고 어두컴컴한 물의 방 한 개가 숨어 있으리라. 푸른 이끼가 벽지로 발라져 있을 것이고, 그 동그마한 방구석에 앉아 눈을 깜빡거리면서 지하의 물의 요정은 조용히 하품을 하리라. 그러면 요정의 하품이 양철 대야에 하얗게 분무되어 떨어진다.

고구마 때문인가, 구멍 저쪽 방 안이 그토록 어두운 것은? 한여름의 장마는 매우 길었다. 그들은 기다리면서 건넌방의 쪽마루에 앉아 있다. 흙바닥이 패도록 두들겨대는, 용서를 모르는 초여름 빗줄기를 바라보고 앉아 있다. 무엇을 기다리는지 아무도 모른다. 빠끔 열려 있었지만 파란색 칠이 벗겨진 대문으로 누군가가 빗속을 걸어 들어올 기적도 없다. 그렇지만 아무도 비어 있는 쌀독을 생각하지 않는다. 모두 침묵한 채 껍질이 반쯤 벗겨진 찐 고구마를 마른 입 안에 몰아넣는다. 이제 쟁반에는 단 한 알의 찐고구마가 남아 있다. 서로의 살을 대고 부비며 모여 앉아 있는 아이들을 향해 여인은 잃어버린 지 오래된 먼 곳을 바라볼 때 하듯 얇은 눈까풀을 접고 은은한 향수의 미소를 보일 듯 말 듯 날리며 말한다. 저 벽의 무늬를 잘 봐라, 곰팡이 핀 것이 꼭 추상화 같지. 저런 걸 추상화라 하는 게야.

아무도 여인의 말뜻을 알아들을 정도로 성장하지 않았다. 추상이 뭔지 모르므로 그, 그녀는 곰팡이에서 추상에 가장 가까운 말인 상추의 이파리 모양을 구별해보려고 고개를 돌린다. 건넌방에서 나는 곰팡이 냄새가 대기 속에서 흩어질 줄 모른다. 벽지를 뒤덮은 푸르스름한 곰팡이의 무늬가 아무리 사람을 기다려도 이 방이 비어 있을 수밖에 없는 이유다. 아무도 이 방을 원하지 않는다. 모두들 그 방에 세 들기 원하는 미지의 구원자를 기다리지만 그, 그녀에게는 비어 있는 방이 하나쯤 있는 것은 세상의 평화를 위해 다행스런 일이다.

그렇지만 몸을 접고 또 접어 딱지만 하게 만들어 사라지고 싶을 때 숨어 들어갈 수 있던 그 방의 자그만 평화도 그리 오래 계속되지 않았다. 다행히 그해의 장마는 언젠가 끝이 난 것처럼.

추상화를 보려고 아무리 고개를 돌려보아야 이제는 그 방으로 숨어 들어갈 수도 없다. 그 방에는 아나운서를 꿈꾸는 이혼 경력을 숨긴 처녀가 이사 와 분홍색 레이스가 달린 커튼을 문에 달아놓은 지 한참 되었다. 그녀는 대체 어디로 갔나. 매일 굽 높은 구두를 신고 밤이면 나가 오전 나절 늦게까지 잠을 자는 이 가짜 처녀는.

낮고 부드러운 목소리로, 오래전에 지나버린 하루의 날씨나 역사에 기록되지도 못할 지방 소식, 드물게 어디서 구해 온 연속 방송극의 대본에 따라 목소리를 바꿔가며 읽는 연습을 게을리하지 않는 이 여자는 도대체 이 대낮 어디로 가라앉아버린 걸까. 매일 보던 이웃의 아이들은 다 어디로 사라져버린 것일까. 뒷산에도 시장 거리에도 공터에도 축대 밑의 길고 가파른 층계의 어느 참에도 그날, 아이들은 없다.

시간은 멈추어버렸다. 소리는 한순간 죽어버렸다.

그것은 작고 평범한 하나의 구멍이다. 안방과 마루 사이에 나 있는 미닫이문의 창호지는 그즈음 다소간 노랗게 변질돼 있다. 매년 종이를 갈고 나무 창틀에 기름을 먹이는, 집주인의 관심을 끌지 못한 지 오래되었기에, 숨을 내쉬는 목구멍처럼, 자연스럽고도 게으르게 거기 생긴 그런 일상의 흠집일 뿐.

존재의 한 부분처럼 늘 몸에 지니고 있으나 너무 익숙해져 대부분 잊고 사는 그런 흠집이나 상처. 그것이 붙어 있는 몸이 더 커질 필요가 없어 성장을 그친 이후로도, 저 스스로의 조직과 삶이 따로 있듯이 조용하고도 외롭게 시간에 따라 자라나는 이상한 상처의 생리를 이 구멍은 지니고 있다고 말해야 한다. 그런 식으로 짙어지고 깊어지며 구멍은 어느 날, 마치 우주의 블랙홀이라는 것이 생기는 원리와 유사한 에너지를 부여받는다.

그 어느 날, 그 어느 날들. 밖은 여일한 전쟁이고 안은 적막하던 수많은 날들 중의 하루, 어쩌면 바로 그날 화폐 개혁이 일어나지 않앉을지도 모르지만, 바로 두 몸뚱이가 맞붙은 기형의 쌍생아처럼, 그런 사건과 맞붙었을 때에야 자연스럽게 떠오르는 그런 날.

 누군가가 자기 방어적으로 억압했기 때문이라기보다는, 그 구멍이 지니고 있는, 스스로 제어하기에는 너무 강한 에너지로 인해 억눌려 있던 어떤 것이 터지기 시작한다. 주변을 집어삼키고 가까이 다가가고자 하는 몸을 파도처럼 떨게 하며 모든 가능한 단어를 삼킨 후, 소용돌이 속에서 창백하게 될 때까지 탈색한 후, 그 구멍으로 다시 내뱉는다.

 대낮, 구멍 저쪽에는 방이 하나 있다. 방 안은 밝지 않다. 그렇다고 아주 어둡지도 않다. 방 밖이었다면 그 밝기는 기울어가는 오후쯤이라고 말할 수 있으리라. 그러니까 그 방은 현실의 시간과는 무관하게 늘 기울어지는 하루의 끝에 위치해 있다.
 한 여인이 앉아 있다. 다리를 옆으로 모으고, 고개를 갸웃이 숙이고. 어쩌면 분유 배급이 있어 모두들 어린아이들을 몰아 달고 한곳에 줄 서서 모여 있어야 할 그때, 한 여인은 어두운 대낮의 방 안에 앉아 구멍으로 누군가가 들여다보고 있는 것도 모르는 채, 아무에게도 들리지 않는 말을 중얼거리고 있다. 여인의 입은 움직이지만 아무런 소리도 나오지 않는다. 여인의 몸은 움직이나 움직여지지 않는다. 어쩌면 여인의 몸은 반쯤 구멍을 등지고 앉아 얼굴의 표정은 어둠 속에 가려져 있었는지도 모른다. 낮은 담을 향해 나 있는 방 저쪽 창문에는 자질구레한 꽃무늬가 뒤덮인 포플린 커튼이 쳐 있다. 마치 모두 그 창문 앞을 지나치기를 저어하듯, 아니면 그 안에서 일어나는 것을 알고 있듯, 어떤 행인의 발걸음 소리도 들리지 않는다.

바로 같은 방에서 전날, 전전날 저녁에는 여인의 남자와 아이들이 모여 지난 세기의 불운한 왕조의 슬픈 이야기가 흘러나오는 라디오를 들었고, 이렇다 할 웃음소리가 터져나오지는 않았지만 개구리참외를 씹는 아삭거리는 돌림 음악이 들려왔으며, 좀더 시간이 흘러 어렴풋한 수면 속으로 걱정스럽고도 낮은 소리로 전망 없는 미래를 의논하는 여인과 남자의 목소리가 불연속적인 곡선을 만들면서, 깨우며 잠재우며 지나가곤 했다. 불안감, 속수무책의 전망이 얽어놓은 강한 유대를 감지케 하는 남녀 혼성의 목소리는 오랫동안 그, 그녀의 자장가가 되었다. 스스르 잠이 들고 아침이 되어 주변을 바라보면 전날이 먼 과거의 꿈인 양 비어 있는 방.

이 방의 주민들은 혹자는 너무 커서, 혹자는 너무 어려서 일찌감치 방을 떠난다. 지루한 학교와, 룸펜 인텔리들의 담배 연기로 가득 찬 다방과, 손 벌릴 사람들이 어딘가 숨어 있을지도 모르는 도시, 룸펜 프롤레타리아 또한 대량생산하기를 게을리하지 않는 스산한 시대의 거리 속으로, 코고무신을 간신히 걸치고 등에는 어린아이를 들쳐업고 한 여인이 그 속 깊이깊이 걸어들어간다. 별다른 성과 없이, 매일.

어중간한 나이 때문에 그 어느 곳으로도 갈 수 없는 그, 그녀를 제외하고는 모두 일찌감치 방을 떠나 몰두할 일을 찾는다. 그래서 하루 종일 비어 있는 것이 평소 그 방의 초상화. 낡은 소나무 장롱과 눅은 이불채를 하루 종일 이고 있는 궤짝과 집주인의 취향과 무관한 호랑이 그림이 붙어 있는 다락문과 비추는 모든 것을 일렁거리게 하는, 말뿐인 화장대의 거울 사이로 낮도 밤도 아닌 어스름한 빛을 가두고서.

그, 그녀가 눈을 떴을 때 제일 처음 보는 것은 천장의 연속 무늬다. 그것을 오랫동안 바라보고 있으면 갈색과 노란색의 사각 무늬의 경계가 흐려지며 눈 안에 물방울을 넣고 바라보는 세상처럼 모두 둥근 반점으로 변한다. 고개를 돌려 옆을 보면 노오란 장판의 은은한 반사 빛이 새로운 날이 이미 시작돼 있음을 알린다. 따스한 계절에는 마루에, 차가운 계절에는 방 한구석에 상보를 뒤집어쓰고 놓여 있는 육각의 작은 밥상이 장식처럼 맞는다. 그 위에는 언젠가부터 유행이 된, 빼끔 입을 벌리고 웃고 있는 소머리가 인쇄돼 있는 마가린을 싸고 있는 노란 유지.

궤짝 위에 겹겹이 앉아 있는 이불채의 갈피 아무 곳에나 손을 넣으면 전달되는 은은한 온기로 숨바꼭질하는 밥그릇을 찾아내는 데 오랜 시간이 걸리지 않는다. 그것을 내려 김 서린 뚜껑을 열고 마가린 한 조각을 떼어 얹으면 딱딱한 그 조각이 녹으면서 하얀 밥알 위로 샛노랗게 쓸쓸한 미소가 번진다. 그, 그녀는 그 미소가 완전히 지워질 때까지 한참을 바라본다.

그, 그녀의 하루의 주된 색조는 이렇게 노랗게 시작된다. 꼭 따뜻하다고만은 할 수 없는 노란색, 배려와 결여, 있음과 없음, 웃음과 우울이 적당히 배합된 그런 노란색이 하루 종일 그녀를 따라다닌다. 찐빵과 달걀 아이스케키, 아무도 같이 놀려고 하지 않아 층계참에 앉아 하루 종일 해바라기를 하는 멍한 아이의 콧속으로 줄지도 늘지도 않으면서 들락날락하는 콧물, 어쩌다 가만히 들여다보게 된 복잡한 선들이 얽힌 그, 그녀의 두 손바닥도 모두 노란색이다.

화장대 저 밑으로 밀어 넣어진 과자 상자를 열면 그 안에 들어 있는 색 바랜 편지지 또한 노랗다. 오래 방치해두어 녹이 슨 서체로 모조리 서두만 쓰다 만 편지들. 배옥남 여사, 안녕하셨습니까. 그간 적조했군요. 여송아, 잘 지내고 있겠지. 타향에서 어려움은 없는지. 정현자 선생, 오랜만이오. 그간 종종 소식은 듣고 있어요. 늘 한번 찾아가본다 하고서도 내 생활이라는 게 이렇군요. 다름이 아니라, 다름이 아니라……

빛나는 활동을 펼치는 과거의 동료, 한때 같은 학교를 다니던 친우, 친동생처럼 돌봐주던 후배. 다름이 아니라, 에서 여인이 쓰다가 멈춘, 한번도 제대로 수신인에게 전달된 적이 없는 무수한 편지의 서두들. 어쩌면 여인의 이름을 기억조차 못할 냉정한 수신인들의 얼굴 앞에서 용기를 잃고 더욱 일렁거리며 비뚤어지는 글씨들. 그, 그녀는 상자를 닫기 전에 노랗게 마른 종이를 하나 집어든다. 이따금 한 장씩, 미완의 편지를 잘게 찢어 양은 재떨이에 넣고 성냥으로 불을 붙인다. 여인이 가끔 그러듯이.

대문을 뒤로 닫고 그, 그녀는 동네를 한 바퀴 돈다. 시장 거리 반대편으로 언덕을 오르고, 야산 한 바퀴를 돌아 다시 시장 거리 쪽으로 내려온다. 그때까지도 그, 그녀는 아는 아이들의 어느 얼굴 하나 만나지 못한다. 대체 모두들 어디에 모여 있나.

그녀는 시장 거리 반대편의 높은 곳을 향해 잠시 귀를 기울여본다. 그 건너편에는 야산의 숲이 있다. 그, 그녀는 그즈음에는, 그 야산에 말랑말랑한 아이 살을 좋아한다는 문둥이가 살고 있지 않다는 것 정도는 알고 있다. 그곳에는 나무와 잡풀과 오솔길들이 자기끼리 조용히 머리를 맞대고 살며, 동네 아이들이 몰려와 발을 구르고 소리를 질러 그 조용한 질서를 깨뜨려주기만을 기다리고 있다. 그러나 그 날, 그, 그녀는 그리로 가지 않는다. 아이들의 소란과 울음, 웃음소리를 찾아 그, 그녀는 숲 반대쪽의 동네를 헤맨다.

이웃 거리에는, 올려다보면 너무 높아 오로지 하늘만 뚫려 보이는 축대 옆으로 이상한 층계가 하나 나 있는 웅장한 집이 있다. 너무 웅장하고 너무 높아 아무도 그 집에 대해 말하지 않는다. 그 높은 축대 가까이 가면 동네는 갑자기 축축해지고 요요해지며, 가파르고 긴 층계는 낮 동안은 늘 비어 있다. 오후가 되면 동네의 불량아들이 교복 앞자락을 풀어헤치고 모여 앉아 욕을 연습하면서 몰래 담배를 피우는 곳. 아무리 올라가야 끝이 날 것 같지 않은 돌층계 맨 위까지 기어올라가보아야 아무것도 없다. 문 없는 시멘트 벽 앞에서 층계는 끝난다. 그 위에서는 머리를 조아리고 바짝 엎드려 있는 마을의 지붕들이 보인다.

그곳에 그, 그녀는 혼자 앉아서 가까이서 멀리서 들려오는 소음에 귀를 기울인다. 불그스름하게 녹이 슨 못조각을 집어 돌층계 틈 사이의 흙바닥에 무언가를 그리고 신발로 지우고 다시 그린다. 글씨도 그림도 아닌 자신조차도 뜻을 알 수 없는 모호한 전언을.

고개를 들자 그때까지 미미하던 해는 어느덧 하늘 중간으로 불룩 올라와 있고 가까이 내려다보이는 동네는 달구어지는 냄비 속 찌개처럼 조금씩 들썩거리기 시작한다. 그, 그녀는 먼 구름 쪽으로 손을 벌렸다가 오므린다. 오므린 손을 조금 펴서 안을 들여다본다. 그 안에는 아무것도 없지만 무언가 귀중한 것을 안에 감추고 있는 것처럼 주먹을 아주 펴지 않은 채, 조심스럽게 다시 집으로 돌아온다.

그리고 그, 그녀는 보았다. 댓돌 위에 놓인, 예기치 않은 시간에

틈 161

놓여 있는 코고무신 한 켤레.

　갑자기 높아지는 숨결. 그만큼 갑자기 잦아드는 호흡.

　천천히, 확실한 불행의 예감의 포로가 되어 그, 그녀는 마루로 올라선다. 갑자기 적막이 고막 가득 들어찬다. 구멍이 확대되어 다가온다. 회오리에 잡아채이듯 그 앞으로 다가간다. 어쩌면 그것은 구멍이 아닐지도 모른다. 그저 어긋나고 삐걱거리는 미닫이 문의 문틈일지도. 늘 틈에서 일어나는 결정적인 사건들.

　안의 적막과 밖의 전쟁 사이에 무엇이 있었나. 울음이 있었다. 다리를 한옆으로 모으고 고개를 갸웃이 숙이고 구멍 저쪽의 어스름한 방에 홀로 앉아 한 여인이 울고 있었다. 여인의 파르르 떨리는 어깨가 보이고 일그러진 얼굴이 드러났음에도 아무 소리도 들려오지 않는 것은 여인이 소리를 죽이고 울고 있었기 때문이다. 여인의 입술이 무슨 말을 중얼거리듯 움직이는 것은, 여인은 울음소리를 가두려 하고, 소리는 입밖을 튀쳐나오려 했기 때문이다. 여인의 입술은 그러므로 움직이는 것이 아니라 그 두 양방의 힘 사이에 끼어 경련하고 있었다.

　그, 그녀 또한 숨을 죽이고 구멍 저쪽 어스름한 방 안에서 일어나고 있는, 눈을 그곳에서 떼고 나가버린다면 아무런 사건도 되지 않을 미완성의 한 장면에 불과한 여인의 움직임 아닌 움직임에서 그러나 눈을 뗄 수 없었다.

　그, 그녀를 꼼짝 못하게 그 자리에 못 박은 것은 여인의 몸, 아마도 처음으로 적나라하게, 온전히, 바라보게 된 여인의 벗은 몸이었다. 여인은 발가벗은 채로 어둠 속에 앉아, 숨을 죽이고, 울고 있었던 것이다. 어스름 속에서 여인의 어깨와 등과 배를 그려내는 하얀 살은 둥글고 부드러웠다. 효모를 넣어 부풀기 시작한 밀가루 빵반죽처럼, 한번 쓰다듬자 동글게 말리던 토끼 등 흰 털의 촉감처럼. 그 흰 살의 두꺼운 층을 뚫고 저 깊은 곳에서 울컥거리며 올라오는 그 깊고 검은 울음은 여인의 목 근처에서 거칠게 출렁거렸다.

여인은 가슴을 친다. 온 힘을 다해. 두 손으로 번갈아가며. 흰 마당에 붉은 피를 힘껏 뿌리듯이, 여인의 손자국이 가슴 부위가 붉게 되도록 마구 찍힌다. 붉은 색조의 추상화. 여인은 스스로의 몸을 내팽개치듯, 버리듯, 처분하듯, 방바닥에 내던진다. 몸의 곡선을 저주하듯이. 그러나 잠시 꾸겨지고 접히거나 밀리는 여인의 어깨, 팔, 엉덩이는 잠시 후 다시 둥근 탄력성을 되찾는다. 여인의 이가 악물어진다. 여인의 몸이 바닥에 그렇게, 한 번, 두 번, 세 번, 네 번, 그치지 않고 패대기쳐진다. 마치 세상의 모든 학대가 즐거이, 드러나지 않은 어떤 손에 모여 여인의 몸을 노련하게 다루듯이, 그 몸은 저항 없이 구르고 던져지고 벽에 내동댕이쳐지다가 궤짝에 맞부딪친다.

아슬아슬하게 쌓여 있던 이불채가 소리 없이 무너져내리고, 잘 연출된 연극의 어처구니없는 실수처럼, 적막을 뚫고 갑자기 쟁그랑 소리가 가볍고 투명하게 울린다. 밥그릇 하나가 이불 갈피에서 떨어져나와 뚜껑과 맞부딪치며 노란 장판 바닥에 나동그라진다. 누군가에 의해 잊혀졌거나 혹은 저녁을 위해 넣어두었기에 이미 미지근해졌을 하얀 밥알이 산산히 흩어진다.

아침잠 많은 아이들 이름을 돌아가며 리듬을 실어 부르며 그 밥을 짓고, 연약한 뼈들이 하루 빨리 굵어지기를 빌며 밥그릇에 담은, 그리고 온기가 조금이라도 연장되기를 바라며 이미 낡은 상징에 불과한 이불채 사이에 밥그릇을 밀어 넣은 그 동일한 손은 그러나, 벗은 자신의 흰 몸 위에서 기괴한 관능의 지대를 엿보게 하는 원시의 춤을 추기를 멈추지 않는다. 맛과 색채와 형태의 무한한 요술을 부릴 줄 아는 그 손은 그때, 스스로의 몸의 불행을 단죄하는 단 하나의 기능으로 요약된다.

저런 식으로 오래 계속될 수 없으리라. 그, 그녀는 거기 그렇게 서 있기만 해서는 안 되리라. 끝을 예상할 수 없는 힘이 집결한 저 몸. 여인은 곧 움직임을 멈추고 벌떡 일어나리라. 감금되었던 소리는 목구멍의 빗장을 부수고 튀어나오고, 여인의 입술에서는 웃음이 흘러나오리라. 그것은 한 번도 들어보지 못한 기괴한 소리를 내리라. 여인은 어쩌면 아무도 이해하지 못할 방언으로 금지된 말들을 쏟아내리라. 여인은 아무도 알아보지 못하리라. 아는 얼굴을 지나쳐, 구멍 뒤에 서 있는 겁에 질린 그, 그녀의 얼굴을 난생처음 본 것처럼 무심히 지나쳐 마루를 가로지르리라. 벗은 몸의 가장 둥글고 부드러운 부위 속에 한때 열 달을 품은 그 얼굴을 잊으리라.

여인은 자신이 벌거벗은 것도 잊으리라. 그렇게 벗은 채, 유방과 성기와 배와 엉덩이를 드러내고 여인은 맨발로 뜰을 내려서고, 야생화들이 피어 있는 꽃밭을 지나 파란색 칠이 모조리 까칠하게 벗겨져 떨어져나가는 대문을 나가 괴성을 지르며 동네 사람들을 불러 모으며 집집을 돌아다니리라. 지칠 때까지. 여인의 벌거벗은 시위는 끝나지 않으리라. 그렇게 여인은 몸의 집을 떠나 버려진 몸 안에 갇히리라.

한순간, 그, 그녀는 구멍을 찢고 방 안으로 뛰어들어가 여인의 몸을 움켜잡고 절제된 적막을 찢으며 울부짖고 싶은 강한 욕망에 사로잡힌다. 멈추라고, 제발 이대로 밖으로 뛰어나가지 말라고 애원하고 싶은 욕망. 혹은, 한때 여인이 그랬던 것처럼 이제는 여인을 품안에 보듬고, 얼르면서 쉿! 쉿! 망태 할아버지 온다, 착하지, 뚝! 하고 말하고 싶은 충동을 느낀다. 구멍 저쪽의 춤은 멈출 줄 모른다.

그러나 그, 그녀는 여인을 멈추게 하기 위해 어떤 행동도 취하지 않는다. 인기척도 울부짖음도 애원도. 다만 냉정하게 침묵한다. 직관적으로 감정 계산을 퉁긴다. 춤이 멈출 때, 그때가 바로 보이지 않는 진정한 파국의 시작이기에 그, 그녀는 그 깊고 불가해한 구멍을 등지고 돌아선다. 그때까지 잊혀진 채 홀로 마루를 달구고 있던, 뜨거운 물줄기처럼 쏟아지는 대낮의 햇살 속으로 걸어 들어간다.

바로 어두운 구멍에서 등을 돌린 그 순간 그, 그녀는, 그녀가 된다.

그녀는 몸을 돌리고 또 돌려 여인을 대신해 마루를 가로지른다. 댓돌에 내려선다. 흙먼지가 얇게 덮여 있는 코고무신을 집어 든다. 황망히, 양손에 신발을 든 채로, 이미 빠짝 말라 시든 야생화 가득한 꽃밭을 아득한 먼 풍경으로 바라본다. 맨드라미 옆에는 과꽃이, 과꽃 뒤쪽으로는 지붕까지 이어진 아슬아슬한 실을 따라 수세미와 나팔꽃이 서로 얽혀 기어올라가고 있다. 그녀는 천천히 마당으로 다가간다. 나팔꽃이 모여 있는 마른 땅 옆에 놓여 있는 작은 부삽을 그녀는 집어든다. 부삽 날에 꽃밭 가장자리에 줄지어 나 있는 채송화꽃 몇 송이 목이 부러져나간다. 그녀는 조금씩 마른 흙을 파낸다. 조금씩 작은 구덩이가 파인다. 그녀는 코고무신 한 켤레를 그 속에 심는다. 그리고 땅밑 습기로 좀더 색이 짙은 파낸 흙을 덮는다. 물을 줄 필요도 없다. 잠시 후 이 흙도 말라 여느 흙과 같이 될 것이다. 어디에도 그곳에 코고무신 씨가 숨어 있는 흔적이 없다.

그녀는 마당을 등지고 대문 쪽으로 타박타박 걸어간다. 불길 없는 불이 메마른 정원을 태운다. 등골에 뒷덜미에 뜨거운 열기가 흘러간다. 그녀는 뒤를 돌아보지 않고 문을 연다. 밖으로 나와 그녀는 문고리를 밖에서 걸쳐놓는다. 지금은 아냐, 한 바퀴 돌고 와서, 다시 열어놓으리라.

이웃집들은 그녀가 지나갈 때 조용히 침묵해준다. 딱지치기, 구슬치기, 땅따먹기를 같이 하던 이웃집의 아이들은 모두 겁에 질려 어디론가 가버렸음에 틀림없다. 왜냐하면…… 그녀가 방금 구멍 저쪽에서 본 것은 그녀의 이마 쯤에 누구나 알아볼 수 있는 흔적을 남겼을 것이기 때문에. 빈 골목길을 그녀는 앞머리를 쓸어넘기고 걷기 시작한다. 그래 모두들 보고 싶으면 보라지.

시장 거리는 더 이상 그녀가 알고 있던 시장 거리일 수가 없다. 화폐 개혁이 일어났으니.

불과 반 시간 전에 그녀가 지나친, 그녀를 그토록 잡아 이끌던 익숙한 그 거리, 일말의 축제로, 일말의 놀이로 다가오던 전쟁의 장면들은 이제 하나하나 그녀 앞에서 빛이 바래고, 마침내 고정되어버린다. 냄새조차 어디론가 증발해버렸다. 고깃간에서 흘러나오는 붉은 빛은 10대 1의 강도로 급속히 약화된다. 재봉틀 앞에 앉아 고개를 숙이고 앉아 발질을 하는 옷수선점 아낙은 팔을 반쯤 들고 얼어붙는다. 누군가에게 욕을 내지르던 생선 가게 주인은 입을 벌리고 삿대질한 손을 든 채로 고정되어버린다. 그들의 머리카락만이 훅 하고 몰아치는 저 홀로 생생한 더운 바람에 흩날린다. 왜 미친 여자는 어느 날은 보이고 어느 날은 보이지 않는걸까.

그녀는 빨리 시장 거리를 벗어난다. 전찻길이 저쪽으로 보이는 한 건물 앞에서 그녀는 멈추어 선다. 언젠가 그녀는 여인의 남자가 그곳을 오르는 것을 본 적이 있다. 층계를 오른다. 가운데가 닳은 가파른 나무 층계는 삐걱 소리를 내고, 높이 올라갈수록 그곳에서 새어 나오는 비음 섞인 유행가 소리가 커진다. 문을 열자 청승스럽게 바뀐 여가수의 목소리가 층계로 굴러 떨어진다. 문을 연 채로 그녀는 입구에 버티고 서서 안을 들여다본다. 여자와 남자들이 섞여 앉아 담배 연기가 자욱이 피어오르는 좌석들을 천천히 일별한다. 모두 놀란 눈으로 그녀를 뒤돌아본다. 그들 중에 그녀가 찾는 얼굴은 없다. 그녀는 그 얼굴을 똑바로 바라보고 말할 작정으로 올라왔지만, 도대체 무슨 말을? 그녀는 아직 준비가 되어 있지 않다.

딱히 다른 생각이 나지 않아 그녀는 전찻길을 따라 구멍에서 반대되는 방향으로 멀리 나아간다. 큰길의 건널목을 이리저리 건너다니면서 여러 다방을 그렇게 건성으로 전전한다. 매번 다른 층계를 오르거나 내릴 때마다 그녀는 자신이 찾는 얼굴이 그 자리에 없기를 간절히 바라고 있다는 것을 서서히 알아차린다. 그 얼굴을 끝내 다방에서 찾지 못한 것은 그녀에게는 다행스러운 일이다. 구멍 저쪽에서 일어난 것은 이제 그녀만의 사건이 된다.

비슷비슷한 냄새와 분위기를 풍기는 서너 개, 대여섯 개의 다방을 순회하는 사이 날이 저문다. 녹원, 파랑새, 신천지, 아담, 여정……
그녀는 멀리까지 갔다. 그녀가 한번도 가보지 못한 거리와 골목들과
집이 있는 곳까지 갔다가 밤이 완전히 시야를 뒤덮기 전에 겨우 동네
로 돌아온다. 그녀는 어느새 문 없는 벽에서 끝이 나는 가파른 층계
앞에 다다른다. 늦은 시간 자주 그렇듯이 불량 소년 소녀 서넛이 층
계 저 위쪽에 자리 잡고 앉아 그녀를 부른다. 야, 꼬마, 이리와봐.
제대로 거친 짓도 하지 못하는, 그저 심심해 그곳에 모여 있는 무리
들. 그녀는 고개를 숙이고 숫자를 세며 층계를 오른다. 그렇구나.
너, 집 잃어버렸구나.

줄지어 한 계단 위에 앉아 있던 그들은 더 올라가려는 그녀를 잡아
앉힌다. 그녀는 한 소녀와 소년 사이의 틈에 끼어 앉아 앞만을 바라
본다. 그들 또한 신기하다는 듯 그녀를 바라본다. 마침내 어둠 속에
침묵한 채, 까무러칠 듯 약한 불빛을 내비치며 휴식하는 동네가 시
야에 들어오자 그녀는 작은 안도의 한숨을 내쉰다. 너 벙어리니? 그
녀는 침을 꿀꺽 삼킨다. 벙어리가 돼본다.

그녀가 고개를 들었을 때 친근하게 맞는 초여름의 샛노란 보름달.
대체 어떤 바보가 달에서 떡방아 찧는 토끼를 봤다는 건지. 그녀가
올려다 본 노란 반달 위에는 사다리 자국이 선연할 뿐이다. 달을 가
리키며 아무리 설명해주어야 그녀 주변의 어느 누구도 달에서 사다
리를 보지 못하는 것은 매번 그녀의 고충이었다. 그녀는 옆에 앉은
소년, 소녀의 얼굴 표정을 번갈아 가늠해본다. 이들처럼 늦은 밤 이
층계를 찾고, 달리 할 일이 없기에 무료한 만큼 꼼꼼하게 달을 쳐다
본 사람이라면 그녀의 말이 무엇을 뜻하는지 알지도 모른다. 쟤, 길
을 잃은 거야.

달 밖, 저 멀리로 연결된 길고도 투명한 은빛 사다리. 사다리 위에 한 여자가 앉아 그때까지도 소리 없이 울고 있다. 서서히 물방울 하나가 눈으로 들어와 점점 커지면서 은빛 사다리의 경계를 흐리고, 무수한 각으로 분산되는 빛나는 둥근 원 두 개를 남겨놓는다.

시설(詩說)
―― 우울한 날 집어탄 막차 안에는

　우울한 날 집어탄 막차 안은 겨울이었는데, 무표정하고 스산한 겨울이었는데 막차 안은, 저 먼 수원에서부터 홍수에 쓸려 떠내려온 잡풀 뿌리들처럼, 하나 둘씩 모여든 사람들이 차창과 등받이 혹은 옆사람에 기대 흔들리며 앉아 있었는데, 구겨진 외투를 입은 사람이 일어서서 내린 후 비어 있는 자리 앞에 서서 그녀가 앉을 수 없었던 것은, 그 자리 외에도 빈자리가 휑하니 입을 벌리고 그녀가 앉기만을 기다리고 있음에도 그녀가 서 있었던 것은

　그녀가 집어탄 막차의 미끄러지듯 열리는 문 위에 붙은 노선의 한 지점을 그녀가 바라보지 않을 수 없었기 때문이다. 늦은 밤, 먼 거리를 걷고 지하로 향하는 층계를 내려오고, 기차가 머물다 가버리는 역에 서서 두 번이나 기차를 지나 보낸 것은 그것이 이런 역에서 그녀가 할 수 있는 조촐한 일이었다고 생각한 것뿐, 어떤 곳에 가기 위해 차를 탄 것은 아니었는데, 가끔 시계를 보고 또 가끔은 제대로 보

이지 않는 노선 지도 쪽으로 시선을 주면서 어딘가 목적지가 있는 것 같은 공허한 몸짓을 했던 것은

　모두들 바쁘게 지하도를 내려와 신문으로 얼굴을 가리고 마지막 차를 기다리면서 초조해진 사람들에게 배어 있는 간이역의 냄새, 지금 그들이 있는 곳이 아닌 다른 곳, 몸과 마음을 누이고 모든 것을 잊을 수 있는 안락한 곳을 가지고 있는 얼굴들 사이사이로 바람처럼 한순간 스며드는 의심, 그런 곳은 여전히 있을까, 그곳은 정말 안락한가, 그곳은, 예를 들면, 막차처럼 기어 들어가 회한 없이 죽을 수 있는 곳일까, 드문드문 놓인 나무 의자에 앉아 있는 그들 사이에 서서, 엄연히 사계절 겨울이 지나가는 그곳에서, 그녀가 두 대의 기차를 지나보내고 여전히 서 있었던 것은

　우울한 날에 막차를 집어타는 것이, 우울을 이겨내기 위해서 그녀가 할 수 있는 가장 수월한 방법이었을 뿐. 막차 안에는 아이들이 없다, 막차 안에는 노인도 그녀 말고는 혼자인 젊은 여자도 임신부도 병약자도 외판원도 없다, 우울한 날 집어탄 막차 안에는. 팔장을 끼고 깍지 낀 손을 만지작거리며 조용히 앉아 있는 한 쌍의 남녀가 비치는 유리창 밖, 창 저쪽으로는 보이지 않는 길고 긴 터널, 귀에 리시버를 꽂고 발을 까딱거리는 젊은 남자가 홀로 비스듬히 비치는 유리창 앞에 그녀가 여전히 서 있는 것은

　어디에고 그녀가 앉을 만한 자리가 없다는 일반적인 확인 때문이 아니라, 그녀의 근시에는 잡히지 않는 막차의 노선 지도의 어떤 지

점에 딱히 시선을 주고 있어서가 아니라 그녀는 그날 무조건 어디에서부터 어딘가로 멀어져야 했기 때문이고 그 어딘가에서 멀어지기 위해, 서 있는 것이 앉아 있는 것보다 더 적합하게 생각됐기 때문이었다. 어둠에 싸인 밖은 눈 없는 겨울, 아직은 눈이 올 것 같지 않은, 어쩌면 눈 없이 지나가버릴 이상한 겨울, 지상에서 승천한 물기들이 영도의 냉정하고 투명한 하늘의 질서로 모이기에는 이르지만, 그래도 입을 벌리면 가득 들어차는 꿈같이 차가운 공기, 입 안에 가두어야 씹히지도 잡히지도 않는 허공을 호흡하며 그녀는 느슨하게 주먹을 쥐고, 주먹 쥔 손을 외투 주머니 안에 가두고, 손가락이 손가락과 맞붙어 있음을 생소하게 여기며, 그 생소함에 소스라치기도 하며, 여전히 더운 숨을 내뱉고, 차가운 공기를 들이마시며 현란하게 비어 있는 불빛 속을 오래오래, 이유를 잊고 목적 없음조차 잊고 걸었던 것은

   그녀가 앉아 있던 곳, 에는 듯한 바람은 아니지만, 이마를 싸하게 깨워 일으키는 차가운 대기가 늘 다소간 머금고 있는 불안정한 잔 바람, 조만간 변덕스런 광풍으로 변할 것을 예고하는 울렁이는 찬바람이 흐르는 물결 위에 파장을 만드는 그곳에 더 이상 턱을 괴고 앉아 있을 수 없었기 때문이었다. 어느 순간 물결은 보이지 않고, 그녀로 하여금 생각 없는 생각을 하게 하고. 생각을 조각내고 또 조각내어 마침내 사라지게 만드는 잔물결의 반복적인 율동. 하나 둘 강변 양쪽에 가득히 들어차는 가로등의 불빛, 가까워졌다 멀어지고 멀리서 또 가까워지는 차들의 빛이 한순간 물결을, 수면을 플라스틱의 단단한 고체적 표면으로 변모시키는 그 순간, 아마도 신원이 확인되지

않은 무수한 사체들을 저 밑 구석구석 빈틈 없이 은닉하고, 어딘가에서 빠져나와 우연히 거기 던져진 굵은 못 주위로 수초들이 휩싸 감고 늘어지는 무의미한 드라마를 해체하며 흘러가는 물의 생리를 언뜻 체감했기에 불빛 속에서 검고 딱딱하고 울퉁불퉁하게 고정되어 번들거리는 칠흑의 물길, 그곳에 발을 디디고 정처 없이 걸을 수 있을 것만 같이 빛 따라 골골이 뻗어 그녀를 유혹하는 물의 변신 과정을 차갑게 지켜보며 그녀가 그 앞에 앉아 있었던 것은

얼마 전까지만 해도 이쪽 강안에는 햇살이 조심스럽게 내려와 비쳤고, 도시의 소음, 그 엄청난, 맹목적인, 돌이킬 수 없는, 상실을 향한 엄연한 행진의 저벅거리는 발걸음 소리가 들리지 않을 만큼, 그녀는 골똘하게 물결의 굽이를 따라가다가 한 물결이 스러지고 다른 물결이 생겨나는 그 황홀한 무한 변주의 율동이 그녀를 그곳에 못 박아놓았기 때문이다. 더 이상 싱싱하지 않은 물고기들을 낚는 낚시꾼들도 하나 둘 사라져가고, 서로를 감싸 안고 불확실하고 초조한 미래를 향해 느리게 걷던 연인들도 자취를 감추고, 가까이 들려오는 휘파람 소리에 뒤돌아보았을 때 의도적으로 벌어진 외투 앞 깃 사이로 벌겋게 드러난, 얼굴은 아예 보이지 않는 한 남자의 성기, 왜 이 지상에는 무용한 총기처럼 주체할 수 없이, 고달프게 발기한 성기들이 그토록 많은지 언뜻 궁금해지는 어둑한 시간, 그녀가 자리를 털고 일어섰던 것은

그 궁금증 때문이 아니라, 넓고 한적한 곳에서 오히려 공포가 솟아나는, 그녀가 오랜 시간 걸릴 필요도 없이 본능적으로 터득한 이

도시의 독특한 생존 반사 작용 때문이 아니라, 저쪽 강변의 길을 가득 메운 자동차 대열, 비본질적인 것에 목숨을 건 질주에 하루하루 삭아가는, 그녀를 가끔 치통으로 앓게 하는 신경이 반쯤 죽은 사랑이나, 발바닥 밑 피부의 각질처럼 눈에 띄지도 않게, 정색을 하고 진단을 내릴 만한 병도 없이, 조금씩 부패해가는 삶의 경영 방식에 아득한 멀미를 느꼈기 때문이다. 우울한 날 집어탄 막차 안은, 침묵하고 있는 사람들의 침묵을 더 짙게 만드는 규칙적인 소음과 잡음, 무수한 바퀴가 공전하면서 내는 쉭쉭 소리로 가득 차고, 어둠이 받쳐주어 번들거리며 선명해지는 차창에 반사된 발가벗은 자신의 모습에서 시선을 떼지 못하는 것은

막차가 밤 속으로 깊이깊이 전진해 들어가는데, 한순간 미지근한 공기를 헤집고 일어나는 의심, 진전해 들어갈, 맞대면할 무언가가 어디에 있기는 한 것일까, 그들 자신은 허공에 머리를 부딪치고 피를 흘리는 장엄한 환상의 군대는 아닐지, 새벽 1시나 혹은 2시 그들을 맞으러 나온 식구나 친지들은 어쩌면 그들이 가장 경계해야 할 유령들은 아닐까, 막차는 정말 어딘가에 도달해 멈추기는 할 것인가, 서로의 몸이 닿는 것을 역병이라도 옮을 듯 기피하며, 길고 긴 좌석 저쪽 끝에서 이쪽 끝으로 옮겨 앉는 사람들, 서로의 인상을 은밀히 탐지하고 가끔 잡념과 걱정 사이사이로, 보잘것없는 주변 도시 종착역을 향해 동승한 사람들의 주변적인 운명을 자조하듯 비웃으며 상상과 호기심을 감추지 않는 사람들 중에 이제 서 있는 것은 그녀 혼자뿐,

한 역, 또 한 역이 지나갈 때마다, 쓸리다 쓸리다 움푹한 곳에 끼어버린 나무뿌리, 어쩌다가 물살이 비켜간 바윗덩이나 쓰러진 나무에 매달린 가지들에 하나 둘씩 걸려 감기는 풀뿌리들을 과감히 포기해버리고 불어난 거센 물살이 도도히 흐르듯, 하나, 둘, 사람이 내리고, 그들을 내려버리고도 꾸준히 전진하는 막차, 우울한 날 그녀가 집어탄 그 막차 안은 어디를 보나 겨울인데, 겨울은

겨울인데, 실내는 실존의 냉기를 무마하느라 과열돼 있었고, 모든 일이 변함없이 내일도 모레도 지속될 것처럼 방문한 친구들과 산만하게 마신 전날 저녁 취기의 흔적들, 식어버린 담배 연기, 뒤섞인 술잔에 남아 있는 알코올의 불분명한 혼합, 남은 음식이 마르면서 유포한 악성 루머 냄새, 불화 관계의 이 모든 냄새를 한순간 날려버릴 고성능 탈취기의 작동으로 윙윙거리고 있는 실내, 그러나 그녀가 방문을 열고 나오자마자 기계는 침묵하고, 그 소리의 자리에 들어차는, 이미 소원해진 어떤 것과의 과장적인 친화를 온몸으로 갈구하듯 강한 커피향이 퍼지는 실내에

그녀가 끌고 나온 바퀴 달린 작은 여행 가방, 그 바퀴 소리를 집어삼키는 양탄자 위로 그래도 바퀴는 스스로 굴러가고, 마침내 가방이 실내 중간에 놓인 식탁 앞에 이르러 멈췄을 때, 남자는 그녀에게 등을 보이고 앉아 그녀가 앉으리라고 예상하는 쪽, 그녀가 지난 몇 해늘 아침에 일어나 차를 마시던 그곳에 놓인 빈 잔에 커피를 따랐다. 구차하게 구부러진, 이미 모르는 남자가 되어버린 한 남자의 등을 돌아 그녀가 식탁 반대편에 이르렀을 때, 남자는 지난 몇 해간의 모

든 사건을 요약하고 있는, 사실 정색하고 요약할 정도의 사건도 없음을 드러내는 솔직하게 빈 시선을

꼭 그녀를 향해서라기보다는, 그 자신도 알 수 없이 얽히고 꼬이다가 이제는 자명한 사실이 돼버린 한 관계의 끝에 대해 의아해하는 시선을 들어 그녀를 바라보았던 것은, 그녀도 그도 잘 알고 있듯이, 아마도 그녀의 바퀴 달린 여행 가방이 더 잘 알고 있듯이, 제안할 만한, 혹은 제안을 받을 만한 다른 가능성이 있었기 때문이 아니었다. 가까이 다가갈수록 향이 그만큼 소멸하는 듯한 커피에서는

이미 김이 올라오지 않고 그 앞에 멈추어, 선 채로, 그녀는 각설탕을 한 개 커피 가득한 잔 속에 넣고 금속성 감촉이 껄끄러운 찻숟가락, 서랍 안에서 천대를 받으면서 굴러다닌 지 오래되었지만 그녀가 결코 한 번도 사용하지 않은, 특히 아침 커피를 젓기 위해서 사용하리라고는 한 번도 생각해보지 않은 구차하고도 앙증맞은 찻숟가락이 그녀의 실재를 미리 부정하듯이 버젓이 테이블 위에 올라와 있는 것에 놀라는 한순간, 엉뚱하게 떠오르는 기억 저편 흐릿한 윤곽의 영상 사이로 하품처럼 드는 의심, 이 철제 스푼이 녹지는 않을까, 각설탕이 다시 커피 잔 위로 떠오르지는 않을까, 손목은

팔목과 분리되어 커피 젓는 일을 계속하지는 않을까, 아무 일도 일어나지 않은 채 커피 액 속에 설탕이 녹아들고, 마침내 그녀가 잔을 들어 입 안에 쏟아부은 커피 맛은, 조촐한 그녀의 소지품들, 그것들 없이도 얼마든지 세상살이가 가능함에도 불구하고 절대 조건처럼

하나둘 쌓이는, 끊임없이 버려도 또 업보처럼 쌓이는 물품들을 구겨 넣은 이 여행 가방보다 더 가볍고 더 경박하게, 그 미지근하게 쓴 커피 맛의 생소함은 인생의 한 장을 넘기기도 전에 그 장이 이미 넘어가버렸음을, 이제 남은 것은 구차한 절차뿐임을 외치듯 알리고, 한 번도 직접 본 적은 없지만 지극히 검고 쓰다고 알고 있는 사약을

삼키듯 그녀는 남은 커피를 삼키고, 시간이 흘러도 입천장에 스며든 커피 맛은 더 나아지지 않고, 아무도 강요하지 않는데, 그렇게 삼키는 것이 시대의 관습인 듯 꿀꺽 삼키고 나서 여전히 선 채로, 그녀가 다시 바라본 남자의 시선은 십자말풀이나 퀴즈 전문 잡지, 혹은 그보다 더 나을 것도 못할 것도 없는 세상의 소식지들을 뒤적일 때의 남자의 시선은,

보아야만 하는 것을 애써 보지 않으려는 사람의 고집스런 몰두를 담고 있는 그 시선은 사태의 자명함을 다른 식으로 알리는 하나의 상징일 뿐, 때로 말이 그렇듯이, 때로 몸짓이 그렇듯이. 때로 망각의 속도는 현실의 진행 속도보다 빨라, 이미 남자의 목소리나 어조는 그녀의 기억 속에 남아 있지 않은데, 남자는 말을 할 것처럼, 혹은 그녀의 팔을 잡을 것처럼 몸을 일으켜 엉거주춤 서 있고, 그녀가 바로 뒤로 돌아서면 손에 잡히는 옷걸이의 겨울 외투에서 담뱃갑을 꺼내 담배 한 대를 남자에게 권하고 자신의 담배에도 불을 붙여 연기를 빨아들인 것은, 어떤 말도,

더 이상 어떤 기적적인 단어도 불충분한 순간, 그런 순간이 꼭 의

미심장해서가 아니라, 때로 사건의 궁극적인 미완결성 때문에, 다시 들여다보아야 어느 누구도 사태의 전모를 모르는 채로 사건이 진행되는 일이 종종 일어나듯이 그녀와 남자가 어쩌다 동승하게 된 그런 진부한 인생사 중의 하나의 결말, 결정적으로 보여도 결국은 미완으로 남을 수밖에 없는 그런 순간에 담배는 매우 편리한 기호품으로, 그 순간에 필수불가결한 소도구로 부각되었기 때문이다. 아, 그렇지, 참 좋은 아이디어군, 감탄의 미소를 곁들여 자그마한 환성을 내지르고 싶을 정도로 담배는

많은 불필요한 절차들, 어색한 순간이 만들어낸 몸짓이나, 이른 시간 목에 걸려 변질된 채 우스꽝스럽게 튀어나올지도 모르는 목소리, 어쩌면 후에, 아주 후에, 불쾌감과 혐오감 같은 부정적 감정을 불러일으키며 상기될지 모르는, 상황 파악을 잘못한 말, 그 순간에 발설되었다는 단 한 가지 사실만으로 돌이킬 수 없는 실수나 상처의 원천이 될 수도 있는 말들을 들이마시거나 생략하게 해주는 담배는,

그녀가 담배에 대한 최소한의 배려로 마침내 의자 한 귀퉁이에 앉고, 어설프게 남자와 마주 앉아 불편한 자세로 피우는 담배는, 그러나 놀랍도록 빠른 속도로 연소되어버리고 만다. 그래서 그녀는 일어서고, 외투를 걸치고 바퀴 달린 여행 가방을 집어들고 문을 연다. 먼저 굴러 나간 가방이 빈 복도를 탐지하고, 그녀가 문을 닫기 직전, 유심히 바라보게 된, 실내에서 움직인 단 하나의 물상인 남자의 두 손은

한때는, 대체 누가 창조했기에 저토록 오묘한가, 질문을 던져본 적도 있는 솜씨 많은 그 두 손은, 아마도 수면 부족으로 꺼칠해진 얼굴, 갑자기 중력을 이기지 못하겠다는 듯 비극적인 곡선을 그리며 떨어지는 남자의 얼굴을 절묘하게 제때에 받아 감싸안는다. 어디서 한두 번 보았음 직한 낯익은 장면, 아, 그렇군, 남자가 한때 좋아한 대중적인 시구, 네가 옆에 있어도 난 네가 그리워, 라든지, 장미 향기가 날리는 날에는 당신을 거기서 기다릴 테야, 같은 제목의 시집에서 튀어나온 시구의 한 장면을 그대로 연기한 듯한 몸짓, 그뿐 아니라, 결국 그날 아침의 연기는

그녀와 남자가 했다고 말할 수도 없는, 그들 사이에 일어났다고 딱히 말할 수도 없는 무의미하고 사소한 이동과 멈춤, 냄새와 소리, 밀고 당김, 침묵과 생략은 모두, 그녀가 바퀴 달린 여행 가방을 밀고 방문을 나와 실내를 거쳐 문밖으로 나올 때까지의 짧고도 긴 결별의 과정은, 한때 그녀에게 남자가 한번 읊어준 적이 있는 바로 그 동일한 이별시의 어색한 모방. 어떻게 그렇게 되었을까, 그 시의 어느 한 연, 어느 한 행, 어느 한 구절 그녀에게 온전히 되살아오는 것 없는데, 결국 마지막 결구까지 모방하기 위해 그녀는 바로 그 순간 그녀 앞에 멈춘 엘리베이터 안으로

흔적 없이 사라진다. 마지막이 될 그 아침, 서로가 아무 말 없이, 예우성 만류나 눈물의 호소나 심심한 사과 없이 마침내 그녀가 문을 나섰다는 것에 안도했기에 두세 층 아래로 내려갔을 즈음에야 기억에 떠오른, 너무 이른 아침이어서 비어 있는 엘리베이터 안에 붙은

거울에서 자신의 얼굴을 마주보는 그 순간에야, 그녀가 거울 속 깊이 뒤져 황망히 찾게 된 바퀴 달린 소형 가죽 여행 가방은

5년간의 그녀의 생활을 간단하고 어두운 체적으로 압축해놓은 까만색 여행 가방은 거울 속 어느 곳에도 없는데, 한편으로는 엘리베이터가 하강하는 대로 내려가고 싶은 마음과 한편으로는 이미 내려온 서너 층을 되짚어 올라가 빈 복도에 고독하게 서 있을 여행 가방을 가져와야겠다는 생각 사이에서 망설이는 동안, 그녀는 이미 날이 멀리서 밝아 오는 밖에 서 있었다. 우울한 날 집어탄 막차 안에서

그녀가 우울한 것은, 버리기에는 충분히 낡지 않은 그녀의 옷가지와 장신구, 필수품과 기념품, 몇 년간 책장에서 머리맡으로 응접실에서 다시 책상으로 자리를 옮기며 그녀를 따라다녔음에도 결국 끝까지 읽지 못한 서너 권의 책들, 죽기 전에는 꼭 읽기로 자신과 약속했기에 벌써 두 번을 잃거나 잊어 세번째로 다시 구입한 책들, 오래 전 그녀가 고향을 떠날 때 투명한 비닐봉지에 넣어 가지고 온 이래 한 번도 다시 꺼내본 적이 없는 빛바랜 사진과 편지들, 불안과 걱정, 기쁨과 실망, 미움과 사랑, 감동과 예감의 이름으로 특수한 날들을 어눌하고 단순하게 기록한, 결국 간헐적일 수밖에 없는 인생의 보고서인 일기장, 첫 면에는 10년 전의 어느 날이 표시되어 있으나 글씨가 채워진 마지막 면은 수 달 전의 하루에 멈춘 채 비어 있는, 그래봐야 여전히 공책의 반을 넘기지 못할 정도로 점점 더 역력히 짧아진 기록들로 채워진, 가장자리에는 때가 묻고 겉장은 무참히 늙어버린 두꺼운 일기장, 그 모든 잡동사니를 가두고 있는 까만 가죽으로 만

든 바퀴 달린 소형 여행 가방, 일주일 전 퇴직한 그녀에게 회사의 동료들이 베푼 회식 자리에서 선물로 준, 그녀가 늘 가지고 싶어 했던 디자인, 그녀가 감히 넘보지 못한 가격의 상표를 달고 있던, 거의 손가방이라고도 할 수 있는 크기의 바퀴 달린 가죽 여행 가방을 그녀가 닫힌 문 앞에 두고 왔기 때문이 아니다. 그녀가 집어탄 막차 안에서 그녀가 퍽이나 우울한 것은

잊혀진 그 순간 이후의 가방의 운명을 하나하나 상상해볼수록, 남자는 아마도 출근을 위해 문을 열다 발견하게 될 복도에 홀로 서 있을 이 가방, 거추장스러우며 가까스로 소화해낸 불쾌한 아침을 상기시켜 다시 한 번 기분을 구기게 하는 이 부정할 수 없는 실체를, 아마도 그의 기분이 정리된다면 주민 공동의 습기 찬 지하실이나 아파트 베란다의 창고를 채운 빈 상자 사이쯤에 박아두리라. 만약 남자가 가까운 미래에 새로운 여자를 만난다면 아마도 맨 처음 처분될 것은 바로 그 가방이리라. 혹여 남자가 지난 5년 그녀와 지낸 모든 일상의 흔적을 지워버리고, 아예 아파트를 옮길 정도로 분위기 쇄신을 계획한다면, 새것이나 다름없는 그 까만색이 반들거리는 고급 가죽 가방의 내장은 미련 없이 비워져 쓰레기통에 버려질 것이며, 뼈대와 가죽이 멀쩡한 가방은 그녀나 남자와 만날 확률이 가장 희박한, 관계가 가장 먼 누군가에게 선물로 바쳐지기 십상이지만, 우울한 날, 그녀가 망설이다 겨우 발을 걸치고 집어탄 막차 안에 홀로 서서 우울하다기보다 씁쓸했던 것은

결국 가방이 쓰레기통 속에 버려지건, 지하실 창고에서 자라는 독

성 곰팡이에 뒤덮이건, 늘 바람이 새고 먼지가 쌓이는 베란다 한구석에 잊혀진 채 어느 운 나쁜 날 그걸 발견한 새 여자와 남자 사이의 악다구니 싸움거리나 그 이상의 사건이 되건, 결국 자기 자신과 동일시하지 않을 수 없는 묘한 가방의 운명을 요모조모 들여다보아야, 그 어느 것 하나 그녀에게 조그만큼의 감흥도 불러일으키지 않는다는 사실 때문이다. 막차 안은 겨울인데, 밖에는 바람이 부는 겨울인데 아직 눈은 내리지 않고, 한순간 눈부시게 밝혀진 역 구내에 들기 전, 언뜻 드러난 밖의 풍경 속 나뭇가지들이 미친 듯이 손짓하는 바람이 부는 겨울인데, 겨울이 단호하면서도 아름다운 것은

아주 오래전 그녀가 집어탄 또 다른 막차 안에서처럼 겨울에는, 서서히 마지막 역에 가까워올수록 사람들의 얼굴이 부드러워지기 때문이지만, 겨울이 아름다우면서도 단호한 것은 그때나 지금이나 그녀에게는, 막차에서 내려 몸이 익히고 있는 어떤 방향으로 어둠 속을 오래 걷고, 둔덕과 나무 사이를 지나 오래전에 잊혀진 신화 속의 한 집 앞에 서서 가만히 대문을 흔들어보아도, 신화는 여전히 신화로 무너지고, 환상은 여전히 환상으로 저 멀리 건조하게 남아 있기 때문이다. 흙탕물 섞인 개울물이 강물에 합쳐질 때쯤 홍수에 쓸려 오랜 표류에 살아남은 잡풀들은 어느새 더욱 도도해진 물살에 가라앉아버리거나 그 수를 셀 수 있을 정도로 드물어지듯이, 막차가 또 다른 역 구내로 들어가 멈출 때 선줄음에서 끌려나와 한두 사람이 더 내리고, 서둘러 역 구내를 빠져나간 그들이 하릴없이 뒤돌아보며 내뿜는 하얀 입김이 매혹적인 것은,

길게 꼬리를 늘이며 동그란 물음표 모양을 그려내고 또 그려내기에, 지금까지 타고온 객차는 정말 있었던 것일까, 내린 역은 정말 내려야 하는 바로 그 역인가, 반수 상태에서 머물러 있던 좀 전의 기차 안에 남아 있어야 했던 것은 아닐까, 한순간의 실수로 빠져나와 영원히 무한궤도를 돌게 되는 건 아닐까, 역 이름이나 광고판, 편의점 상표나 체인점 같은 익숙한 기호를 찾아 불안하게 방황하는 시선의 주인들은, 뗏목 한귀퉁이라도 잡고 늘어지려는 익사자, 어떻게 해서든지 지하로 떨어지지 않고 살아 있는 자들의 지상에 속하기 위해 한밤중 으스스하게 비어 있는 출구로 가는 층계 앞에서 잠시 걸음을 멈춘다. 막차는 다시 풍경을 지우며 달리고 이제는 서너 명만이 흩어져 더 비어 보이는 객차 안의 모퉁이에 그녀가 주저앉았을 때 마른 천에 서서히 푸른 물감이 젖어오듯이 멈칫거리며 다가오는 수면이 감미로운 것은

그녀가 이제는 그 어느 곳으로부터, 가방과 남자 혹은 7년도 넘게 근무하다 그만둔 복도 골골이 익숙한 한 사무실 건물 같은 것, 그 모든 것을 가두고 있는 회오리, 늦추어짐 없이 질주하지만 결국은 제자리걸음인 회오리의 파장에 다름 아닌 그런 것들, 도착적이라고 밖에는 수식할 수 없는 자질구레한 시대적 징후로부터 그녀가 마침내 충분히 멀어졌다는 것을 한순간 감지했기 때문이다. 그녀의 머리는 누군가가 풀어놓은 물감 속에 끝부터 천천히 담그어지는 한 장의 하얀 천, 머리카락이 푸르스름하게 젖고 이마가 푸르게 새로운 쪽빛을 얻고, 차창에 해쓱하게 드러나던 두 뺨과 입술이 젖고, 감은 두 눈이 파고 없는 바다로 걸어 들어가고, 마침내 귓속에는 밀려가고 밀려

오는 잔물결 소리가 가득 들어찰 때, 그녀를 온통 사로잡은 욕망이 단순한 것은

　그것이 그만큼 절박하기 때문이다. 한 번쯤 차창 밖의 어둠의 풍경을 볼 수는 없을까, 한 번쯤 실내등이 평온하게 꺼진 막차 안에 앉아 여행을 할 수는 없을까, 한 번쯤 타락한 상식에서 벗어나, 모르는 얼굴들과 어둠 속에 가만히 앉아 어둠의 풍경에 같이 몰두해볼 수는 없을 것인가. 그 순간 찰칵 소리도 없이 스스르 등이 꺼지고 그녀는 눈을 뜬다. 기차의 속도를 겨우 감지할 수 있게 해주며 뭉텅이 지어 몰려왔다 멀어지는 검은 풍경들, 가끔 멀리서 간간이 빛이 보이고 더 멀리에 둘러쳐져 있는 산등성이 너머에는 밤을 채 넘기지도 않고 새벽이 시작된 듯 희부연 빛이 서려 있는데 불 꺼진 객차의 어둠 속에 앉아 서너 명의 승객들은 중력 없는 침묵 속에서 안팎의 어둠이 주는 평화를 교감하는데, 멀리서인 듯 울려오는 역무원의 높낮이 없는 목소리, 다음 역은 이 열차의 종착역입니다. 잊으신 물건 없이 안녕히 돌아가시기 바랍니다, 두 번 반복되는 동일한 어조와 억양의 전언, 반복된다고 해서 더 놀라운 진실이 되지 않는 사실을 알리는 이 목소리가 쓸쓸한 것은

　그녀의 발설되지 않은 욕망에 화답하는 누군가가 있다는 착각에 잠시나마 사로잡혀 있었기 때문이 아니라, 마침내 그녀가 다시 눈을 감는 순간, 그와 거의 동시에 객차 안에 불이 켜지고, 우울한 날 집어탄 막차의 종착역을 앞에 두고 그녀를 내내 사로잡은 우울의 정체를 언뜻 볼 수 있었기 때문이다. 시간이 흘러, 그리고 장시간 떠밀려

왔기에 이제 더 이상 빠르지도 거칠지도 않게 완만히 흐르는 물살에서 더 이상 홍수의 여파는 찾아볼 수 없고, 해체되지 않기 위해 악착같이 바위나 나뭇가지 혹은 버려진 금속 조각 같은 것에 달라붙어야 할 이유 없는 풀뿌리의 부유는 자유로운 유영을 닮고 있다. 방금 서로 머리를 기대며 때로는 가볍게 부딪치며 졸고 있었기에 더욱 친밀해 보여, 두 손을 맞잡지 않았음에도 마치 그런 것처럼 보이는 오십이 넘어 보이는 한 쌍의 부부 아니면 연인, 이제 겨우 말년을 같이 할 사람을 만난 것에 껄끄러운 기쁨을 감추지 못하는 순탄치 않은 과거를 지녔을 남녀, 노랑에 가까운 갈색 물감을 들인 머리만 눈에 띄는 한 젊은 남자와 갑자기 열차 안에 솟아 나온 것만 같은 또 한 명의 중년 남자를 스치는 그녀의 시선이 아득한 것은

  우울한 날 집어탄 막차 안에서 그녀가 보낸 시간이 다시는 돌아오지 않을 것이라는 사실에 그녀가 결정적으로 반수면 상태에서 깨어났기 때문이다. 침묵의 동반, 무관심과 무표정의 동반, 그럼에도 종착역에 다다르고, 늦은 밤 1, 2도 정도 광도가 높아 보이는 실내 형광등 아래서 더욱 창백해 보이는 혈색, 더욱 깊어 보이는 살가죽의 주름들, 헝클어진 머리와 구겨진 자국이 역력한 외투 자락…… 쓸쓸하고도 건조한 역무원의 목소리가 알린 대로 종착역은 어김없이 다가오는데

  밖에는 복잡한 노선들이 고달프게 얽힌 철길이 드문드문 불빛에 드러나 역사가 멀지 않았음을 알리고 있는데 어느 누구도 선뜻 하차를 준비하지도 일어설 기미도 보이지 않고, 지루하게 앞만 바라보며

하품을 하는 이들의 조건 반사적으로 젖은 시선을 쫓아가면서 한순간 투정처럼 일어나는 불만의 비늘들, 뇌리의 여러 곳에서 작은 폭죽처럼 터지는 분노의 반짝거림, 오래된 우울이 물살에 씻겨 맨살이 드러날 때 감지되는 따끔따끔하게 아려오는 감각, 마지막 역은 다가오는데

　마침내 한 쌍의 중년 남녀가 선반에서 짐 가방을 내리고, 오렌지 빛이 간간이 반사되는 갈색 염색 머리의 젊은 남자가 기지개를 펴며 문 앞으로 다가가 다리를 떨며 서서 차가 멎기를 기다릴 때, 또 한 명의 중년 남자가 고개를 푹 숙이고 손에 말아 쥔 신문지로 좌석의 모서리를 심심풀이로 두들길 때, 그녀가 여전히 앉아 있는 것은 그녀에게는 정히 해야 할 일이나, 두고 내릴지도 모르는 짐이 없어서가 아니라, 누구나 마지막 역이라고 부르는 곳을 향해 기차가 속도를 늦추는데

　조금 있으면 모두들 마지막 남은 몇 개의 퍼즐 조각처럼 흔적 없이 잠시 비워두었던 각자의 칸 안에 비집고 들어가 퍼즐은 그럭저럭 완성되며 누군가가 모호한 의도로 적당히 자른 그림 조각들은 어찌어찌 구성될 것이며, 그렇지만, 그럼에도 불구하고, 그래서, 아무리 조각들이 조합된 순간을 상상해보아도 조각나고 잘라지기 이전, 그 조각들이 속해 있었던 전체 그림이 나타나지 않았기 때문이다. 조각들이 모여도 그림은 지워지는 이상한 퍼즐, 막차는 종착역에 바짝 다가서는데

홍수에 하류까지 밀려 내려와 찢기고 조각나고 잘려 모습을 알아볼 수 없게 된 풀뿌리들의 부유. 이 칸일까 저 칸일까, 퍼즐 판 앞에서 비슷비슷한 모양의 조각을 든 손이 겪었을 망설임이나 의심, 거부나 반란, 혼란과 투정의 흔적은 지워지고 없고, 완만한 물살의 넓어진 하류에서 살아남은 풀뿌리가 할 수 있는 일은 다시 물속으로 흔적 없이 잠수해 물 입자로 해체되는 것. 그녀의 등 언저리에 둔중한 충격을 주며 마침내 기차는 멎고 어두운 마술처럼 문이 밤을 향해 스르르 열리는데

  우울한 날 그녀가 집어탄 막차가 종착역에 닿은 것을 알고도 그녀가 그대로 앉아 있었던 것은 버티다 보면 그 기차가 새벽을 향해 가는 첫 차가 될 것을 기대할 정도로 철로의 순환적인 진보를 믿어서가 아니라, 조금 있으면, 실이 끊어진 묵주알들이 틈 사이로 사라지듯, 승객들이 알알이 흔적 없이 사라져버리는 순간이 다가올 것을 알기 때문이다. 그렇지만 여느 역과는 달리 오래 열려 있는 객차의 문 앞에서 그 문을 빠져나가는 일 이외에 그녀가 달리 할 일이 없어, 열차 안은 거의 비어 있는데,

  땅에 발을 디디며 돌아본 주위에는, 갑자기 불어난 물살처럼 출구를 향해 몰려가는 적지 않은 인파, 그 속에 섞여 목덜미를 잡힌 듯 걸으며 한순간 드는 의심, 인파가 알알이 흩어지기 전에 막차가 폭발해버리는 것은 아닌가, 마침내 누군가가 전언보다는 절박성이 중요한 비명을 지르지는 않을까, 폭발도 비명도 없이 나온 역 앞, 한두 조각이 깨져 더 선정적으로 호객하는 붉은색 온천이나 십자가 또는

시설(詩說)──우울한 날 집어탄 막차 안에는

고시원 네온들, 작은 인파를 만들던 사람들은 어느새 어디로 모두 잠수해 거리는 비어 있는데

  오래된 우울을 만들어낸 크고 작은 분노의 사금파리들, 홀로 밤을 밝히는 애꾸 네온들, 잠시 바라보며 방향을 가늠할 때 하늘을 향해 그녀가 짓는 플라스틱 미소, 입맛에 맞지 않는, 사약과 같은 생의 오해들을 어떻게 하면 몇 번씩 꿀꺽 삼키지 않을 수 있을까, 어떻게 물결의 격류 속에서 유영할 수 있을까, 어떻게 막차를 타지 않고 우울의 생리를 해부할 수 있을까. 그녀의 미소는 의문 부호처럼 동그란 입김을 내뱉고, 다른 방법이 없어 우울한 날 그녀가 집어탄 막차 안은 겨울이었는데, 겨울은 겨울이었는데

2마력 자동차의 고독

모월 모일

　창밖에서는 유황이 타는 듯 매캐하고도 독하게 목을 쏘아오는 냄새가 난다. 그러나 창에 바른 채색 비닐을 투과해 들어오는 서향 햇살이 강할 뿐 타는 것은 없다. 때로 불 없이 풍경이 탈 때가 있다. 혹은 지금처럼 타는 것 없이 냄새만 있거나. 무엇이 결여된 이런 연소가 일어날 때 심장은 터질 듯 조여온다. 팽창해서 터지는 것이 아니라 닿아지지 않는 어떤 것에 대한 갈망으로 졸아들다가 터지는 일도 불가능하지 않다.

　금요일 저녁. 얼마 전만 해도 금요일 저녁은 특별한 색채가 없었다. 그러다가 짙은 노란색을 주조로 한 색조와 냄새가 생겼다. 그런 이후 나는 금요일이 휴무가 되도록 때때로 내 근무 시간표를 조정했다. 그러기 위해 동료들이 기피하는 밤 근무라든지 까다로운 업무나 훈련들을 마다하지 않았다. 솔직히 말하면 나는 드러내놓고 누구에게 말한 적은 없지만 사실 야근을 그다지 싫어하는 편이 아니다.

사막의 냄새. 불완전 연소의 노란색. 그런 날이면 지도를 펼쳐 든다. 강남? 강북? 아예 일산이나 분당? 잊고 있었던 중요한 일거리라도 생각난 듯 마음이 갑자기 산란해져 까탈스럽게 지도책의 장을 이리저리 획획 넘긴다. 그렇게 해서 눈에 들어온 한 동네를 정해 산책이라도 가듯 그 동네로 간다. 어디를 가나 부동산 중개업소는 쉽사리 눈에 띈다. 나 자신도 뭔지 모르는 까다로운 논리에 따라 작동하는, 일종의 직관을 동원해 나는 중개업소를 고르고, 조금은 이상한 나의 구매 조건을 설명한다. 서향으로 난 커다란 유리창이 있어야 하구요, 그 앞에 누우면 하늘만 보여야 해요. 아, 그리고 실내는 크지 않았으면 좋겠구요, 방 두 개 정도에 목욕탕도 꼭 두 개인 집을 찾아요…… 이렇게 말하면 꽤 까다로운 조건처럼 들리지만, 어디를 보나 이상적인 주거 공간이라고 할 수 없는 익명의 동거자들을 위한 임대용 아파트들이 지니고 있는 특징들일 뿐이다.

혹시 떨어질지도 모르는 구전(口錢)을 기대하고 앞서서 길을 안내하는 사람을 따라 당장 집을 살 사람처럼 서너 집을 방문한다. 나의 주문에 대강 맞아떨어지는 집들은 요즈음 심심치 않게 발견된다. 그러나 한 가지가 맞으면 다른 하나는 맞지 않는다. 세밀하게 설명했음에도 대강 맞아떨어지는 아파트를 구경시키는 부동산 업자를 나는 결코 원망하지 않는다. 내 게임의 법칙을 알게 되면 정작 펄쩍 뛰어야 할 사람은 바로 상대편이기 때문이다. 그래도 나는 매번 낭패했다는 표정 짓기를 잊지 않는다. 일부러 꾸밀 필요도 없이, 때로 나는 놀이와 현실을 혼동해서, 내가 정말로 방 두 개, 목욕탕 두 개, 서향 창 집을 당장 원하는 것처럼 절실한 마음이 되기도 한다.

적지 않은 집들을 방문했음에도 나는 아직까지, 여기서 살고 싶다, 는 생각이 드는 공간을 발견하지 못했다. 그래도 나는 금요일날의 허구적인 원매자(願買者) 노릇을 멈추지 않는다. 나는 관대한 구매자가 되어 난생처음 본 사람들의 집 안과 내실을 슬렁슬렁 돌아본다. 관심 없다는 듯이. 그렇지만 좀더 자주 나는 까다로운 미래의 입주자가 되어 별것 아닌 것에 인상을 쓰고 짧고 분명한 질문을 던진다. 이건 물이 샌 자국 아닌가요? 이 방은 볕이 안 들 거예요, 그렇죠? 문틀이 덜컹거리는 걸 보니 좀 뒤틀렸나 봐요, 등의 집주인이나 중개업자의 심사를 건드리는 말들. 그때 내 안에 누가 들어앉아 있는 건지 나도 알 수 없다. 때로는 아우성을 치고 소리를 지르고 싶을 때도 있다.

모든 집에서 나는 독특한 냄새, 어질러진 속에서도 드러나는 그 집만의 질서, 다탁이나 벽 혹은 선반 위에 놓인 상장이나 가족 사진들. 나는 빈집보다는 주인이 맞아주는 집을 방문하기를 선호한다. 크지 않은 아파트지만 벽장도 있고, 마룻바닥은 원목이에요, 원목. 화장실도 두 개였지만 개조해서 드레스 룸으로 만들었죠. 혹시 애 있으세요? 초등학교가 요 옆길로 가면 5분 거리예요. 나는 집주인이 나와 관계없는 것들에 대해 설명하는 것을 즐겨 듣는다. 단시간 내에 우리네 사는 모습을 적나라하게 들여다보고 싶은 사람이 있다면 나처럼 적당한 핑계를 찾아 모르는 사람의 집을 방문해보라고 권하고 싶다. 처음에는 사람들이 사는 양태의 각양각색에 기겁을 할 정도로 놀라게 된다. 직업과 계층, 사는 방식과 욕망, 욕망들의 현기증 나는 다양성에 한순간 경악하지 않을 수 없다.

그러다가 눈이 다양성의 이면을 후비기 시작한다. 표면의 세계를 지배하는 물질성의 이면을. 서향으로 난 유리창, 혹은 방 두 개에 목욕탕 두 개인 집을 가진 사람들이 나누어 갖는 은근한 공통점 때문일까. 그 이면을 들여다보다 보면 삶의 양태의 지루한 반복에 내재한 씁쓰름한 것이 위산처럼 입 안에 고인다. 결국에는 그 집이 그 집이다. 모든 가족이 비슷해지고 그들의 얼굴은 점점 더 닮은꼴이 돼가며 집주인의 친절한 설명은 더 이상 귀에 들어오지 않는다. 모든 집은 종국에는 무덤 같아진다. 결국 이 지점에 다다르기 위해서라도, 그 무덤 같은 집을 만들지 않은 자신을 위로하기 위해서라도 내가 고안한 방법은 유효하므로, 나는 금요일의 방문을 멈출 수 없다.

나는 주인에게 방문을 허락해줘서 고맙다고, 고개를 가볍게 기울여 공손하게 인사하며 잘 보았노라고, 조만간 연락하겠다고 말한다. 나는 즉흥적으로 구성된 휴대폰 번호를 중개업자에게 진지하게 불러준다. 내 거처로 돌아와 일찍 잠자리에 든다. 그런 날이면 술에라도 취해 쓰러진 듯 오래오래 잠을 잔다.

나는 이 이상하다면 이상한 습관이 언제부터 시작됐는지 정확히 말할 수 없다. 몇 년 전, 내 부모에게 오래전에 배당되었다는 작은 땅을 팔아 은행에 예금을 한 것이 계기가 됐다고는 말할 수 있다. 법적인 구속력이 있는 유언장에 적힌 것도 아닌데 친척들은 그 땅이 우리 부모가 언젠가 내가 살 곳이라도 마련하라고 남긴 것으로 모두들 생각하고 있었다. 따지고 보면 먼 조상이 남겨준 땅의 한 조각인데, 내 명의로 바꾸어준 것은 그들이 아직까지 지상에 얼마 남아 있지 않은 멸종 위기의 착한 종족에 속하기 때문이다. 하나같이 그다지 여유 있는 삶을 살고 있지 않은 그들은 내가 잘사는 것까지 바라지는 않지만, 남편도 아이도 없이 '저 세상에 있는 부모 눈에서 피눈물이 나게' 딱하기 짝이 없는 여자 혼자 마땅한 거처도 없이 유령처럼 헤매는 것을 참지 못했는지도 모른다. 땅을 팔겠다는 의도를 전달했을 때 난색을 표했다가 이내 꽤 양호한 조건에 땅의 원매자를 주선해준 것도 친척들이었고, 그래서 내 일생에 난생처음 꽤 많은 액수의 돈이 생겼다. 그런 돈이 좀더 일찍 생겼더라면 여러 사건들이 다른 식으로 진행되었으리라! 그러나 인생에 적시라는 것은 퍽 인색하게만 존재한다.

예금한 돈은 내게는 결코 영원한 재물로 둔갑하지 못했다. 애초에 애매한 금액인 줄은 알았지만 명문화되지 않은 유언을 지키느라 한두 번 살 만한 아파트를 보러 다니면서 시세 파악을 하고 난 후에는 깨끗이 포기했다. 글쎄, 마을버스와 시외버스와 지하철을 바꾸어 타면서 출퇴근할 수 있는 서울에서 멀리 떨어진 외딴 지역의 허름한 아파트라면 모를까. 그럴 정열이 내게는 없었다. 그렇지만 꼭 그 이유만이었을까.

예금한 돈으로는 오랫동안 미루어두고 있었던 장기 여행도 한 번, 크고 작은 여행은 수도 없이 했다. 늘 사고 싶었지만 감히 사지 못했던 꽤 비싼 카메라와, 중고 자동차 한 대가 증거로 남아 있다. 아, 중고 자동차! 멀리서 보면 오똑한 비눗갑 같고 회색이어서 드러나지는 않지만 여기저기 심심치 않게 상처가 난 미니 자동차는 크기와는 다르게 시동이 걸리면 요란한 소리를 냈다. 그런 정도의 소형차라면 일시불로 새 차를 구입할 수도 있었고 또 웬만한 시내나 작은 둔덕쯤을 문제없이 건너고 또 기어오르는 여행용 차를 36개월 할부로 구입할 수도 있었으리라. 그러나 나는 그렇게 하지 않았다. 그런 차를 몰고 가고 싶은 곳이 없었다.

그리고 나서도 상당 기간, 허기가 질 때마다 값비싼 음식점들을 앞뒤 보지 않고 순례하다 보니 어느 날 통장이 비어 있었다. 나는 조촐하고도 평화롭게 처음의 상태로 되돌아와 있었다.

그즈음 땅을 남겨준 사람들에 대한 예의로 한두 번 집을 보러 다니면서 나도 모르는 새 들러붙은 재미였을까. 통장이 바닥나고도 한참이 지난 어느 날 나는 생소한 한 동네를 지나게 되었고, 눈앞에 있는 부동산 중개업소에 들어갔었다. 그렇게 시작되었는데, 은근히 재미가 들린 모양으로 빠른 시간 안에 습관이 되었다. 어쩌다 용무도 없는 부동산 중개업소에 들어간 그날이 어느 봄날의 금요일이라는 것밖에 별달리 기억에 떠오르는 것은 없다.

이즈음에 와서는 지도를 펼쳐놓을 필요도 없다. 이제 서울의 동네 이름이라면 알만큼 안다. 어찌보면 아무것도 아니지만 내면을 읽는 현미경이 어느 날 발명된다면 드러날지도 모르는 복잡한 느낌의 법칙에 따라 나는 한 동네를 선택해낸다. 기준이 딱히 있는 것도 아니다. 그날그날의 몸의 상태가 동네를 정한다. 적어도 그날, B동 네거리에서 서쪽을 향해 나 있는 길목의 그 부동산 중개업소 여자가 데려간 한 집안에 발을 들여놓기 전까지 나는 그렇게 생각했다.

그러나 나의 몸의 상태라는 것, 몸의 기억이라는 것은 어쩌면 여러 층의 시간을 고스란히 어딘가에 저장하고 있는 그런 것인지도 모르겠다. 매우 젊은 여자, 그 여자보다 조금 더 젊은 남자가 누나라고 부르는 예쁘장한 부동산 중개업소 여자가 나를 데려간 곳에서 준비되고 있는 놀라움. 언젠가는 내게 한 번은 일어날지도 모르는 이런 종류의 예외적인 만남을 예견했기에 나의 마음은 금요일 저녁이면 유황불이 타는 사막이 되고, 그 사막을 안고 모르는 자들의 실내를 방문하는지도 모른다는 생각이 언뜻 들었다. 이런 건 아무에게도 드러내지 않는 사적인, 지극히 사적인 법칙이기에 그 기이한 나의 습관은 오래전부터 은밀히 준비되어왔던 것이리라.

내가 동네를 선택했을 때부터, 혹은 부동산 중개업소 여자가 내게, '대강 어느 정도를 쓸 수 있느냐?'고 물었을 때 내 입에서 몇 개의 숫자가 발설되었을 때부터 이 놀라움은 예견되었던 것만 같다. 제각기 멋을 부린 빌라들이 줄지어 늘어선 작은 골목으로 여자가 나를 이끌었을 때부터 나는 내가 볼 것을 막연히나마 예감하고 있었던 것만 같은 생각이 들었다. 매매할 아파트가 들어 있는 단아하면서도 고급스럽게 장식된 5층짜리 건물을 여자가 가리키기 앞서, 내가 그 건물 쪽으로 다가갔던 것만 같은 것은 후에 다시 조립된 기억의 왜곡일 뿐일까. 아마 그럴 것이다.

여자는 관리사무소에서 열쇠를 받아 2층으로 올라갔다. 녹색의 돌조각으로 장식되어 따사한 느낌을 주는 복도를 지나 한 문 앞에서 여자는 멈추어 선다. 여러 번 그 아파트에 방문자를 데려와본 듯 열쇠꾸러미의 열쇠 중 하나를 골라 망설임 없이 돌리자, 소음 없이 문이 열리고 비어 있는 한 아파트의 실내가 어스름한 빛 속에 드러났다. 모든 비어 있는 실내에는, 마치 사람이 없는 동안 물건들이 독자적인 삶을 살기라도 한 듯, 말없이 방문자를 밀어내는 배타적인 충만함이 있다. 매일 저녁 불 꺼진 나의 거처의 문을 열고 들어설 때 느끼는 스산함의 정체. 여자가 불을 켜도 그 실내는 그다지 더 밝아지지 않았다. 나는 초대받지 않은 방문자를 막아서는 완강한 기운을 거스르며 그 실내에 성큼 한발을 내디뎠다. 여자가 나보다 먼저 실내를 가로질러 두껍게 유리문을 덮고 있던 커튼을 젖혔다. 잠시 망막이 마비될 정도로 강한 낮 빛이 쏟아져 들어왔다.

6월 7일

　프랑스 남쪽의 작은 도시 A시의 외곽에 나는 방을 하나 구할 수 있었다. 내가 좋아하는 숫자로 구성된 날짜에 이 지방으로 이사 온 것을 나는 자축했다. 외국 생활 초보자들이 알음알음으로 확보하고 있는 정보를 통해 아시아인들이 자주 세들어 산다는 이 집을 소개받았다. 몇 개월 머무는 데 적합한 장소. 늘 하늘이 푸르고 사시사철이 휴일인 듯한 한가한 지방. 시내에 가려면 약 20분간 버스를 타야 하는 시골에 가까운 이 마을의 농가집을 한눈에 반해 선택했다고는 말할 수 없다. 허름하고 값이 쌌다. 위층에는 주인이 살고 정원이랄까 잡풀밭이랄까 구분이 안 가는 풍경 쪽으로 창문이 나 있는 아래층에 세를 주는 방이 두 개 나란히 놓여 있다.
　창 앞에 놓인 조립식 책상 하나, 침대와 벽장. 부엌에는 이 빠진 유리컵이나 플라스틱 접시 나부랭이뿐이었지만 3개월 계약을 한 나 같은 사람에겐 안성맞춤이었다. 약간 알콜 중독기가 있는 할머니 혼자 살고 있는 집으로 이사 온 것은 일단 이해하기 어려운 이 외국어의 사용 빈도가 희박해지는 지리적 조건을 선호했기 때문이었다. 집 주인이 시시콜콜 참견하고 감시하러 내려오는 경우는 말로 들은 대로 거의 없었다. 빵을 사러 가기 위해 10분을 걸어도 사람 한 명 만나지 않고, 빵을 사더라도 시간만 잘 맞추면 줄 서지 않아도 되는 그런 작은 마을. 가꾸지 않은 정원, 혹은 초라한 단층이나 기껏해야 2층집들이 띄엄띄엄 줄지어 서 있을 뿐인 이 마을에서 프랑스 말을 잘하고 못하고는 그다지 상관이 없었다. 위층에 살고 있는 주인은 가는 귀가 먹어 있었기 때문에 약간 과장을 하자면 나는 입을 벌리고 말하는 시늉만 하면 되었다. 할머니는 어쩌다가 아래층으로 내려와 온갖 몸짓으로 집의 여기저기를 가리키며 혼자서 10분 이상을 떠들어대는 수도 있었다. 그럴 때면 그 집을 거쳐간 한국 성을 가진 사람들의 이름이 여럿 킴, 리, 팍 하는 식으로 변형돼 튀어나오곤 했다. 몇 가지 배운 몸말만으로도 의사소통에 문제가 없었다. 내가 원해서 결정한 일이었음에도 파리에서의 우울한 2개월의 언어 연수 기간에 나는 질려버렸던 것이다. 내가 간호사 초년이었을 때 퍽이나 존경하던 수간호사의 꿈이 퀴리 부인이 근무하던 연구소를 가보는 일이었고, 그것은 그분한테는 프랑스의 파리에 가는 일이었다. 그 당시 벌써 육십이 넘었던 그분은 미국에서 자리 잡은 아들을 따라 뉴욕으로 살러 가버렸고, '겨울이 매우 춥다'는 짧은 전언의 이면에 눈 덮인 뉴욕 시가지의 사진이 인상적이었던 엽서를 끝으로 그분과의 연락이 끊겼다. 내가 여러 번이나 답장 편지를 보냈음에도 아무런 답변을 받지 못했다. 파리에서 내가 맨 처음 한 일은 그래서 퀴리 부인이 일했다는 연구소 건물을 그분 대신 보러 간 것이었다.

어쩌다가 문 앞에서 마주칠 때, 상대편의 말보다는 누가 이해하건 안 하건 그다지 상관이 없는 수다를 지루하다시피 길게 늘어놓고 나서야 놔주는, 대화라기보다는 말에 굶주린 집주인 할머니는 예상외로 참을 만했다. 할머니와 마주칠 일이 자주 있지 않았고 세를 사는 사람이 무엇을 하건 관심이 없었다. 집은 허름하고, 가구도 낡았지만 나는 만족했다. 그 도시에 있는 대학에는 대학 부설 무료 어학 강습소가 있었고 나는 그런 식으로 그럭저럭 말을 배우는 게 맘 편했다. 독학이라니! 그보다는 뒤늦게나마 내가 하는 일이 아닌 것을 배우기 시작할 수 있다는 것을 스스로에게 설득하는 것이 중요했던 때였다. 잘 다니던 직장을 버리고 대책 없이 외국을 도피처로 택한 사람들이 가지는 착각도 내게는 없었다. 갑자기 자신에게 숨겨진 마지막 재능이라도 발견한 듯 그들은 살던 삶을 걷어치운다. 무언가에 매달려보려는 마지막 안간힘. 그렇게 그들은 떠나고 별다른 바탕 없이 시작할 수 있는 요리나 사진 혹은 끝까지 가볼 용기도 끈기도 없으면서 공부에 투신한다. 그러나 정열은 한두 해를 넘어 소진된다. 그들은 마침내 그 모든 것의 정체를 알아차리고 씁쓸하게 귀국을 위해 빈곤한 짐을 싼다.

집주인이 버리지 않고 일본 라면 박스 속에 넣어 내 방의 벽장 안에 방치해둔 박스 안에도 그런 사람들의 흔적이 그대로 남아 있다. 한때 그들의 정열을 불러일으켰을 여러 언어의 책들이 그 방을 거쳐 간 사람들의 국적과 성향을 막연하게나마 말해주고 있었다. 요리의 역사. 소금 산업을 통해 본 지중해 정치 연구. 세계를 간다——유럽 편, 해양학 입문, 버려진 몇 권의 대중소설들. 표지가 떨어져나갔거나, 아무리 맞춰보려 해도 제목조차 읽을 수 없는 난생처음 본 언어로 씌어진 책들이 이 벽장 안에도 여러 권 있다는 것은 나 같은 사람에게는 신선한 충격이었다. 벽장 한구석에는 이제는 아무도 쓰려 하지 않는 뚜껑이 떨어져나간 전동 타자기도 한 대 먼지를 뒤집어쓰고 놓여 있었다. 이사 오자마자 발견한 잡동사니 박스를 버리지 않고 벽장 구석에 놔두었다면 그것은 주인에게 '이것을 몽땅 버려도 괜찮겠습니까?'라는 문장을 프랑스 말로 적절하게 전달할 수 없었기 때문이다.

열흘 정도가 지나자 아래층 빈방에 나이 든 일본 남자가 이사 왔다. 그의 이름은 가와사키였다. 동포들이 사는 동네와 무관한 곳에서 하루 종일 사람을 만나지 않다 보니 자연히 옆방의 사람과 말을 트고 싶은 욕구가 생겼다. 욕구와는 달리 그와 내가 나눌 수 있는 것은 겨우 몇 마디 단어나 몸짓 언어뿐이었다. 그래도 한 달이 지나고 나니 나와 가와사키 사이의 대화는 상당 수준에 달해서 서로를 이해하는 데 문제가 없는 정도가 됐다. 이를테면 그는,

"한잔 할래?" 할 때는 뭉툭한 손가락을 오므려 들어 올리는 시늉을 했다. 가와사키가 아침마다 바케트를 서너 번 되뇌면서 나를 향해 하는 동작, 마치 검도라도 하듯이 손에 막대 같은 것을 잡고 휘두르는 몸짓이, "시내 나가는데 바케트 사다줄까?"라는 것을 이해하기 시작한 것이다. 그는 족히 내 나이의 두 배는 되는 듯했고 자기보다 나이 어린 옆방의 이웃에게 말을 걸어주어야 한다는 듯 늘 먼저 말을 걸어왔다.

초여름이었고 도둑고양이들이 안심하고 새끼 고양이를 낳으러 올 정도로 잡초 무성한 버려진 정원에서 벌써 날벌레들이 극성을 부리고 있었다. 날벌레와 도둑고양이들이 낳아놓는 새끼가 문제가 돼, 잘 꾸며진 비옥한 정원을 가진 이웃 남자와 집주인 노파 사이에 심심치 않게 말싸움이 오가는 것 같았지만 나는 가꾸어진 적 없는 그 정원이 마음에 들었다. 어느 날 저녁 늦게, 나와 가와사키가 공동으로 쓰는 부엌에 앉아 있었는데 모기 한 마리가 주변을 집요하게 날아다니고 있었다. 내가 모기를 때려눕힐 주간 잡지를 집어 들었을 때, 가와사키는 투명한 플라스틱 컵을 집어 들었다. 그는,

"가만, 내가 이것으로 잡아볼께, 쉿!" 하는 제스처를 내게 보였다.

모기가 흰 회벽에 앉기를 기다리더니 그는 재빨리 투명 플라스틱 컵을 그 위에 가져다 댔다. 그리고 얇은 종이 한 장을 컵 밑에 밀어

넣어 입구를 막고는 놀라운 속도로 컵을 흔들어댔다. 모기보다 더 크고 그악스런 벌레라 할지라도 어지럼증으로 기절할 만한 속도였다. 잠시 후 가와사키는 케이오가 되어 나가떨어진 모기를 재떨이에 버리고 피우던 담배꽁초로 눌렀다. 좀 복잡하기는 했지만 확실한 모기 잡는 법이었다.

나와 가와사키와는 수화의 단계를 지나 한자와 영어나 프랑스어 단어를 섞어서 좀더 문화적인 방법으로 대화를 나누게 되었다. 그는 일본의 화장품 회사에서 근무를 하다가 결혼을 약속한 애인을 놔두고 회사에서 어느 정도의 기여를 한 사람에게 베푸는 두 달 해외 연수의 기회를 얻어 회사가 지정해준 장소인 프랑스에 연수 겸 외유 겸 와 있는 중이었다. 그도 나처럼 동포를 통해 이 집을 소개받았다고 했다. 그는 늘 공책을 끼고 다녔는데, 그가 2년간 일본 텔레비전의 프랑스어 강좌를 시청하면서 받아 적은 프랑스어 문장으로 가득 차 있었다.

나는 느지막하게 일어나 간단한 아침을 먹고 시내에 있는 대학 부속 건물로 무료 언어 강습을 들으러 간다. 나처럼 왜 이 나라에 와 있는지 알 수 없는 한국인 여자 하나와 남자 한 명이 늘 앞자리에 나란히 앉아 수강하고 있었지만 긴 말을 주고받아본 적은 없다. 그들을 통해 이 도시에 유학하고 있는 학생들까지 합하면 스무 명에 가까운, 많다면 많은 동포가 살고 있다는 얘기를 들었다. 수업이 끝나면 나와는 무관한 대학 건물의 복도를 어슬렁거리거나 구내 커피점에 앉아 서울에서 같이 일하던 동료 간호사들이나 친절하게 해주었던 의사에게 편지를 쓴다. 시작한 편지가 끝이 나서 우체통으로 들어가는 경우는 드물다. 편지에 쓸 내용이 마땅히 생각나지 않을 때는 복도에 무수히 지나가는 동양인들을 바라보면서 국적을 알아맞히는 놀이를 하기도 한다. 남들이 나를 일본 여자로 오인하건 안 하건 상관없이 나는 새로 구입한 카메라로 집까지 오는 길에 눈에 띄는 것들을 찍는다. 분수와 하늘의 구름과 농원의 담과 포도넝쿨과 오렌지색 기와와 담 대신 집과 집의 경계에 지루하게 피어 있는 이 지방 협죽도의 끈적한 꽃잎에 들러붙어 있는 진드기 무리들.

자주는 아니지만 나와 가와사키는 저녁나절 야생 귀리과 잡초로 가득할 뿐인 정원에 의자 두 개를 내다놓고 달팽이가 달라붙어 있는 바짝 마른 잡풀 가지를 바라보았다. 어느 날 저녁, 거의 동시에 바로 발 앞의 나뭇가지를 바라보며,

"에스카르고!"

라고 외쳤다. 가와사키는 무슨 이유로 그 단어를 외쳤는지는 알 수 없었지만, 나는 그날 달팽이를 지칭하는 그 단어를 배웠기 때문이었다. 마른 줄기를 타고 올라오는 달팽이에 시선을 고정시키고 독하고도 값싼 술을 마시며 저녁이 완전히 내려앉을 때까지 앉아 있곤 했다. 사위가 착 가라앉으며 밤이 보이지 않게 모든 색채 속에 침투하는 시간, 나와 가와사키의 취기는 깊어져 서로 횡설수설하기 일쑤였다. 그는 일본 말로 나는 우리말로 떠들었다.

자주 한 여자의 이름이 반복되는 걸로 봐서 가와사키는 연수 기간을 마치고 일본으로 돌아가면 결혼하게 될 여자에 대한 말을 하는 듯했고, 나는 마치 전날 꾼 꿈처럼 생생한 악몽 속의 물렁한 파충류에 대한 얘기만 했다. 좀더 시간이 밤 쪽으로 기울면 출렁거리는 바다를 쏟아내듯이 자정이 넘을 때까지 각자 어둠에 대고 광적으로 떠들었다. 나와 가와사키의 공통점은 취하면 수다스러워진다는 것이다.

그랬다. 그즈음 내 꿈속에는 물렁한 파충류가 자주 등장했다. 검고 넓적하게 크며, 껄끄러울 것이 분명한 그런 피부를 번들거리며, 흡반이라도 달린 듯 바닥에 들러붙어 있는 기이한 생존 조건을 가진 무정형의 파충류. 그 괴물은 끈적한 점액질을 바닥에 쏟아놓으며 홀로 이동을 하며, 빗자루로도 밀어내지지 않는 것은 물론 뾰족한 지팡이나 우산 끝에도 걸려들지 않는 접착력으로 저항하며 바닥에 눌어붙어 있다. 이미 나이가 오십을 바라보는 가와사키의 애인은 유부녀로, 내가 이해한 바로는, 매번 한밤중이나 새벽 같은 마땅치 않은 시간에 여자에게서 전화가 걸려올 때마다 이혼의 약속을 받아내지만 다음 전화에서는 다시금 여자의 마음이 약해져 있는 식으로, 하루하루의 기다림 속에 가와사키의 연애가 연명되듯 나 또한 아직까지는 꿈속의 파충류를 방에서 쫓아내지 못하고 있었다.

어느 날 늦은 오후, 마당에 있는 단 한 그루의 유실수인 야생자두나무 아래 소형 불한 사전을 펴놓고 『오천 단어로 다시 쓴 마리 퀴리의 생애』를 읽고 있는데, 쿨럭거리며 차 한 대가 집 앞에 서는 소리가 들렸다. 물결 무늬에 칠이 벗겨진 철문을 밀고 한 동양인 남자가 들어와 위층으로 올라갔다. 중키에 스포츠형으로 머리를 깎고 선글라스를 쓴 남자는 잠시 후 주인집 할머니와 아래층으로 내려와 나를 찾았다. '여기 살던 당신의 동포인데 두고 간 물건이 있어 찾으러 왔으니 미안하지만 벽장을 열어 보여주라'는 뜻을 겨우 눈치로 이해했다. 할머니는 벽장과 마당을 수선스럽게 가리키면서 한동안 떠든 후에 남자의 어깨를 격렬하게 한번 껴안고는 다시 올라갔다. 할머니의 수다에 가끔 등장하는 이름들 중의 하나였던 모양이다. 킴, 리, 팍으로 발음되는 할머니의 옛 하숙인들 중의 하나.

 그렇게 아래층 실내로 들어온 동포 남자는 내 쪽으로 고개를 약간 숙였을 뿐, 의례적인 미소도 인사말도 없었다. 나는 벽장에 널브러져 있던 내 소지품을 여행 가방 속에 밀어 넣고 난 후 방문을 열어주었다. 선글라스를 벗은 남자는 날카로운 인상에 미약하게나마 사시의 기운이 있었다. 그는 벽장에서 내려진 두 개의 라면 박스를 가만히 들어 방 밖으로 내다놓고 꼼꼼하게 내용물들을 뒤지기 시작했다. 그는 박스 바닥의 종이 뭉치를 한 장 한 장 들추기도 했고, 어떤 책은 갈피를 살피기도 했다. '도와줄까요?' 했더니 나를 보고 씩 한번 웃을 뿐 답이 없었다. '내가 뭘 찾는지 알기나 합니까' 하고 되묻는 듯한 웃음이었다. 바닥에 타일이 깔린 공동 거실에 햇살은 없어도, 건조하게 뜨거운 초여름의 기운은 여전히 마당에서 집 쪽으로 올라오고 있었고, 박스 바닥의 종이 뭉치를 살피는 사이사이 남자는 티셔츠 자락을 들어 이마를 씻었다. 그는 낭패한 얼굴로 일어서서 실내를 한 바퀴 돌아보고는 옆방에 누가 사느냐고 물었다. 나는 조금 기다리면 방 주인이 온다고 말해주면서 박하 향기가 가미된 시럽을 찬물에 타서 내주었다.

 그와 나는 나란히 의자에 앉아 어색하게 가와사키의 귀가를 기다렸다. 이런 상황에서 처음 만난 동포끼리 주고받는 두서너 가지 질문이 머리에 떠오르지 않은 것은 아니었지만 나는 남자의 어딘가 방어적인 침묵 때문에 입을 다물고 있었다. 언제 프랑스에 왔느냐, 언제 이 집에 왔으며, 얼마나 살았느냐. 이 도시에서는 무얼 했나. 그러다가 조금 더 안면을 익히면, 한국에서는 뭘 했느냐. 돌아가면 뭐 할거냐 등의 질문들. 나 자신 적잖이 들은 이런 질문들 중의 한둘이 입 안에서 맴돌았어도 딱히 하고 싶은 질문들은 아니었다. 남자도 마찬가지 아니었을까. 그는 어색한 듯 컵을 바닥에 내려놓고 벌떡 일어서서 주인이 사는 위층 쪽에 대고, "잡초 좀 자를까요?" 외쳤다. 친구나 친척집에 놀러 온 사람의 친근함이 배어 있었다. 그런 식으로 노파의 이름을 여러 번 소리친 후에야 주인의 목소리가 들려왔다. "응, 응 그래, 고마워." 남자는 층계 밑에서 전지가위를 꺼내 익숙한 솜씨로 잡풀을 자르기 시작했다. 내가, 아, 소리를 내기도 전에 하얗게 달팽이로 뒤덮인 야생 귀리 가지들이 잘려 바닥에 쓰러졌다.

다행히 가와사키는 일찍 귀가했다. 그러나 내 방과 동일한 구조의 가와사키의 방 벽장에는 아무것도 없었다. 남자는 처음 봤을 때 그랬듯이 별다른 인사말 없이, 시간을 뺏어 미안하다고 사과의 말을 남기고 떠났다. 쇠문이 닫히는 소리, 창문으로 뭐라 말하는 주인여자의 쉰 목소리, 남자의 웃음과 인사 소리, 문밖에서 쿨럭거리는 자동차의 시동 소리, 이어 요란한 모터 소리. 다시 사위는 시골 마을의 적막을 되찾았다. 공연히 가슴이 철렁했다. 고도에 가와사키와 내가 단둘이 남겨진 것처럼.

어느 날 시내에서 나는 그 동포 남자를 다시 만났다. 흠, 사실을 말하자면 우연히 만난 것이 아니라, 내가 우연을 가장하고 대학 도서관 근처를 하릴없이 어슬렁거린 것이다. 그를 꼭 만나겠다는 목적이 있어서 그런 건 아니지만, 우연히 이 근처에서 그 남자를 만난다면 좋겠다, 정도 생각하고 있었다. 그러다가 어느 날 그가 내 시야 안으로 들어왔고 나는 빠른 그의 걸음을 따라잡아 말을 걸었다. 우리는 차 한잔을 같이 마셨고, 그는 우리 집을 지나쳐 가는 동네로 일을 하러 가야 하기에 집까지 데려다주겠다고 제안했다. 그는 어떤 일인지는 물론 말하지 않았다.

　나는 소리가 많이 나는, 2마력이라는 뜻의 '되슈보'라고 불리는 그의 낡은 자동차에 올라탔다. 남자의 차는 너무 오래된 모델이어서 이제는 고물 취향의 마니아거나, 정말 옛날에 구입한 차를 고치고 또 고쳐서 쓸 수밖에 없는 가난한 사람이나 타는 걸로 알고 있었다. 그의 경우는 어쩌면 그 양쪽 다였을지도 모르겠다. 파리에 머물 때 내용도 이해하지 못하고 모범생처럼 철 지난 프랑스 영화에 몰입했었다. 그때 본 60년대 영화에서 심심치 않게 나타나던 바로 그 차였지만 길거리에는 아주 드물게 본 차였다. 차는 역시 쿨럭거렸고, 더위에 창문을 열어놓아 더욱 소리가 요란했다. 나는 그 남자에게, 전번에 집에 와서 찾던 것이 뭐냐고 물었다. 물으면서도 소음 속에 나의 질문이 가려지는 것도 괜찮겠다고 생각했다. 시원한 바람이 창으로 한 올 기어들어왔다. 차가 길모퉁이를 돌고 있었다. 그때서야 나는 내가 왜 이 동포 남자를 만나려고 도서관 주위를 일주일 이상이나 배회했는지를 알아차렸다.

　남자가 버려진 라면 박스에서 찾았던 것은, 준비하고 있는 학위논문에 꼭 필요한 것이라고 했다. 나는 고개를 갸우뚱하고 그를 바라보았다. 그것이 없으면 논문이 진전되지 않을 단지 반 장 정도의 메모, 어디엔가 써놓았는데 다시 찾아지지 않는 단 한 문장이라고 덧붙여 말했다. 그 집에 머물 때 종이 한 장에 적어놓았고, 갑자기 한국을 다녀와야 할 일이 있어서 짐을 정리하고 떠났는데 아무리 찾아도 찾아지지 않는다고 말했다. 그 부분을 쓴 것이 내가 살고 있는, 그리고 나 이전에 한동안 그가 머문 그 집에서였기에 그때도 벽장

속에 있었던 종이 상자 속에 그 문제의 문장이 적힌 종이가 들어가 있지 않은가 꼭 확인해보고 싶었다고 말했다. 그 문장의 길이와 씌어진 면의 위치 같은 세세한 것들에 대한 기억은 선명한데, 내용만은 아무리 애를 써서 재구성을 해보아야 그대로 써지지 않는다고 했다. 그는 덧붙였다. 그 문장이 찾아지지 않으면 학위논문을 끝낼 수 없다, 고.

나는 그가 준비하는 학위논문의 내용 같은 것은 묻지 않았다. 시내에서 집까지의 길은 쿨럭거리는 자동차일망정 걷는 것과는 비교도 안 될 정도로 잠깐이었다. 남자는 알아서 집 앞에 나를 내려주었다. 프랑스에서 헤어질 때 습관적으로 덧붙이는, "곧 봅시다," 인사를 창문으로 날리고. 길의 끝은 둥글게 돌아 나오게 된 막다른 길이어서 그 차는 다시 집 앞을 지날 수밖에 없었다. 한낮의 건조한 더위는 여전히 절정에 머물러 있고, 집 건너편 빈 터에는 올리브 나무, 야생 귀리나 잡풀들이 당장이라도 부서질 듯 바짝 말라 멈추어 있는데, 다시는 못 볼지 모르는 이 남자에게 찬 음료를 제안하는 건 어떨까, 잠시 망설였다. 그러나 그의 낡은 2마력 자동차가 막다른 골목을 돌아 다시 집 앞으로 지나가기 전에 나는 서둘러 철문을 열고 들어왔다.

가와사키는 한 달 후 일본으로 떠났다. 전화번호를 다섯 개나 내게 남겨두고. 가와사키가 속해 있는 화장품 회사의 대표번호와 자기 사무실 직통 번호, 동경에 있는 집 전화번호와 휴대전화 번호, 그리고, 떠날 때 안 사실이었는데, 가와사키 집 가까이에 사는 딸의 전화번호. 가와사키의 딸은 거의 내 나이였다. 가와사키가 떠난 후 며칠 지나지 않아, 그가 머물던 옆방에는 인도인 여학생이 세들어 왔다. 주인은 커다란 조건의 변화가 없는 한 최소한 1년을 머물 인도인 여학생을 가와사키보다 선호하는 것 같았다. 여학생은 자신이 인도에서 무사 계급인 크샤트리아 계급에 속해 있다는 것을 여러 번에 걸쳐 자랑스럽게 말했는데, 시내까지 가는 버스값을 아끼기 위해 매일 아침 일찍 집을 나서, 걸어서 학교까지 간다고 했다. 아침에 일찍 나가고 늦게 귀가하며 주말에는 온 동네에 카레 냄새를 풍기며 일주일치 요리를 하는 그 인도 여학생을 잘 알 수 있는 기회를 나는 가지지 못했다. 나도 곧 그곳을 떠나야 했기 때문이다. 내 통장의 예금 액수는 점점 더 줄어들어 나는 예정된 여행 기간을 마치면 한국에 돌아가 서둘러 직장을 찾아 나서야 했기 때문이다.

8월 18일

오랫동안 집을 비워둔 듯 가구들 위에 뽀얗게 먼지가 쌓인 그 집에서 나는 아주 오랜만에 그 소년의 사진을 다시 보았다. 내가 방문한 집에서 아는 얼굴을 담은 사진을 만나는 일, 그건 흔하지는 않았지만 아주 없었던 것은 아니다. 예를 들자면 1년 전 어떤 아파트의 벽에 붙어 있던 한 젊은이의 학위 수여식 사진에서 친구 동생의 얼굴을 발견한 적도 있다. 금요일의 방문 중 내가 보게 된 모든 집에 놓인 사진들을 세밀하게만 보았다면 이런 일들은 더 빈번하게 일어났을지도 모른다. 이 좁은 세상에서 한 다리만 건너면 어떻게든 우리네 삶은 얽히게 되어 있는 것이다. 그러나 그의 사진? 그것도 다름 아닌 바로 그 사진! 그건 예외라도 한참 예외적인 일에 속했다. 나는 내가 이미 확인한 것을 재확인하기 위해 사진을 들어올려 그 위를 가볍게 덮고 있는 먼지의 막을 드러냈다. 여전히 바로 그 사진. 그것은 사진으로서는 꽤 낡은 것에 속했다. 사진의 나이는 대충 열두 살이다. 사진의 나이가 되살아오는 것은 사진 속의 소년이 고개를 젖히고 웃던 때가 언제인지 대강은 실수 없이 기억해낼 수 있기 때문이다. 만약에 그해가 언젠지 잊어버렸다 해도 언제든지 되짚어 기억할 수 있는 것은 그해에 걸프전이 일어났기 때문이었고, 나나 사진 속의 그와는 아무 상관이 없는 그 먼 곳의 전쟁으로 인해 이 사진이 찍힐 수 있었기 때문이다. 나는 빙긋이 나오는 웃음을 숨기기 어려웠다. 부동산 여자는 방의 여기저기를 열어보이며 기분 좋은 목소리로 설명해준다.

값이 아주 싸게 나온 빌라예요. 자재들을 보세요. 집주인이 직접 설계를 해서 내부를 다 고친 거라네요. 손님이 찾는 대로 방 두 개죠, 욕실도 두 개 단지 건물이 남동쪽으로 앉았어요. 근데 뭐 요즘 그런 거 보나요, 그렇게 향 보고 집 찾는 사람 이제 없어요……

그 사진은 주변이 깔끔하게 잘려 배경도 없이, 작은 사각의 액자 안에 더욱 자그마해져서 그의 얼굴만을 가두고 있었다. 나는 부동산 여자가 등 뒤에 있음에도 불구하고, 모르는 사람 집에 와 있다는 것도 잊고 액자를 집어 나무틀 밖으로 마땅히 나와 있어야 할 부분을 찾듯이 뒤집어 흔들어보았다. 그러다가 다시 사진으로 되돌아왔다. 한 남자의 활짝 웃는 얼굴. 남자라고 불리기보다는 소년에 가까운 그 얼굴은 미간에 작은 주름을 잡으면서 고개를 젖힌 채 카메라 쪽을 바라보면서 웃고 있었다. 다소간 수줍고, 다소간 오만한 그런 사진. 초점이 불분명한 사진의 흐릿한 질감에도 불구하고 내가 그 얼굴을 멀리서 알아보았다는 것에 대해서는 의심의 여지가 없다. 마치 그날 아침에 집을 나설 때부터, 아니, 그보다 훨씬 전, 모르는 사람들 집을 순례하는 습관이 시작된 그 어느 때부터 내가 이런 종류의 순간을 기다려온 것처럼 담담하게 그 사진 앞으로 다가갔던 것이다. 글쎄 꼭 눈앞에 있는 이 사진이라기보다는 이런 종류의 사진이나 예기치 않은 어떤 만남 같은 것. 마치 이런 순간을 찾아 나도 모르게 금요일의 습관을 고안하기라도 한 것처럼. 다행히 부동산 여자는 아는 사람이냐느니 하는 따위의 나를 곤란하게 할 질문을 던지지 않았다. 대신 이렇게 말했다. 액자가 아주 예쁘죠? 라고. 참 적절한 질문이었다고 생각한다.

집으로 돌아오는 길, 사진을 발견하던 그 장면을 떠올릴 때마다 나를 사로잡는 건 이해하기 어려운 무슨 기운이 나를 그 앞으로 이끌어간 것이 아닌가 하는 생각이다. 여자가 그 사진이 놓여 있던 방문을 열어주자마자, 정확하게 방이 드러나는 바로 그 순간 이미 그 얼굴이 찍힌 사진을 알아보았던 것 같은 착각. 마치 몽유병 환자가 한밤중 자신만이 알고 있는 허구적인 목표를 향해 이동해가듯이. 그러나 사진과 내가 서 있던 문 사이의 거리는 꽤 되는 편이고, 나는 가까이 가서야 사진 속의 인물을 확인할 수 있었으리라. 그리고 이제 그와 나를 이어주는 것은 간헐적으로 조각들이 되살아오는 기억밖에는 아무것도 없다. 그러나 기억의 끈조차 그리 질기지 않은 것이 내가 아무리 애를 써봐야 그의 이름은 결코 기억의 수면 위로 떠오르지 않았다.

금요일의 어떤 방문의 흔적도 나는 하루 이상 간직한 적이 없다. 무수한 부동산 중개업자의 명함이나 전화번호 같은 것은 내가 뒤돌아서자마자 집으로 돌아오는 지하철역의 쓰레기통에 넣어버리는 것이다. 그러고는 금요일에 일어난 모든 일을 잊어버린다. 증거 인멸이라도 하려는 듯한 자세로 나는 명함을 작게 접어 아무도 안 보는 것을 확인한 후 버린다. 나는 이런 일이 불법이 되는지 잘 알지는 못하지만, 드러내놓고 떠벌릴 일은 아니라는 생각으로 아무에게도 말하지 않은 것은 물론이다. 예쁘게 생긴 여자와 그 여자를 누나라고 부르는 남자가 경영하는 소개업소의 명함만은 예외였다. 나는 그것을 업무 수첩의 갈피에 끼워두고 있다.

아는 사람은 알겠지만, 특히 그 사진을 액자 속에 손수 넣은 사람은 더 잘 알겠지만, 내가 본 그 사진 속에는 활짝 웃고 있는 얼굴의 그 소년만 있지 않았다. 소년의 아래 위를 채운 배경이나 인물들은 싹둑싹둑 잘려나갔다. 누군가 분노했거나 실망한 손이 단호하게 기억의 언저리를 잘라냈으리라. 때로 애정은 사랑의 대상의 과거 기억을 관리하는 것부터 시작하니, 그 잘라낸 손은 사랑하는 손길이었을 수도 있다. 내가 들여다본 사진 주변의 잘린 자국은 선명했다. 그런 식으로 기억된 시간을 삭제하고 매장하는 일은 그 당장 위로가 되다는 것을 나는 잘 알고 있다. 그러나 그리워하는 손도 동일한 파괴를 할 수 있다. 그립기 때문에 사진을 찢는 손, 사진을 태워버리는 손들이 있다. 나는 그런 식으로 내 부모의 사진을 상당수 폐기 처분했다. 사진과 현실 사이에는 늘 뛰어넘을 수 없는 간극이 존재하기 때문에. 무한히 실물에 가까이 갈 뿐 실물에 닿을 수 없는 거리, 셔터를 누르는 1, 2초 사이에 결렬되는 현실과 사진과의 거리, 그것을 참을 수 없어 사진을 찢는 수도 있을 것이다.

어떻든 사진을 원래 크기로 복원하면 사진에는 나타나지 않는 현실의 언저리가 저 사막의 모래 바람 속에서 죽어 있던 둔덕의 윤곽처럼 서서히 돋아나올 것이다. 사진 속에는 모두 세 명의 사람이 있었다. 잘려나간 사진에서는 잘 드러나지 않지만 배경에는 바다가 있다. 겨울 바다. 한 사람은 웃고 있는 소년이고, 다른 하나는 지금은 얼굴도 제대로 생각나지 않는 소년 또래의 여자아이, 나머지 한 사람은…… 그때 난생처음 바다를 보고 나머지 두 사람처럼 웃어 젖히고 있었을 나다. 사람은 셋이지만 세상에는 이 사진이 두 장밖에 존재하지 않았다. 그것은 사진을 찍는 즉시 영상을 내보내는 폴라로이드 류의 사진기로 세 사람 앞을 지나가던 누군가가 찍어주었기 때문이다. 그 누군가에게 여자애가 다가가 간곡하게 부탁했고, 그 사람은 수락했다. 우리는 렌즈 앞에 섰고, 짧은 시간을 두고 유사한 사진이 한 장, 그리고 잠시 기다린 후, 또 한 장 찍혔다. 지금 당장 대조해 제시할 수는 없지만 미세한 차이가 날 수밖에 없다. 또 다른 한 장의 사진에서 그의 턱은 조금 덜 치켜올려졌을 것이고 여자애의 어깨에 얹혀 있던 손은 다른 사진에서는 허리의 잘록한 부분에 걸쳐져 있었을 것이다. 어쩌면 사진 속 세 사람의 표정의 명암은 한 사진에서 다른 사진으로 이행하는 짧은 시간에 몇 도 정도 어두워져 있었을 것이고, 세 사람의 웃음은 두번째 사진에서는 덜 투명했을지도 모른다. 동일한 농담으로 두 번을 웃을 때 두번째는 늘 웃음이 어정쩡해지는, 그런 정도의 명암의 차이. 그렇지만 때로 그런 차이는 결정적일 수도 있는 것이다. 내가 금요일의 방문에서 발견한 사진, 그 사진은 두 장 중 첫번째 사진이다. 나는 그걸 확인해볼 필요도 없다. 나는 알고 있다. 나는 두번째 사진이 나 아닌 누군가의 손에 들어가기를 원하지 않았기에 내 주머니 속에 넣었던 것을 잘 기억하고 있다.

　나는 집으로 돌아와 다용도실 선반 위에 쌓인 구두 상자 속에 보관하고 있는 지난 시간의 사진들을 꺼내보지 않았다. 내가 본 사진과 짝을 이룬 또 하나의 사진은 이제 지상에 없다. 그것은 자연스럽게 분실된 것이 아니라, 의도적으로 사라졌기 때문이다. 분노도 그리움도 실망도 아닌, 다만 어떤 시간대에서 다른 시간대로 넘어갈 때 해보는 상징적인 제스처였고, 그때 그 사진이 선택되었다.

그 당장에는 매우 심각한 의미를 부여했지만 후에 생각해보면 비슷비슷한 점들 중의 하나. 그러나 점들을 연결해보아야 구체적인 그림이 드러나지도 않고, 그 속에 일목요연한 법칙도 이끌어낼 수 없는, 무작위적으로 백지 위에 뿌려진 듯한 점들. 그 점들을 연결하는 것은 일목요연하지 않은 어떤 것, 뒤집어 보거나 어쩌면 거꾸로 보아야 드러나는 어떤 것. 겨우 숫자를 배우기 시작하는 어린아이들은 번호가 매겨진 점을 이어가며 드러나는 형상에 재미를 느낀다. 그러나 인생의 점들에는 그런 오락은 없는 것 같다. 그 점들을 연결하면서 무엇을 기대할 필요도 없고, 꼭 번호를 매기고 그 순서에 따라 그을 필요도 없다. 그저 그렇게 분산된 점들의 불가해한 집합, 내게는 이런 것이 인생이었다. 그 점 중의 하나에 나는 내 인생의 중요한 결정, 그러나 생각하면 생각할수록 우스꽝스러운 이유로 간호사가 되겠다는 결정을 했다. 하긴 병원에 와서 동료들과 얘기를 나누면서 안 일이지만, 많은 사람들이 얼마만큼은 우연히 하나의 직업을 선택한다.

그 점으로 표현된 시간으로부터 여러 해와 여러 달이 지난 무더운 여름 나는 간호사로서 첫 근무를 시작했다. 침대가 40개 정도 되는 그다지 크지 않은 병원이었다. 첫 근무에 들어가기 전에 나는 사진 속의 바닷가로 가서 홀로 며칠간의 휴가를 보냈다. 이미 철 지난 녹슨 의자와 철거한 텐트장같이 한 계절 빛나던 해변의 끝물을 바라보면서 모래밭 이쪽에서 저쪽으로 하루에도 서너 번을 횡단했다. 그렇게 해도 또, 근원을 알 수 없는 괴로움이라는 에너지가 과잉으로 고이던 때였다. 그때 나처럼 느린 걸음으로 여전히 꽤 무겁고 뜨거운 햇살을 받고 내 편으로 걸어오던 한 할아버지가 내 내장까지 꿰뚫어 보겠다는 듯이 나를 바라보았다. 내 걸음이 저절로 멈추어져 나는 상대편을 정면으로 바라보지 않을 수 없었는데, 그 사람은 수염만 길었지 할아버지라고 불릴 정도로 늙지는 않았다.

한여름에 양복을 입은 그 사람의 모습이 심상치 않았는데, 내가 그 앞에 멈추자 내 운명을 점쳐주겠다고 했다. 무언지 모를 기색들이 그 사람이 그 당장에 필요한 것이 약간의 돈이리라는 생각을 하게 했다. 내 예감이 옳다면, 내 주머니가 빈 것을 알아차리지 못하는 그는 효험이 없을 뿐만 아니라, 운까지 없는 점쟁이였다. 그럼에도 불구하고 남자는 내게 생시를 대라고 다그쳤다. 나는 그에게 생년월일시를 대주었고, 그는 뙤약볕에 선 채로 골똘히 머릿속의 복잡한 계산을 하더니 내 운명의 큰 선을 그려 보여주었다. 모래 바닥에서 깨진 조개껍데기를 주워 내 수준으로 해독하기 어려운 한자들을 그려가면서. 어떤 것은 맞는 것 같았고, 대부분은 맞는지 안 맞는지 확인할 수 없는 것들이었다. 살아낸 시간보다 살 시간이 더 많은 때여서, 확인할 수 있는 것은 많지 않았다. 그렇지만 대강은 퍽 희망적이어서 내 기분이 단번에 좋아졌다. 그가 확실하게 맞춘 단 하나의 사실은, 그때 막, 반은 의구심으로 반은 기대로 첫발을 내디디려 하고 있었던 내 직업이었다.

나는 꼭 사례를 하겠노라고 그 가짜 할아버지의 주소를 물었고 그는 망설임 없이 줄줄 충분히 그럴듯하게 복잡한 면, 리, 번지로 구성된 상세한 주소를 알려주었다. 나는 정성스럽게 그 주소를 받아 적었다. 첫 월급을 타고 나는 그 주소로 우체국 송금을 보냈다. 우편번호를 확인할 때부터 우체국 직원과 실랑이가 있었다. 내가 받아 적은 이름의 동네는 어디에도 없다는 것이었다. 나는 유사한 발음의 동네의 이름을 적고 우편환을 넣어 보냈지만 그 등기우편은 주소지 불명으로 되돌아왔다. 어쩌면 그 사람은 내 가짜 전화번호들처럼 가짜 주소를 즉흥적으로 잘 고안하는 재주가 있는 사람이었던 모양이다.

어떻든 되돌아가본 그 해변가에서 나는 사진 따위는 찍지 않았고, 금요일의 순례에서 우연히 발견한 그 사진보다 1, 2분 후에 찍힌 쌍둥이 사진은 그로부터 한 달 후, 내가 병원 근처로 이사를 하면서, 초등학교 졸업장이나 성적표 같은 파지들 사이에 끼여 쓰레기통에 던져졌다.

9월 11일

5월 달부터 나는 9월 11일에 동그라미를 해놓았다. 나와 함께 간호학교로 진학했고 같이 학교를 마치고 또 간호사 생활을 같은 병원에서 시작한 친구의 생일이기 때문이다. 그 애는 결혼을 한 후 일을 그만두고 시골로 가 살고 있기에 작년에는 그 친구 생일을 까맣게 잊고 있었는데, 사흘이나 지나서 친구에게서 전화가 왔었다. 다음해에는 제발 자기 생일을 잊지 말아달라는 거였다. 자기 생일을 두고 이렇게 주문을 하는 경우는 드문데 그 친구는 그랬다. 그런 주문을 할 수밖에 없을 정도로 애정 부족에 시달리고 있으니 이해해달라고 솔직한 해명까지 덧붙였기에 일찌감치 표시를 해놓은 터였다. 나도 늘 서로 챙겨주던 생일날을 잊고 지나간 것을 심란하게 생각하고 있던 터여서 올해만은…… 하고 마음을 다졌는데도, 전화는커녕 거의 뜬 눈으로 새울 수밖에 없는 상황이 벌어져 있었다. 그것은 당직 의사도 마찬가지여서 아무리 야근이어도 잠시 눈을 붙일 수 없는 긴장의 밤이 벌써 며칠째 계속되고 있었다. 그래서 그날이 그냥 지나갔다.

정상적이라고 할 수 없는 긴박한 나날들 중의 하루, 저녁 늦게 병원 휴게실 앞을 지나고 있을 때 그곳에 틀어놓은 텔레비전에서 뉴욕 세계 무역 센터에 가해진 테러 폭파 장면이 방영되고 있었다. 쌍둥이 빌딩 중 한 건물의 중동이, 덩겅 잘려나가는 것을 바라보고, 이어 공포와 혼란에 휩싸인 경악한 뉴욕 시민들의 표정을 담은 화면 앞에 잠깐 머물렀다. 재앙을 주제로 한 영화의 장면처럼 그 앞에 넋을 잃고 서 있다가 나는 다시 걸음을 서둘렀다. 나는 나를 다급하게 찾는 환자의 병실로 향했다. 내 속에서 무언가 펑, 펑 소리를 내며 터지듯 모서리가 궁글려진 텔레비전의 폭파음이 반복적으로 울려오고 있었다.

병실에서도 병실 복도에서도 전원을 켠 텔레비전에서는 어디나 동일한 화면에서 동일한 소리들이 펑, 펑, 혹은 퍽, 퍽, 묘하게 증폭되어 울렸다. 도착한 병실에는 여자 혼자 미동도 없이 누워 있었다. 살 날이 얼마 남지 않은 사람의 손목에서 감지되는 미미한 맥박. 이제는 나를 보아도 웃으려는 시도도 하지 않는 여자에게서는 젊음의 모든 수분이 썰물처럼 빠져나갔고, 가끔 수조에서 꺼내진 기진한 물고기처럼 여자의 몸이 경련적 통증으로 들썩거렸다. 여자는 기다리고 있었다. 나는 많은 사람을 보았지만 여자에게서 나타나는 만큼의 절실한 기다림은 어디서도 보지 못했다. 여자는 바로 자신의 마지막 순간과 출산을 동시에 기다리고 있었다. 이제는 여자를 알고 있던 그 누구도 여자를 알아보지 못할 것이다. 그리고 여자에게는 이제 아무래도 상관없었다. 여자의 투쟁은 이제 거의 막바지에 다다르고 있어, 그 가파른 경사지 위에서 웬만한 삶의 풍경은 물론, 그 어떤 충격적인 드라마도 무의미한 것처럼 보였다.

내가 여자에게 관심을 가진 것은 여자가 입원을 하고도 상당 기간이 지나간 어느 날, 투약을 하러 여자의 병실로 들어갔을 때 내게 호소해온 말 때문이었다. 여자는 막 꿈에서 깨어났던가.

'간호사 언니, 눈을 감을 수가 없어요. 눈만 감으면 찐득하고 검은색의 물렁한 덩치가 두 눈을 온통 뒤덮어서 말이죠. 어떤 때는 용기를 내어 계속 눈을 감고 있으면 그게 천천히 움직여요. 냄새가 지독히 나는 초록색 거품 같은 걸 내면서 말이에요. 그게 뱃속에 있는 건지. 언제가 초음파 검사일이에요? 그게 뱃속에 있으면 초음파에 잡히겠죠? 위험한 건 아니어야 할 텐데…… 그런 거 없애는 약 없나요? 꼭 소화기관에 들러붙은 뭣 같아요.'

이런 식으로 여자는 괴로움을 여러 번 호소했다. 별다른 어두운 기색도 없이 뭐 별것 아니지만 귀찮은 종기 같은 것에 대해 묻는 것처럼 말이다. 그런 걸 과학의 힘으로 제거할 수 있다는 데에 확신을 가진 어투로. 그래도 나는 내심 놀랐다. 내게서 무엇을 보았기에 저 여자는 나에게 저 말을 하는가. 그러나 등이 차갑게 미끈거리며 끈적끈적한 느낌을 주는 시커먼 덩어리로 거품을 품고 악몽의 이쪽에서 저쪽으로 횡단하는 무형의 파충류 때문에 나 자신도 한동안 고생했다는 것을 여자가 알 리 만무했다. 그 악몽은 얼마 전까지만 해도 나의 단골 악몽이었다는 것도. 여자가 그런 얘기를 할 때마다 나는 유황색과 초록색은 다르다, 나는 꿈속에서 봤지만 여자는 눈을 감으면 보인다, 고 내심 중얼거려보았다. 나는 여자의 얘기를 들으면서 이제는 사라져버린 검고 넓적한 파충류 덩어리와 싸우는 꿈이 다시금 도래할 것을 은근히 경계했다.

만약 내게 비법이나 기억에 남는 사건이라도 있었다면 어떻게 그 악몽이 없어졌는지를 여자에게 알려주었을 것이다. 그런데 어느 날 나도 모르는 사이, 그 징그러운 생물 덩어리는 내 어두운 꿈의 나라에서 탈출해버렸다. 어릴 때 본 만화 속의 괴물들처럼 여러 번에 걸쳐 조금씩 변신하더니 스르르 사라져버렸다. 그중에 구체적으로 기억에 남아 있는 건 단 하나다. 간호사 협회 연수를 위해 1박 2일로 떠났었다. 별다른 성과도 없이 잦은 국내외 여행으로 시간과 돈을 허비하고 되돌아온 후, 다시 시작한 이 직업에 대해 깊은 회의를 하고 있던 즈음이어서 거의 마지막에 참가 등록을 마쳤었다. 나와 한방을 쓰기로 되어 있던 동료가 여행을 취소하는 바람에 나는 혼자 자그마한 호텔방을 쓰게 되었다. 그날 밤 그 무정형의 생물을 오랜만에 다시 꿈에서 본 것이다.

늘 그렇듯이 등이 우툴두툴하고 끈적거리며 무엇으로도 쫓아낼 수 없을 만큼 질기게 내 방 바닥에 들러붙어 있는 검은색 파충류 덩어리는, 짙은 황색의 악취 나는 거품을 내뿜으면서 내가 그걸 몰아내려고 어디선가 가져온 끝이 뾰족한 지팡이의 무차별 공격에 필사적으로 저항했다. 눈알이 보이지 않는 눈을 꿈뻑거린 것 같기도 해서 어떻든 꿈속에서도 나는 진저리를 쳤다. 그런데 기진맥진해져서 잠시 움직임을 멈추는 사이 그 검은 덩어리가 쿨럭거리는 기계음 소리를 냈다. 물렁하고 끈적거리는 덩어리가 어느 정도 굳어지며 동그스름한 모양을 취하더니 그 밑으로 바퀴가 네 개 돋아나 완연히 자동차 모양을 갖추었다. 꿈속에서도 막연히 닮은 모양을 알아본 그 2마력 자동차는 낡고 자그마했으며 시동이 걸리지 않아 쿨럭거렸다. 그러다가 내 지팡이의 뾰족한 끝이 후미에 닿자마자 요란한 모터 소리를 내면서 달리다가는 검은 구름이 가득 몰려 있는 하늘 위로 날아가 사라져버렸다. 여러 번의 꿈속에서 문제의 파충류는 2마력 자동차가 아니면, 비슷한 모양의 대형 무당벌레거나 달팽이가 되어 늘 먹구름이 끼어 있는 하늘을 날아갔다. 그런 종류의 꿈에 여러 번 거류하면서 파충류는 퇴화했거나 진화해버린 모양이었다.

어떻든 그 끈적한 검정색 파충류 덩어리 때문에 나는 이 여자를 좀 더 각별하게 들여다보게 되었다. 나는 거두절미하고 간호사 언니라는 호칭으로 나를 부르는 환자들을 매우 싫어했으며 지금도 싫어하고 앞으로도 싫어하리라. 그러나 이 여자만은 예외였다. 여자가 내 눈을 들여다보며 애교 있게 그렇게 부르는 게 싫지 않았다. 아마도 여자와 내가 공통으로 혐오하는 검고 물렁한 거품을 품는 파충류 덩어리 때문이 아니었을지 모르겠다.

담당 의사에게도 여자는 동일한 말을 했을 것이고, 그에 대해 담당 의사가 어떤 조치를 취해주었는지는 어떻든 차트 상의 기록에는 나타나지 않는다. 그렇지만 내 선에서는 해줄 수 있는 것이 아무것도 없다는 것을 내 자신 잘 알기 때문에 섣부른 어떤 위로의 말, 도움이 될 만한 안심시키는 언동을 삼갔다. 글쎄 뾰족한 창이 여러 개 달린 쇠막대기나 준비해두라든지, 아니면 걱정하지 말라고 때가 되면 2마력 자동차로 변신해 사라져버릴 거라고 말하고 싶은 마음이 없는 것은 아니었지만, 나는 아무 말도 해주지 않았다. 다만, 여자가 언제 그에 대해 말하는지를 좀더 예민하게 관찰했고, 그것이 진통제의 주기와 연관이 있기에 좀더 신경 써서 투약 시간을 챙겨주는 정도가 내가 할 수 있는 최대 한도라는 것을 잘 알고 있었다. 그 진통제라는 것, 그것도 여자는 언제부터인가 아주 인색하게만 허용했을 뿐이다.

　상황은 그러니까 이 젊은 여자 환자가 매우 일찍 항암 치료를 거부하면서부터 악화되기 시작했다. 나는 그렇게 된 것이 꼭 내 잘못이나 책임이라고 생각하지 않는다. 기록을 보니 그녀는 나보다 다섯 살이나 어린 젊은 여자다. 오히려 철없이 어리다는 인상을 주는 외모와 말투를 지닌 사람이었다. 늘 어리광이 밴 아이다움을 간직할 것 같은 그런 사람의 유형에 속했다. 그녀에게는 매우 매끈하게 잘 생긴, 그 역시 나이보다 어려 보이는 남편이 있었다. 결혼한 지 2년째라고 했다. 기억이 정확하다면 그녀가 병원에 들어온 것은 3월 중순이었다. 각별히 화사했던 봄 날씨, 여자는 그런 날 입원한 것에 대해 여러 번 즐거운 말투로 말했기 때문에 아마 여자를 요즈음 다시 본 사람은, 순진했던 만큼 이제는 비극적으로 기억되는 그 말투를 상기하지 않을 수 없을 것이다. 남편과 같이 와서 내가 담당하는 복도의 병실에 입원했다. 여자는 호텔로 휴양이라도 온 것처럼 가벼운 발걸음으로 순정 만화책을 들고 병원 복도를 돌아다녔다. 끝도 없는 검사들이 끝나고, 여자는 6개월 시한부의 말기 암 판정을 받았다. 그리고 여자는 임신 초기였다. 여자가 임신 중이었기에 검사는 매우 지난한 우회 과정을 거쳐야 했고, 우여곡절 끝에 담당의가 진단을 확정했던 거였다. 나는 한동안 식구들이 여자에게 병명이나 몸의 상태를 알리지 않은 것으로 생각했는데, 그게 아니었다. 여자는 낙천적이기도 했지만 최소한 처음에는 아픈 사람 같지 않아, 어쩌다 여자를 보는 나도 다시 나을 수도 있겠다, 고 생각할 정도로 여자의 예외적인 밝음에 길들어 있었다.

정확하게 의사에게서 진단받은 시한부 6개월이 지나가는 9월 달에 들어서는 못 알아보게 변했지만 그 전에는, 저 여자의 특수한 젊음 때문에 병도 비켜가나 보다, 생각할 정도로 맑은 피부에 천진하고 귀여운 통통함을 유지했다. 여자의 남편 쪽 가족들이 처음에는 자주 방문했는데 늘 그렇듯이 시간이 지나가면서 방문자가 점점 드물어져, 침대 주변에 놓여 있는 방문객용 의자를 다른 사람들이 허락도 받지 않고 가져가곤 했다. 내가 그 병실에 들를 때마다 제자리에 놓아도 잠시 후에 보면 마찬가지였다. 그 앞을 지나칠 때마다 꽤 신경이 쓰이고 짜증나는 일이었지만 나라고 할 수 있는 일이 없었다.

시한부 판정을 받자마자 항암 치료에 들어갈 계획으로 필요한 검사와 치료 일정이 잡혔고, 여자의 핸섬한 남편은 보호자용 서약서에 비장한 표정으로 서명을 했다. 그도 여자처럼 어려 보였고, 부모의 못마땅한 표정도 아랑곳 않고 자신을 형이라 부르는 여자의 병의 진전 상태에 대해 현실감을 가지고 있는 것 같지 않았다. 체온이나 혈압을 재러 여자가 누워 있는 병실로 들어갔을 때, 그 여자의 남편이 여자의 눈을 들여다보며 손을 꼭 잡고 있는 것을 자주 볼 수 있었고, 남자의 어머니인 여자의 시어머니도 과일을 깎으면서 아이는 또 가질 수 있지,를 여러 번 반복했다. '당사자가 살고 봐야지, 건강만 되찾으면 애기는 또 가질 수 있다'는 말이 나이 든 부인의 몸속에 주문처럼 입력된 듯, 나를 만날 때마다 여자를 가리키며 별다른 확신 없이 기계적으로 말했고, 그때마다 여자 또한 그 말에 연결된 미소 기계처럼 빵끗빵끗 웃었다.
 그런데 여자가 마음을 바꾼 것이다. 물론 여자는 내게 상의할 필요는 없었다. 그런 건 의사하고 하면 되었지만 그보다도 여자는 누구하고 무거운 문제에 대해 상의하거나, 머리를 싸매고 고민하는 스타일의 여자도 아닌 것처럼 보였다. 병만 아니었으면 남들이 직장 다니는 한가한 오후에 베스킨라빈스 아이스크림 가게에서 비슷비슷한 분위기의 또래 친구들과 텔레비전 프로에 대해 연예인에 대해 쓰잘데없는 소문이나 주고받을 것 같은 여자였다. 내게도 한번, 간호사 언니, 네 명이나 들어 있는 병실인데 텔레비전 프로그램을 의논해서 정하는 방법은 없나요, 라고 불평 비슷한 제안을 한 적이 있었다. 지금은 퇴원했지만 간경화증으로 입원했던 한 노인은 뉴스나 다큐 프로를 거의 강압적으로 고집하는 경향이 있었기 때문이었다. 그런데 어쩌다 한밤중 포도당 링거 병을 교환하러 그 방으로 들어갈 때, 홀로 일어나 앉아 어둠 속에서 과일을 깎아 아삭아삭 베어 먹고 있는 것을 발견했을 때부터 나는 무언가 심상치 않은 조짐을 감지했다. 항암 치료 일정을 받아놓은 전날까지도 여자는 그런 식으로 보낸 것을 나는 알고 있다. 그렇지만 그때만 해도 일이 이런 방향으로 진전될 줄은 정말 몰랐다.
 첫 항암 치료가 예정된 그날은 아침부터 집안 식구가 다 모인 것 같았다. 분위기로 보아 남자 쪽 식구가 압도적으로 많았다. 어쩌면 여자 쪽 사람은 한 사람도 없는지도 모르는 일이었다. 아마도 그랬을 것이다. 치료 시간이 오후로 잡혀 있어 그럴 필요가 없는데 그들 중의 몇은 새벽부터 왔다. 체온을 재러 들어가니 발 디딜 틈이 없을 정도였고, 환자는 금식 중이었기에 식구들은 병원 식당에서 식사를 마치고 모두 따사한 봄날 병원 잔디로 소풍이라도 나온 것처럼 둥그렇게 둘러앉아 있다가, 내가 지나가니까, 거의 합창 수준으로 내게 인사를 했다.

그런데 병실에서 여자가 나를 급히 찾았다. 그렇지 않아도 항암 치료 전 점검할 것들이 있어 여자에게로 가는 참이었다. 여자의 얼굴을 보자마자 나는 뭔지는 모르지만 심각한 일이 터졌다는 느낌을 받았기에 담당의에게 연락하겠다고 했다. 여자는 고개를 흔들었다. 자신의 신상에 대해 내게 하고 싶은 중요한 얘기가 있다는 것이다. 나는 '네게 해줄 중요한 할 말이 있다'고 말하는 사람들을 겁내는 고로, 수간호사를 부르겠다고 했더니 여자는 내 소매를 잡아당겨 귀에 대고 거의 속삭이는 수준으로 말했다.

"다른 사람한테는 안 돼요. 다 알아요. 언니가 무뚝뚝해도 나 예뻐하는 거. 나, 항암 치료 안 받아요, 이번도. 앞으로도. 죽을 때까지. 나 죽을 때까지. 정수 나올 때까지."

여자는 아무렇지도 않게 '나 죽을 때까지'를 천천히 두 번 반복했다. 생글생글 웃으면서. 나는 내 소매를 잡은 여자의 손을 살짝 들어내고 일어서 여자를 뚫어지게 바라보았다.

"정수? 웬 정수?"

나는 묻고 그 말에 적합한 무엇이 있는지 병실을 휘둘러보고는 고개를 갸우뚱했다. 여자는 그때까지 임신의 별다른 흔적이 없었던 자기 배를 가리켰다. 여자 뱃속에 있는 아이는 이름을 가지기에는 너무 일렀던 즈음이었다. 겨우 임신 석 달로 접어들던 때.

"여자앨지 남자앨지 몰라 고심해서 지어둔 이름이에요. 아, 참 작명 어렵데요. 정수, 에센스. 안 좋아요? 여자애라도 맞고, 남자애라도 어울리고."

복도 저쪽에서 한 무리의 가족이 병실 쪽으로 몰려오는 소리가 웅웅 울렸다. 내가 정색을 하고 물었다.

"잘 생각해봤어요?"

"잘 생각해볼 거 없는데요."

늘 그렇듯이 여자는 가볍게 대답했다. 그리고 식구들의 소리가 나는 쪽을 눈으로 가리키며 아마도 처음으로 절실한 표정을 지으며 내게 말했다.

"도와주세요."

그렇게 시작된 거였다. 그 여자의 짧지만 날카로운, 깊고도 외로운 고통과의 투쟁은. 나는 무엇을 도와달라는 것인지 잘 알지도 못하고, 여자가 제안한 싸움에 동참하게 된 것이다. 여자는 뱃속의 아기를 위해 항암 치료를 거부했다. 당사자 아닌 모든 사람들이 여자가 용서할 수 없는 배반 행위를 저지른 것처럼 분노했다. 분노 속에서는 쉽게 잔인해질 수 있기에 그들은 노골적으로 엄마가 죽은 후 아이를 키울 사람이 누가 있느냐고 언성을 높였다. 비록 병실을 나와 복도에서 이루어진 즉석 가족회의지만 여자에게 들릴 건 다 들렸다. 내 눈에는 특히 늘 말끔하게 차려입고 나타나는 여자의 남편이 머리를 쥐어뜯으며 병실의 벽에 기대 고뇌하는 것이 두고두고 인상적이었다. 그는 깊은 배신감을 느낀 듯 때때로 병실 쪽을 보며 깊은 한숨을 지었다. 다행히 그의 고뇌는 말없이 진행됐다.

젊은 몸이어서 전이가 빨랐고, 그사이 입원과 퇴원을 거듭하면서 6개월은 빨리 지나갔다. 그러나 벌써 7개월을 넘기면서도 여자는 살아 있고, 아이는 나오지 않고 있는 것이다. 마지막이 될 것이 틀림없는 이번 입원에 남편도 남편 쪽 어느 가족도 대동하지 않았다. 여자가 입원할 즈음 중환자실에서 내 근무 부서로 인력 요청이 내려와 나는 서둘러 지원했다. 여자의 무섭게 변모하는 육체를 보고 있으면 6개월의 시한부 생명이라는 의사의 진단은 틀리지 않았다는 생각이 들지만 어떻든 그런 모습을 하고도 여자는 여전히 살아남아 있고 배만 유난히 부풀어 보이는 여자의 몸속의 아이는 건강하게 숨을 쉬고 있다. 여자는 더 이상 젊지 않다. 여자는 더 이상 귀엽지 않다. 여자는 여섯 달 사이에 60년 이상을 살았음에 틀림없다. 20대 후반의 철없어 보이던 여자는 그렇게 늙어버렸다. 나는 여자가 어떻게 그 극심한 통증을 견뎌내는지 도저히 알 수 없다. 무엇이 이미 피폐할 대로 피폐한 여자의 육체를 지탱하는지.

그날, 9월 11일 한밤중에도 통증은 너무 심해 여자는 거의 졸도 직전에 다다라 있었다. 이제 하루에도 몇 번씩 여자는 이런 상태에 다다를 것이다. 복도의 양쪽에 줄지어 있는 모든 병실에서는 다음 날, 그 다음 날도 동일한 장면의 동일한 뉴스가 반복 방영되는 소리, 뉴욕 세계 무역 센터의 쌍둥이 빌딩이 아랍 테러범들의 소행으로 보이는…… 펑펑…… 테러 근절을 위한 전쟁 가능성이 미국 전문가들 사이에서 조심성 있게 점쳐지고 있는 가운데…… 한 여자가 곧 나올지도 모르는 한 생명을 위해 온몸으로 통증과 대항해 싸우고 있을 때, 복도 사방에서 울려와 건조하게 목을 조여오던 그 참을 수 없던 잡음들. 나는 냉장고에서 꺼낸 사과즙을 떠서 여자의 입에 넣어주었다. 어쩌다 내가 만들어주었던 것인데, 여자가 토하지 않는 유일한 것이 되었다. 그러나 그것도 순간일 뿐. 아무도, 아무것도 여자를 도와줄 수 없다. 아이가 별다른 문제 없이 뱃속에서 나올 순간을 기다리고 있다는 것을 알려주는 의사의 전언 말고는, 아무것도. 여자의 남편이 태어날 아이에 대해 친자 포기를 한 것은 이미 지난번 입원 때였다. 그 이후 남자는 한 번도 나타나지 않았다.

광란의 밤이 지나고 난 다음 날 아침 회진을 돈 후, 담당 의사는 아무래도 정황을 보아 곧 수술을 해서 아이를 구해내야 할 것이라고 말했다. 짧지만은 않은 간호사 생활에서 내가 늘 기이하게 생각하는 것은 아직도 고통에, 죽음에, 탄생에 내가 길들여질 수 없다는 사실이다. 그것들은 늘 처음처럼 생소하다. 나는 여자가 나를 알아보는지 아닌지도 잘 모르겠다. 다른 사람과 나를 구별하는 게 여자에게 대체 무슨 의미가 있겠는가. 통증이 잠시 잠을 잘 때는 물론 나를 알아본다. 입술을 겨우 움직이며 띄엄띄엄 이런 말을 내 귀에다 속삭인다.

"정수가 나오기 싫은가 봐요. 아가가 잘못 알고 있는 건데…… 무서워 보여도 살아볼 만한 세상인데. 이제 그만 나오지 않고……"

어쩌면 여자는 왜 자기가 그토록 깊은 고통을 감내하고 있는지조차 잊은 것처럼 보일 때가 있다. 언제일까 여자의 영혼이 몸을 떠나는 때는. 여러 번의 경험으로 나는 적지 않은 사람들에게 있어 몸의 삶이 정신의 삶보다 조금 더 길다는 것을 알고 있다. 그 시간에 아무도 여자와 동행해줄 수 없다. 여자는 홀로 아무도 모르는 순간 지구를 떠날 것이다. 수술 중에 떠나지만 않는다면…… 누구나 그렇듯이 홀로. 한순간 여자의 표정은 어느 선한 손이 얼굴의 미세한 골까지 다리미질한 것처럼 편안하고도 희게 펴지는 느낌을 줄 것이다. 그리고 그 희어진 얼굴에 완벽한 평화가 깃들 것이다. 나는 그렇게 평화롭게 여자가 영혼의 여행을 시작하기를 바랐다.

1월 17일

 십여 년 전 사진 속의 세 사람. 지금 생각해도 세 사람은 조금 징그러운 사춘기의 소년 소녀들이었다. 그 나이의 소년 소녀에게서 어른들이 기대하는 인생에 대한 흥분 어린 기대나 꿈이 그들에게는 없었다. 그러나 사람들이 자주 잊을 뿐이지 그 나이는 그다지 긍정적으로 흥분할 것도 꿈을 가질 것도 없는 때다. 알 것은 다 알고 모르는 것에 대해서는 다 아는 것처럼 최면을 걸면서, 세상이 버려진 우물 속에 고인 물처럼 냄새 나는 거라고 믿어버리는 나이. 웃고 있는 소년이나, 그 소년의 오른쪽에 서 있던 소녀나 소년의 왼쪽에 있던 또 한 명의 소녀나 모두 일찍이 늙어버린 흔적이 표정 속에 깃들어 있었다. 별다른 병을 앓지 않고도 말이다. 그들이 아무리 고개를 젖히고 웃어대도, 그들이 아무리 바닷가를 찾아가 소리를 질러봐도 그들의 벌린 입속에는 늘 서늘하고 텁텁한 그늘이 들어찼다.
 그들은 그때 잘나가는 새 주거지로 각광받고 있던 서울 주변 소도시의 주유소에서 같이 근무했었다. 소년의 이름이 생각나지 않으니 그를 그라고 부를 수밖에. 그들 셋은 당시 주유소나 편의점 혹은 식당 같은 데서 심심치 않게 만날 수 있었던 가출 청소년들이었다. 여자애와 남자애는 늘 붙어다녔는데, 남자애는 부모의 이혼에 연이은 엄마의 재혼에 분노해 집을 나왔다고 했다. 형제라고 해도 믿을 정도로 두 애는 닮았지만 그렇지는 않았다. 아무도 모르고 있었지만 여자애는 남자애를 따라와 있었다. 그럴 만했다. 남자애는 여자애들이 좋아하게 요모조모 멋지게 생겼다. 둘 다 키까지 커서 주유소 주인은 은근히 그런 아르바이트생을 쓴 것을 자랑스러워하는 눈치였다. 남자애는 말을 심하게 더듬었다. 그러나, '어서 오세요' '얼마나 넣을까요' '안녕히 가세요' 등의 간단한 인사나 대답을 하는 데 방해가 될 것은 없었다. 그러나 여자애와 단 둘이 있을 때는 정말 심한 말더듬이라는 것을 의심할 여지가 없었다. 여자애가 하는 얘기를 가끔 듣자니 그 둘은 같은 고등학교에 다니다가 가출했다. 그렇지만 어느 누구도 주유소 생활 이전의 일들에 대해 말하기 싫어했다.

가장 늦게 주유소 생활에 합류한 나로 말할 것 같으면 미소년도 미소녀도 아니었다. 나는 가출이라기보다는, 소위 반 가출, 반 아르바이트로 주유소에서 일하고 있었다. 내 부모는 가스 중독사로 사망했다. 부모의 얼굴 윤곽이 하도 낡아 흐릿해졌을 정도로 오래전 일이다. 초등학교 내내 나는 때로는 원망으로 때로는 분노로 때로는 절망으로 그들에 대해 진하게 생각했지만 그 이후로는 더 생각하지 않기로 했다. 공유한 삶이 워낙 짧다 보니까, 생각을 더 진하게 한다고 더 많은 기억이 되돌아와주지 않는다는 것을 막연히 터득했다. 나의 부모는 당시 고된 맞벌이 부부였기에 주중에는 나를 외가에 맡겨놓아서 이모의 귀여움을 받으며 유치원에 다니고 있었는데, 누구나 다행이라고 말하듯 그 사건은 내가 집에 없는 주중에 일어났던 것이다.

이웃 사람들의 말에 의하면 그런 일이 벌어지기 전에 집에서 나의 부모의 격렬한 말다툼 소리가 들렸다고는 하지만, 후우, 그런 일이 자기네 집에서는 안 일어나는지. 그렇다고 다 가스 중독으로 죽지는 않는다. 가스 회사는 그따위 쓰잘데없는 소문에 근거해 죽은 두 사람을 동반 자살로 추정하고 세밀한 조사를 했다지만, 가스 회사 사람이 이웃에게 돈을 주고 그런 얘기를 하게 했다는 소문도 만만치 않게 불거졌었다고 했다. 결론적으로 가스관에 문제가 있다고 판결이 났고, 후에 내 양육비가 된 보상금을 지불하지 않을 수가 없었다. 그 끝도 없는 절차를 모두, 당시에 어린 보호자였던 이모가 눈물 한 방울 흘리지 않고 해냈다. 나는 이모의 진정을 믿는다. 이모는 마음씨 좋고 돈도 어느 정도 버는 건설 관련 자재상과 결혼했기에 한 치의 망설임도 없이 나를 맡아주었다. 아니, 불쌍한 조카를 맡아 키우는 것이 이모를 따라다니며 결혼을 조르던 이모부에게 제안한 결혼 조건이었다.

그러다가 모든 일들이 곤두박질치기 시작했다.

나는 공부가 하기 싫었고 이모, 이모부의 착한 얼굴이 미웠고, 집도 학교도 학교 밖도 싫었지만 학교 밖, 집 밖이 그나마 덜 싫었다. 이모부의 가게도 잘 안 됐다. 그 당시의 나는 틀림없이 이모 부부에게 대단히 불쾌하고 무거운 걱정거리인 통제 불가능한 애였으리라. 나는 나름대로 조용하려고 애쓰는 격렬한 문제아였다. 그리고 늘 혼자라서 사생활의 증인이 없는 자유인이기도 했다. 내 취향으로는 무더기로 다니면서 욕하고 두드려 패고 깨부수는 유형의 문제아들은 딱 질색이었다. 학교를 무단 결석하고 이모가 불려와도 담임, 생활 상담 교사, 교감 나중에는 교장 앞에서도, 그들이 하나하나 지쳐 나가 떨어질 때까지 나는 묵비권으로 버텨냈다. 한번 터득하고 나니 아주 편안한 무기가 되어 나의 묵비권은 아주 질겨졌다.

내가 퇴학당하지 않은 것은 지금도 이해할 수 없는 생활 상담 여교사가 끈질기게 담임과 교장을 설득했기 때문이다. 뭐, 내게서 중요한 싹을 보았다나. 아마도 이모의 뻔질난 방문과 정성에 넘어갔을 것이다. 당시에 거의 정년을 앞둔 것처럼 나이가 든 그 생활 상담 교사가 한두 번, 나의 무해한 길 위의 배회를 뒤쫓은 것을 나는 알고 있다. 구도라도 하는 듯이 내 조용한 반발을 감내하던 그 교사는 내가 간호학교 시험을 봤을 때, 공식적 합격 발표보다 하루나 일찍 이모에게 내 합격 소식을 알려준 장본인이기도 하다.

그러다가 밖으로 나돌아다닐 최소한의 용돈조차 타 쓸 수 없을 만큼 집안 사정이 어려워졌다. 이모가 양육비로 맡아놓고 있던 돈의 상당 부분이 이모부의 가게 빚을 갚는 데 들어갔다는 걸 나는 안다. 그게 나를 기쁘게 한 드물디드문 일 중의 하나라면, 그 덕분에 마침내 내가 진정한 자유인이 되었기 때문이었다. 즉, 이제 드디어 내게는 이모 부부와 함께 살아야 할 핑계가 없어진 것이다. 내게는 이모부 가게의 나쁜 경영 상태와 내 자신의 탈선이 정비례 관계에 있다는 미신적인 믿음이 있어서 내가 가출을 하면 이모부의 가게가 폭삭 망할지도 모른다는 두려움이 있었음에도, 어느 날 밤, 온몸의 힘을 동원해 아무에게도 알리지 않고 집을 나섰다.

겨울 방학이 채 시작되기도 전이었다. 나는 간단히 짐을 싸가지고 무작정 일자리를 찾아 나섰다. 나는 편지 한 장 남기지 않았다. P시를 택한 것은 나를 아는 사람과 아무런 연관이 없는 곳이라고 생각했기 때문이다. 나는 P시의 한 편의점에 붙은 아르바이트 광고를 보았다. 주유소였다. 나는 편의점이나 패스트푸드점 같은 곳에서 일하고 싶었지만, 주유소 구인 광고 밑에 적힌 '숙식 제공'이라는 말이 강력한 흡인력을 가지고 내 시선을 당겼기에 망설일 여지도 없었다. 나는 주유소를 찾아 한없이 걸으면서, 이곳에서 받아들여지려면 어떻게 해야 하나, 열심히 방안을 강구했다. 그렇게 생각하니 주유소에 받아들여지는 일이 꼭 내 인생의 절대 목표처럼 느껴졌다. 중년의 주유소 주인은 성급해 보였고 불안한 눈자위를 수시로 돌리면서 나를 아래위로 훑어보았다. 나는 조용히 서서 호락호락하지 않다는 인상을 주려고 애쓰면서, 나는 여기서 일하게 될 것이다, 를 속으로 다섯 번 중얼거렸다.

주유소 주인이 손수 손으로 써서 형식상 만든 것임에 틀림없는, 허술하기 짝이 없는 신상명세서를 채우라고 내놓았을 바로 그때, 좋은 생각이 떠올랐다. 나는 주소란에, 커다란 글자로, 그것도 한자로, '대한민국 수도 서울특별시……'로 내 주소를 써넣었다. 한자로 '수'자와 '특'자가 조금 헷갈렸지만 나는 잘 해냈다. 예상했던 대로 주인은 내 주소 표기에 깊은 인상을 받은 듯, 주소란에서 시선을 떼지 않았고, 나를 고용했다. 물론 가짜 주소였지만 '대한민국'이라는 고유명사에 주유소 주인 남자가 민감하게 반응하리라는 것 정도는 계산에 넣고 구직에 덤빌 정도로 나는 눈치가 빠른 아이였다. 세상의 모든 주유소 주인들은 이런 가출 청소년이 제시하는 주소가 가짜라는 것 정도는 다 알고 고용하기에 서로에 대한 부당한 대접에 대해 불편해할 이유가 없었다.

약 한 달 만에 막을 내린, 비참하다면 비참했던 나의 주유소 생활에 대해 시시콜콜하게 기억해내고 싶은 생각은 없다. 세 명의 청소년이 비좁은 공간에서, 성장 세포가 제 기능을 발휘하지 못할 정도로 늘 뭔가 먹고 싶은 생각에 머리가 뻐근할 정도의 생활을 하는데 뭐 더 할 얘기가 있겠는가. 남자아이와 여자아이는 나보다 일을 더 하는 것도 아니었는데 특히 잠 부족에 시달렸다. 나는 한밤중에 둘이서 방을 나가는 것을 알고는 있었지만 상관하지 않았다. 둘이 애인 사인인데 내가 방 안에 있으니 둘이만 있으려고 나가는 것은 당연한 일이었다. 호기심을 느끼기에 나는 너무 피곤에 시달렸고, 그들이 밖으로 나가고 나면 사지를 맘껏 뻗을 수 있어 좋았고 곧 잠으로 곤두박질했다. 꿈속에서는 주유소 사무실에 있는 바퀴 달린 가스 곤로가 스스로 굴러 벽이나 모서리에 부딪혀 폭발하곤 했다. 소리도 없는 영상적으로 화려한 폭발들.

그랬다. 그때 우리는 세 덩어리의 폭탄 그 자체였다. 주인이 자리를 비우기만 하면 사방팔방으로 꽝꽝 울려대는 테크노 음악을 틀어놓았고, 손님들에게는 불량하고 불친절했으며, 주유소에 차가 들어오면 흰 입김을 뿜으면서 큰소리를 질러 손님을 맞고 주유기와 계산대 사이를 종종걸음으로 뛰어다녔다. 잘난 척하거나 까다롭게 구는 손님이 오면 오히려 더 흐느적거렸고 그들의 차가 빠져나가면 뒤돌아서서 침을 뱉았다. 그 겨울, 주유를 원하는 차들은 유난히 많았어도 우리의 알량한 월급이 더 나아지지는 않았다. 할 것도 하고 싶은 것도 많았는데 시간도, 돈도 없었다. 우리가 기껏 바란 것이라야 당시에는 개발되지 않았던, 다리품이 덜 들 바퀴 달린 운동화뿐이었다. 뿐만 아니라 지금도 P시를 지날 때마다 석유 곤로가 떠오를 정도로, 플라스틱 통을 들고 와 곤로에 넣을 석유를 사러 오는 사람도 유난히 많았다. 마치 우리 주유소에서 석유를 사가는 사람들이 많기 때문에 유전 지대로만 알고 있던 걸프 지역의 전쟁이 그때 터진 거라는 생각이 들 정도로. 우리 셋은 그런 사람들에게 불친절하게 대했다.

사건의 발단은 그렇게 단순했다. 일이 터지기 며칠 전, 주인은 우리의 서비스의 질을 혹독하게 나무라는 것에 그치지 않고, 그 벌로 쥐꼬리만 한 월급조차 다음 달에 몰아주겠다고 위협했다. 그것도 모자라 남자애를 향해서, 말 더듬는 게 딱해 일 시켰더니, 엉덩이에서 뿔이 나고…… 운운한 것은 우리가 일을 감행하게 하는 데 일단의 역할을 했으리라 생각한다. 나보다 일 경험도 주인 경험도 많은 그 애는 주인은 한다면 하는 사람, 이라고 몇 번이나 더듬으며 말했다. 그나마 그 정도에서 주인이 그친 것은 연일 텔레비전 화면을 채우고 있었던 중동 지역의 하늘을 가득 덮고 있는 전운에 관한 뉴스에 주인의 정신이 온통 가 있었기 때문이다. 기름 가격에 직접적인 영향을 미칠 국제적 사건이라니, 주인은 거의 정열적으로 그 뉴스에 정신을 잃었다. 전 세계의 정치 판도에 직접적인 영향을 받는 사업을 하는 사람으로서 뉴스 화면에 시선을 박고 있는 그의 얼굴에는 경건함까지 배어 있었다. 계산대의 현금이 들어 있는 서랍을 제대로 닫지도 않고 텔레비전 쪽으로 달려간 것도 여러 번이었다. 바쁜 시간에만 와서 계산대의 일을 봐주는 사람이 가고 나면 그런 식으로 방치되어 열린 서랍에서 누가 먼저랄 것도 없이 천 원, 혹은 만 원짜리 지폐를 한두 장 꺼내기 시작했다.

　여러 날 전부터 이제나저제나 감질나게 연기되면서 보도되던 걸프전이 마침내 터졌다. 저녁 뉴스 시간에 방영된 걸프전 속보에 주유소 주인은 마치 그 순간을 절실하게 기다려오기라도 한 것처럼 열정적으로 매달렸다. 전 세계 사람들을 감탄시키면서 아마도 세계에 존재하는 모든 텔레비전 화면을 통해 그 파괴적 성능과 정확성이 수도 없이 소개되었을 날씬한 디자인의 최첨단 전투기가 마침내 폭파 지점을 향해 하늘을 나는 것이 화면에 나타나는 그 순간 알 수 없는 흥분에 나 또한 사로잡혔다. 나는 마치 문제의 전투 비행기의 조종사라도 되는 것처럼 이를 악물기까지 했다. "화, 대단하다, 대단해, 와!" 주인은 석유 파동이라는 악재의 가능성을 까맣게 잊고 감탄사를 금하지 못했고, 더 바짝 텔레비전 앞으로 다가앉았다. 얼핏 남자애 쪽을 바라보았는데, 그 애는 마치 눈싸움이라도 하는 것처럼 여자애를 응시하고 있었다. 그러다가 내 시선을 의식했는지, 바로 여자애를 바라보던 그 강렬한 시선을 내 쪽으로 돌렸다. 그것은 화면에서 여러 번 재생돼 이라크 하늘을 가로지르고 또 가로지르는 스마트 폭탄을 장착한 스텔스 기의 부리만큼이나 날카롭고 깊어 피하기 어려운 어떤 것이었다.

　마침 주유소로 들어오는 차 한 대 없었고, '사막의 폭풍 작전'이라는 이름의 이 전자 게임 같은 전쟁은 이런저런 보잘것없는 이유로 가출한 전망 없는 청소년에 불과한 우리 모두를 야릇하게 충동질했다. 가끔 습관적으로 창밖에 시선을 던지며 주인 쪽으로 화기를 보내고 있는 가스 곤로 옆에 어정쩡하게 서 있던 우리가 서로 바라보는 사이, 돌이킬 수 없는 전류가 우리 사이에 흐른 것이다. 저런 일이 다 일어나는 세상에 못할 거라곤 없다, 는 생각이 순간 우리를 동시에 사로잡았음에 틀림없다. 처음에 남자애가 사무실 한구석에 놓인 천 가방을 집어 들었다. 여자애는 열린 계산대의 현금이 든 서랍을 소리 없이 열었다. 서랍이 열리면서 팅, 소리가 울렸지만 텔레비전의 소리는 그 작은 소리를 문제없이 삼켜버렸다. 나는 남자애를 도와 서랍 안의 지폐와 수표까지 몽땅 가방 속에 쓸어 담았다. 성조기를 배경에 깔고 미국 군복의 가슴 부분이 알록달록한 훈장으로 뒤덮인 사람이 무어라고 말하는 소리를 들으면서 우리 셋은 뒷문으로 빠져나갔다. 남자애는 벌써 숙소로 쓰인 뒷방에 가서 우리의 가방을 급히 챙겨가지고 나와 있었다.

　우리는 침착했다. 최첨단의 전투기가 한 치의 착오도 없이 목표를 향해 이라크 상공으로 날아가는데 이까짓 일에 당황하다니. 우리는 뛰지도 서두르지도 않고 길 쪽으로 걸어가 택시를 잡았다. 자리를 잡자마자 우리 속에서 부글거리던 폭탄을 내던지듯 우리는 거의 동시에 푸우, 깊은 한숨을 내쉬었다. 나는 남자애와 여자애가 하는 대로 맡겨두었다. 왜 그래야 했는지는 모르지만 우리는 도합 네 번이나 택시를 바꾸어 타고, 모텔에서 하룻밤을 묵은 후 이튿날 대관령을 넘어 동해시로 갔다. 겨울의 대관령이 우리를 잡으러 오려는 사람의 의지를 약화시키기를 바라면서. 그때까지 나는 동해라는 이름은 알았지만 동해라는 이름의 도시가 있는 걸 그때 처음 알았다. 그리고, 아, 난생처음 보는 바다! 앞에 선 그 순간 나는 내 몸이 이런 광대한 수분을, 얼마나 오래전부터 갈망하고 있었는지 확연히 알아차렸다. 사람이라고는 없는 겨울 바닷가에서 세 사람은 철책에 갇혀 있다 놓여난 미친 동물처럼 괴성을 지르며 해변을 돌아다녔다. 저지른 일에 대해 각자가 조금씩 느끼고 있었던 불안한 기운을 단번에 날려버리는 광란의 몸짓들이었다.

　세 사람은 사진 속의 바닷가가 멀리 보이는 한 민박집에 묵었다. 며칠간은 정말 날씨까지 따사해 세 사람은 투명하고도 요란한 행복감을 맛보았다. 그날 중의 하루, 시내 카메라 상점에 들어가 가장 간단하고 쌌기 때문에 구입한 유행 지난 폴라로이드 사진기로 어망을 정리하러 바닷가로 나온 민박집 아저씨가 세 사람의 사진을 찍어주었다. 찰칵, 또 찰칵. 한 장은 짝꿍인 그 둘이, 또 한 장은 내가 가졌다. 바다를 처음 본 충격은 점차 사그라들었다. 우리 나이의 아이들에게는, 사흘이 지나도 여전히 그 자리에 그대로 있는, 유사한 리듬으로 철썩거리는 바다는 너무도 넓었고 단조로웠으며 여일했고 시끄러웠다. 느지막하게 오후가 시작되어야 일어나고, 아침, 점심 겸 저녁을 먹고 술을 마시고 작디작은 시내로 나가 게임방을 찾고…… 남자애와 여자애는 이제는 거리낌없이 그들의 관계를 과장해서 내게 드러냈다. 여자애는 시내로 나가기 전에 오래오래 화장을 했고, 방에서 나왔을 때는 남자애에 비해 10년은 더 나이 들어 보였다. 나는 그들이 밤에 본드나 혹은 그와 유사한 것에 탐닉한다는 심증을 굳히고 있었음에도 행여 그애들의 기분을 엉망으로 만들어 나를 두고 떠날 것이 두려워 아무것도 묻지 못했다. 다행히 둘은 옆방을 따로 쓰고 있었다. 그것은 다행이기도 했지만 내게는 불안의 원천이기도 했다. 어느 날 아침, 그 둘은 없어지고 나 혼자 경찰서로 끌려가는 불안.

불안은 나만을 사로잡은 것이 아니었다. 남자애는 어느 때보다도 심하게 말을 더듬었다. 하찮은 것을 두고 두 아이는 자주 싸웠다. 시내에 가나 마나. 동해에서 윗쪽으로 이동하나, 남쪽으로 이동하나, 남은 돈은 얼마다, 아니다 그보다 더 많은데 웬일이냐, 왜 이렇게 화장이 짙으냐, 너는 왜 참견이냐, 국수 먹자, 아니다 밥 먹자, 이제 그만 헤어지자 말자…… 등등. 그러고는 여자애가 기분 상해 머리 염색이나 해야겠다며 시내로 혼자 나가버렸다. 점점 더 불안정해지는 상황에서 혼자서 행동하지 않는 것은 우리가 암묵적으로 동의한 게임의 절대 규칙이었음에도 불구하고.

남자애는 여자애의 모습이 사라질 때까지 바다에 드리운 차가운 시선을 거두지 않았다. 여자애가 시야에서 완전히 사라지자 남자애는 얼굴을 자기 무릎에 묻고 소리 죽여 오열했다. 참 난감한 상황이었지만 왠지 나는 어쩌면 그들의 마지막이 될지도 모르는 여자애의 외출을 막고 싶은 마음이 조금도 없었다. 나는 떨떠름하게 남자애 옆에 앉아 스스로도 안심할 겸 남자애도 위로할 겸 말했다.

"저 애, 금방 다시 돌아올 거야. 걱정 놔."

대답이 없었다.

"우리도 시내 나가자."

여전히 대답이 없었다. 나는 그만 빽 소리를 질렀다.

"야, 나까지 썰렁해진다, 그만해."

그때 남자애가 고개를 들고 말했다. 이미 눈물 자국이나 흔들린 표정은 사라진 뒤였다. 그리고 놀랍게도 남자애는 거의 더듬거리지 않았다.

"저 애는 다시는 돌아오지 않을 거야. 그리고 나, 쟤 때문에 이런 거 아냐."

그날 우리는 많은 얘기를 했다. 아니 남자애는 말했고 나는 가만히 듣고 있었다는 것이 옳다. 남자애는 자신에게 돌이킬 수 없이 상처를 준 엄마, 연하의 동료와 재혼하기 위해서 모든 것을 버리고 이혼한, 간호사로 일하고 있는 엄마에 대해서, 엄마의 남편인 남자를 향해 자신이 퍼부은 모욕적 저주에 대해서, 아버지와 살고 있는 동생에 대해, 집을 뛰쳐나올 때 멀리까지 쫓아와 손에 쥐여준, 급히 챙긴 가방 속에 들어 있던 옷가지와 용돈과 상비약에 대해, 그리고 다시 또다시, 결코 돌이킬 수 없이 상처를 준, 자신이 가장 사랑하기에 용서를 할 수밖에 없는, 세상에서 가장 멋있고도 강하고도 선한 떠나온 엄마에 대한 그리움에 대해서, 집으로 병원으로 전화 한 통만

하면 언제라도 달려갈 수 있음에도 아직은 아무것도 할 수 없는 자신에 대해서…… 남자애는 이야기하고 또 이야기했다. 나는 그 이후 지금까지도 자신의 엄마에 대해 그토록 잘, 감동적으로 말하는 사람을 다시는 만나지 못했다. 우리는 저녁이 내려와 서로의 얼굴이 보이지 않을 때까지, 버려진 두 마리 고양이 새끼들처럼 서로 꼭 붙어 앉아서 그 애는 말하고 나는 들었다. 그의 얘기를 들으면서 지난 내 삶에 대해 그런 식으로 슬프고도 격렬하게 말할 수 있는 게 하나도 없다는 것이 놀라웠다. 남들이 들으면 내가 더 불행한 인생을 살았다고 말하겠지만 남자애의 상황이 내게는 더 비극적으로 보였고 더 슬프게만 느껴졌다. 그 순간 언뜻, 꽤 굵고 뭉툭한 한 여자의 튼튼한 종아리가 시야를 가득 가렸다. 내 문제로 담임의 호출을 받고 언덕 높이 위치해 있던 학교의 경사면을 내 앞을 서서 씩씩거리며 오르던 이모의 굵은 종아리.

　남자애가 말한 것처럼 여자애는 이튿날이 되어도 나타나지 않았다. 이런 상황을 예견하고 미리 챙겨두었다고 말하면서 남자애는 내게 약간의 돈을 건네주고는 이제 그만 서로 갈길을 가자고 말했다. 그리고 나를 시내 고속버스 정류장까지 데려다주었다. 같이 버스를 타고 올라가자는 나의 제안에 남자애는 며칠 더 묵으며 여자애를 기다려보겠노라고, 그것이 자신의 여자애에 대한 우정의 방식이라고 말했다. 당시 아주 멋지게 들린 그런 말에 걸맞는 여자애가 아니라고 생각했지만 남자애를 말리지는 않았다. 나는 악수를 청하고 버스에 올랐다. 미성숙하고 까칠한 두 손이 짧게 맞닿았다. 서울로 향하는 야간 버스 안에 켜진 라디오에서는 이라크가 다국적군의 해상 작전을 봉쇄하기 위해 대규모 원유를 걸프해에 유출한 데 대한 세계 언론의 반응이 낮게 보도되고 있었다. 내가 P시의 주유소를 떠난 지 일주일 만이었고, 이모집을 떠난 지 한 달 하고 닷새 만이었다.

모월 모일

　내가 한 번 더 보고 싶었던 것은 아파트보다는 그 집에 있었던 사진이었다. 퇴근 후에 나는 예쁜 여자가 있는 부동산 중개업소에 다시 들렀다. 반색을 하는 여자에게 나는 처음으로 미안한 마음을 숨기고, 한 번 더 집을 방문하고 싶다고 했다. 저녁나절의 그 집은 더욱 커 보였고 더욱 비어 보였다. 부동산 중개인은 실내의 전등을 모두 켜놓고 자신은 부엌에 앉아 내가 다 둘러보기를 기다렸다.
　나는 첫 방문 때보다 더 꼼꼼하게 빈집을 둘러보았지만 사진의 주인공에 대해, 사진 주위를 그렇게 싹둑 잘라버린 사람에 대해 더 나은 정보를 얻지도 못했다. 여기저기 인색하게 남겨진 흔적으로 보아 집주인은 여자인 것이 분명한데, 나이가 많은 사람인지, 아닌지, 가족이 여럿인지 아닌지 상상해볼 수 있는 모든 흔적을 마치 의도적으로 지워버린 것만 같았다. 그렇지만 그것은 팔려고 내놓은 이런 집들의 공통적인 특징임에 분명하다. 방문자를 위해서, 혹은 처치할 수 없어서 최소한의 가구를 여기저기 배치해놓은 이런 실내에서 알아낼 수 있는 것은 아무것도 없다. 그렇다면 저 작은 액자 속의 사진은 도저히 생략할 수 없는 최소한의 배치인가. 아니면 처치 곤란한 사물인가.
　사진 속의 소년은 십여 년 전의 어느 겨울, 기껏해야 일주일도 넘지 않았던 짧은 날들의 불안정한 행복과 누적된 그리움의 허기를 담고 깊고 어둡게 입을 벌리고 웃고 있다. 무연하고도 짙은 웃음을 웃을 나이는 이미 지났다. 웃느라 들어올려진 턱과 시선에서 풍겨 나오는 다소간 오만한 기운, 더듬던 말 사이사이에서 언뜻 드러나던 일종의 격조가 어디서 나온 것인지가 뒤늦게 궁금했다. 나는 아마도 사진 앞에 오래 머물렀던 모양이다. 중개인 여자가 다가와 적극적으로 제안한다.

"사겠다는 의사만 있으면 집주인이 언제라도 올라오겠다고 해요. 지방으로 발령 받아 집을 내놓은 거거든요. 가격 조정도 조금은 가능하다고 하네요. 그래도 많이는 안 될 거예요. 이거 사서 실내 고쳐놓고 그대로 내놨을걸요……"

나의 온 신경은 여자가 계속할지도 모르는 다음 말에 집중해 있다. 집주인 여자에 대해, 그로부터 사진 속 인물, 이제는 성인 남자가 되어 있을 그 누군가에 대해 중개인 여자가 아무 말이라도 해주기를 기다리면서. 그러나 나는 참아내지 못한다. 나는 한편으로는 아무것도 알고 싶지 않은 것이다. 나는 바로 그것을 택한다. 여자가 행여나 내게 집주인에 대해 구체적인 정보를 줄까 봐 급히 사진이 놓인 방을 나와 거실로 걸어간다. 나는 그곳에 앉아 사람이 살고 있었을 실내의 분위기를 상상해본다. 다탁 위에는, 고운 먼지의 막이 덮여 있다. 입 안에 떠오를 듯하다가 사라져버리는 얇은 망각의 두께로. 나는 그 앞의 의자에 앉아 잠시 멀리 달아난 기억을 불러내본다. 아, 참 그 애의 이름이 뭐였더라. 분명 이응으로 시작되는 이름이었는데…… 그러나 미미하게 되돌아온 기억의 자락은 곧 사라지고 만다. 거의 기계적으로, 나는 다탁을 덮은 먼지 위에 작은 무늬를 그린다. 이응인지 뭔지 알 수 없이 둥글게둥글게 연속적으로 중첩되던 나선

무늬. 남자애는 얘기를 할 때면 손가락으로 바닥에 그런 무늬를 그리곤 했다. 내 손가락이 그 무늬를 그릴 때까지는 까맣게 잊고 있었던 기억의 후미진 모퉁이.

중개인 여자가 열어놓은 문들을 닫고 집을 정리하는 동안 나는 나선형 모양의 길쭉한 원에 네 개의 바퀴를 그려 넣는다. 그리고 한쪽에 손가락 끝으로 점을 뚝뚝 찍는다. 어찌 보면 자동차 같고 어찌 보면 달팽이 같기도 한 우스꽝스러운 그림을 그려놓고 나는 일어선다. 중개인 여자가 거실로 오기 전에 나는 여자에 앞서 아파트 밖으로 나온다. 차도로 나와 걸으면서, 나는 여자에게 난감하다는 표정을 지어보인다. 잘 생각해봤는데, 아무래도 집이 내게는 너무 크다고, 그리고 역시 지는 해가 온통 창문으로 들어오지 않는 집은 나로서는 조금 곤란하다고 말한다. 우리는 나중에, 조건에 맞는 집이 나오면 연락하기로 하고 헤어진다.

이렇게 또 한 번의 금요일이 지나간다. 하루가 휴무였으니 내일은 일찍 출근해야 한다. 일찍 저녁 식사를 마치고 컴퓨터 화면을 열어 자기 전에 늘 그러듯이 도착한 메일을 확인한다. 포르노 광고 메일이 네 개, 상품 광고 메일이 그만큼. 그 사이에 끼여 어느 평화주의 단체가 보낸 소식지가 들어와 있다. 2년 전 죽음의 고비를 여러 번 넘기면서 정수가 태어난 직후, 쓰잘데없는 메일 사이에 끼여 처음으로 도착했었다. 병원에 올라 있는 내 메일 주소로 들어온 그 단체의 반전 촉구문에 서명을 해서 보냈더니 그다음에도 꾸준히 새소식들이 도착한다. 나는 이 단체의 메일이 도착할 때마다 전달 버튼을 누르고, 주소록에 등록된 친구나 동료를 한 명씩 택해 그 소식을 보낸다. 그들이 열어보거나 말거나, 동의하거나 않거나. 그렇게 하는 건, 짧게 살다 사라진 한 여자, 생명을 위해 마지막 순간까지 죽음을 연기한 철없어 보이던 한 여자와 그렇게 해서 세상에 나온 정수에 대한 내 나름의 존중의 표시다.

이제 내 주위의 가까운 사람들 중 받을 만한 사람은 다 받았다. 나는 명함 상자를 연다. 그 안에는 한 번 겨우 보았을까 말까 한 사람들의 명함이 가득 들어 있다. 환자의 보호자나 제약회사 외판원, 혹은 다양한 상점의 명함들. 나는 그중에서 이메일 주소가 적혀 있는 명함을 하나 택해 주소란에 적어 넣는다.

밤은 서서히 내려앉는다. 내 2마력 자동차는 낡은 몸체를 부르르 떨면서 온 힘을 다해 무거운 수면 저 너머로 전진한다.

파편자전
——익숙한 것과의 첫 만남

　십수 년 전, 나는 파리의 한 정신분석자의 면담실에 앉아 있었다. 그즈음 나는 금전적, 시간적인 여유가 있을 때 모르는 장소를 찾아 여행을 떠나듯이 분석을 즐겼다. 언제 그랬는가 자문할 정도로 그런 유의 즐김을 청산한 지 상당한 시간이 흘렀지만, 그래도 한동안 지속된 내게는 사치스러웠던 오락이었다. 한 달에 두 번 정도가 내게 알맞았던 분석 리듬이다. 그때 나는 늘 여성 분석자를, (정신과)의사가 아닌 정신분석자를 고집했다. 분석자는 듣고 나는 말한다. 말의 일방적 흐름 속에는 '대화'의 휴식이 가져다주는 평화가 있다. 그리고 외국어는 이런 경우 평화의 느낌을 배가한다. 그렇다고 분석에서 내가 평화만을 찾았던 것은 아니다. 호러 영화는 좋아하지 않지만 분석 과정에서 빠르게 스쳐 지나가는 내(네) 속의 괴물들의 부침에 스스로 질겁하는 것을 즐기지 않았다고는 할 수 없다. L씨는 나의 마지막 분석자였고, 아마 앞으로도 그럴 것이다. L씨가 나의 마지막 분석자가 된 것이 그녀의 잘못은 아니다. 또 그녀가 특별히 뛰어난 해결사여서도 아니다. 그건 그저 우연이었다. 책 한 권이 끝나면 자연스럽게 손에 또 한 권의 책이 들려 있는 것 같은 자연스런 이동이다. 그녀는 내게 나를 사로잡고 있는 나 자신의 이미지를 떠올려보라고 했다. 가장 인상적인 자기 이미지는 무엇인가, 고 물었다. 그날은 한 어린 여자아이가 보였다. 초여름의 어스름한 저녁 시간, 빈 거리를 혼자 걷고 있는 한 어린 소녀. 사실의 여부와는 무관하게 이런 소녀의 나이는 내 머릿속에서 여섯 살로 고정되어 있다. 소녀는 머리도 제대로 빗지 않았고, 조금만 찔러도 터져버릴 풍선처럼 울음이 가득 찬 팽팽한 슬픔으로 부풀어 있었다. 그런 장면에 알맞게 스산한 바람이 불었다. 그녀는 또 물었다. 그 소녀의 가족은 어디 있는가? 소녀의 저녁 식탁에는 누가 있는가? 라고. **가족?** 가족이라니? 저녁 식탁이라니? 식구도 가족도 소녀의 기억 속에는 존재하지 않았다. 그러나 분석자의 질문은 간단하고도 집요했고, 그날 나는 나의 가족을 처음 만나듯, 오랜만에 재회하듯 만났다. 나의 어머니와 나의 아버지, 나의 자매들을. 늘 그렇듯이 그들은 있었고, 저녁 식탁도 있었다. 나 혼자 스스로 추방한 가족의 식탁에서 그들은 식어가는 음식을 걱정스럽게 바라보며 내가 돌아오기를 기다리고 있었다. 대체 소녀는 무슨 병을 앓고 있었던 걸까? 이 소녀의 일부분은 죽지 않고 살아남아서, 아무도 내쫓지 않았는데 집에서 내쫓기듯 집을 나갔고, 유배지로 떠나듯 유학을 갔고, 갇히듯 여행을 떠났다. 때때로 사금파리로 가득 찬 분석의 말줄기에서 하나, 혹은 둘, 준보석 정도의 돌을 건지기도 했다. 그리고 뱉어야 할 사금파리들은 늘 있게 마련이다.

개보다는 **강아지**라는 말을 더 좋아한다. 개를 사랑하는 사람들에게 개는 성견이 되어도 늘 강아지다. 시장 거리에서 길 잃은 강아지 한 마리가 집까지 따라 들어와 식구가 되었다. 패피라는 이름을 내가 붙여주었고 점점 자라나 성인 개가 된 현명한 한 마리의 스피츠 종 강아지에게 나는 예외적인 애정을 쏟아부었다. 사진 찍히는 것을 몹시 싫어했는데도 패피와 같이 찍은 사진이 서너 장이나 남아 있을 정도다. 패피는 참 멋있는 녀석이었다. 독신견의 면모를 풍기는, 호들갑스럽지 않으나 이물질 앞에서는 악착스럽게 짖어댈 줄도 알았던 녀석은 인간들의 활동을 호기심을 가지고 관찰하는 명민한 강아지였다. 그러나 인간들의 일거수일투족은 그의 시점과 그의 한정된 지력으로는 포착되지 않는 기적이라는 듯 고개를 갸우뚱하고 귀를 쫑긋 세우고 끈기 있게 인간들의 움직임을 시선으로 따라가곤 했다. 여중생 조련사의 애정 어린 훈련에도 불구하고 10미터 밖에서 내 손에 들려 있는 과자나 빵의 종류를 알아맞히는 지력 이상으로 녀석의 능력이 확장되지도 않았다. 패피를 통해 나는 역설적으로 인간이라는 종의 한계와 그 종에 대한 상상적 연민을 배웠다. 인간이 아무리 애써도 포착되지 않는 지력의 세계가 있을지도 모른다는 것을 가르쳐준 강아지. 이미 노년에 접어들었을지도 모르는 패피는 어느 겨울, 독감이 이상한 병으로 변해, 먹지 못해 죽었다. 혹독한 상실감. 패피를 보낸 후 내가 자진해서 강아지를 키운 적이 없다.

  글 읽기와 쓰기를 어떻게 배웠는지 기억에 없다. 어떻든 학교 들어가기 전에 글을 읽고 대강 쓸 줄 아는 많지 않은 아동 중의 한 명에 속했다는 것이 당시 집안의 사정으로 볼 때 놀라울 뿐이다. 처음 읽는다는 의식을 가지고 읽은 글자는 '시집'이라는 글자였다. 일본어와 한자가 조합된 제목을 달고 책장에 꽂혀 있던 대부분의 책들. 휴면 상태의 지식인의 서재에 근엄하게 먼지를 뒤집어쓰고, 조용히 망각을 감내하고 있던 책들 사이에 끼인 한글로만 씌어진 책 제목. 책을 펼치고 한두 면 더듬거리며 읽기는 읽었으나 시집, 장가가는 것과 관련된 책인 줄 알았다. 이렇게 시작되어서인지 시집과 나는 한참 동안 친분이 없었다. 내가 글을 배워야 할 나이가 되었을 때 집안의 어느 누구도 침착하게 앉아 내게 글씨를 가르칠 여유가 있는 사람이 없었다. 모두들 자신의 고유한 세상으로 귀가하듯 아침만 되면 분주히 밖으로 나갔다. 전후의 황량한 복구 기간, 흙먼지의 시간에 나는 아마도 홀로 글을 배웠을 것이다. 그저 위 형 어깨 너머로, 쏘다니던 거리의 간판으로, 아버지 수첩에 씌어진 다방 이름들로, 글이 내게 다가왔다. 늘 음험했던 선거 벽보의 말세적인 구호로. 여일하게 우울했던 신문 하단의 광고문으로. 그런가 하면 주일학교 선생이 크게 써서 세워두고 한 장씩 넘기던 찬송가 가사로. 글이 읽어지던 어느 날의 그 팽창하던 느낌. 그 황홀한 종이의 세계가, 성인들의 세계가 열리던 때의 그 환희와 환멸! 나는 먼지 덮인 책장의 고즈넉함을 깨우기 시작했다. 나의 독서는 그래서 조숙했고 전 시대적이었다. 제목이 한자로 씌어진 이광수의 『무정』, 심훈의 『상록수』……의 내용을 다 읽고도 제목을 알게 된 것은 한참 후의 일이었다. 모르는 단어, 한자 단어 앞에서 그랬듯이 뛰어넘거나 상상했다. 질문? 그런 것은 아무에게도 하지 않았다. 내가 책을 읽는다는 것은 비밀에 속했다. 그때 읽은 모든 책이 내게는 **금서**였다. 그건 나만의 숨겨진 생존 활동이었다. 독학자의 음란한 독서 습관을 바꾸는 데는 많은 시간과 의지가 필요했다. 시대착오적으로 삼킨 책에서 빌려온 단어들을 뜻도 모르고 써서 영감같이 말한다는 소리도 들었던 것 같다.

그런가 하면 가늘다와 얇다를 연거푸 혼동해서 썼다고, 제대로 된 말 습관을 제때에 고치지 않는다고 어머니에게서 뺨을 맞았다. 말 때문에 처음 맞은 뺨. 말, 말은 또 다른 이야기다. 그건 그즈음의 내게는 한 길 아래의 질서에 속하는 것이었다. 그래서 나는 말이 없었다. 그건 하는 것보다는 들어야 하는 것에 가까웠다. 『허영의 시장』 『전쟁과 평화』 『천로역정』 같은 책들—이라기보다는 글자들—을 읽고 나서도 여러 해 후에, 세계 소년소녀 동화전집이 내 인생에 뒤늦게 배달되었다. 푸대접 받은 불쌍한 동화들. 『날아가는 교실』 『집 없는 소녀』 『플란더스의 개』. 그리고 내가 동일시했으며, 되고 싶어 했던 주인공은 『애꾸눈 자동차』(이 동화 작가의 이름을 나는 여전히 수소문하고 있는 중이다)였다.

    내가 **노래**를 만난 것은 서른이 넘어서다. 시를 정말 좋아하기 시작한 것이 아주 늦게 20대 초반이고 보면, 나는 대충 노래와 연관된 어떤 것에 대해 둔감하거나 뒤처져 있음에 틀림없다. 가곡보다는 오페라를 들으면서 나는 최고 악기로서의 목소리에 귀가 열리기 시작했고 미모보다 미성에 이끌렸다. 성장기에 시나 노래의 무엇이 나를 지나쳐 갔을까. 아니면 내 속의 억압된 무엇, 혹은 오만한 무엇이 나로 하여금 인생의 준비 기간에 시나 노래(그냥 음악이 아니라) 앞에서 불편함을 느꼈을까. 그래도 KBS 어린이 노래자랑이라는 데 나간 적이 있었다. 어떻게 나가게 된 것인지는 기억에 없으나, 노래를 가르치던 교회 주일 교사의 권유에 떠밀려서 나갔음에 틀림없다. 집에는 텔레비전도 없었으니 집안 식구의 권유였을 리가 만무하다. 누군가가 손으로 짠 초록색 스웨터를 입고 무대에 섰으나 팔꿈치에 나 있던 작은 구멍이 내내 마음에 걸렸다. 드디어 아는 노래가 나오고 시킨 대로 열심히 손을 들어 무대에 섰으나, 두 소절을 부른 후 입을 다물고 말았다. 원치 않는 경쟁, 경연, 시합의 중간에 절대 부재 상태에 들어가 모든 행동을 멈춤으로써 그 참여 자체를 무의미하게 만드는 이 성향의 흔적은 여기저기 남아 있다(나는 고속도로 위에서 운전하는 법을 잊어버릴 것을 걱정한다. 아나운서가 이야기 도중 말을 멈추는 장면을 자주 상상한다. 대형 강의 중에 준비한 강의 내용을 완전 망각하는 언어의 패닉 상태를 늘 예상하고 있다). 노래로 말하자면 곡명, 작곡자명, 가사 등을 기억하는 것은 거의 재앙에 가깝다. 노래에 대한 까다로움, 노래에 대한 불편함에는 그에 대한 나의 편견이 있는 것 같다. 기억을 잘 더듬어보면, 좀 이상한 경험이기는 하지만, 오래전, 성악가들의 목소리를 빌린 노래를 만나기 훨씬 전에 나는 노래였던 적이 있다. 이때의 나/노래는 매우 본질적인 것이고 무형이며 가변적인 것이었다. 아침에 일어나 한 소절을 즉흥적으로 흥얼거린다. 하루 종일 그 소절은 변주에 변주를 거듭한다. 거의 매일, 내 몸에서 매우 구체적인 한 모티프가 솟아나온다. 그건 이미 존재하는 노래나 유행가가 아니라, 어떤 비밀스런 조합으로 내 몸속에 만들어진 그런 곡조다. 어느 날은 하루 종일 시도 때도 없이 어떤 구체적인 높낮이와 리듬의 음이 연속적으로 내 몸에서 솟아나온다(글쎄, 그즈음 조기 교육의 혜택을 받았다면 내 진로가 음악 쪽으로 바뀌었을까?). 그것은 뱃속과 뇌 사이를 가로지르면서 리듬을 박자를 높낮이를 만들며 몸 밖으로 나와 노래가 된다. 자유자재로 변형되어 시간이 지나면 원래의 모티프의 흔적도 남아 있지 않다. 가끔 눈을 감고 몸속의 소리들이 나오도록 내버려둔다. 고음에서 저음 사이를 왔다 갔다 하는 동안 나는 때때로 몰아지경에 이르기도 한다. 노래는 내 몸을 떠나 형언할 수 없이 황홀한 어딘가를 향해 가고 있다. 파도에 내맡긴 소리의 항해. 바로 내 몸과 그 어느 곳과의 사이를 춤추듯 일정한 리듬을 타고 움직여 다니는, 보이지 않는 그 무엇이 내게는 노래다. 그것에 말을 붙인 것이 시다, 라고 생각했다. 신비한 이것, 이게 뭔지 질문을 던질 즈음 몸속에서 모티프가 솟아나는 일이 멈추었다. 나──노래는 불행히 이렇게 막을 내렸다. 내게는 현악기, 특히 하프가 내가 겪은 그 이상한 현상의 직유고, 성악가의 목소리는 그 은유에 속한다. 노래는 그러므로 점진적이며 지속적인 상실의 행진에 다름 아닌 것이 되었다.

놀이들은 대개 몸에 상처를 남겼다. 놀이가 값비싼 대가를 치러야 하는 것임을 놀이광이었던 나는 어려서부터 터득했다. 마치 가시적인 상처가 그 놀이와의 첫 만남의 증거인 것처럼. 그 때문일 것이다. 나는 여러 번 다양한 종류의 중독의 언저리까지 갔으나 한 번도 심각한 중독자가 된 적이 없다. 상처는 남지만 상처를 둘러싼 막연한 기억만 어렴풋이 남아 있다. 양수리 친척집 앞 냇가에서 고기를 잡느라 자맥질을 하다 돌조각에 부딪혀 콧잔등이 내려앉았다. 어릴 적 무릎 상처가 아물 날이 없었다. 동네의 형들처럼 철조망 쳐진 집 앞의 웅덩이를 뛰어넘다가 난 상처는 이마에 여전히 남아 있다. 밤을 새고 맨땅에서 공기놀이를 해 염증이 난 엄지손가락 때문에 수술로 손톱을 뺄 수밖에 없었다. 마취의 야릇한 해방의 첫 경험. 내상도 만만치 않다. 장마로 불어난 개울에서 수렁에 빠져 죽을 뻔한 일도 있었다. 물에 대한 매혹과 공포. 목숨을 걸고 하는 놀이도 있고, 때로는 일생을 거쳐 지속되는 놀이도 있다. 대다수의 정치, 대다수의 연애, 대다수의 관계는 이 놀이에 속하지 않던가. 다행히 유년은 갔고,

그 많은 놀이 중에 언어만이 남았다. 다행히 놀이는 끝났다. 놀이 언어는 다른 것이 되었다.

시간이 지나면서 말의 위상은 점점 격상한다. 자신이 처음 한 말이 비록 소리에 가깝다 해도 그걸 기억할 수 없다는 것은 정말 오묘한 이치 아닌가. 그러나 어떤 사람과의 만남에서 발설한 첫 말(들)이 있다. 놀라운 것은 그것이 늘 선언적 의미를 지닌다는 데 있다. 꼭 발설되지 않은 말이어도 말이다. 그런데 잘 생각해보면 모든 말은 행동에 앞서서 행동을 유도하는 선언이다. 그런 면에서 말과 작품은 매우 유사한 관계에 놓여 있다. 씌어진 작품 속의 일들이 실제로 일어난 적은 없는가? 작품의 사건이 아니라 그 정수가. 그래서 말은 지하적이고, 예언이며 모든 말은 사실 선포다. 거짓말이라 해도.

구치소의 우리들은 다섯이었던 것으로 기억한다. 여학생 둘, 남학생 셋. 나는 귀가했을 때의 차림 그대로였다. 빨간색이 주조인 체크무늬 모직 치마 차림. 내 방의 책들은 나 없는 사이에 방문한 두 명의 형사의 거친 손길로 온통 뒤집혀 있었고, 절차도 설명도 없이 나는 그들과 함께 마포 서로 갔다. 하나 둘 친구들이 모두 도착했다. 우리는 마포경찰서의 마당 한구석, 가건물처럼 지어진 낙후한 구치소가 들어 있던 건물로 이동해서 그곳에 머물렀다. 냄새와 습기와 협소함으로 생생하게 기억에 남아 있는 그곳에는 우리 외에 잡범들도 두서넛 들락거렸지만 하루 이틀이 지나면 얼굴이 갈렸다. 우리는 매일 꿈을 꾸었고, **"쌍화타앙"** 소리에 새우잠에서 깨어 일어났다. 딱 한 모금 삼켜본 쌍화탕의 맛은 진하고 썼다. 왕성한 젊음에 운동 부족으로 밤사이 풍성하게 꾼 꿈을 서로에게 얘기하면 그중 『주역』에 능한 한 친구가, (『주역』과 꿈이 무슨 상관이 있는지는 모르지만)

해몽을 하면서 오전 나절이 지나갔다. 꿈의 모든 조각에서 우리가 보고자 하는 단 하나의 징조가 실현되기를 기다리는 매우 위험한 하루의 경영이었다. 언제, 어떻게 이곳에서 나가게 될까. 사식도 간식도 휴식도 담배도 풍부히 있었는데 며칠이 지나자 손가락이 가늘어지면서 손에 끼고 있던 은반지가 변기에 빠지는 일이 생겼다. 골칫거리인 육체에 대해, 그 한계와 구체성과 적나라함에 대해 황당해하면서, 이 상황에 익숙해지지 않기 위해 해야 할 일들에 골몰한 시간이었다. 누가 엿듣지도 금지하지 않았음에도 우리 중의 그 누구도 문제가 된 교지 언저리로 화제를 이끌어오지 않았다.

  내가 가장 자주 처음 만난 사람은 나의 **어머니**다. 태어나서 이별하기 전까지 삼십여 년을 거의 매일 보아온 여성임에도 불구하고 나는 놀랍게도 매번 어머니를 새롭게 만난 느낌이어서, 내가 꼭 만나고자 오래전부터 기다린 여성을 만날 때처럼 다가가 포옹을 하고 첫 만남을 축하하고자 악수를 하고 싶은 충동을 느꼈다. 특히 내가 성인이 된 이후에는 이 충동이 더 강해졌던 것으로 기억한다. 그것은 어머니와의 긴 이별을 거친 지금도 마찬가지다. 지금은 기억이 희미해져서 이 첫 만남이 조금 드물어졌지만 말이다. 나는 어머니와 10년에 걸쳐 이별했다. 즉 돌아가신 후 10년 동안이나 나는 어머니가 돌아가시지 않은 것처럼 주변 관계를 다시 정리했다. 주변의 여러 사람들이 내가 부여한 어머니의 자리에 들어가 어머니의 역할을 분산적으로 담당해주었다. 가족, 친구, 혹은 동료들이. 그들 중에는 그것을 알고 해주는 사람도 있고 적지 않은 저항을 거치면서 어쩔 수 없이 수락한 경우도 있다. 그러나 슬픔의 힘은 커서 그들은 결국 내게 지고 말았다. 어떤 경우건 당사자들에게는 곤혹스러운 일이었을 것이다. 그것은 내게도 마찬가지였던 것이 돌아오는 것은 실망뿐이었기 때문이다. 그런다고 돌아가신 어머니를 만날 수는 없는 것이다. 여기서 내가 누구나에게 그렇듯이 나의 격렬한 첫사랑의 대상인 어머니의 기억에 남는 외모를 길게 그려낸다거나, 매번 새롭게 만나는 어머니를 하나하나 에피소드를 곁들여 묘사하는 것은 멍청하고도 무의미한 일이다. 그건 정말 어머니라는 고유 명사이자 일반 명사의 특징들을 요약하는 형용사들의 긴 나열에 불과할 것이기 때문이다. 사실 모든 사람은 만날 때마다 처음 만나야 마땅하다. 무엇이 이 매번 있어야 하는 첫 만남을 방해하는가. 사람들이 사교술 혹은 예의라고 부르는 만남의 관행(물론 반가운 관행)들의 뒤에 있는 것은 무엇? 두려움. 이 방해꾼이 개입할 수 없는 예외적인 관계인 어머니. 한순간, 통제가 안 된 어느 한순간에 나락으로 떨어질 모든 성향을 구비하고 있는 악하고 약한 것들의 기승. 내가 운이 좋았다면 시장통을 매일 최소한 두 번은 어슬렁거리면서, 집안을 드나들던 무수한 사람들을 접하면서 인간에 대한 모든 환상적인 기대를 일찌감치 접어두었다는 데 있다. 멀리까지 갈 것 없다. 나 자신을 들여다보면 금방 아는 것들이다. 그래서 나는 일찍이 말을 점잖게 하는 법을, 예의 바르게 처신하는 법을 익힌 매우 교활한 아이였다. 나의 어머니와의 무수한 첫 만남 중의 하나에서 나는 그것을 배웠다. 어머니는 내가 아주 어린 나이에, 네 인생을 채울 사람들에게 지나치게 기대할 것도 지나치게 실망할 것도 없다, 고 말하기 위해 부계와 모계 가족의 역사를 적나라하게 예로 들며 말해주었다. 그날은 휴일이었지만 예외적으로 집에서 보낸 나른한 오후 나절이었다. 어린 동생은 잠들었고, 어머니와 나, 단둘이 부엌에 앉아 점심을 먹고 난, 드물게 달콤하면서도 어딘지 내게는 어색한 시간이었다. 어머니에게 당신을 포함해서 인간은 연민 어린 사랑의 대상이었다. 어쩌면 거기까지 다다르기 전에 젊은 날의 어머니를 사로잡은 것은 억울함이자 분노였을지도 모른다. 드높은 남자들의 질서 앞에서 실추한 신여성 프로젝트, 그것이 늘 딸들이 어머니에게 가지는 안타까움이었기에 말이다. 그런데 어머니는 딸 넷만을 낳아놓은 '인텔리' 여성에 대한 세상의, 집안의 푸대접을 어린 딸아이에게 매우 재미있는 역사 희극 한마당을 보여주듯 얘기했다. 그것은 후에 절대적 추종자가 될 둘째딸에게 보인 영웅적인 포즈가 아니었다. 역사와 언어학을 선호했던 어머니는 기억력이 뛰어난 객관적 얘기꾼이었다. 나뿐 아니라 내 친구들까지도 이 끝도 없는 이야기보따리로 사로잡아 친구들은 내가 집을 비웠을 때 더 자주 어머니를 보러 오곤 했다. 이 이야기보따리의 끝은 늘 똑같았다. '참 불쌍한 사람이었지!' '참 딱한 일이었지!' 이야기보따리에는 문인들도 있었다. 노천명, 모윤숙, 양주동…… 어머니는 일생 동안 잠이 없었다. 짧은 수면 시간 때문에 어머니가 일찍 돌아가실지도 모른다는 우려가 나를 떠난 적이 없었다. 새벽에 눈을 뜨면 여일하게 우리는 한 장면을 만나곤 했다. 노란 램프불 아래 우리에게서 등을 돌리고 책을 읽는 어머니. 성경. 영어 교과서, 지리 관련 책들. 세상과의 교신을 한시도 멈추지 않은 어머니 주변에는 늘 젊은 추종자들이 있었다. 어머니의 말년에는 2, 30명의 젊은 남녀들이 몰려 정기적으로 어머니를 찾아오곤 했다. 그들이 오면 집안에는 맛있는 음식 냄새가 번졌다. 각양각색의 젊은이들이 들어간 큰방의 닫힌 문으로는 이따금 웃음소리가 들려올 뿐 그들의 모임은 시종일관 조용했다. 무심했던 나는 그것이 어머니가 손 빠르고도 맛

있게 준비해 대접하는 빈대떡과 이야기보따리 때문인 줄 알았다. 그 젊은이들이 어머니에게 성경 공부를 하러 온 사람이라는 것을 아주 후에나 알았다. 모든 어머니들처럼 나의 어머니도 네 딸에게 각기 다른 교육 전략을 가지고 있었다. 형과 동생들이 어머니의 꿈꾸는 능력과 뚝딱뚝딱 일상의 난제를 해결하는 능력, 포기하지 않는 사랑의 능력을 물려받았다면 나는 어머니의 이야기보따리를 채운 연민을 물려받았다. 어머니가 돌아가시고 형제들도 모두 자기 생활로 돌아가자 가장 커다란 난제는 오롯이 나와 홀로 남은 아버지와의 대화였다. 이를 어쩌나. 무슨 이야기를 어떻게 한다? 수많은 이야기를 나눈 줄 알았는데, 아버지와 대화하는 법을 나는 익히지 못했던 것이다. 나는 하루에 1시간씩 시간을 정해 아버지를 인터뷰했다. 난생처음 본 사람을 인터뷰하듯이. 좋아하시는 색이 뭐죠? 제일 기억에 남는 추억은요? 좋아하시는, 그리고 싫어하시는 음식은요? 어머니의 빈자리에서 이루어진 이 공격적이고 때로는 악의 서린 인터뷰는 거의 6개월이나 계속되었고 단 한 번도 아버지는 딸의 이 월권적인 인터뷰를 거부하거나 뒤로 미루지 않았다. 성실하고 솔직하게 '최선을 다해' 답했다. 처음 자세히 들여다본 아버지의 머릿속은 가슴이 시릴 정도로 아름다운 유년의 기억들, 어머니에 대한 그리움으로 가득 차 있었다. 아버지의 인내는 아주 무의미한 것은 아니었다. 그로부터도 십수 년 후, 투병 막바지의 고통스런 어느 날 밤, 혹독하고도 생생한 망상들이 줄지어 아버지를 방문했다. 이 델리리엄을 잠재울 것은 아무것도 없었다. 침대 옆에 앉아 나는 아버지의 귀에 입을 대고 인터뷰 중에 들었던 아버지의 유년의 기억들을 불어넣고 또 불어넣었다. 기억나세요. 어렸을 때 증조할아버지가 사주신 조랑말이요. 아버지의 아버지가 직접 만들어주신 마을에서 최고로 잘 달리던 썰매, 은사 아들의 돌잔치에서 어머니를 처음 보았을 때, 마음에 들었던 눈매…… 1시간 후 내 목은 거의 쉬었고, 망상들은 떠났고, 아버지는 고른 숨을 쉬며 잠들었다. 어머니보다 14년을 더 지상에 머무른 아버지는 혼자 살기를 고집했다. 아버지가 떠난 후 유품을 정리하던 나는 난생처음 본 공책을 한 무더기 발견했고, 그 장기적인 여일함에 경악했다. 대학 공책이라고 부르는 그 공책들 수권을 가득 채운 전언은 세로로 두 줄씩 씌어진 한문 문장이었고, 전언은 단 한 가지였다. 마지막까지 동일한 내용에 날짜만 바뀌며 공책들을 가득 채우고 있었는데, 지상을 떠나기 수개월 전, 투병의 막바지에서도 여일하게 씌어진 유일한 전언은 단지 '평안한 있음.'

家濟女息孫國內及外國居住安在伏祝.

어쩌다 한밤중 아버지 방의 문을 열었을 때, 어머니가 생전에 손수 만든 방석 위에 무릎을 꿇고 동그마니 앉아, 코끝에 방울지는 눈물을 닦을 생각도 하지 않고 기도하는 아버지를 본다. 아무도 문을 열지 않을 정도로 밤이 깊은 시간, 홀로 앉아 자녀들을 위한 두 줄의 축복문을 십수 년 여일하게 썼을 아버지의 비밀스러운 밤을 상상한다. 한 세기의 격랑을 견뎌낸 남자 속에서 아직 완전히 결합되지는 않은 두 존재 방식의 흔적, 유교와 기독교. 진정으로 우세하게 그를 지배했던 것은 시니피앙일까 시니피에일까. 아버지는 물론 후자의 언어관에 속해 있다. 아버지의 필체는 한자건 한글이건 단아하고 아담하다. 반면 어머니의 필체는 외모나 성격과 어울리지 않게 참, 비뚤고 흐트러져 있다. 일본 유학 시절, 아르바이트로 편지 봉투에 주소 쓰는 일을 하도 많이 해 필체가 망가졌다고 들었는데…… 어머니가 남긴 시들은 슬프고 짧고 격렬하다. 아버지가 어머니를 그리며 광고 전단지 등에 쓴 시조들은 고전적이면서도 낭만적이다. 어머니에게서 받은 매우 유용한 교훈도 있다. **빠른 시프트 전환.** 한 가지 일에서 다른 일로 진입할 때 최소한의 시간 소비. 내 세대에 여성은 여전히 자유롭지 않을 것이기에 배워야 한다며 가르친 최소한의 기술. 여러 가지 일을 동시에 하는 것은 한 번도 배운 적이 없지만 한 일에서 다른 일로 옮겨갈 때, 내 머리는 순식간에 비워지고, 재빨리 다른 일에 몰두할 준비가 된다.

아, 무서운 **우표.** 나의 최초의 우표는 그랬다. 집 안에 어딘가 비장한 기운이 감돌던 때다. 비장함이란 늘 파국적인 사건의 전조라는 것을 경험으로 알고 있었던 때였다. 서둘러 외출하는 아버지는 내게 편지 한 장을 내밀며 우표를 붙여 우체통 속에 넣으라고 명했다. 국민학교를 막 입학한 아이에게 처음 손에 든 그 길쭉한 흰 편지 봉투는 얼마나 커다란 부담이었던가. 주소가 적힌 방향을 통해 아래위는 알 수 있었지만 우표를 붙여야 하는 자리는? 모든 비상식적이라고 생각되는 자리들을 제하고 나니, 주소 위 좌편, 주소 위 우편, 주소 밑 우편 세 곳이 남았다. 그 세 가능성 앞에서 망설이며, 초록색의 사각 우표를 들고 명륜동 집에서 혜화동 우체국으로 가는 길 내내 나는 심한 걱정에 사로잡혀 있었다. 왜 나는 누군가에게 물어볼 생각을 하지 못했을까. 나는 단지 아버지의 어조의 비장함으로 추정할 수 있는, 편지 내용에 지레짐작으로 압도되어 있었다. 마치 우표를 붙이는 위치를 묻자마자 편지 봉투가 투명하게 되어 그 내용이 모두에게 알려질 것처럼. 우표 한 장이 바람에 날릴까, 행여 땀에 젖을까 구겨질까 노심초사하며 우체국까지의 길고도 긴 길을 걷던 그때만큼 강렬하고도 주도면밀하게 수신, 발신의 소통 체계의 법칙에 대해 생각한 적은 없을 것이다. 우표가 붙여질 세 가지 가능성은 나름대로 수신자와 발신자의 관계에 대한 구체적인 법칙을 가지고 있었다. 나는 마침내 인간중심주의 법칙에 따라 받는 사람 이름을 우위에 두고 그 아래 우측에 우표를 붙이고 우체통의 검은 아가리에 편지를 밀어 넣었다. 첫 우표를 그토록 두려움으로 기억하는 것을 보면 아마도 그 편지의 내용이 아버지에게 미친 결과는 예상했던 것보다 파국적이었던 것 같다. 물론 우표를 붙이는 올바른 위치는 곧 알게 되었고 나는 앓을 정도로 두고두고 나의 실수를 자책했다. 더 깊어진 아버지의 흡연과 어머니의 먼산바라기로 감지된 파국의 책임이 잘못 붙여진 우표 때문임을 한 번도 의심하지 않은 나날이었다. 그리고 상징은 역동적으로 이동했다. 잘못된 자리에 붙여진 우표에 대한 두려움은 우표가 붙여진 편지 내용이 제대로 전달될 것인가에 대한 의심과 두려움으로 치환되었다. 나는 자주 내가 보내는 편지를 받는 사람의 자리에 들어가 세밀하게 상상하고 소심하게 고민하다가 대부분 편지 부치기를 포기하고 만다. 그런 의미에서 직설도 전언만도 아닌 소설은 내게 필연적이 아니었을까 하는 생각이 든다. 그러나 소설 전체가 우표라는 사실도 나는 종종 잊는다. 우표를 사용하는 경우가 점점 줄어드는데도 내가 일하는 모든 장소 가까이에는 늘 최소한 수십 장의 편지를 보낼 만한 우표가 있다. 우표가 눈에 띄지 않으면 다시 사두는 편이다. 그렇다고 편지를 자주 쓰는 편도 아니며 널브러져 있는 우표들은 수집용 우표도 아니다. 사용하지 않고 놔둔 우표들은 시간이 흘러 기본 요금에도 못 미치는 우표로 변하기 일쑤다. 집에 쌀이 떨어지면 불편하듯이, 자동차 기름이 떨어지기 전에 반쯤 채워놓듯, 우표가 눈에 띄는 곳에 풍부하게 있어야 우표를 잊는다.
 어릴 때 머릿속에 박힌 생각이 뿌리째 뽑히려면 놀라운 반대 증거가 있어야 한다. 그런 일은 일어나지 않아 어느 정도 고정된 생각 중의 하나는 이런 것이다. 정치가에는 진짜 정치가가 있고 가짜 정치가가 있다. 가짜 정치가는 정치가 세상을 바꾼다고 생각하고 권력과 그 주변의 액세서리를 몽땅 선호한다. 진짜 정치가는 세상을 바꾸는 것이 정치가 아님을 안다. 정치가들이 세상을 바꿀 수 있다면 세상은 벌써 지금 같지 않았을 것이다. 진짜 정치가가 정치를 할 수 있는 때는 벌써 지났다. 정치는 아주 낡은 개념이다. 아버지는 진짜 정치가를 꿈꾸었다가 여러 번의 고배를 마시고는 마침내 중년이 바라보이는 언덕에서 정치가의 길을 포기했다. 어머니의 글 솜씨는 잡다한 선거 유세문에 동원되어 그 빛이 퇴색했고, 가장의 두 번의 결정 사이에 우리 가족은 모두 아홉 번 **이사**했다. 그때마다 아버지 어머니가 한때는 젊은 학도였다는 것을 말해주는 책의 목록은 기하급수적으로 줄어들어 겉장과 종이질이 질긴 것들만 겨우 살아남았다. 내가 만난 새로운 동네들을 나는 모두 애틋한 향수를 가지고 기억하니 집안 사정과는 무관하게 나는 내 방식대로 매우 행복했던 모양이다. 태어나서 지금까지 나는 모두 스물아홉 번 이사했다. 이사건 여행이건 이동을 위한 나의 준비는 다른 모든 일상의 행보에 비해 재빠르고 조직적이다. 지치지도 않고 미래에 대한 불가능한 꿈을 꿀 때마다 몇 개 없었던 가구 위치를 바꾸던 어머니와는 달리, 나는 이사할 모든 공간의 가로, 세로, 높이, 깊이를 정확히 재고 가구들을 배치한다. 일단 위치가 정해지면 다음 이사할 때까지 가구의 자리가 바뀌는 일은 거의 없다. 스물아홉 번의 이사에서 내가 잃은 것은 하나도 없다.

무수한 사람들, 사건들, 나라들, 동네들, 길들을 만났다.

돼지꼬리라는 단어의 뜻을 아시는가? 1960년대의 중학교 교실에는 일주일에 한 번씩 홈룸이라는 이름의 자율 시간이 있었다. 그때나 이때나 교육 쇄신의 반짝 바람을 타고 고안된, 아이들끼리 길고 긴 1시간을 '자율적'으로 보내야 하는 그런 시간. 고개를 책상 아래로 박고 맘껏 책을 읽을 수 있는 홈룸 시간을 나는 싫어하지 않은 편이다. 최소한 그 시간 동안은 합법적으로 부재할 수 있었다. 반장이 **종이비행기**를 접어 날리면 비행기가 내려앉은 책상의 아이가 놀이나 얘깃거리를 앞에 나가 제안한다. 한두 번 종이비행기가 내 자리에 날아와 추락하기도 했지만 나는 그것도 모르고 지나기 일쑤였다. 가끔 고개를 들어봐야 소란스런 놀이로 그 시간은 지나갔다. 갑자기 방만하게 쏟아지는 소낙비 같은 까르륵 소리가 여느 때보다 증폭되어 고개를 들었을 때, 한 아이가 앞으로 불려 나가 벌을 받는 것처럼 서 있었다. 그 아이 뒤에 있는 칠판에 누군가 '순대'라고 썼고, 그 단어 때문에 아이들은 그렇게도 호들갑스럽게 즐거웠던 것이다. J였다. 교복에 갇힌 중학교 교실에 등장한 돼지꼬리는 술래가 누가 되건 대체로 잔인한 놀이였다. 금기시된 물건, 금지된 상황, 금지된 것들의 단어를 칠판에 적어놓고 아이들은 속사포같이 질문을 던져댄다. 모욕과 파괴와 결렬과 부정을 야기시키는 질문들 앞에서 술래로 세워진 아이는 무조건 '돼지꼬리'라고 외쳐야 했다. 절대 반항해서도 진실을 말해도 안 되고 어처구니없이 외쳐대야 하는 '돼지꼬리' 그 놀이의 규칙은 우리가 가로지른 어두운 시간의 생리를 잘 요약하고 있었다. J는 '너희들은 참 눈부시구나, 너희들은 모두 내게는 너무 멋있어'라고 말하는 듯 눈빛을 반짝이며, 웃어 젖히는 아이들을 바라보는 J의 긴 눈꼬리는 더욱 길어졌다. 아무런 악의도 찾아볼 수 없는 구태여 말하자면 '너희들이 하는 말은 어쩌면 모두 이다지도 재밌니?' 하는 듯이, 잇새가 벌어진 치열을 히죽이 드러내며 J는 좌중을 향해 웃고 있었다. 약간 주걱턱이었던 J의 얼굴에 묘한 빛을 발하게 하는 웃음이었는데, 그것이 아이들을 더욱더 악랄한 몰이꾼으로 만들었던 것 같다. 아이들이 칠판에 "순대'를 쓴 것은 J의 부모가 노천에서 순대를 팔기 때문이다. 지금은 순대를 파는 포장마차가 유행이지만 그 당시에는 복개 안 된 개천 주변이나 도시의 후미진 구석에만 드물게 있었다. 아이의 부모에 대한 비아냥은 물론, 성장기 여자아이들이 '순대'라는 단어가 함축하고 있는 모든 외설스러운 암시를 인정하지 않으면 진행될 수 없는 놀이였다. 점점 더 적나라해지는 아이들의 놀림과 악의의 말덩이를 말없이 온몸으로 받으면서 J는 '너희들이 놀려도 나는 괜찮아'라고 말하듯 여일한 표정으로 서 있었다. 홈룸 시간은 모든 냄새나는 것들이 수면으로 떠오르는, 절제 없이 들끓는 가마솥이었다. 그애는 놀이 밖에 서서 웃고 있었다. '돼지꼬리'를 외치지도, 놀이의 규칙을 어기고 항변을 하지도 않았다. 속수무책의 미소, 눈부시다는 듯 벌어진 시선의 저편에는 아무것도 없었다. 그렇게 J는 그날부터 서서히 미쳐가고 있었다고 나는 확신한다. 나는 그날 부드럽고도 유연하며 그래서 더욱 깊을 광기의 시작을 보았다. 나는 그 아이의 글 솜씨를 잘 알고 있다. 학급 문집 글을 모을 때 J가 제출했던 꽤 잘 쓴 일기의 일부분을 한옆에 뽑아놓았었는데 웬일인지 그 글은 문집에는 실리지 않았다. 결국 J는 살아남지 못했다. 시인도 소설가도 되지 못했다. 그 아이를 유독 참지 못했던 담임 교사의 예언대로 영원한 음지 식물이 되었다. 학교 화단의 꽃을 꺾어 머리에 꽂고 J는 많은 시간을 거울 앞에서 보냈다. 수업 시간에는 잠을 잤고 쉬는 시간에는 물이 새는 듯한 미소를 흘리며 거울 앞에 서서, 길이 들지 않는 머리를 매만지고 또 매만졌다. 매년 동창회 주소 수첩을 받아 보지만 J의 이름이 적힌 난은 비어 있다. J는 이미 우리와 동급생이던 그날로부터 서서히 사라지기 시작했다. 그후로 나는 무수한 J를 사방에서 본다.

군인 아저씨에게 보내는 정기적인 위문 편지 말고 내가 쓴다는 것을 의식하고 무언가 내 글을 쓴 것은 국민학교 3학년 때이지만 그때 글쓰기의 쾌락은 없었다. 그때는 무언가 내 마음속에 일어나는 생소한 감정에 대한 호기심이 글로 표출돼 나온 것이었다. 나는 아팠었고, 곧 세상을 하직하는 사람의 시선으로 바라본 방 안의 풍경이 너무 슬프고 안쓰러웠기에 그것을 누군가에게 꼭 전해야 했다. 그러나 그것은 어쨌거나 결석한 사람에게 부과된 숙제였다. 나의 조용한 황금기에 속하는 열 살 이전까지 나는 정말 성실치 못한 학생이었다. 학교는 빠지거나 늦기 일쑤였고, 어디서 무엇을 하고 놀았는지 기억도 못할 정도로 혼을 빼놓고 놀다가 퍼뜩 정신을 차리고 학교로 뛰어오면 운동장은 절망적으로 비어 있었고, 교실을 찾아가는 복도는 끝도 없이 길었다. 게다가 나는 병도 없이 자주 아팠던 것 같다. 놀다 놀다 지치면 나는 아팠다. 며칠 쉬면서 기운을 차릴 만하면 또 놀러 밖으로 나돌았다. 이런 나의 사생활을 부모는 까맣게 모르고 있었을 것이다. 그렇지 않고서야 그토록 자유로운 시간을 3년 동안이나 보낼 수 없었을 것이기 때문이다. 학교를 자주 빠져 남들은 다 배운 시계 보기를 배우지 못해 담임이 '대체 지금 몇 신데 이제야 학교에 오는 거냐?'라고 다그쳐 물었을 때 몇 시인지 대답할 수 없었던 것은 정말 시계를 볼 줄 몰랐기 때문이었다. 그러나 시계가 대체 왜 필요한가? 내가 참 좋아한 동화 중의 하나는 『넉 점 반』. 그 동화 속의 아이처럼 내게는 나의 시간이 있었을 뿐이다. 밤늦게 시작하는 놀이의 시간. 이렇게 서로 인정하기를 거부하는 관계에 놓여 있는 학교의 요구로 쓴 글(소풍 결석 감상문, 계절에 대한 글짓기, 어버이날 편지)이 뽑혀서 읽힐 때면 조금 뜨끔한 양심의 가책을 받곤 했다. 그 경험은 글쓰기에 대한 쓴맛을 안겨주었다. 글쓰기의 **쾌락**이 언제, 어떻게, 산소처럼, 독가스처럼 내 존재에 스며들어 다른 모든 쾌락을 집어삼키게 되었는지는 잘 알 수 없다. 물론 글쓰기의 쾌락 이전에 만화 그리기가 있기는 했다. 친구의 죽음, 유년 황금 시절의 종말, 부모와의 불화를 비롯한 많은 아픈 일들이 만화를 둘러싸고 일어났고(나는 명륜동, 삼선교, 돈암동 일대의 모든 만화 가게의 비뚜름하게 얹힌 선반을 채운 만화의 목록을 내 손바닥 손금만큼이나 훤히 꿰뚫고 있었다. 중학교 입학 시험 전날에도 만화 가게 안으로 잠적해 부모의 분노를 샀다), 불행하게도 나의 만화 그리기는 짧게 국민학교 4학년으로 끝이 났다. 만화는 도피였고, 외로움이었고, 우정의 나눔이었고, 구태여 말하자면 아직 정체가 밝혀지지 않은 욕망의 대체물이었다. 그것은 만화 그리기가 공식적으로 금지된 후 그 자리에 들어선 책 읽기와 어딘가 비슷한 그런 대체적 즐거움이었지만 아직 쾌락은 아니었다. 어떻든 유년부터 청소년기 전체를 통틀어 보건대, 가장 독하고, 진하며, 매번 유일한 쾌락은 글쓰기와 연관된 것이었다. 모든 쾌락이 그렇듯이 이 글쓰기라는 쾌락은 지극히 사적이며 비밀리에 다가와서 하나의 체질로 자리 잡았다. 고통과의 관계에 있어 변태적이며, 지극히 사적일 수 있는 사실들과의 관계에서는 노출증

환자의 이율배반을 내장하고 있다. 그런가 하면 주변의 현실과의 관계에 있어서는 자학적('나'는 잘려나가거나 조각으로 분쇄된다)이 될 모든 소지를 이 쾌락은 지니고 있다. 주변의 질서가 이 쾌락을 주축으로 재편성되는 조짐이 보일 때 이미 때는 늦었다. 아마도 중학교 즈음 이 글쓰기의 쾌락이라는 독가스가 스며들어와 고등학교 들어갈 즈음 돌이키기에는 때가 늦었을 정도로 온 영혼을 장악했다. 충족된 쾌감이 늘 뒤로 미루어지는 독특한 쾌락, 모든 현실이 가져다주는 쾌락을 집어삼키는 이것, 가만히 들여다보면 자신이 소멸되는 값으로 얻어지는 습작 단계의 이 쾌락을 통과하면서 언어, 글쓰기는 세상에서 세상으로, 여기에서 저기로, 지금에서 지금 아닌 어느 시간으로 연결되는 겸손한 통로를 흠모하게 되었다. 천산의 꼭대기에서 녹은 눈물이 깊이 스며 흐르는 위구르족의 지하 수로, 중동의 사막에 묻혀 있는 석유관, 지구를 가득 덮은 영혼의 광케이블. 메시지가 아닌 메신저로서의 몸, 언어.

해설

떠도는 자들의 언어
―― 최윤의 『첫 만남』

김 치 수

1

　이 소설집에 실린 작품들 제목을 보면 최윤의 최근 소설에서 문제시되고 있는 주제에 대한 중요한 단서를 읽을 수 있다. 「2마력 자동차의 고독」 「밀랍 호숫가로의 여행」 「시설(詩說)―― 우울한 날 집어 탄 막차 안에는」 「그 집 앞」 「굿바이」 등의 작품 제목은 주인공이 한곳에 머물러 있는 것이 아니라 끊임없이 떠돌아다닌다는 것을 암시하고 있다. 위의 작품뿐만 아니라 가령 「파편자전―― 익숙한 것과의 첫 만남」 「틈」 「느낌」 등의 작품 제목에서도 떠돌지 않고는 경험할 수 없는 요소들이 내포되어 있다. 물론 작품의 제목이 작품의 내용이나 형식 그리고 주제와 꼭 일치한다고 주장하려는 것은 아니다. 다만 한 가지 짚고 넘어가야 할 것은 이러한 제목들이 고전적 소설 문법을 상기시킨다는 사실이다. 그것은 '소설이란 여행이다'라는 명제다. 소설이 '있을 수 있는 모험을 통해 주인공들의 삶을 상상력 있는 표현으로 재구성하는 것'이라면 그 모험을 위해 주인공은 미지의 세계를 향해 떠날 수밖에 없다. 여기에서 떠남은 몸 자체가 실제로 떠나는 것을 의미할 수도 있고 몸은 한곳에 정착해 있지만 정신이 한곳에 머물러 있지 못하고 떠돌아다니는 것을 의미할 수도 있다. 그래서 소설 속의 모험은 문자 그대로 사건의 모험담일 수도 있고 정신의 모험담일 수도 있다. 모든 모험은 시간과 장소의 이동을 전제로 한다. 전통적인 19세기 소설이 사건의 모험담을 다루고 있다면 20세기의 전위적인 소설은 그 전통을 깨뜨리고 사건의 모험담 자리에 정신의 모험담을 대체시키는 경향을 띤다. 가령 제임스 조이스나 프루스트의 소설에서 의식의 흐름을 모험담으로 삼고 있는 경우가 거기에 해당한다. 여기에 보다 전위적인(?) 누보 로망의 경우를 고려한다면 모험의 종류가 훨씬 더 다양해질 수 있다는 것을 알 수 있다. 가령 로브그리예의 『질투』라는 작품에서 주인공은 자신이 살고 있는 집 밖으로 단 한 발자국도 나가지 않고 집 안에서 자신의 의식과 삶이 사물화되어가는 과정을 지켜보고 있다. 뷔토르의 『변경』에서 주인공 화자는 자신이 타고 있는 기차 안에서 밖으로 이동하는 경우에 서술 자체를 중단함으로써 서사의 공간을 그 기차 안으로 제한하고 있다. 이 두 경우의 모험은 전통적인 모험 개념을 뛰어넘는다. 육안으로 볼 수 있는 현실에서는 어떤 모험도 일어나지 않지만 정신적인 현실에서는 엄청난 모험이 감행된다.

먼저 『질투』에서는 자신의 아내가 이웃집 남자 프랑크와 함께 항구에 다니러 간 사이에 화자인 주인공은 아내가 당일로 귀가하기를 애타게 기다리며, 아내가 집에 있을 때 들어가보지 못한 아내의 침실에 들어가 그 안에 있는 사물들을 샅샅이 들여다본다. 평소에 아내와 이웃집 남자 사이의 대화에도 끼어들지 못하고 두 사람의 결정에서 늘 소외되어 있던 주인공은 아내가 부재한 사이에 그에게 출입이 금지되다시피 한 공간에 자유롭게 출입하면서도 아내의 무사 귀환을 기다리고 있다. 그는 당일로 귀가하지 못하고 그 다음 날 프랑크와 함께 돌아온 아내를 보며 안도하는 인물이다. 아내와 프랑크로부터 마치 부재하는 인물 혹은 사물처럼 취급을 당하면서도 아내의 무사 귀환에 안도하는 그는, 겉으로 드러난 현실에서는 아내가 하루 늦게 귀가한 것에 지나지 않지만 정신적으로는 엄청난 모험을 경험한다. 그는 눈 앞에 전개되는 현실만을 묘사하고자 하는 철저한 '현실주의자'임에도 불구하고 그의 아내가 부재하는 동안 부재하는 아내에 대한 온갖 상상을 함으로써 극단적으로 왜소화된 모습을 보인다. 그는 남편으로서의 권리를 주장하지 못하고 타인으로부터 하나의 인격체로서 존중받지도 못하는 사물화된 모습을 구현하고 있다. 자신의 아내가 자신을 떠나지 않고 귀가할 것을 기다리는 주인공은 엄청난 정신의 모험을 경험한다.

『변경』이라는 작품에서 파리발 로마행 기차를 타고 가는 주인공은 21시간 30분 동안 자신이 자리 잡은 기차 칸을 떠나지 않고 그 기차에 타고 내리는 사람과, 기차가 달리면서 보여주는 풍경과, 기차가 정차하거나 통과하는 역의 모습을 관찰하며 자신의 삶을 되돌아보는 사람이다. 그는 현실적으로 눈에 보이는 어떤 모험도 감행하지 않는다. 그는 로마에 있는 애인 세실을 파리로 옮겨 정착시키고 파리에서 함께 살고 있는 아내와 아이들과 헤어져 별거에 들어갈 계획으로 여행을 떠난다. 그가 여행을 하는 동안 그의 몸은 기차에 실린 채 기차에 맡겨져 있다. 그가 여행 중에 살고 있는 공간은 기차 칸 안으로 제한되어 있다. 따라서 기차 안에서 한 행동이란 기차를 타고 내리는 사람들을 관찰하고 기차가 통과하는 바깥 풍경을 바라보며 자신이 살아온 과거의 순간들을 회상하는 수준에 머물러 있기 때문에 그 자체가 일상적인 여행의 수준을 벗어날 수 없다. 그는 일상생활에 찌들고 늙어버린 앙리에트와의 피곤한 삶을 청산하고, 그 대신에 젊고 활력에 넘치는 세실을 파리에 데려와 함께 삶으로써 불모적인 일상생활과 자신의 육체적 늙음을 극복하고 새로운 생명력과 젊음을 되찾고자 하는 계획을 가지고 여행을 하고 있다. 그는 세실이 그의 일상적 공간이 아닌 로마에 있을 때는 젊음을 발산하고 그에게 참신한 활력을 제공하지만, 그의 일상적 공간인 파리에 올 경우 그녀의 젊음을 유지할 수도 또 자신에게 활력을 불러일으킬 수도 없을 것이라는 깨달음에 도달한다. 세실을 로마로부터 파리로 옮겨오는 것은 또 하나의 앙리에트를 만드는 것에 지나지 않는다는 자각을 통해서 자신의 계획이 가지고 있는 허구성을 발견한다. 그리하여 21시간 30분 동안 기차의 흔들림에 자신을 맡긴 여행을 하는 도중에 출발 당시의 계획을 완전히 변경하기에 이른다. 이제 더 이상 세실을 만나서는 안 되겠다고 결심하고 로마에 도착한 다음에도 세실 없이 혼자서 지내다가 월요일 밤 기차 편으로 되돌아올 예정이다. 따라서 그의 현실적 여행은 기차 칸 안에 갇혀 있는 것이어서 기차를 타고 있는 동안 어떠한 모험도 없이 끝나고 만다. 그 순간 소설은 그 이야기를 소설로 쓰겠다는 주인공의 결심과 함께 끝난다. 여기에서 그가 경험하는 모험은 지금까지 세실과의 위선적인 생활을 청산하고 앙리에트와의 일상생활로 되돌아오기로 결심하는 정신의 모험이다. 이 여행에서 주목할 수 있는 것은 그의 몸이 파리에서 멀어지고 로마에 가까워지면 그의 마음은 세실로부터 멀어지고 앙리에트에게 가까워진다는 것이다. 그가 도달한 깨달음은 삶에 있어서 시간의 불가역성이다. 한번 지나간 시간은 되돌아오지 않는 것처럼 한번 지나간 젊음은 그 무엇으로도 되찾을 수 없다. 주인공이 할 수 있는 것은 그 불가역의 덧없는 삶을, 한번 흘러가면 영원히 잊혀지게 하는 것이 아니라 글로 씀으로써 언제나 다시 읽을 수 있고 의식하게 할 수 있도록 만드는 것이다. 그것을 작가는 문학의, 특히 소설의 역할로 부각시키고 있다. 이처럼 현대소설에는 전통적인 의미의 현실적인 모험이 없고 서사가 부재하는 것처럼 보이지만 대신 정신의 모험, 혹은 마음속의 모험을 통해 훨씬 더 비극적인 인간 조건을 보여주고 있다.

2

최윤의 소설에서 현실의 모험을 찾는 독자는 그의 주인공들이 끊임없이 어딘가로 떠남에도 불구하고 서사적 모험담을 찾지 못한다. 가령 「2마력 자동차의 고독」과 처음 만난 독자는 이 작품의 구성 자체에서부터 낯설게 느낄 수 있다. 첫 장은 '모월 모일'이라는 소제목이 붙어 있고 두번째 장에는 '6월 7일,' 세번째 장에는 '8월 18일,' 네번째 장에는 '9월 11일,' 다섯번째 장에는 '1월 17일'이라는 제목이 붙어 있고, 여섯번째 장에는 다시 '모월 모일'이라는 소제목이 붙어 있다. 주인공인 '나'는 간호사인 직장 여성으로서 부모님으로부터 물려받은 적은 액수의 돈을 가지고 마치 집을 마련할 것처럼 부동산 중개업소를 통해 아파트들을 방문한다. 이미 물려받은 땅을 판 돈을 거의 써버린 '나'는 금요일마다 부동산 중개업소에 들러서 팔려고 내놓은 집을 순례하듯이 방문한다. 거기에는 뚜렷한 목적이나 의도가 있는 것이 아니라 돈이 있을 때 친척들의 권고에 따르고자 시작한 '허구적 구매자'의 순례가 어느 틈에 습관처럼 이루어진 것이다. 그 방문을 통해서 "직업과 계층, 사는 방식과 욕망, 욕망들의 현기증 나는 다양성"(p. 191)을 느낄 수 있었던 주인공은 반복되는 방문의 결과 그 다양성의 이면에 '삶의 양태의 지루한 반복'이 존재함을 깨닫고 그것이 모든 집을 똑같은 '무덤'처럼 느끼게 한다. 그리하여 집 없는 사람으로 하여금 '무덤' 같은 집을 마련할 필요가 없다는 인식에 도달하게 하고 스스로 위로 받기까지 한다. '나'는 부동산 중개인의 안내로 빈집을 둘러보는 일을 마치 게임을 하듯 반복한다. 그렇게 함으로써 '나'는 순례자가 되어 '방 두 개와 화장실이 두 개'인 '서향으로 지은 집'을 찾는 허구적 구매자가 된다.

두번째 장인 '6월 7일'에서 '나'는 프랑스 남쪽의 작은 도시에 방을 하나 얻는다. 여기에서도 '나'는 언어적 장벽 때문에 집주인이나 이웃 사람들과 특별한 교류를 갖지 못한 채 일상적 나날을 보낸다. 기껏해야 무료 언어 강습을 받으러 다니고 아래층에 세 들어온 일본 남자와 몇 마디 말을 주고받고 준비 중인 학위 논문의 메모를 해둔 종이쪽지를 찾으러 온 옛 세입자인 한국 남자의 헛된 방문을 받고 도서관에서 우연처럼 그를 만나 그의 2마력 자동차에 편승한 다음 '나'도 예정된 날에 귀국할 준비를 한다.

세번째 장인 '8월 18일'에서 '나'는 여전히 금요일의 집 순례를 하는 가운데 빈집에서 '그'의 사진을 발견한다. 주위에 있던 배경과 인물이 가위로 잘린 채 '그'의 웃는 얼굴만 사진틀에 끼여 있다. 잘린 사람은 '그'의 여자 친구와 '나'이다. 그 사진은 폴라로이드 사진기로 두 번 찍은 것이기 때문에 또 한 장이 있을 것이다. 삶의 매 순간이 일목요연한 것이 아니라 우연한 점들의 연속인 것처럼 '나'가 간호사가 된 것도 우연의 선택이었다. 길에서 점을 치는 '가짜 할아버지'에게 첫 월급을 타서 송금을 하지만 그 주소가 '가짜'로 판명된다. '나'가 그에게 전해준 전화번호가 가짜이듯이.

'9월 11일'에서는 결혼 후 시골로 내려간 간호사 출신의 친구 생일을 기억하고자 달력에 표시를 해두었지만 긴박한 상황으로 며칠을 보내느라 잊어버린 그날, 텔레비전 화면에서 뉴욕 세계 무역 센터가 테러범에 의해 폭파되는 긴급 뉴스가 전해지고 있다. 모든 사람들이 그 긴급 뉴스에 관심을 쏟고 있는 동안 간호사인 '나'는 그 와중에 누구의 관심도 끌지 못한 채 자신의 병과 마지막 투쟁을 벌이면서도 끝까지 뱃속의 아이를 살려내고자 항암 치료를 거부하고 있는 말기 암 환자를 돌보고 있다. 고통스럽지만 몸 안의 아이를 살리고자 자신의 생명을 포기하는 젊은 여성의 외로운 싸움을 곁에서 바라보며 죽음만이 그녀에게 평화를 제공해줄 것을 알고 그녀가 영혼의 여행을 떠나는 것을 지켜본다.

'1월 17일'에서 '나'는 금요일의 집 순례에서 보게 된 십여 년 전의 사진에서 세 사람이 만난 이야기를 상기한다. 각자가 서로 다른 이유로 주유소에서 일하는 세 사람 가운데 남자아이는 부모의 이혼과 어머니의 재혼 때문에 가출한 고등학생이고 여자아이는 같은 학교에 다니다가 남자아이를 따라 가출한 고등학생이며 '나'는 가스 중독으로 부모를 잃고 자신을 맡아준 이모와 이모부에게 반항을 하는 문제아로서 고등학교를 겨우 졸업하고 간호학교에 합격한 학생이다. 세 사람은 중동에서 걸프전이 터지던 날 주인이 텔레비전 뉴스의 시청에 전념하고 있는 사이 주유소의 돈을 털어 도망나온다. 그들은 동해시의 민박집에서 일주일을 보내고 헤어진다. 그 민박집에 있을 때 찍은 사진이 바로 폴라로이드로 찍은 세 사람의 사진이다.

다시 '모월 모일'에서 '나'는 그 사진이 다시 보고 싶어서 부동산 중개업소를 찾아간다. 집을 둘러본 다음 돌아와서 컴퓨터에 메일로 전달된 반전 촉구문을 친구들에게 보내며 생명을 위해 자신의 죽음을 선택한 여자와 그렇게 해서 세상에 나온 아이 '정수'에게 존경을 표시한다. '나'는 2마력 중고 자동차를 몰고 달린다.

이 작품에서 삶의 몇 가지 에피소드는 아무런 인과관계 없이 서로 연결되지 않은 채 제시되고 있다. 그 삽화들을 요약해보면 1) 화자인 '나'는 사고로 부모를 잃고 이모의 집에서 양육된다. '나'는 학교에서 쫓겨날 만큼 문제를 일으키지만 이모의 도움으로 고등학교를 졸업하고 간호학교에 들어간다. 2) 사업에 실패한 이모부 집을 나온 '나'는 숙식을 제공한다는 주유소에서 아르바이트하는 두 명의 가출 남녀를 만나 주인집 돈을 훔쳐 달아난다. 3) 그들과 헤어진 '나'는 자신이 물려받은 유산으로 아파트를 구매하고자 하지만 그 액수에 마땅한 아파트가 없다는 것을 알게 된다. 4) '나'는 평소에 하고 싶던 프랑스 여행을 떠나 남쪽의 작은 도시에서 프랑스어 무료 강습을 받고 몇 달을 지낸 뒤 귀국한다. 5) '나'는 간호사로 근무하며 임신한 여성 환자가 말기 암과 투병하면서도 뱃속의 생명을 살리기 위해 항암 치료를 거부하고 자신을 희생하여 아이를 낳는 과정을 지켜본다. 6) '허구의 구매자'가 된 '나'는 습관처럼 부동산 중개업자가 소개하는 아파트를 방문하다가 10년 전에 만났던 가출 소년의 사진을 발견한다. 이 여섯 개의 에피소드는 두 번의 큰 사건과 연결되어 있다. 주유소에서 돈을 훔쳐 달아날 때는 걸프전이 발발하여 텔레비전에서 패트리어트 미사일이 발사되어 목표물에 적중하는 모습이 방영되고 있었고, 임산부가 말기 암으로 고통을 겪으면서도 뱃속의 생명을 살리기 위해 항암 치료를 거부하며 진통을 견디는 순간에 텔레비전에서 뉴욕의 세계 무역 센터 쌍둥이 빌딩이 테러에 의해 무너지는 모습이 방영되고 있었다. 작가는 이 두 가지 사건 사이에 어떤 인과관계도 암시하지 않은 채 10년의 간격으로 벌어진 두 사건을 제시한다. 따라서 두 사건은 마치 주인공의 삶이 전개되는 동안 우연히 일어난 사건처럼 등장한다. 반면에 주인공의 삶은 사회의 중심에 아무런 영향을 미치지 않는 소외된 사람의 그것으로 제시된다. 부모를 잃은 사람을 고아라고 한다면 주인공은 그러한 처지에서 유산을 물려받지만, 작은 아파트를 구입할 만한 처지도 못 되고 학교를 제대로 졸업할 만큼 공부를 잘하지도 못하고 간호사로 근무하며 자신의 생계를 겨우 유지하는 정도의 인물이다. 그녀는 출세를 꿈꾸는 야망도 없고 부자인 남자를 만나 훌륭한 결혼 생활을 계획하지도 못하고 전문직 여성으로서 성공할 희망도 갖지 못한 평범한 간호사에 지나지 않는다. 그녀는 아파트를 살 능력도 없이 매물로 나온 아파트를 습관처럼 구경함으로써 아파트를 살 수 있다는 꿈을 가졌던 시절의 순례를 계속한다. 요컨대 그녀에게는 남들의 눈을 뜨게 하는 모험도 없고 그것을 감행할 능력도 없다. 그런 인물에게는 구질구질하고 반복적이며 보잘것없는 일상적 생활만이 있을 뿐이다. 매일 일어나는 일 가운데서 그녀가 반란을 일으키는 행위가 아파트를 살 것처럼 '방 둘에 화장실이 둘인 서향집'을 방문하며 '허구적 구매자' 노릇을 하는 것이다. 걸프전이나 9·11 사건과 같은 거대한 세계사적 현실에는 아무런 관심도 갖지 않은 채 살아온 그녀가 유일하게 관심을 갖고 지켜본 것은 말기 암 환자이다. 말기 암의 고통을 겪으면서도 생명을 보존하기 위해 항암 치료를 거부하고 아이를 분만하고 죽는 임산부의 마지막 과정을 지켜봄으로써 주인공은 인간의 죽음과 생명의 탄생이라는 엄청난 모험의 목격자가 된다. 그녀는 스스로 모험의 주인공은 되지 않지만 삶과 죽음이 일상적이면서도 얼마나 엄청난 모험인지를 깨닫는다. 남루한 자신의 일상적 삶에서 그러한 모험을 목격할 수 있다는 것은 그녀의 삶의 조건을 뛰어넘는 거대한 사건이 아닐 수 없다. 하나의 목숨이 태어나고 죽는 것이 일상적 모험 가운데 비할 바 없는 큰 사건이라면 수많은 목숨을 한꺼번에 죽게 하는 전쟁이나 테러는 그보다 훨씬 더 큰 사건이다. 그럼에도 불구하고 사람들은 마치 컴퓨터의 게임을 구경하는 것처럼 텔레비전을 통해 전쟁이나 테러를 구경한다. 그것은 인간의 사물화 이상으로 커다란 비극적 인간 조건이다. 이 비극적 인간 조건을 아무런 의식 없이 센세이셔널리즘에 호소하는 오늘의 문명이 지니고 있는 무감각에 비한다면 한 사람의 죽음과 그것을 대가로 치르고 태어난 생명의 탄생에 관심을 가진 주인공은 겉으로 보이는 모습보다 훨씬 더 인간적이다. 작가는 소외된 그녀를 통해서 오늘의 문명이 감추고 있는 폭력성의 정체를 교묘한 방식으로 제시하고 있다.

아무런 모험도 없는 것 같은 이러한 소설 세계는 주인공이 모험을 찾아서 떠나는 것이 아니라 모험이 주인공을 찾아온다는 점에서 피동적인 세계다. 「밀랍 호숫가로의 여행」의 화자는 남편이 이끄는 대로 아무런 설명도 듣지 못한 채 여행을 떠난다. 어느 별장에 부려진 그녀는 남편이 곧 돌아오겠다는 전언만을 남긴 채 떠나버려 혼자서 외롭게 지낸다. "가을 들판이 이토록 아름답게 다가오는 것은 내가 외롭기 때문이다"(p. 59)라는 문구로 시작되는 이 소설에서 화자와 그녀의 남편은 약사 부부로서 약국을 차려 함께 일함으로써 '다복한 부부'라는 칭호를 얻었다. 그러나 그들의 가정에도 말없이 불행이 닥쳐온다. 주식 투자에 빠진 남편은 그들의 평생의 생업인 약국을 팔고 낚시로 세월을 보내고 어학 연수를 떠난 딸아이는 실종되어 그들 부부에게 슬픔의 근원을 제공하고 있고 '나'는 죽음이 다가오는 병에 걸려 진통제로 고통을 참아가며 삶을 버텨내고 있다. '나'의 행복했던 삶이 행복한 상태로 끝나는 것이 아니라 비극의 밑바닥을 헤매고 있는 이 작품의 절정은 병든 '나'를 별장에 혼자 남겨놓고 떠난 남편이 사흘 만에 돌아와서 '아이가 태어났다'는 소식을 알려주는 장면이다. 남편이 약국에서 함께 일하던 약사와의 혼외정사로 아이를 낳았다는 것은 정상적인 결혼 생활을 하며 삼십여 년을 살아온 아내로서는 충격이 아닐 수 없다. 그러나 화자인 '나'는 그것을 '불륜'으로 취급하지도 않고 도덕적인 비난을 퍼붓지도 않으며 남편에게 오히려 연민의 시선을 보낸다. 그런 점에서 남편의 외도는 남편에게는 모험일 수 있지만 그 모험담의 결과를 받아들이는 '나'에게는 그것이 모험이 되지 않는다. 그러니까 '나'는 모험의 목격자도 주인공도 아니고 사건을 이야기로 전해 듣는 사람이다. '나'는 그 소식을 듣고 미소를 짓는다. 그것은 자신이 죽어가고 있는 가운데 남편의 새로운 생명이 태어난 데 대한 시니컬한 미소가 아니라 삶의 아이러니에 대한 깊은 통찰의 미소다. 표면적으로 아무것도 일어나지 않는 것 같은 현실의 이면에는 끊임없이 삶과 죽음이라는 엄청난 사건이 일어난다는 사실에 대한 깊은 통찰에서 나온 미소다. 그것은 자신의 죽음을 억울해

하거나 원망하지 않고 그것을 삶의 연장으로 받아들이는 수용의 미소이며 남편의 불륜에 대한 연민과 관용의 미소다. 그렇기 때문에 '나'는 잃어버린 딸의 후배인 '명혜'의 개인전에 아무런 망설임 없이 갈 수 있고 젊은 시절 실연으로 고통을 받았던 교감선생의 늙고 초라한 노년의 모습을 아무런 거부감 없이 바라볼 수 있다. '나'는 자신과 연관된 이 모든 사건들을 거리를 두고 관찰하면서 그곳에 함몰되지 않는 것처럼 자신에게 일어나는 모든 일도 냉철하게 관찰하는 의식의 소유자다. '나'는 죽음이라고 하는 외롭고 고통스런 현실의 접근을 격정의 감정이 아니라 쓸쓸하지만 피할 수 없는 현실로서 받아들인다. 자신이 살고 있는 그토록 아름다운 세상을 언제까지 볼 수 있을지 모르면서도 그것을 남기고 죽는 자신의 운명에 매달리지 않는 저 고요하고 도도한 수용의 자세는 삶과 죽음의 기쁨과 아픔에 대한 철저한 인식을 토대로 할 때 가능한 것이다.

「굿바이」라는 작품은 겉으로 보기에 어머니의 죽음을 전후로 주인공이 자신의 공허감과 싸우며 밤마다 집을 나서서 떠도는 이야기이다. 여기에서 주인공인 화자는 6개월 전부터 매일 밤 고속도로를 이십여 분간 달려서 회사 동료인 남자의 집을 방문한다. 그녀는 남자와 함께 몇 시간을 지내고 새벽에 집으로 돌아와서 눈을 붙이고 아침이면 회사에 나간다. 그녀는 언제나 잠이 부족하여 낮에는 머리가 아프다. 그녀의 집에는 '아름다운 사람'으로 지칭되는 어머니가 아파서 신음 소리를 내며 어두운 방에 누워 있다. 어두운 방 반대편에는 '가장'으로 지칭되는 아버지가 코를 골며 잠을 자고 있다. 화자는 자기의 방에 들어가 귀에 라디오 리시버를 꽂고 자리에 누워서 새벽까지 잠을 잔다. 그녀는 매일 아침 가전제품 대리점을 경영하는 '가장'

을 가게까지 태워다주며 가장으로부터 아름다운 사람에 대한 애틋한 말을 듣는다. 그것은 "차라리 빨리 닥쳐왔으면 낫겠다"(p. 103)는 것으로서 '아름다운 사람'의 죽음을 의미한다. 그녀는 남자의 집에서 밤을 보내는 시간에도 어머니의 안부에 안절부절못한다. 어머니는 증류수를 만들어 얼굴을 씻어달라고 요구한다. 마치 자신의 임종을 맞이할 준비를 하는 것 같던 어머니는 그 다음 날 주검으로 발견된다. 장례를 치르고 모든 문상객이 떠난 다음 나흘 만에 회사에 출근한 화자는 많은 동료로부터 여러 종류의 위로의 말을 듣지만 그것이 자신의 현실과는 상관 없는 타인들의 말에 지나지 않는 것이라는 인식 때문에 '실소'를 하기까지 한다. 화자는 오히려 그 남자를 만나고자 하지만 그가 출장 중임을 알게 된다. 새벽에야 집에 돌아온 그녀는 집 안에 가득한 꽃을 버린다. 그녀 주변의 가족들이 모두 '가장'인 아버지를 누가 모실 것인지 논의할 때 그녀는 자신이 그의 부양을 책임지게 되는 상황을 상정한다. 그녀는 매일 밤 남자의 집을 다시 방문하고 새벽에 들어올 때 물구나무서기를 하는 아버지를 본다. 아버지가 취침과 기상과 출근이라는 일상생활을 회복하자 그녀는 어머니의 유물들을 정리하고 가정부에게 일주일에 두 번만 올 것을 청한다. 아버지는 가정부에게 매일 세 시간씩 와달라고 부탁하지만 화자는 가정부에게 매일 할 일이 없음을 인식시킨다. 동료 회사원인 남자를 출장으로 자주 볼 수 없을 때 화자는 자동차를 몰고 여기저기 떠돌아다니는 동안 순간순간 자신이 살아 있다는 생생한 사실을 확인한다. 어머니가 세상을 떠난 지 삼칠일이 지난 날 아버지가 화자인 딸에게 집을 떠날 것을 권하지만 화자는 집을 떠나지 않는다. 어느 날 사무실로 찾아온 가정부로부터 아버지가 매일 전화로 '보지 않으면 미치겠다'는 고백을 한다는 말을 들은 화자는 가정부에게 매일 오기를 부탁한다. 화자는 그 남자의 불행을 알게 된다. 그 남자를 좋아한다는 동료 여사원의 고백을 들은 화자는, 그날 남자와 함께 밤을 보내고 집으로 돌아오는 길에 고물차가 불타버리는 것을 보고 남자에게 전화를 걸어 '굿바이'라는 이별의 말을 한다. 한 달여 사이에 일어난 화자의 삶을 자세하게 밝히고 있는 이 작품은, 일상적 삶에 대해서 아무런 의식 없이 살아가는 것 같은 존재가 타인들과의 의사소통이 가로막힌 외로운 삶을 살고 있는 모습을 담담하지만 처절하게 보여준다. 우리의 삶이 가지고 있는 우연성과 희극성은 주인공에게 끊임없이 새로운 상황을 가져오지만 그것이 주인공에게 격정적인 모험이 되지 못하는 것은 주인공이 그것을 받아들이는 태도가 피동적이기 때문이다. 주인공은 아무런 반응을 보이지 않는데도 불구하고 그를 둘러싼 세계는 끊임없이 주인공에게 간섭을 해온다. 주인공과 세계 사이에는 뛰어넘을 수 없는 간격이 생기고 세계 속에서 일어나는 모든 것이 부조리하게 보이기까지 한다. 마치 『이방인』의 주인공 뫼르소가 그러한 것처럼 어머니의 죽음에 애도를 표시하는 동료들의 위로를 들으며 주인공은 실소하기까지 한다. 뫼르소가 마지막에 의식의 잠을 깨고 부조리한 세계에 대해서 반항하고 저항함으로써 자신의 살아 있음에 대한 뚜렷한 의식을 갖게 된 것처럼 최윤의 주인공은 부조리한 현실에 작별을 선언함으로써 그것에 저항하고 폭로한다. 최윤의 주인공은 오히려 자신에게 주어진 현실을 그대로 받아들인다는 점에서는 로브그리예의 사물화된 주인공에 가깝지만 동료인 남자친구에게 '굿바이'를 선언하는 점에서는 뷔토르의 주인공과 더욱 흡사하다. 어머니의 오랜 투병 생활과 아버지의 무기력한 일상생활 사이에서 자신을 버티게 해주는 것이 남자 친구를 찾아가는 일이라면 그것도 또한 일시적인 도피의 방법일 수는 있으나 주인공을 망각의 세계로 이끌지도 못하고 주인공의 현실에 해결책도 되지 못한다. 그렇기 때문에 최윤의 주인공은 미지의 세계에 뛰어들어 엄청난 모험도 감행하지 못하고 쾌락의 세계에 빠지지도 못한다. 주인공은 아버지로부터 떠나라는 권유를 받은 뒤에 남자 친구에게 작별 인사를 건넴으로써 그 자신의 삶에 있어 변화의 가능성을 제시할 뿐이다. 결국 아무것도 해결하지 못하고 원점으로 돌아오는 주인공의 삶은 왜소화되고 사물화되는 인간 조건의 한 전형을 보여주고 있다. 작가 최윤은 그러므로 모험의 이야기를, 서사적 세계를 만들어내는 것이 아니라 그것이 없어진 절망적 현실을 냉정하게 제시하고 있다.

3

「그 집 앞」에서 주인공은 다음과 같이 말한다.

이 집에도 한때는 웃음이 흘렀고, 한때는 향긋한 음식 냄새가 퍼져 나왔었다는 것을 상상하게 해주는 것은 이제 아무것도 없지. 집 주변의 건조한 잡목들은 침묵 그 자체고, 집 안 저쪽 빛이 가장 많이 쏟아져 들어오는 곳에 위치한 부엌은 냉기에 싸여 스산하게 버려져 있지. 여전히 호두나무는 뒤안에서 늙어가고 있고, 두 그루의 감나무가 집 앞을 감싸고 있지. 감은 더 이상 열리지 않아. 이 집에 들어오기 위해 헤쳐야 하는 잡풀들의 크기와 거의 구별이 안 될 정도로 감나무는 그만 오그라들고 말았어. 이집은 안온한 축에 속했는데 언제부터인가 바람으로, 그것도 기분 나쁘고 음험한 바람으로 기억되는 것은 이 집이 너 없이는 떠오르지 않기 때문이지. (p. 18)

여기에서 문제가 되는 것은 '너 없이' 떠오르지 않는 집에서 산다는 것이다. 이 작품집 전체에서 등장하는 주제이기도 한 '부재'의 이미지는 주인공의 삶의 의미를 빼앗고 있다. 한때는 행복했던 집이 폐허로 바뀌고 있는 것은 일상적 삶에서 '미풍'으로 존재하던 인물이 미풍처럼 사라졌기 때문이다. 사랑하는 사람의 부재는 주인공의 마음속에 공허를 심고 주인공으로 하여금 삶에 대한 의욕을 잃게 한다. 주인공의 의식의 사물화의 원인이 사랑하는 사람의 죽음이든 떠남이든 부재와 관련되고 있음을 확인할 수 있다. 부재는 모든 사람의 절망의 끝에 해당하는 것으로서 삶 자체를 기구하고 부조리하게 만든다. 그것은 '20년 전에 보낸 구직 편지에 대해 세기가 바뀌고도 한참이나 지나 거절의 답신이 도착'(p. 7)하는 것이나 '죽은 지 수년이 지난 아들이 아이 적에 병에 넣어 바다에 던진 전언이 자식보다 오래 살아남은 부모에게 전달되'(p. 7)는 것처럼 세상을 우스꽝스럽게 만든다. 그렇기 때문에 죽음을 체험한 사람에게 행해지는 위로의 말이 실소를 자아내게 하고 사랑이나 증오와 같은 감정의 진정성을 냉소적으로 보게 된다. 거기에는 출세를 위한 강한 의지도 없고 돈을 벌기 위한 남다른 노력도 없으며 권력을 향한 투쟁도 없다. 오직 있는 것은 자기 앞에 있는 세상과 자아 사이의 간극과 괴리뿐이다. 최윤의 주인공은 그것들을 철저하게 의식하면서도 거기에 정면으로 대응하지 않는다. 그의 주인공은 저급한 애국심이나 값싼 철학에 매달리지 않는 이성적 존재들이지만 철저한 개인주의자들이다. 시니컬한 시각의 소유자인 주인공들은 일상적 삶이 가지고 있는 무의미하고 공허한 게임의 요소들에도 불구하고 변하지 않는 현실로서 존재하는 삶과 죽음의 드라마를 끝없이 체험한다. 여기에 수록된 최윤의 모든 작품들에서 누군가의 죽음이 등장하고 그 가운데서 새로운 생명이 태어나는 것은 세상의 모든 사건들 가운데 삶과 죽음 이상의 드라마가 없다는 것을 입증한다. 그렇기 때문에 그의 주인공들이 나른한 의식을 가지고 있으면서도 새로운 생명의 탄생에는 비범한 열정과 정성을 기울인다. 그의 작중인물들이 서로 소통하지 못하는 외로움 속에서도 생명에 대한 외경심을 버리지 못하는 것은 작가 자신이 거기에서 가장 큰 가치를, 해볼 만한 모험을 발견하기 때문인 것 같다. 그의 작품에 목소리를 높인 주장이 없어서 침묵으로 말하는 것 같지만 생명에 대한 외경심은 그의 작품의 웅변에 해당한다. 그 웅변은 입바른 달변을 의미하는 것이 아니라 눌변의 설득력을 의미한다.

그의 문체는 그런 점에서 미로를 헤매는 듯한 느낌을 갖게 한다. 그의 작중인물들은 대부분 자신의 이름을 갖지 않고 '남자' '여자' '사람' '가장' 등의 보통 명사와 '나' '너' '그' '그녀'와 같은 인칭 대명사로 지칭된다. 그것은 그의 소설의 여러 현상들이 특이한 것이 아니라 보편적이라는 것을 입증한다. 특정인의 체험이 아니라 누구에게나 일어날 수 있는 일상적 삶을 최윤은 그 특유의 지적인 문체로 반추하게 한다. 그것은 떠돌면서 움직이지 않고, 말하면서 침묵하는 그의 독특한 문학의 힘이다. 삶의 쓸쓸함과 공허함을 느끼게 하는 그의 소설은 우리의 마음을 정착시키는 것이 아니라 '여기'가 아닌 다른 곳으로 떠돌게 한다.

작가의 말

간이역이 있었다.
둘러보고 머무르기에는 스산한 역, 그러나
앞으로 가기 위해서 거치지 않을 수 없는
그런 간이역.
그런지도 모르고 오래 머물렀다.
그 간이역을 조금 지나친 곳에
지금 서서 그곳을 본다.
떠나서 다행스럽고, 이제 다시 떠날 수 있어 싱그럽다.
변덕스런 지금까지의 여정에
여일한 사랑으로 동반해주신 모든 분들께 감사한다.
진심으로.

2005년 6월
서래마을에서
최윤